LE MAGICIEN DE L'ÉCLAIRAGE DES FESTIVALS

L'incroyable histoire de Sridhar Das

Translated to French from the English version of
The Wizard of Festival Lighting: The Incredible Story of Sridhar Das

Samragngi Roy

Ukiyoto Publishing

Tous les droits d'édition mondiaux sont détenus par

Ukiyoto Publishing

Publié en 2024

Contenu Copyright © Samragngi Roy

ISBN 9789364947381

Tous droits réservés.

Aucune partie de cette publication ne peut être reproduite, transmise ou stockée dans un système de recherche documentaire, sous quelque forme que ce soit et par quelque moyen que ce soit, électronique, mécanique, photocopie, enregistrement ou autre, sans l'autorisation préalable de l'éditeur.

Les droits moraux de l'auteur ont été revendiqués.

Il s'agit d'une œuvre de fiction. Les noms, les personnages, les entreprises, les lieux, les événements, les sites et les incidents sont soit le fruit de l'imagination de l'auteur, soit utilisés de manière fictive. Toute ressemblance avec des personnes réelles, vivantes ou décédées, ou avec des événements réels est purement fortuite.

Ce livre est vendu à la condition qu'il ne soit pas prêté, revendu, loué ou diffusé de quelque manière que ce soit, à titre commercial ou autre, sans l'accord préalable de l'éditeur, sous une forme de reliure ou de couverture autre que celle dans laquelle il est publié.

www.ukiyoto.com

DÉDICACEUR

*Dédié au magicien,
le magicien, le pionnier lui-même.*

Si cela ne brûle pas un peu, à quoi bon jouer avec le feu ?
-Bridgett Devoue

Remerciements

Je resterai toujours redevable à mon grand-père de m'avoir confié l'histoire de sa vie. Je tiens également à remercier ma grand-mère Sumitra Das et mes parents, Sanghamitra Das et Debyendu Mohan Roy, d'avoir largement contribué à cette histoire, d'avoir fait de moi ce que je suis aujourd'hui et d'avoir toujours été là pour m'aider à traverser les périodes de turbulences avec dignité et grâce. Je tiens également à remercier mon petit frère, Swarnendu Mohan Roy, qui ne m'a pas posé trop de problèmes et qui s'est montré extrêmement volontaire et coopératif chaque fois que j'ai eu besoin d'utiliser son imprimante.

Je suis reconnaissant au professeur Rimi B. Chatterjee d'avoir été l'un de mes tout premiers lecteurs, mon réservoir d'inspiration et de soutien, et de m'avoir aidé à réviser les premiers chapitres du livre. Je ne peux pas oublier de mentionner le professeur Santanu Biswas pour avoir joué un rôle transformateur dans ma vie en tant qu'enseignant, mentor et philosophe ; le professeur Rafat Ali pour avoir toujours encouragé mes idées de recherche décalées et apprécié mes efforts académiques ; les professeurs Abhijit Gupta, Ramit Sammadar et Pinaki De pour avoir proposé les cours les plus fantastiques, reconnu mes efforts créatifs et académiques et m'avoir guidé efficacement chaque fois que j'avais besoin d'aide. Un grand merci à tous mes amis de l'université de Jadavpur pour m'avoir aidé à traverser certaines des années les plus difficiles de ma vie.

Je voudrais également remercier Nandita Palchoudhuri, Neline Mondal, Ujjal Mondal, Amiya Das, Shipra Das et Kalyan Chakraborty pour m'avoir fourni des informations extrêmement importantes auxquelles je n'aurais pas eu accès autrement et sans lesquelles ce livre serait resté à jamais incomplet. Merci à mes oncles aimants, Avijit Das et Surojit Mukherjee, et à mes tantes, Lopamudra Mukherjee et Sagori Chatterjee, de m'avoir rendu heureux chaque jour et d'avoir été là pour moi contre vents et marées.

Je voudrais surtout remercier du fond du cœur mon agent littéraire, Dipti Patel, mon éditrice, Renuka Chatterjee, et ma rédactrice en chef, Tahira Thapar. Sans vous, je n'aurais jamais eu l'occasion de présenter ce livre au monde, et encore moins d'en être fier. Merci beaucoup, Speaking Tiger Books, d'avoir reconnu mes efforts alors que j'avais presque perdu tout espoir. Je suppose que l'Univers a conspiré pour que cela se produise.

Voyage après minuit

Une vie punjabi : De l'Inde au Canada

Ujjal Dosanjh

Né dans le Pendjab rural quelques mois avant l'indépendance de l'Inde, Ujjal Dosanjh a émigré au Royaume-Uni, seul, à l'âge de dix-huit ans, et a passé quatre ans à fabriquer des crayons de couleur et à manœuvrer des trains tout en suivant des cours du soir. Quatre ans plus tard, il s'est installé au Canada, où il a travaillé dans une scierie, avant d'obtenir un diplôme de droit, et s'est engagé en faveur de la justice pour les femmes et les hommes immigrés, les travailleurs agricoles et les minorités religieuses et raciales.

En 2000, il est devenu la première personne d'origine indienne à diriger un gouvernement dans le monde occidental lorsqu'il a été élu Premier ministre de la Colombie-Britannique. Plus tard, il a été élu au Parlement canadien.

Le *voyage après minuit* est l'histoire passionnante d'une vie riche en expériences variées et en convictions rares. Avec une perspicacité fascinante, Ujjal Dosanjh écrit sur la vie dans le Pendjab rural dans les années 1950 et au début des années 1960, sur l'expérience des immigrants indiens - de la fin du XIXe siècle à nos jours - au Royaume-Uni et au Canada, sur la politique post-indépendance au Pendjab et dans la diaspora pendjabie - y compris la période de militantisme sikh - et sur les rouages du processus démocratique au Canada, l'une des nations les plus égalitaires au monde. Il parle également avec une franchise inhabituelle de sa double identité d'immigré de première génération. Il décrit comment il s'est senti obligé de faire campagne contre les politiques discriminatoires de son pays d'adoption, tout en s'opposant aux tendances régressives et extrémistes au sein de la communauté pendjabi. Ses prises de position contre le mouvement Khalistan dans les années 1980 lui ont valu des menaces de mort et une agression physique brutale. Il a échappé de peu à l'attentat à la bombe contre le vol 182 d'Air India en 1985. Pourtant, il n'a jamais cessé de défendre la démocratie, les droits de l'homme et la bonne gouvernance dans les deux pays qu'il considère comme sa patrie : le Canada et l'Inde. Son autobiographie est un livre inspirant pour notre époque.

Le carnet de notes en laiton

Un mémoire

Devaki Jain

Avec un avant-propos d'Amartya Sen

Dans ces mémoires sans tabou, Devaki Jain commence par son enfance dans le sud de l'Inde, une vie de confort et d'aisance avec un père qui était dewan dans les États princiers de Mysore et de Gwalior. Mais il y avait aussi des restrictions, liées au fait de grandir dans une famille orthodoxe de brahmanes tamouls, ainsi que les dangers rarement évoqués des prédateurs masculins de la famille. Le Ruskin College d'Oxford lui a donné son premier goût de liberté en 1955, à l'âge de 22 ans.

Oxford lui permet d'obtenir un diplôme en philosophie et en économie, mais aussi de connaître des difficultés, puisqu'elle lave la vaisselle dans un café pour payer ses frais de scolarité. C'est là aussi qu'elle a eu ses premiers contacts avec la vie sensuelle. Avec une rare candeur, elle parle de ses liaisons romantiques à Oxford et à Harvard, et de son amour pour un "garçon inadapté" - son mari, Lakshmi Jain, qu'elle a épousé contre la volonté de son père bien-aimé.

Au cours de sa vie professionnelle, Devaki s'est profondément impliquée dans la cause des travailleuses "pauvres" de l'économie informelle, pour lesquelles elle s'est efforcée d'obtenir de meilleures conditions. Sur la scène internationale, elle s'est associée aux préoccupations des nations colonisées du Sud, qui luttaient pour faire entendre leur voix face aux nations riches et puissantes des anciens colonisateurs. Son travail l'a mise en contact avec des dirigeants et des penseurs du monde entier, parmi lesquels Vinoba Bhave, Nelson Mandela, Henry Kissinger et Iris Murdoch.

Note de l'auteur

L'écriture de ce livre a été un exercice difficile pour moi. J'ai dû m'immerger dans une époque dont je connaissais très peu de choses, et plonger jusqu'au cou dans une histoire dont presque tous les individus qui m'entouraient faisaient partie, mais dont aucun n'était conscient de l'image globale que j'essayais de brosser. J'ai découvert certains faits et incidents qui m'étaient inconnus, et j'ai eu du mal à les accepter. Il s'agissait de personnes que j'aimais et avec lesquelles j'avais grandi, de personnes que je pensais connaître de très près. Cependant, en remontant dans le temps, j'ai commencé à voir ces personnes familières d'une manière très inhabituelle. Mais je peux affirmer en toute confiance qu'il s'agit d'une histoire sans filtre. J'ai fait de mon mieux pour présenter la vérité telle qu'elle m'a été transmise. Certains incidents, personnages, tournures d'événements, bribes d'informations peuvent sembler problématiques, mais c'est parce que c'est exactement comme cela qu'ils ont été mémorisés. Je n'ai pas cherché à être moi-même un narrateur parfait, ni à dresser le portrait de personnes infaillibles. Ce que j'ai essayé de faire, c'est de présenter des êtres humains avec toutes leurs folies, leurs préjugés, leurs imperfections et leurs hypocrisies intactes.

Et comme je suis moi-même très proche du récit, et que j'aime particulièrement la personne sur laquelle j'ai écrit, je suis certain que mes défauts et mes préjugés sont apparus inconsciemment à différents moments de l'histoire.

Une autre raison pour laquelle il m'a été difficile d'écrire cette histoire est que je n'ai pu m'appuyer que sur des souvenirs - principalement ceux de mon grand-père, des membres de ma famille, de mes proches, de mes connaissances, de la mémoire publique glanée dans les journaux, les articles, les messages en ligne, les documentaires et les interviews. Cela fait de moi un narrateur peu fiable par défaut, car j'ai commencé à écrire ce livre à un moment où les souvenirs de mon grand-père commençaient à s'estomper rapidement. La mémoire, comme nous le savons tous, est une chose très mouvante et je ne veux pas prétendre à l'exactitude totale des histoires que j'ai rassemblées. Je sais qu'il ne faut pas confondre souvenirs et vérités factuelles. Cependant, j'ai fait de mon mieux pour recouper chaque information avec ma grand-mère, qui a joué un rôle majeur dans la vie et le combat de mon grand-père depuis 1971. Néanmoins, les événements des années précédentes restent également un mystère pour elle. Comme il n'y avait pas de documentation disponible, je n'avais aucun moyen de vérifier l'exactitude de ces événements. Cela ne signifie pas que les incidents mentionnés n'ont jamais eu lieu. Ils ont eu lieu parce qu'ils font partie des premiers souvenirs de mon grand-père et qu'il en a parlé longuement sur différents forums. Mais en même temps, j'ai dû exercer ma liberté créative en tant qu'auteur pour combler certaines lacunes, étoffer certains épisodes comme on arrondit certaines solutions mathématiques lorsqu'elles se poursuivent indéfiniment au-delà de la virgule. Lors de la rédaction du livre, j'ai eu l'occasion de parler à de nombreuses personnes de ma ville, dont beaucoup étaient des anciens qui avaient assisté à toutes les étapes de l'évolution de l'éclairage des festivals à Chandannagar dans toute sa splendeur. C'est là que j'ai rencontré certaines controverses lorsque le sujet des rouleaux a été abordé. D'après ce que j'avais entendu depuis mon enfance, et la raison pour laquelle mon grand-père a toujours été considéré comme le pionnier de l'éclairage automatique, c'est parce qu'il est célèbre pour avoir inventé les rouleaux qui donnaient vie aux panneaux grâce à l'animation des miniatures. Mon grand-père semble toujours se souvenir clairement de la manière dont il a eu l'idée de ces rouleaux, et cette histoire a été corroborée par d'autres membres de la famille, ses aides et apprentis, et certains de ses vieux amis qui l'ont connu à la fin des années 1960. Cependant, certaines personnes à Chandannagar pensent que ces rouleaux étaient déjà utilisés avant que mon grand-père ne les utilise dans ses projets artistiques. Je n'ai pas pu vérifier cette information car les deux artistes mécaniciens mentionnés à ce sujet ne sont plus en vie. D'après ce que m'a raconté mon grand-père, il y avait des rouleaux qui servaient à animer de simples figures mécaniques sans lumière et qui constituaient une source importante de son inspiration artistique. Cependant, ces rouleaux ne pouvaient pas être utilisés pour les lampes miniatures. Les rouleaux qu'il utilisait au début pour animer ses lampes miniatures devaient être créés à l'aide d'un mécanisme entièrement différent et, au départ, ils ne fonctionnaient que pour les lampes sur panneaux, et non pour les figures tridimensionnelles. Plus tard, avec l'évolution des figures mécaniques tridimensionnelles éclairées, une combinaison de tous ces différents types de rouleaux a dû être utilisée. Ce que j'ai conclu de la discussion, c'est qu'il n'y a jamais eu de mécanisme unique. Les artistes ont dû modifier et adapter ces rouleaux pour répondre à leurs besoins spécifiques.

J'ai délibérément changé les noms de certaines personnes ou les ai gardés anonymes afin de protéger leur vie privée et d'éviter toute déformation des faits. Je crois fermement que la vérité ne peut jamais être absolue. Différentes personnes ont différentes façons de se souvenir, de comprendre et d'articuler la même vérité. C'est pourquoi j'ai essayé, dans la mesure du possible, d'inclure d'autres perspectives dans ce récit. Certains chapitres sont racontés par ma grand-mère et ma mère, chacune avec sa propre voix, car ils révèlent le côté sombre et souvent négligé de la célébrité. D'autres personnages figurent en bonne place dans les intermèdes et ajoutent une dimension supplémentaire aux informations existantes ; les conversations que j'ai eues avec eux suivent le plus souvent un modèle d'entretien informel. Je voulais inclure tant d'autres voix, tant d'autres perspectives, tant d'autres incidents, mais ce livre n'aurait jamais été terminé. J'ai essayé, dans la mesure du possible, de rester fidèle aux informations auxquelles j'avais accès, de comprendre et d'expliquer les détails techniques de chaque invention, même lorsque mon cerveau d'homme opposait de fortes résistances à la logique de certains mécanismes complexes, et je m'excuse d'avance pour les erreurs qui pourraient subsister. Il suffit de dire que j'ai fait de mon mieux.

SOMMAIRE

Prologue 1
Été 1955 18
Automne 1955 30
Hiver 1956 36
Saraswati Puja 1956 39
Interlude 48
Été 1957 56
Interlude 71
Automne 1965 78
Interlude 92
Automne 1968, 1969 99
Interlude 106
Été 1970 115
Automne 1970 119
Hiver 1970 124
Été 1971 129
Interlude 134
Les souvenirs de ma grand-mère 145
Les souvenirs de mon grand-père 153
Interlude 161
Les souvenirs de ma mère 169
Interlude 184
La fin des années 1990 187
Les souvenirs de mon grand-père dans les années 1980 191
Interlude 202
Le début des années 2000 210
Interlude 221

Été 2001	225
Automne 2003	229
Interlude	234
Un mois plus tard	239
Réflexions de mon grand-père	247
Épilogue	254

Prologue

Enfant, j'aimais jouer avec des torches. C'est ainsi que tout a commencé. Et vous connaissez la suite de l'histoire".

La présentation PowerPoint s'est terminée par les mots simples de mon grand-père et a été saluée par une salve d'applaudissements assourdissants de la part de l'auditoire. Les lumières de la scène se rallument et une dame vêtue d'un sari s'approche délicatement du podium et s'éclaircit la gorge avant d'allumer le microphone sans fil. Mon grand-père n'a jamais été un homme éloquent. Tout ce que l'on pouvait attendre de lui, c'était des faits froids et durs. Il n'a jamais fait l'effort d'embellir son histoire ou de faire de la philosophie. Il a toujours été un homme peu loquace, qui avait du mal à exprimer ce qui se passait dans sa tête. Chaque fois qu'il était invité à prendre la parole quelque part, il ne passait pas une seule nuit blanche à se demander ce qu'il allait dire. Il savait que le public attendait quelque chose d'émouvant et de motivant, quelque chose qui l'inciterait à découvrir son but dans la vie ou qui le sortirait de sa rêverie, mais il n'a jamais essayé d'être à la hauteur de ses attentes. Je pense qu'il aimait peut-être déjouer ces attentes, car il en souriait toujours plus tard. Il n'en a pas été autrement cette fois-ci. Il n'avait pas préparé de discours. C'était un événement grandiose et j'avais quelques appréhensions. Mais cette fois-ci, il s'est passé quelque chose de tout à fait inattendu.

Mon grand-père était nerveux. Ses yeux pétillent, les rides de son front se creusent, ses mains tremblent et il m'adresse un sourire édenté. Cela ne m'était pas du tout familier.

Mon cœur s'emballe", murmure-t-il.

Ne t'inquiète pas, je lui ai pris la main, surprise. Tu l'as déjà fait un million de fois.

Je ne sais pas quoi dire", avoue-t-il. J'aurais dû m'y préparer.

Sois toi-même, d'accord ? Je lui ai dit. Sois confiant. Vous êtes une star.

Allez-y, brillez un peu et nous serons tous éblouis".

Il m'a regardé avec tendresse et m'a dit : "Que ferais-je sans toi ?

Il a beau essayer, il ne pourra jamais être insensible à mes sollicitations. Malgré l'adulation sans fin qu'il recevait de ses admirateurs, ce qu'il attendait le plus, c'était mes compliments. Dès mon plus jeune âge, j'étais ouvertement consciente du pouvoir que j'exerçais sur lui et j'étais très fière de savoir que personne d'autre ne détenait la clé de son cœur. Je me délectais de lui donner l'impression d'être une célébrité et je ne m'arrêterais pas tant que je ne verrais pas mon propre petit moi se refléter dans ses yeux brillants et heureux.

J'espère que je ne tomberai pas sur la scène", s'inquiète-t-il. Elle a l'air si glissante ! Les marches sont si étroites". Je ne laisserai pas cela se produire. C'est pour cela que je suis là". Je l'ai rassuré. Maintenant, calme-toi et écoute toutes les choses merveilleuses qu'elle a à dire sur toi.

Les projecteurs se sont braqués sur la dame et son collier d'argent a brillé. Les murmures et les applaudissements se sont tus et tout le monde était attentif.

Elle a commencé par dire : "Chandannagar, la belle ville située sur les rives de la rivière Hooghly, a toujours été célèbre en tant qu'ancienne colonie française. Cette petite ville attire les touristes du monde entier comme des aimants, en raison de sa beauté pittoresque et de son mélange unique de culture et de patrimoine. Le Jagadhatri Puja, comme nous le savons tous, est un événement socioculturel majeur de cette ville. Mais il y a aussi quelque chose d'autre qui a gravé le nom de Chandannagar sur les pages de l'histoire...

Les murs de la salle Swabhumi ont résonné du mot "LIGHTS !" et mon grand-père et moi avons échangé des regards à la fois jubilatoires et nerveux.

Tout a commencé avec un petit garçon fasciné par une petite torche électrique", poursuit la dame. Curieux comme il l'était, il ne s'est pas contenté de la lumière de la torche ; il a voulu voir ce qu'il y avait à l'intérieur, c'est-à-dire les aspects mécaniques qui entraient dans la fabrication de cette torche électrique. En 1955, alors qu'il n'était qu'un élève de septième année, il s'est porté volontaire pour éclairer les grandes célébrations de la Saraswati Puja dans son école. Il a affirmé qu'il pouvait faire fonctionner les lumières. Tandis que ses amis se moquent de sa chimère et passent leur soirée à faire le tour de la ville, ce jeune homme résolu reste dans le dos de l'idole, dans sa salle de classe, avec trois petites ampoules fixées à l'intérieur de trois boîtes d'orge vides. Les professeurs, qui avaient auparavant douté de ses capacités et considéré avec mépris le garçon qui ne prêtait guère attention aux études, débordaient à présent d'étonnement et de fierté. Ce fut le début de la carrière illustre de ce jeune garçon et le début de "l'éclairage automatique" à Chandannagar.

Mon cœur s'est gonflé de fierté et a tressailli d'impatience, et je pouvais presque entendre les battements du cœur délicat de mon grand-père lorsqu'il a saisi sa canne pour se préparer à ce qui allait suivre.

Oui, mesdames et messieurs", se réjouit la dame. Il n'est autre que Shri Sridhar Das, le pionnier de l'éclairage public décoratif à Chandannagar ! De l'auguste festival de la Tamise à Londres à l'opulent festival de l'Inde célébré en Russie, les illuminations de Das ont immortalisé non seulement son propre nom, mais aussi celui de sa ville bien-aimée, Chandannagar. L'université Queen's en Irlande a exposé son illumination pendant plus de deux semaines, une entreprise malaisienne réputée lui a offert un emploi permanent avec un salaire mirobolant, mais Das n'a pas cédé à la tentation en raison de son amour pour sa patrie. Il a reçu tant de prix et de distinctions en Inde et à l'étranger que l'ancien maire de la municipalité de Chandannagar, M. Amiya Das, a envisagé la possibilité de construire une galerie touristique dans le seul but de les préserver et de les exposer.

Elle s'est arrêtée pour respirer et a jeté un coup d'œil au journal qu'elle lisait. J'étais tellement bouleversée que j'avais du mal à me concentrer sur ce qu'elle disait.

Aujourd'hui, l'éclairage public est devenu une industrie à part entière dans cette ancienne colonie française, faisant vivre des milliers de personnes", poursuit la dame. Les lumières de cette petite ville ont dépassé les frontières nationales pour illuminer le monde entier ! Environ dix mille personnes dans la seule ville de Chandannagar et cinquante mille personnes dans le district de Hooghly et ses provinces voisines travaillent directement ou indirectement dans ce secteur. Et tout a commencé avec un garçon de onze ans, vivant dans la pauvreté, qui a osé être ambitieux et a travaillé dur pour réaliser ses rêves".

Elle baissa le ton et reprit, plus sérieuse : "À soixante-quinze ans, avec une canne qui l'aide à marcher, il est toujours aussi grand et fort. Joignez donc vos mains pour que j'appelle sur scène la légende elle-même, Shri Sridhar Das !

Mon grand-père était au bord des larmes lorsqu'il s'est levé faiblement de son siège. Il s'appuie sur sa canne en boitant un peu et se retourne vers moi pour s'assurer que je suis bien derrière lui. Trois des organisateurs se sont dirigés vers sa chaise et, après lui avoir touché les pieds avec respect, ils l'ont conduit jusqu'à une rampe en pente douce spécialement construite pour lui afin qu'il n'éprouve aucune difficulté à monter sur scène.

Depuis que j'ai appris à marcher, j'ai accompagné mon grand-père à toutes les cérémonies de remise de prix auxquelles il était invité. Je suis montée sur scène avec lui pour l'aider à porter ses prix, même s'il n'avait pas besoin d'aide. Pendant ses interviews, j'interrompais les journalistes, leur suggérant de meilleures questions à poser, exigeant d'être interviewée à ses côtés pour qu'il ne rate pas les choses importantes, ajoutant des anecdotes amusantes que j'avais recueillies dans l'inépuisable réservoir de souvenirs de ma grand-mère. Je me suis également vanté de ma "contribution" à sa fascinante carrière, alors que je ne savais même pas ce que signifiait le mot "contribution". Mon grand-père a inventé la lumière ! disais-je à tout le monde jusqu'à ce que j'apprenne, en quatrième année, que c'était Thomas Alva Edison qui avait inventé l'ampoule électrique et qu'il ne ressemblait pas du tout à mon grand-père. Mais à l'époque, mon grand-père se prêtait avec enthousiasme à toute cette agitation et me présentait à tous ses visiteurs de marque. Il se faisait un devoir de m'appeler dans son bureau chaque fois qu'un journaliste frappait à la porte et j'étais le premier à qui il montrait toutes ses invitations. Il a même construit une vitrine séparée dans sa galerie pour exposer mes minuscules réalisations à côté des siennes.

Je n'étais plus petite. J'ai grandi, mon grand-père a vieilli, mais notre relation n'a fait que s'approfondir avec le temps. Quand j'étais petite, je ne passais pas beaucoup de temps avec lui. Il était au sommet de sa carrière et était un bourreau de travail. Nous avions tous peur de lui et de ses humeurs imprévisibles. Je me cachais derrière ma grand-mère chaque fois qu'il rentrait de l'usine et il était très déçu de moi si je faisais l'école buissonnière sans raison valable. Mais au fil du temps, et surtout après avoir pris sa retraite, il s'est transformé en une personne excessivement affectueuse. Il m'a toujours énormément aimée, mais il avait l'habitude d'exprimer son amour pour moi uniquement par ses actions. Et lorsque j'étais enfant, mon langage amoureux se composait de mots d'éloge, de contacts physiques et de temps de qualité, ce que mon grand-père n'a jamais eu le loisir de faire pour moi. Ma grand-mère était mon univers à l'époque. Mais au fil du temps, il a commencé à exprimer de plus en plus son amour pour moi. Il a changé de façon remarquable lorsqu'il a commencé à réduire consciemment sa charge de travail en raison de complications de santé dans la soixantaine. Mais cette excitation et cette appréhension avant d'être appelé sur scène pour recevoir un prix, qu'il soit grand ou petit, sont restées constantes. Pour l'occasion, je m'étais habillée de couleurs vives, comme je le faisais quand j'étais enfant. C'était presque comme si c'était moi qui recevais un prix ! Mais cette fois-ci, quelque chose m'a retenu.

Mon grand-père m'a demandé de l'accompagner lorsqu'il a remarqué que je ne le suivais pas.

Non, j'ai souri. Je ne veux pas voler la vedette, mon vieux.

C'est votre moment !" "Mais pourquoi ?

Je t'ai formé pendant toutes ces années", ai-je répondu. Maintenant, tu dois le faire par toi-même.

Mais si je tombe ?" Il semble à nouveau anxieux. Eh bien... tu t'es toujours relevé, n'est-ce pas ? Mon grand-père a hoché la tête nerveusement : "Je pense que oui...

Tu t'en sortiras très bien ! Je l'ai encouragé. Va chercher ton prix maintenant !

C'était probablement la centième fois que je le voyais sur scène recevoir un prix, mais ce spectacle ne manquait jamais de me toucher. J'avais une boule dans la gorge et mes yeux luttaient contre des larmes soudaines. Je ne sais pas si j'ai eu raison de l'abandonner comme ça au dernier moment. Mais pour une fois, je voulais être dans le public. Il s'agissait d'un prix pour l'ensemble de sa carrière, après tout. Et le voilà sur scène, avec son sourire familier. Ses yeux me cherchaient dans le public. Il avait l'air d'un petit enfant lorsqu'il a levé fièrement le spectaculaire souvenir au-dessus de sa tête pour me le montrer. Lorsqu'on lui a demandé de s'adresser à l'auditoire, il était d'abord trop ému pour parler, mais lorsqu'il a finalement pris la parole, la voix tremblante et chargée d'émotion, un silence feutré a régné dans l'auditorium. Mon grand-père a remercié tous ses amis et connaissances qui ont joué un rôle important dans sa vie et sa carrière. Beaucoup d'entre eux, qui lui tenaient à cœur, étaient décédés ces dernières années et il était toujours très ému de parler d'eux. Les souvenirs brumeux de la longue période qu'ils ont passée ensemble sont suffisamment puissants pour l'émouvoir aux larmes. Il a mentionné ma grand-mère, ses efforts inlassables et ses sacrifices, qui l'ont soutenu contre vents et marées, ma mère, qui ne s'est jamais plainte même si elle n'a pas eu une enfance facile, et enfin moi. Il m'a appelé son "guide" et m'a montré du doigt dans le public, ce qui m'a mis très mal à l'aise car un millier de têtes se sont soudain tournées vers moi et deux mille mains applaudissaient énergiquement. Il a gracieusement remercié les gentils organisateurs de l'avoir reçu ce soir-là et de lui avoir fait tant d'honneur. Je l'ai regardé, stupéfaite de voir à quel point il parlait bien ce soir-là. C'est le meilleur discours qu'il ait prononcé jusqu'à présent. Le public a répondu à ses humbles paroles par une ovation debout, suivie d'une riche moisson de photographies de presse.

Un an plus tard...

C'est vers la mi-août 2018 que j'ai fait le cauchemar le plus angoissant. Il s'agissait de mon grand-père et j'avais eu un aperçu bouleversant de la pire chose qui pouvait lui arriver.

Je me suis réveillée en haletant et j'ai tendu la main vers la carafe d'eau qui se trouvait sur la table de mon lit, la renversant au moment où je me versais un verre. Mes mains tremblaient. Chaque partie de mon corps tremble lorsque j'essaie de boire une gorgée. Ma gorge était desséchée, mon T-shirt trempé. Je ne pouvais plus respirer. J'avais déjà fait des rêves qui s'étaient étrangement réalisés. Des rêves inquiétants concernant la mort de membres de la famille, des fausses couches, des problèmes de santé imprévus et même des rêves plus simples comme rencontrer quelqu'un après une longue période ou échouer à un examen pour lequel j'étais bien préparée, se sont réalisés de temps en temps. Je savais qu'il s'agissait de coïncidences, mais une partie de moi était fortement ébranlée chaque fois qu'une telle chose se produisait. Chaque fois que je faisais un cauchemar impliquant un être cher, je plongeais dans la panique et cela me tourmentait pendant plusieurs jours. Cette fois-ci, c'était un peu trop personnel.

Ça va aller", me répétais-je. Calmez-vous.

Ce n'était qu'un rêve. Cela ne se réalisera pas".

J'ai essayé de m'allonger sur mon lit et de pratiquer les exercices de respiration que mon psychiatre m'avait enseignés. Inspirez profondément pendant six secondes, retenez votre respiration aussi longtemps que possible et essayez de la relâcher lentement en dix secondes. Mais j'ai fini par fixer le plafond tandis que les images de mon cauchemar tournaient en boucle dans ma tête. Ma grand-mère dormait profondément à mes côtés. J'avais désespérément besoin d'air frais. J'ai donc atteint la porte sur des jambes chancelantes et l'ai ouverte.

Un souffle d'air épais, lourd de l'odeur de la fumée.

Et sur le toit du garage, dans le ciel étoilé bleu pâle, silhouette noire, se tenait mon grand-père. Il tient une cigarette allumée à la main. Je pouvais enfin relâcher mon souffle

Je l'avais inconsciemment retenue pendant si longtemps. J'avais envie de pleurer de soulagement en le voyant.

Pourquoi es-tu réveillé ? J'ai appelé à la place, noyant mon chagrin dans une colère feinte.

Il s'est retourné, m'a regardé de travers et m'a dit : "Toi aussi, tu es réveillé ?

Je n'arrive pas à dormir", lui ai-je dit. Ce que je n'ai pas pu lui dire, c'est à quel point j'étais soulagé de le voir là, vivant et respirant. Je pensais justement à vous", a-t-il dit. Tu n'écris pas

plus, n'est-ce pas ?

Je secoue la tête. Mais pourquoi penses-tu à cela maintenant ? Il est presque quatre heures du matin. Tu devrais être dans ta chambre, endormie. Et surtout pas de tabac".

Il éteint immédiatement sa cigarette et la jette au loin. Je me suis approché de lui, je lui ai donné la main et je l'ai conduit lentement jusqu'à sa chambre. Il m'a suivi sans un mot.

Depuis combien de temps es-tu réveillé ? demandai-je. Environ une heure, je crois", a-t-il répondu.

Et vous êtes venu ici pour fumer ? Il a l'air désolé.

Combien en as-tu fumé ? " " Umm... un ".

Mais mes yeux avaient déjà aperçu deux autres mégots de cigarettes près du pot de fleurs.

Vous ne devriez pas fumer. Vous savez que c'est mauvais pour votre santé. Vous avez un stimulateur cardiaque. Vous souffrez de BPCO. Vous savez à quel point c'est dangereux ! Je pensais que tu avais démissionné. Alors, c'est ce que vous avez fait, hein ? Fumer la nuit quand tout le monde dort".

Il n'a pas dit un mot. Il est allé se coucher tranquillement.

Je ne sais pas pourquoi il était réveillé, pourquoi il fumait malgré ses problèmes respiratoires, ni pourquoi il m'avait posé cette question. Je suis retournée dans ma chambre, mais je n'arrêtais pas de penser à ce qu'il m'avait demandé. Pourquoi ai-je arrêté d'écrire ? Peut-être parce que j'avais perdu confiance en mes capacités. Peut-être parce que j'étais à court d'imagination. Les critiques cinglantes du livre que j'ai écrit et publié lorsque j'étais adolescente, les innombrables courriers de refus de divers éditeurs, les tas de manuscrits à moitié terminés qui me regardaient fixement chaque fois que j'allumais mon ordinateur portable, les lignes que j'avais écrites, réécrites, supprimées, les voix dans mon esprit qui répétaient sans cesse "Tu n'es pas assez bonne". Tu ne seras jamais assez bien".

Il y a quelques mois, on m'a diagnostiqué une dépression clinique. Après avoir acheté les antidépresseurs, je les ai mis de côté et je n'en ai jamais parlé à personne. J'avais l'impression que personne ne comprendrait. Aucun membre de ma famille n'avait d'antécédents de dépression. Chacun d'entre eux a été fabriqué par ses soins. Mon grand-père et mon père étaient tous deux de parfaits étrangers au privilège et avaient tous deux traversé d'énormes difficultés dans la vie. Tout comme mon grand-père, mon père a commencé à travailler très jeune pour subvenir aux besoins de sa famille. Ma mère, bien qu'étant la fille de mon grand-père, a grandi toute seule, démunie et négligée parce que mon grand-père était encore un artiste en herbe pendant sa jeunesse et qu'il pouvait à peine payer ses frais de scolarité à temps. Et ma grand-mère, qui traversait elle-même plusieurs tragédies personnelles tout en s'occupant des tâches ménagères et de ses jeunes frères et sœurs, pouvait à peine accorder à sa propre fille le temps et l'attention dont elle avait besoin.

dont elle avait besoin. Ma mère a été victime d'énormes abus dans différents domaines et à différentes étapes de sa vie. Malgré tout, elle était la femme la plus forte et la plus travailleuse que je connaisse. Comment aurais-je pu m'attendre à ce que l'un d'entre eux fasse preuve d'empathie à mon égard ? Plus encore, je ne voulais pas paraître faible à leurs yeux. Dépression" est un mot qui leur est étranger.

J'ai été témoin de la lutte de mes parents pendant la majeure partie de mon enfance et j'ai à peine pu passer du temps avec eux jusqu'à l'âge de huit ans, à la naissance de mon frère. Mais je ne les ai jamais blâmés car je savais qu'ils travaillaient très dur. Ma grand-mère m'a élevée et nous avons mené une vie minimaliste, n'achetant que ce dont nous avions vraiment besoin, mangeant avec modération, passant beaucoup de temps à lire des livres et ne nous laissant jamais aller au luxe. Mon grand-père était peut-être célèbre, mais il n'était pas dépensier. Il a toujours été très prudent avec son argent et a toujours refusé les extravagances inutiles. Enfant, j'avais très peu d'exigences et beaucoup d'oncles et de tantes jeunes. Ils étaient tous cool et amusants et j'attendais toujours avec impatience leurs visites parce qu'ils m'apportaient des caramels et d'autres babioles. Mais mes parents me manquaient beaucoup. J'étais constamment anxieuse pour eux et perpétuellement seule.

Ma vie a changé de manière significative au cours de mon adolescence. Mes parents avaient enfin des emplois stables et pouvaient s'offrir le luxe auquel nous étions autrefois étrangers. Notre niveau de vie s'est naturellement élevé et j'étais heureuse qu'ils s'en sortent si bien, mais encore plus heureuse parce que je pouvais désormais passer plus de temps avec eux. Nous pourrions enfin partir en voyage et célébrer des fêtes ensemble. Notre maison a été rénovée. Elle était plus grande maintenant et se sentait tellement plus vivante avec mon petit frère autour d'elle. J'ai fait de mon mieux pour me faire des amis, car je voulais vraiment me sentir acceptée à l'école. Mais mes camarades de classe me regardaient d'un air froid et distant. Il y a une partie importante de mon histoire qu'aucun d'entre eux ne connaissait.

Très tôt dans mon enfance, j'ai vécu une série d'expériences terribles qui m'ont laissé un traumatisme majeur et des problèmes de confiance. Je souffrais d'énormes TOC, à tel point qu'il m'était difficile de fonctionner normalement et d'accomplir mes activités quotidiennes. J'étais physiquement faible, mais très forte sur le plan académique. En fait, j'étais dépendante de l'effet que cela me procurait. Je me sentais presque invincible. La plupart du temps, je restais seul et j'écrivais beaucoup sur mes expériences quotidiennes dans mon journal, car j'avais beaucoup de mal à communiquer avec les autres. Mes journaux intimes étaient mes seuls amis.

J'avais aussi des problèmes d'attachement et d'anxiété sociale. J'ai dû paraître distant et inaccessible, mais tout ce que j'ai essayé de faire, c'est de rester sur mes gardes pour protéger ma santé mentale. Je ne me suis jamais sentie à ma place nulle part. Lorsque j'étais à l'école, je n'ai jamais beaucoup réfléchi à ces problèmes. La solitude ne me dérangeait pas. Il m'a aidé à me concentrer sur mes études et à obtenir de bonnes notes. Cela m'a donné beaucoup de temps libre pour écrire. Mais une fois que j'ai quitté l'école, quelque chose s'est brisé en moi. Je suis devenue encore plus détachée et distante.

Un an avant mon diagnostic, mon grand-père, âgé de soixante-seize ans, avait été diagnostiqué comme souffrant d'une atrophie cérébrale qui, contrairement à ma dépression, ne pouvait pas être gardée secrète. Il tombait souvent dans des crises de démence, développait des problèmes d'élocution et était incapable de comprendre des choses simples ou d'enregistrer beaucoup d'informations à la fois. Ses pas étaient instables, ses actions maladroites et, pour couronner le tout, il s'est rapidement plaint de ne pas pouvoir voir ou entendre clairement.

Tout cela en l'espace d'un an seulement.

Mon grand-père, qui mesurait plus d'un mètre quatre-vingt, aux yeux perçants et à la personnalité marquante, n'était plus qu'un vieil homme tremblant et peu sûr de lui. Depuis 2005, il dépendait d'un stimulateur cardiaque pour faire fonctionner son cœur, mais il n'a jamais eu l'impression d'être en mauvaise santé ou qu'une partie vitale de sa personne dépendait d'une machine. Il avait l'habitude d'être si stable, si actif. À présent, ses mains tremblaient comme de la gelée, il avait du mal à garder l'équilibre lorsqu'il marchait et la seule vue de le voir assis seul dans sa chambre toute la journée, incapable de se souvenir de choses, incapable de parler sans bégayer ou d'entendre sans se faire crier dessus, était atroce pour moi. Le médecin de famille a suggéré de lui faire se souvenir des choses de son enfance. Demandez-lui de raconter en détail des incidents qui se sont produits il y a longtemps. Faites-lui lire quelques paragraphes du journal et posez-lui des questions à ce sujet. Racontez-lui une histoire deux fois le matin et demandez-lui de la répéter le soir. Malheureusement, l'atrophie cérébrale n'est pas une maladie que la médecine peut guérir. Le stade suivant est la maladie d'Alzheimer. Vous ne pouvez pas l'éviter mais vous pouvez la retarder grâce à

à l'aide de ces exercices cérébraux".

Lorsque j'étais enfant, l'idée même que mon grand-père vieillisse et disparaisse un jour de ma vie me terrifiait et m'empêchait de dormir. Maintenant, je me sens seulement impuissante. Dans les moments difficiles, c'est vers lui que je me tournais toujours pour trouver l'inspiration et la force. J'avais pris pour acquis qu'il resterait le même pour toujours, que rien ne serait plus jamais comme avant.

lui arriverait. Finalement, face à la dure réalité, je ne pouvais pas imaginer une vie sans mon grand-père. La maison dans laquelle je vivais et respirais depuis vingt ans, la maison qu'il avait construite lui-même il y a trente-sept ans, était devenue un symbole de lui. Les murs ont supporté son contact. Il a posé les briques de ses propres mains dans les années 1980, alors qu'il n'avait pas les moyens de payer la construction. Il avait peint ces murs qui gardaient tant de mes secrets. Je ne pouvais pas penser à la maison sans penser à mon grand-père.

Ces angoisses ont rapidement dépassé le domaine du conscient pour s'infiltrer dans des territoires plus sombres et plus obscurs. De l'autre côté de la fenêtre, le ciel s'éveille lentement aux premiers rayons du soleil matinal, rouge et or au milieu de vagues d'un bleu éclatant. Les oiseaux avaient commencé à gazouiller et je trouvais cela réconfortant. Il était probablement quatre heures et demie lorsque je me suis endormie.

Tu sais quoi ? Le lendemain matin, alors que nous prenions le thé, j'ai dit à mon grand-père : "Je crois que je vais recommencer à écrire".

Ses yeux brillent de bonheur.

Je vais écrire un livre", ai-je ajouté. Et je vais le terminer cette fois-ci.

Vous devriez", a-t-il répondu en buvant une gorgée de sa tasse. Et... je vais écrire sur vous".

Il m'a regardé avec surprise.

Pourquoi ? demanda-t-il, la tasse de thé tremblant dans sa main. Pourquoi quelqu'un voudrait-il lire quelque chose sur moi ?

Pour la même raison qu'ils lisent des articles sur d'autres personnes", ai-je haussé les épaules.

Mais ils peuvent facilement se renseigner sur moi... en lisant les magazines et les journaux ou en regardant les documentaires", a répondu mon grand-père en fronçant les sourcils.

Oui, mais ils ne connaîtront alors que vos réussites", ai-je posé ma tasse de thé. Ils ne connaîtront jamais votre histoire.

Mais il y a beaucoup d'autres personnes célèbres, balbutia mon grand-père, qui sont plus populaires. Je suis juste un... un... artiste d'une petite ville. Pourquoi quelqu'un voudrait-il lire quelque chose sur moi ?

Parce que vous vous êtes fait tout seul ! Vous n'avez jamais reçu d'éducation formelle, et personne ne vous a transmis les connaissances techniques ou l'expertise que vous avez acquises dans le domaine où vous avez excellé. Vous avez tout fait par essais et erreurs. Aujourd'hui, notre ville est internationalement connue pour ses lumières. Et des milliers de personnes gagnent leur vie grâce à l'industrie que vous avez créée. Tu ne vois pas à quel point c'est fascinant ?" J'ai tout lâché d'une traite.

Il n'en avait pas l'air. Le sourire que j'attendais n'était pas au rendez-vous.

Pourquoi n'écrivez-vous pas sur un autre sujet ?

S'il te plaît, Dadu ! S'il te plaît, laisse-moi le faire ! Je l'ai supplié, ne sachant pas comment le faire changer d'avis.

Mais qu'en est-il de tes études et... de tes examens ? demanda-t-il, inquiet.

Je ne vais pas faire de compromis avec eux, me tournai vers lui et pris ses mains tremblantes. Je te le promets. Je ne laisserai pas cela affecter mes études. J'ai déjà perdu assez de temps. Je passe des heures à ne rien faire. Je dois faire quelque chose de productif".

Il n'avait pas l'air de penser que c'était une bonne idée.

Ne dites pas "non". C'est quelque chose que je prévois depuis un certain temps déjà. Je dois le faire. Pas seulement pour toi, mais aussi pour moi".

Je ne pense pas comprendre. Pour vous-même ?

Puis j'ai abandonné et je lui ai dit la vérité. Je ne me sens pas très bien ces derniers temps.

J'ai vu mon grand-père me regarder avec un intérêt renouvelé.

Êtes-vous malade ? Que s'est-il passé ? Qu'est-ce qui ne va pas ? Je l'avais rendu anxieux.

Non, non. Je ne suis pas physiquement malade. Je ne me sens pas bien".

J'ai remarqué que tu n'étais pas toi-même ces derniers temps. Tu as été inhabituellement silencieuse. Mais j'ai pensé que vous étiez peut-être occupé avec le collège et les examens. Je ne vous ai donc pas dérangé. Chaque fois que je te vois, tu es... tu es soit assis seul dans ta chambre, soit en train de taper sur ton téléphone".

J'ai fait un signe de tête hésitant.

Qu'est-ce qui t'arrive ?

Je ne sais pas", dis-je, incapable de croiser son regard. Je ne peux pas l'expliquer. Il en est ainsi depuis plus d'un an".

Depuis plus d'un an ?" Ses yeux s'écarquillent.

Oui, répondis-je. Ce sentiment constant de ne rien valoir et d'être incapable.

J'ai regardé le sol, jouant avec le vieux fil rouge attaché à mon poignet.

J'ai l'impression de ne plus pouvoir penser correctement maintenant", ai-je tenté d'expliquer. Je ne peux rien prendre à la légère. Je ne sais pas comment parler aux gens. La plupart du temps, je ne sais pas quoi dire. Et lorsque je le fais, je ne pense pas qu'ils comprennent ce que je dis. Je dois beaucoup réfléchir avant de parler pour ne pas être mal compris".

Il a patiemment attendu que je continue.

Je regarde autour de moi et j'ai l'impression que tout va mal dans le monde, que tout est dénué de sens ! Je me regarde dans le miroir et je ne ressens que de la déception. Je ne me sens jamais bien dans ma peau. Il y a ces... ces voix dans ma tête qui me disent que je ne serai jamais assez bien. J'ai essayé d'écrire. Je ne voulais pas abandonner. C'est la seule chose que je voulais faire".

Alors pourquoi avez-vous abandonné ?

Parce que je ne suis jamais satisfait de ce que j'écris. J'ai essayé d'envoyer mes nouvelles et mes poèmes à différents magazines. Rejeté. A chaque fois. Je pense que j'ai perdu la capacité d'écrire ou que je ne l'ai jamais eue".

Tu sais que ce n'est pas du tout vrai. Vous n'avez même pas vingt ans. Vous avez toute la vie pour travailler sur votre écriture".

Tous mes rêves me paraissent impossibles", lui ai-je dit. Et je ne m'intéresse plus aux choses que j'ai toujours aimées faire, comme peindre, écouter de la musique ou lire des livres en dehors du programme de cours, et surtout écrire. C'est tellement frustrant !

Il m'a regardé, un peu confus, comme si tout cela était trop difficile à comprendre pour lui. Puis il m'a demandé : "Qu'est-ce qui vous rendrait heureux en ce moment ?" "Pouvoir écrire", ai-je répondu après ce qui m'a semblé être la première chose à faire.

une éternité. Pour écrire sur toi. Je veux oublier tout le reste et écrire à nouveau. Et je ne me préoccupe vraiment pas de savoir si cela affecte ou non mes résultats scolaires. Mon troisième semestre a été un désastre, même si j'ai travaillé dur pour l'obtenir. Je veux juste respirer un peu maintenant. Je ne suis même pas sûr d'avoir fait le bon choix en me lançant dans la littérature anglaise".

Qu'est-ce que tu racontes ?" Il avait l'air très inquiet. Tu as toujours été une bonne élève !

Je ne sais pas ce que vous entendez par "bon élève", ai-je dit. Les notes ne sont que des chiffres sur un morceau de papier. C'est tout le système éducatif qui est foutu ! Tout ce qu'il nous a appris, c'est à entrer en compétition les uns avec les autres. Quel mode de pensée malsain il nous a inculqué ! Nous ne pouvons plus être heureux pour les autres".

Je suis d'accord", a-t-il répondu. Mais... tu as toujours voulu étudier la littérature depuis ton enfance. Ce n'est pas parce qu'un semestre s'est mal passé qu'il faut abandonner.

Je ne savais pas quoi dire.

Je veux être comme toi un jour, Dadu", lui ai-je dit. Je sais que je ne pourrai jamais me vanter d'être un autodidacte. Vous ne pouviez pas étudier au-delà de la classe VIII. Mais vous avez suivi votre vocation, vous avez fait ce que vous saviez faire et vous avez réussi. Depuis mon enfance, la seule chose pour laquelle j'étais un peu doué était l'écriture. Je ne suis pas très doué, je peux encore m'améliorer, mais c'est la seule chose que j'ai toujours voulu faire".

Je le sais.

Mais je n'ai pas pu travailler sur la seule chose que j'aime faire parce que je me suis toujours sentie obligée de travailler sur mes études, juste pour continuer à être une "étudiante brillante". En ce moment, j'ai l'impression d'être coincée dans un vide créatif. Je n'ai pas d'histoire à raconter. C'est comme si ma créativité s'était tarie. Je n'arrive pas à penser à quoi que ce soit.

Il acquiesce gravement.

Mais je crois que j'en ai trouvé un maintenant. Pourquoi devrais-je chercher une intrigue ailleurs alors que j'en ai une brillante ici même ?

Il m'a regardé et a souri. Enfin, il commence à comprendre.

Et tu sais quoi, j'ai continué. Si je suis capable d'écrire sur toi, je pense que je pourrais surmonter toute cette négativité. Au moins, je serai engagé dans quelque chose. Je veux vraiment guérir, Dadu. Et il n'y a qu'une seule personne qui peut m'aider, c'est vous".

Vous pensez vraiment que c'est le cas ?

Je l'ai fait", ai-je répondu. Mais la seule chose qui me préoccupe vraiment, c'est de savoir si je peux rendre justice à votre histoire. Je sais qu'il y a des écrivains qui sont infiniment meilleurs que moi. Je ne suis qu'un amateur".

Oh ! Mais il y a une grande différence entre eux et toi, ma chère", dit-il en souriant, ses yeux bleus pétillant. Tu me connais d'une manière qu'ils ne connaîtront jamais. Ils me connaissent en tant qu'artiste. Ils ne peuvent écrire que sur mes réalisations. Mais vous me connaissez en tant que *personne*. Peu importe que vous soyez un amateur. Aucun d'entre nous n'est parfait. Nous commettons tous des erreurs. Mon Dieu, j'en ai fait des centaines et des milliers dans ma vie ! Vous ne pourrez jamais rien accomplir si vous vous laissez décourager par les erreurs et les critiques. Prenez-les à bras-le-corps".

D'accord, alors ! J'ai souri pour la première fois de la matinée.

Je ne m'attendais pas à ce qu'il soit capable d'en dire autant sans bégayer. Plus important encore, je ne m'attendais pas à ce qu'il soit si facile de lui parler de mon état d'esprit. Il m'a compris. Je me suis sentie plus confiante dans mon intuition que ce serait bon pour nous deux. J'ai décidé de le pousser un peu plus loin.

Mais je ne suis pas le seul à faire des efforts", lui ai-je dit. Tu dois m'aider en faisant toi-même un travail de réflexion et de mémoire. Pourquoi devrais-je lire des magazines et des articles de journaux, alors que je peux tout savoir directement de votre bouche ?

Après avoir été perdu dans ses pensées pendant toute la journée, mon grand-père s'est couché ce soir-là à l'heure habituelle, mais il lui a fallu beaucoup de temps pour s'endormir. Je lui avais donné un devoir de mémoire avant de lui dire bonne nuit, à savoir penser à un jour de sa vie avant qu'il ne découvre sa vocation. Il devait se remémorer l'époque où il n'était qu'un petit garçon, comme n'importe quel autre petit garçon ordinaire, vivant à Chandannagar au milieu du vingtième siècle, à ceci près que ce petit garçon, étranger au luxe et aux privilèges, avait les yeux rivés sur les étoiles. L'esprit rempli de nouvelles idées pour mon récit, j'ai avalé mon somnifère et j'ai dormi paisiblement cette nuit-là, pour la première fois depuis des mois, tandis qu'il restait éveillé dans son lit, perdu dans ses pensées jusqu'aux petites heures du matin. Le lendemain, une fois les corvées terminées et après avoir eu un peu de temps dans la matinée, je me suis installée avec mon cahier, j'ai allumé l'enregistreur de mon téléphone et il a commencé à me raconter une journée dont il se souvenait d'une époque disparue où il n'avait que onze ans. L'été 1955. Voici son histoire.

Été 1955

Des œufs pour le déjeuner ! Un pour chacun ! chantais-je ce jour-là sur le chemin de l'école. Un pour chacun ! *Un pour chacun !*

Lorsque j'étais enfant, je n'ai jamais eu à feindre une maladie pour éviter l'école. Alors que les autres garçons de mon âge risquaient de graves ennuis s'ils étaient surpris en train de faire la sieste, je n'ai jamais eu à y réfléchir à deux fois. Ce n'est pas parce que j'aimais trop aller à l'école. Pour mémoire, ce n'était pas le cas. Mais mon père était trop occupé par son travail à l'usine et ma mère trop absorbée par la cuisine, le ménage, l'alimentation et les soins au nouveau-né pour s'enquérir de mes allées et venues, et je profitais généralement de la situation.

Mon père, Prafulla Chandra Das, travaillait comme ouvrier à l'usine de jute Alexander et ma mère, Saraswati Das, était une femme au foyer qui s'efforçait de préparer des repas décents pour nourrir une famille de treize personnes, allaitant mon plus jeune frère, âgé de onze mois, alors même que son ventre était légèrement gonflé par l'arrivée d'un autre enfant à naître. Ils étaient tous deux très travailleurs. Mon père a fait valoir son expertise dans la sphère publique, ma mère dans la sphère privée. La maison était son seul univers. Une petite cabane nichée dans la banlieue d'un pays sous-développé qui a acquis son indépendance de la domination britannique il y a tout juste huit ans.

Mais la particularité de notre ville est qu'elle a été sous domination française, contrairement au reste du pays. D'une certaine manière, c'était un petit monde à part entière. Il n'a jamais eu sa place ailleurs. Elle avait une culture propre, une saveur différente. La plupart des personnes que nous connaissions s'exprimaient dans un français approximatif. Moins de personnes parlent l'anglais. Je ne pouvais parler ni l'un ni l'autre. Et cela ne m'a jamais irrité, même si je peux dire que cela a irrité certains de mes amis. Ils considèrent qu'il s'agit d'un inconvénient majeur. Je n'ai jamais compris pourquoi. Je me contentais de connaître ma propre langue, le bangla. Pourquoi devrais-je apprendre celle de quelqu'un d'autre ? Ont-ils jamais essayé de maîtriser ma langue ? C'est loin d'être le cas. Mais ils ont toujours attendu de nous que nous maîtrisions la leur, comme si nous n'étions pas à la hauteur si nous ne parlions pas leur langue.

Oh, comme j'ai été heureuse lorsque nous avons atteint la liberté ! Je me suis dit que nous allions enfin être libérés de ces attentes. Je pouvais parler fièrement ma propre langue et me contenter de la couleur de ma peau. La présence constante des Français autour de nous et le simple fait d'apercevoir leurs visages blancs de l'autre côté de la rue étaient suffisamment puissants pour induire en soi un fort sentiment d'infériorité. Nous étions nombreux, ils étaient peu nombreux, et pourtant nous nous démarquions comme des contrastes à côté d'eux sur la terre qui était censée être la nôtre avant qu'ils n'amènent leurs navires pour le commerce. Cependant, il ne m'a pas fallu longtemps pour comprendre que je me trompais. Même si les visages pâles ont disparu, nous sommes loin d'être libres. Parler l'anglais et le français était encore considéré comme la marque de l'alphabétisation. Quiconque ne se conformait pas à ces normes était considéré comme analphabète. La couleur de ma peau me faisait toujours remarquer et même ma mère se moquait parfois de moi parce que j'étais le membre le plus foncé de la famille. Elle m'a dit que je ne me marierais jamais et que je ne ferais jamais rien d'important dans la vie puisque j'étais à la fois pauvre et noir, contrairement à mes autres frères et sœurs qui n'étaient que pauvres.

Pour ma mère, les quatre murs chargés de mousse de notre maison représentaient des limites qu'elle n'a jamais eu la volonté de dépasser. Elle se contentait de vivre entre ces murs et se sentait bénie d'avoir un toit au-dessus de sa tête. Elle n'avait aucune plainte, aucune exigence. Et si l'un d'entre nous se plaignait de son état lamentable, c'est la canne qui parlait. À l'époque, les garçons de mon âge étaient battus à mort par leurs parents pour le moindre écart de conduite. Je n'ai pas fait exception à la règle. Cependant, ma mère ne m'a jamais punie pour avoir fait l'école buissonnière. Si ma mère me voyait à la maison pendant les heures de classe, elle me demandait de l'aider à faire le ménage ou de tenir mon petit frère, Ganesh. Et mon père, qui était le seul de la famille à se préoccuper de mon éducation, passait ses journées à travailler à l'usine, si bien qu'il ne représentait pas non plus une grande menace. S'il avait été à la maison, je n'aurais jamais eu la liberté de m'absenter de l'école. Il y a un an, je me souviens avoir été sévèrement battu par lui pour la même raison. Mais l'usine lui demande plus de temps maintenant, son salaire a été augmenté de deux roupies en guise de justification, et il n'est presque plus là. Lorsqu'il revenait, nous étions si nombreux qu'il perdait souvent le fil et appelait parfois mon frère Kartik "Balaram" et Balaram "Krishna". Nous ne savions même pas quand nous étions nés ni quel âge nous avions, car personne n'avait le loisir de se souvenir de ces détails.

Tous mes frères ont été nommés d'après des personnages de la mythologie hindoue, mais aucun d'entre eux ne ressemblait aux personnages dont ils portaient le nom. C'est loin d'être le cas. Sauf pour Ganesh. Non, non ! Il n'avait pas une tête d'éléphant. Mais ses traits étaient émoussés, ses yeux bruns et grands, ses membres dodus et courts et son ventre rond et flasque. En d'autres termes, c'était l'enfant le plus sain de notre famille, avec un appétit insatiable. Il ne lui manquait qu'une malle. Quel malheureux oubli !

J'avais quelques sœurs qui avaient des responsabilités plus importantes. Bien sûr, ils n'allaient pas à l'école. À l'époque, il n'en était pas question pour les filles. Ils aidaient ma mère à cuisiner, à laver les pommes de terre, à couper les légumes, à faire bouillir le riz et les lentilles, à passer la serpillière avec des chiffons qui n'avaient plus d'utilité depuis longtemps. Pendant leur temps libre, ils s'asseyaient à la porte de la cuisine pour séparer les moules de leur coquille ou suçaient les tranches de cornichon à la mangue conservées dans de vieux bocaux en verre, en faisant claquer leur langue et en léchant de temps à autre leurs lèvres brunes et gercées. Baba n'achetait presque jamais de poisson ou de viande pour notre famille, car le petit étang situé juste derrière notre maison était plein de petits poissons et de moules d'eau douce. Tandis que mes frères aînés passaient des heures sur les marches du ghat avec une boule de pâte, deux petites cannes à pêche et un très vieux seau en fer rouillé, pêchant tout le week-end, mes sœurs faisaient flotter de grandes feuilles de cocotier près des berges pour ramasser des grappes de moules qui dérivaient sur l'eau. Et notre mère en cuisinait de petites portions pendant la semaine. Krishna et moi volions souvent des mangues dans les vergers de la biscuiterie près de notre maison ou dans les nombreux grands arbres qui se dressaient fièrement au milieu du fourré vert bordant le chemin de terre sur le chemin de l'école. Même si j'aimais les mangues plus que tout autre fruit, j'ai trouvé les palmiers dattiers particulièrement intéressants. Avec leurs pots en terre attachés à leurs troncs pour recueillir le jus de palme sucré, ils me rappelaient les grosses sangsues noires qui refusaient de lâcher mes jambes la fois où nous étions allés jouer à cache-cache dans les forêts de bambous sombres et lugubres de Kalupukur, dans notre localité voisine. C'était le genre d'endroit qui donnait des frissons à la nuit tombée, un repaire de chacals voraces, de boggarts et de fantômes du cimetière, de métamorphes enchanteurs, de grillons rauques, de vers luisants enflammés, parfois de dacoïts. Des hectares et des hectares de grands bambous, si verts et humides pendant la journée et si froids et sombres pendant la nuit que l'on peut être effrayé par le bruit de ses propres pas et frissonner tout le long du chemin du retour, en répétant cent huit fois le nom du Seigneur Rama.

Notre petite maison faite de boue et de paille à Bidyalanka, au cœur de Chandannagar, n'était pas assez grande pour nous loger tous les treize quand j'y pense aujourd'hui, près de soixante-quatre ans plus tard, mais c'était notre maison à l'époque et la plupart d'entre nous n'auraient jamais pu rêver de quelque chose de plus grand ou de meilleur.

Ne sois pas en retard aujourd'hui", m'a dit ma mère en sortant de la cuisine un matin. Je fais des œufs à la coque pour le déjeuner, un pour chacun.

J'ai presque cru que je rêvais parce que, premièrement, ma mère n'était pas très gentille avec moi. Elle se souciait à peine de savoir si je rentrais de l'école ou si j'étais assommé en chemin, mais aujourd'hui, elle m'a demandé de rentrer plus tôt pour le déjeuner. Deuxièmement, elle nous préparait des œufs à la coque. Et surtout, un pour chacun ! Pour moi, ce n'était rien de moins qu'un rêve devenu réalité ! Je n'avais jamais mangé d'œuf entier de toute ma vie.

Des œufs pour le déjeuner ! Un pour chacun ! chantais-je ce jour-là sur le chemin de l'école. Un pour chacun ! Un pour *chacun*!

Il bruinait et le chemin de terre étroit et sans revêtement était plein de nids-de-poule et de flaques boueuses, mais je m'en moquais, alors que, n'importe quel autre jour, j'aurais sauté dans ces flaques et me serais trempé au puits tubulaire. C'était une stratégie courante et assez populaire à l'époque. Mes amis et moi oubliions délibérément d'emporter nos parapluies et nous nous trempions souvent dans les puits ou dans n'importe quel tuyau qui suintait d'eau les jours de pluie, de sorte que notre professeur nous renvoyait chez nous dès que nous entrions dans la salle de classe avec nos pantalons dégoulinants. Je me souviens que Bhola sentait les égouts un jour de pluie et j'ai tout de suite su qu'il s'était trouvé sous le mauvais tuyau.

Tu as l'air très heureux aujourd'hui ! Bhola m'a donné une tape dans le dos. Qu'est-ce qu'il y a ?

Maa prépare des œufs à la coque pour le déjeuner ! J'ai répondu avec joie. Un pour chacun !

Tu as beaucoup de chance", dit-il avec envie. Ma mère me laisse rarement un œuf plein ! Elle coupe chaque œuf en trois morceaux que nous partagerons à neuf. Et papa a toujours le plus gros morceau".

Je sais, c'est très injuste", ai-je répondu. Je n'ai jamais eu un œuf plein de ma vie ! Une fois, j'ai mangé la moitié d'un œuf, j'ai volé le morceau de papa quand il ne regardait pas et j'ai accusé Kartik qui est le préféré de ma mère et qui ne se fait donc jamais gronder. Ce sera la première fois que je mangerai un œuf entier ! Je dois rentrer tôt à la maison aujourd'hui car je ne veux pas le rater".

Alors, tu ne vas pas jouer avec nous aujourd'hui ? me demande mon meilleur ami Vikash, déçu.

Désolé, non.

Mais l'équipe a besoin de toi, Sridhar ! Nous devons vaincre les brutes de Lal Dighi".

Je promets de rester demain. Aujourd'hui est un jour très spécial ! Je me frottais les mains avec enthousiasme, imaginant le goût du jaune d'œuf dur fondant lentement dans ma bouche et mes dents de devant inégales mordant dans l'albumine blanche et solide. Ma mère est probablement en train de cuisiner ces gigantesques perles en ce moment même ! En visualisant tout cela au ralenti, je l'ai savouré dans mon imagination, petit à petit. Je ne savais pas combien de temps j'allais rester assis sur le sol froid en terre à sucer cet œuf dans l'après-midi. Cependant, j'étais déterminée à profiter au maximum de l'occasion et à savourer chaque molécule de cet œuf béni jusqu'à ce que ma mère me sorte de ma rêverie et me dise d'aller me laver les mains ou d'aller chercher du bois pour l'âtre ou du combustible pour la lampe-tempête avant que l'obscurité n'engloutisse notre petite chaumière.

Ce matin-là, les heures d'école semblent extrêmement fastidieuses et fatigantes. Les poils acérés des sacs grossiers sur lesquels nous étions assis perçaient le tissu bon marché de nos pantalons et griffaient la peau de nos cuisses jusqu'à ce qu'elles soient douloureuses. Le plafond était fait d'amiante bon marché, ce qui rendait la chaleur encore plus insupportable et nous transpirions comme des chevaux et sentions comme des chiens. Pendant que nous répétions en chœur la même strophe du poème de Tagore, "Taal Gaach", avec un ton nasal distinct pour les effets spéciaux, jusqu'à ce que nous en ayons assez du son de nos propres voix, notre professeur, Babulal Pramanik, somnolait sur sa chaise en bois, la canne à la main, le grain de beauté vigilant sous son œil droit, sévère et tendu comme s'il n'allait pas permettre la moindre nuisance. Et puis il y avait cette misérable mouche qui avait fait une fixation contre nature sur le précieux grain de beauté de Babulal Sir et qui essayait continuellement de s'y poser. Ses vaines tentatives pour draguer la jolie taupe interrompaient souvent le sommeil de Babulal Sir, qui se réveillait en sursaut mais s'assoupissait à nouveau en quelques secondes, bercé par notre incantation monotone des vers énergiques de Tagore. Je regrettais d'être venu à l'école ce jour-là. Oh, comme j'aurais aimé rester chez moi !

C'est intolérable ! Bhola me chuchote par derrière. Fais quelque chose, Sridhar !

Comme quoi ? J'ai répondu en chuchotant.

Quelque chose ! N'importe quoi ! C'est de la torture ! Nous serons à moitié endormis lorsque nous atteindrons le champ et les chiens de Lal Dighi nous botteront joyeusement les fesses à la place ! Fuyons. Je ne pense pas qu'il va se réveiller de sitôt".

Et me faire fouetter par mon père s'il l'apprend ? m'exclamai-je. Je ne peux rien faire de risqué aujourd'hui !

Œufs à la coque ! Un pour chacun ! Un pour chacun", m'a rappelé une voix dans ma tête, et j'ai été prudent.

Inutile de dire que la surprise et l'envie se lisaient sur les visages de mes amis lorsque je leur ai annoncé, après les cours, que j'allais manger un œuf de cane entier dans l'après-midi. C'était précisément la raison pour laquelle j'étais allé à l'école ce matin-là, pour leur annoncer cette fabuleuse nouvelle. Je me souvenais que Chandu m'avait un jour appelé "le fils du pauvre ouvrier" et je voulais lui faire savoir que mon père était devenu suffisamment riche pour nous offrir des œufs à tous.

Qui est le fils du pauvre ouvrier maintenant, hein, Chandu ? Mon meilleur ami Vikash avait pris ma défense.

Qui se soucie des œufs stupides ? se moque Chandu. J'en mange tous les jours. Et c'est toujours un fils de travailleur pauvre ! Regardez les lanières déchirées de ses sandales maintenues par des épingles, la chemise non lavée qu'il porte depuis quatre jours d'affilée. Mon père gagne vingt-cinq roupies par semaine. C'est cent roupies par mois ! Combien gagne son père ? Dix ? Douze ? Probablement moins que cela".

Il est juste jaloux, tu sais, me chuchote Vikash à l'oreille. Ne t'inquiète pas. Il raconte des mensonges simplement pour te tourmenter". Je sais", ai-je répondu en chuchotant, même si je savais que Chandu n'avait aucune raison d'être jaloux de moi. Il était meilleur que moi dans tous les domaines. C'était un brahmane de la caste supérieure, d'apparence claire et saine. J'étais un Vaishya, sombre et mince. Son père était directeur, il gagnait cent roupies par mois, mon père n'était qu'un simple ouvrier. Il n'était pas trop mauvais en études non plus et était l'élève préféré de Babulal Sir. C'est moi qui faisais l'impasse sur les cours et j'étais toujours la victime de son courroux. Je n'avais aucune idée de la raison pour laquelle Chandu était si amer envers moi. Il avait tout. J'avais peu de choses. Ce n'est pas comme si je pouvais devenir son rival. Il était bien au-delà de mes compétences. Peut-être son amertume était-elle habituelle. Vikash aussi était juste. C'était le plus beau garçon de notre classe ! Lui aussi venait d'une famille riche, mais il n'a jamais été amer envers qui que ce soit. Il

ne ferait pas de mal à une mouche !

Pourquoi crois-tu que Chandu me déteste tant ? Je me souviens avoir demandé à Vikash plus tard dans l'après-midi, alors que nous étions perchés sur le parapet et que nous mangions son tiffin.

Il a réfléchi à ma question pendant deux secondes, puis a répondu : "Parce qu'il a peur que tu sois meilleur que lui".

Quoi ? J'ai ri, savourant le *dum-aloo* que sa mère avait préparé avec tant d'amour. Je n'ai jamais apporté de tiffin à l'école. Mais Vikash en apportait toujours un peu plus pour que je n'aie pas faim.

Oui, répondit-il. Ce qu'il voit en vous est... comment appelle-t-on cela ? Potentiel ! Il voit en vous un potentiel. Vous pouvez résoudre n'importe quelle somme. Même celles que Babulal Sir ne peut résoudre, sans parler de Chandu ou de n'importe lequel d'entre nous".

C'est pour ça qu'il me déteste ? ai-je demandé. Parce que je suis douée pour résoudre des problèmes ?

Bien sûr, dit Vikash. Il a peur que ton *potentiel* te permette un jour de devenir un mathématicien comme Ramanujan, ou... ou un scientifique comme Einstein ! Il ne supporte absolument pas que "le fils du pauvre ouvrier" soit un jour mieux loti que lui".

Mais je ne veux pas être mathématicien ou scientifique", lui ai-je dit.

Alors, que veux-tu devenir ?

Je ne sais pas. Je n'y ai pas encore réfléchi. Je veux faire quelque chose de différent. Une chose à laquelle personne n'a jamais pensé".

Tu feras certainement quelque chose de grand, mon ami ! Vikash m'encourage. Tu as tout ce qu'il faut en toi. Je peux le voir".

Tu as vu les lumières du bazar, Vikash ? Les longues ?

Les tubes lumineux de la boutique de Sudha Kaka, vous voulez dire ? Oui, je les ai vus. Pourquoi ?

Ne sont-ils pas fascinants ?

Ils me semblent assez ordinaires", se gratte-t-il la tête. Ce ne sont que des lumières dans de longs tubes.

Je veux créer quelque chose de beau", lui ai-je dit. Et à peine avais-je prononcé ces mots que j'ai senti un violent coup dans le dos et que je suis tombée à plat ventre sur le sol avec la petite boîte à tiffin. Un groupe de garçons se tenait là et riait, d'autres jetaient des coups d'œil curieux par-dessus les rails

de me regarder.

Vous voyez ? dit une voix familière en ricanant. Il n'est pas toujours nécessaire de créer quelque chose de beau pour que les gens s'arrêtent et regardent.

C'est quoi ce bordel, Chandu ? s'écrie Vikash. Ce n'est pas drôle !

Chandu et ses acolytes sont restés là à se moquer de moi, à rugir de rire, à me traiter de toutes sortes de noms. Vikash, en bon pacifiste qu'il était, ne les a pas attaqués physiquement, mais il s'en est pris à eux verbalement, promettant de porter l'affaire devant le bureau du chef de service. Je me suis levé, j'ai brossé la saleté de mon uniforme et j'ai ramassé les morceaux de *dum- aloo* qui étaient tombés par terre. Mon front me faisait mal, mes yeux me piquaient et l'un de mes genoux était très écorché. J'ai senti une boule dans ma gorge, mais je l'ai avalée. Je ne voulais pas verser une seule larme ce jour-là. Au son du scooter de Head Sir arrivant à la porte, Chandu et ses laquais se sont enfuis, tandis que Vikash m'a escorté jusqu'au robinet et m'a aidé à laver la saleté de mon genou qui saignait, pour éviter qu'il ne s'infecte.

Je déteste ces gens-là ! Vikash fulmine en serrant les dents et en m'aspergeant le genou avec de l'eau, trempant presque mon pantalon. Je n'ai jamais, de toute ma vie, détesté quelqu'un autant que je les déteste ! Allons directement au bureau du chef de service. Tout de suite !

J'ai préféré dire : "Laisse tomber". Je ne veux pas créer de problèmes inutiles.

Inutile ? Si vous laissez tomber maintenant, ils continueront à vous faire ça", s'est-il écrié. C'est ce qu'ils font. Ces brutes s'en prennent à des innocents ! Il faut que cela cesse !

Nous irons un autre jour, Vikash, lui ai-je dit. Je dois rentrer chez moi en début d'après-midi. Je ne peux pas être en retard aujourd'hui. Nous reprendrons cette question un autre jour".

Un autre jour, il sera peut-être trop tard !

Je ne veux pas être impliqué dans une scène aujourd'hui", lui ai-je dit. Ma mère prépare des œufs pour le déjeuner. Je ne peux pas me permettre de gâcher l'ambiance".

Et en effet, rien ne pouvait gâcher mon humeur joyeuse ce jour-là. Et je n'ai pas été déçue le moins du monde en rentrant chez moi, car tous mes rêves se sont réalisés cet après-midi-là !

Pour commencer, nous avons dégusté des courges amères croustillantes, coupées en fines tranches rondes. Vient ensuite la purée de pommes de terre assaisonnée d'oignons finement hachés, de piments et de quelques gouttes d'huile de moutarde. Pour le plat principal, nous avons mangé du riz blanc avec de *l'arhar* daal aqueux. Et puis est arrivé ce que nous attendions tous, les précieux et appétissants œufs durs de canard, encore chauds dans leur coquille ! Quel luxe !

Pour la première fois de ma vie, j'ai été aussi heureuse au déjeuner ! Les yeux de ma mère pétillaient de satisfaction lorsqu'elle servait les œufs. Je n'arrivais pas à croire qu'un œuf de canard entier se trouvait dans mon assiette, sous mes yeux, et qu'il n'attendait que d'être dégusté. En la frappant doucement contre mon assiette avec des mains tremblantes, j'ai brisé la coquille et j'ai pris un grand plaisir à la décoller de la surface brillante de l'albumine solidifiée. Et la voilà ! La beauté ! Exactement comme je l'avais imaginé ! Quel bonheur ! Quelle satisfaction inexplicable !

Cependant, cela ne s'est pas passé comme je l'avais imaginé. Dans mon imagination, j'avais prévu de m'asseoir avec cet œuf pendant une heure, de le savourer petit à petit, de saupoudrer le jaune d'œuf orange de sel en couches successives. Mais face à la tentation dans la vraie vie, il n'a fallu que quelques minutes pour que le succulent œuf disparaisse complètement de mon assiette et se retrouve dans mon estomac. Au lieu de cela, j'ai roté tout l'après-midi et j'ai savouré chacun d'entre eux.

Aujourd'hui, près de soixante-cinq ans plus tard, même si j'ai oublié la plupart des événements de ma vie, ce souvenir reste clair comme de l'eau de roche, le souvenir du jour où j'ai été autorisée à manger un œuf entier pour la toute première fois. Et le goût était tel qu'il a allumé une flamme dans le cœur d'un pauvre garçon, un désir d'être bien loti, afin qu'il puisse avoir un autre œuf, et deux autres si c'est ce qu'il veut, sans avoir à mendier, emprunter ou voler. Je voulais montrer à Chandu et à tous ses acolytes pourris de quoi j'étais capable.

Le feu a brûlé cet après-midi-là et a pris de l'ampleur à la tombée de la nuit, lorsque ma mère m'a demandé de me concentrer sur mes études au lieu de jouer avec la torche et de gaspiller la batterie et mon temps.

Pourquoi joues-tu toujours avec cet instrument, mon garçon ? s'écrie-t-elle en tapotant le dos de Ganesh encore et encore pour l'endormir.

J'aime la façon dont il brille tout seul. Comme une luciole. N'est-ce pas, Maa ?

Pourquoi ne consacres-tu pas la même énergie à tes études, pour une fois ?

Les flammes dorées du désir qui brûlaient en moi se sont manifestées dans ma plainte contre la faible lumière de la lampe-tempête qui était trop faible pour que je puisse lire ne serait-ce qu'une ligne.

Je ne peux pas lire dans cette obscurité. J'ai mal à la tête".

Il n'a pas mal quand tu joues avec cette stupide lampe, n'est-ce pas ? Ce n'est qu'au moment d'étudier que l'on a mal à la tête".

Pourquoi n'avons-nous pas des lumières plus brillantes, Maa ? demandai-je. Parce que nous sommes pauvres", a répondu ma mère d'un ton impérieux,

versant de l'eau dans un bol de farine tandis que Ganesh suçait son pouce sur ses genoux.

Je ne peux pas lire dans cette lumière", me suis-je encore plaint en allumant et en éteignant la torche.

Qu'est-ce qui ne va pas chez toi ? Tu ne t'es jamais plaint de la lumière auparavant.

J'ai vu de meilleures lumières, Maa. Des plus brillants ! Elle a fait semblant de ne pas avoir entendu.

J'ai vu Sudha Kaka au Laxmiganj Bazaar en train de les réparer dans son magasin. Ce sont de vraies lumières, dans de longs tubes. Rien à voir avec les lampes-tempête ! Et ils sont si brillants que tout semble flou après les avoir regardés pendant un certain temps".

Alors, c'est ce qui s'est passé, hein ? siffle ma mère, qui pétrit la pâte avec une violente intensité. Ces lumières semblent t'avoir aveuglé et maintenant tu ne vois plus rien. Si je te trouve encore en train de regarder ces lumières, *khoka*, je te fais mourir de faim pendant une semaine !

Le fruit défendu est toujours sucré. Je suis donc retourné voir ces lumières dès le lendemain. Et le jour suivant. Et le jour suivant. Même si je savais que je serais écorché vif si Baba me surprenait là. Les lumières avaient quelque chose d'étrange et d'agréable. Ils étaient si étranges et si beaux ! Je n'avais jamais rien vu de tel auparavant. Plus je les regardais, plus ils m'agitaient. C'était un sentiment déstabilisant, mais j'avais envie d'être plus proche d'eux. Je voulais les toucher, les sentir avec mes mains et m'endormir à côté d'eux. Ils avaient déclenché quelque chose en moi, une émotion que je n'avais jamais ressentie auparavant, un sentiment d'urgence. Je pouvais voir le monde dans ces lumières alléchantes, un monde qui m'appelait. Je rêvais souvent d'eux, et dans ces rêves, je me voyais être tout ce que je voulais être. Très vite, ces lumières ont dominé mes heures d'éveil et c'est à elles que j'ai pensé en me couchant.

Maman avait raison, Vikash. Les lumières m'ont aveuglé.

Je ne vois plus rien d'autre".

Il sourit d'une oreille à l'autre. Tu es dans le pétrin maintenant, n'est-ce pas ?

Automne 1955

Pourquoi restes-tu dehors, mon enfant ? demande Sudha Kaka, une petite tasse de thé au citron en terre dans une main et une bouilloire en aluminium rouillé dans l'autre. Entre.

Cela faisait des mois que je me tenais devant son magasin, Sadhu Electric, et que je regardais tous les appareils électriques que ses hommes réparaient. Les murs étaient tachés et gras, d'une couleur jaune ocre, il y avait plusieurs charnières tout autour et des récipients contenant différentes sortes d'huile, des morceaux de tissus, tous vieux, déchirés et tachés. Un certain nombre d'instruments, petits et grands, sont éparpillés sur le vieux sol en mosaïque fissuré. Ils m'ont fasciné au plus haut point. Des tableaux électriques, des tournevis, des écrous et des boulons, des câbles, des ampoules et des tubes d'éclairage, des ventilateurs sur pied, des ventilateurs de plafond, des bidons d'huile de kérosène à l'odeur paradisiaque et une machine qui émettait une pluie d'étincelles et qu'il fallait manier avec beaucoup de précautions. Je voulais les toucher, mais je n'osais pas.

J'aimerais voir comment vous travaillez avec tout cela", lui ai-je dit. Peux-tu m'apprendre, Kaka ? Je travaillerai pour vous".

Mais tu es trop jeune pour ce genre de travail", dit Kaka, les yeux écarquillés d'étonnement. C'est un travail risqué, petit. C'est comme jouer avec le feu. Les gens se blessent en faisant ce genre de travail".

Ce qui passe dans ces fils, c'est le *courant*, n'est-ce pas ?

Oui. Cela s'appelle de l'électricité".

Qu'est-ce que l'électricité ? lui ai-je demandé par curiosité. Tout cela m'était étranger. Qu'est-ce que cette électricité ou ce courant qui fait briller toutes ces ampoules et tourner les ventilateurs ?

Mon enfant, il y a deux types de courant, répond Sudha Kaka. Le courant alternatif et le courant continu. À Chandannagar, nous n'avons que la climatisation. Alors qu'à Kolkata et dans d'autres grandes villes, on trouve DC...

Quelle est la différence entre le courant alternatif et le courant continu ? Je l'ai interrompu, excité.

Le courant alternatif est un courant qui change de direction à intervalles réguliers", m'a expliqué Kaka. Alors que le courant continu est un courant qui circule dans une seule direction.

Je n'ai pas vraiment compris ce qu'il avait dit. Tout ce que j'ai compris, c'est qu'il y avait quelque chose qui s'appelait le courant, également connu sous le nom d'électricité. Il circule dans les fils. Il a également fait briller des lumières et tourner des ventilateurs. Par moments, il a changé de direction. Parfois, ce n'était pas le cas. Je ne comprenais toujours pas comment il faisait briller ces lumières et la curiosité me tuait. Plus je passais de temps à regarder

Les hommes de Kaka pincent le tabac à priser et fument des *bidis*, s'arrêtent pour boire une gorgée de leur tasse de thé au citron, mais tout en travaillant sur ces lumières et ces ventilateurs comme des experts, plus ma curiosité grandissait. On aurait dit qu'ils savaient tout sur l'électricité ! Comment ont-ils fait ? Et pourquoi n'ai-je rien su à ce sujet ? S'agit-il de quelque chose qu'ils ont appris à l'école ? Je ne me souviens pas qu'on m'ait enseigné quelque chose de ce genre. Tout ce qu'ils nous faisaient faire, c'était de nous asseoir avec des livres et de réciter les mêmes poèmes ineptes encore et encore ou de faire des additions que même un âne pouvait résoudre. N'ai-je pas prêté attention à tout ce qui m'a été enseigné ? Avais-je fait l'impasse sur l'école ce jour-là ?

Un jour, je leur ai demandé : "Où avez-vous appris cela ? À l'école ?

Ils m'ont regardé un instant, dans un silence absolu, puis ont éclaté de rire, tous les cinq ensemble, comme si j'avais dit la chose la plus drôle qui soit. Il y avait des gens dans tous les autres magasins et même ceux qui se tenaient de l'autre côté de la rue pour acheter de la crème et du beurre à la laiterie regardaient dans notre direction. Pendant tout ce temps, une vache se tenait près de moi, occupée à ruminer, regardant d'un air absent une chienne paria qui jouait avec ses petits, mais elle a interrompu sa rumination et s'est retournée pour me regarder. Je peux dire avec certitude qu'elle aussi était amusée.

Je me suis tortillée d'embarras.

L'un d'eux m'a demandé, en essuyant une larme, quelle école tu fréquentes.

Narua Shikshayatan' Je me suis gratté la tête. Vous ?

Nous ne savons même pas à quoi ressemble une école de l'intérieur", a-t-il répondu.

Tout ce que nous savons, c'est qu'ils ne vous font pas de bien", ajoute un autre en mettant son casque.

Ils ne font que vous transformer en gros idiots avec beaucoup d'argent et aucune joie de vivre", a ajouté leur chef de groupe. Ils vous disent quand vous asseoir et quand vous lever. Ils te battent quand tu n'obéis pas. Tu ne peux même pas faire pipi sans permission ! Pensez-y ! J'ai été à l'école pendant quelques jours, ils ne m'ont pas laissé faire pipi quand j'ai demandé à y aller. J'ai donc fait pipi partout et je n'y suis jamais retourné. Ils vous disent de vous taire lorsque vous posez des questions auxquelles ils ne peuvent pas répondre. Et lorsque vous n'obtenez pas de bons résultats, vous êtes également battu à domicile. Il n'y a pas d'écoles. Seulement des prisons".

Je l'ai regardé avec une admiration grandissante. Parfois, je ressens la même chose.

Oui ? il avait l'air heureux. Tu le sens aussi, mon garçon ?

Oui, répondis-je. Je n'aime pas l'école. Les intimidateurs ne sont jamais punis".

Tu es un bon garçon ! Viens, tu es l'un des nôtres", m'a tapoté le chef de groupe.

Vous êtes l'un des nôtres, cette phrase m'a marqué pendant toute une journée et j'ai ressenti un inexplicable sentiment de fierté et d'appartenance chaque fois que j'y pensais. Si je pouvais travailler quelques jours dans l'atelier de Kaka, j'apprendrais tout ce qu'il y a à apprendre sur l'électricité. Et ma maison ne serait plus jamais sombre après la tombée de la nuit.

Je veux savoir comment l'électricité passe dans ces fils", ai-je dit à Kaka. D'où vient-elle ? Qui le fabrique ? Que se passe-t-il exactement dans ces ampoules de verre lorsqu'elles entrent en contact avec l'électricité ? Pourquoi brillent-ils ? Qu'en est-il des fans ?

Tu es trop jeune pour cela", répète Kaka. Je t'apprendrai tout sur l'électricité quand tu auras quatorze ans.

J'ai été déçue. Je voulais en savoir plus à ce moment précis. Mais Kaka était occupé, tout comme ses hommes, et je savais que ce n'était pas le bon moment pour les embêter. Au moins, il m'a permis de surveiller ses hommes pendant qu'ils travaillaient. J'avais peur qu'on m'interdise même de le faire si j'intervenais trop ou si j'avais l'air trop excité. J'ai envisagé de rentrer chez moi et d'ouvrir ma torche. J'étais certain que cela avait un rapport avec l'électricité. Comment pourrait-elle briller autrement ?

Mais au moment où je m'apprêtais à franchir les portes de mon humble demeure, j'ai été brutalement saisi par le col. Je me suis étouffé et j'ai toussé un peu, j'étais sur le point de réagir violemment parce que je pensais que c'était un de mes frères, mais je me suis retourné pour découvrir que ce n'était rien d'autre que mon père. Il était rentré du moulin en début d'après-midi et voulait que je lui donne un coup de main pour transporter des briques de notre maison jusqu'à la cour d'un homme riche qui venait de s'installer dans notre localité. A peine a-t-il donné ses ordres qu'un chariot rempli de briques arrive à notre porte. Notre riche voisin les avait apparemment obtenues à très bas prix et avait donc acheté tout le chargement de briques et quelques sacs de ciment dans le but de construire un mur d'enceinte le long de son jardin.

Je t'ai apporté un cadeau aujourd'hui", a dit le père, en essayant de me tenter. Fais ton travail avec sincérité et tu l'auras.

À la fin de la journée, lorsque j'eus fini de déplacer la montagne de briques et que mes mains et mes jambes furent endolories, mon cou et mes épaules raides, ma colonne vertébrale presque engourdie, je découvris que le "cadeau" que mon père avait brandi comme appât toute la journée n'était rien d'autre qu'un tas de papiers ternes et jaunâtres qu'il avait ramenés de l'usine. Il voulait maintenant que je l'aide à les coudre dans des cahiers et que je les utilise pour mes cours. Je pense que la déception se lisait un peu trop clairement sur mon visage, car mon dos endolori a reçu trois bonnes fessées peu de temps après.

Ce garçon ne s'intéresse pas aux études", a-t-il asséné sur la table avec un grand coup de poing, tandis que je restais là à frotter mon dos douloureux. Tout ce qu'il sait faire, c'est sécher l'école et traîner dans le bazar de Laxmiganj ! Il est inutile !" "Tu es encore allé au bazar ?" me lance ma mère.

Oui, pour apporter du bois de chauffage...", ai-je balbutié. Pour l'âtre.

Alors, où est le bois de chauffage ?

Je n'en ai pas trouvé. Il n'y en avait pas sur le marché aujourd'hui.

Mais Hari, du marché aux poissons, m'a dit que tu étais resté toute la journée dans le magasin d'électricité de Sudha Sadhu", a déclaré mon père, l'air furieux. Est-ce qu'il m'a menti ?

Je n'étais pas là aujourd'hui, Baba", ai-je menti instinctivement. J'y suis allé hier.

Laissez-moi vous rafraîchir la mémoire, espèce de RASCAL ! rugit mon père. La vérité, c'est que tu y vas TOUS LES JOURS !

Tous les jours ? s'est écriée ma mère. Ne t'ai-je pas dit de ne plus jamais y aller ?

Tous les jours, mon père s'est mis à hurler. En fait, Sudha me l'a dit lui-même ! Pourquoi me mentirait-il ? Il fait l'école buissonnière, il vous ment à la maison pour aller s'asseoir avec Sudha Sadhu et ses gars, en fumant des *bidis*!

C'est vrai, *khoka*? demande la mère.

Je ne fume pas de *bidis*", ai-je protesté. Je n'ai jamais fumé de *bidis*.

Je n'ai pas dit ça, espèce de crétin ! s'écrie le père. Ne feignez pas l'innocence ! Je sais que vous n'êtes pas innocent. Vous m'avez désobéi ! Tu as désobéi à ta mère ! Comment oses-tu vivre sous mon toit et me désobéir ?

Je n'ai pas parlé. Je ne savais pas quoi dire.

J'ai été battu à mort et on m'a fait mourir de faim cette nuit-là.

Le lendemain après-midi, alors que ma mère était occupée à la cuisine et que mes sœurs se disputaient pour savoir comment elles appelleraient notre nouveau frère ou notre nouvelle sœur une fois qu'il serait né, j'ai réussi à ouvrir la torche. Je m'attendais à y trouver l'univers, comme Yashoda Maa dans la bouche de Krishna, mais tout ce que j'ai trouvé, c'est un ressort dérisoire, une pile insignifiante dont l'extrémité est fixée au ressort et dont la tête touche la lampe, et une mince plaque de bronze, de la taille d'un billet de loterie plié en cinq, qui était reliée à l'interrupteur. C'est tout ce que j'allais trouver ? J'ai été un peu déçue. Mais au moment où j'ai appuyé sur l'interrupteur, la plaque de bronze a touché la lampe et elle a brillé. Dès que j'ai relâché l'interrupteur, la plaque de bronze s'est retirée et la lampe a cessé de briller. Intéressant !

La pile et la plaque de bronze ont certainement un rapport avec l'électricité", me suis-je dit. me suis-je dit.

    Je n'avais pas tort.

Hiver 1956

J'étais assez fier des nouveaux développements qui avaient eu lieu au cours des quatre derniers mois environ.

Premièrement, mon père avait introduit l'électricité dans notre maison. Nous disposions alors d'un tableau de distribution avec de nombreux interrupteurs amusants. Un réseau de fils traversait les murs de notre maison. Il n'y avait qu'un ventilateur et deux lampes de la plus mauvaise qualité, mais cela m'apportait une joie et une satisfaction sans limites. Les hommes de Sudha Kaka avaient réalisé le câblage dans notre maison et j'avais observé le processus avec attention, prenant autant de détails que possible avec l'intention de mener une expérience similaire prochainement.

Deuxièmement, j'ai découvert par hasard une vieille boîte de médicaments homéopathiques sous le lit et j'y ai rassemblé les objets les plus intéressants que j'ai pu trouver. Par exemple, une pince, un tournevis, des clous en fer, des fils électriques, des douilles et des ampoules, une guirlande de lampes, quelques feuilles de papier cellophane, etc. Et je n'avais ni mendié, ni emprunté, ni volé quoi que ce soit. Je les ai achetés. Chacun d'entre eux. J'ai gardé les petits cadeaux que mon père m'accordait souvent pour les rares occasions où il voulait soudain que l'on reconnaisse sa générosité. J'ai aussi aidé Sudha Kaka à faire de petits travaux comme apporter du thé, aller chercher ses *bidis*, faire quelques petites livraisons et il m'a laissé garder la monnaie. J'ai judicieusement investi toutes mes économies, petit à petit, pour me procurer l'attirail de pièces détachées électriques et d'autres appareils nécessaires qui m'aideraient dans mes expériences. Un jour, l'école s'est terminée plus tôt que d'habitude et, à mon retour, j'ai trouvé ma mère en train d'allaiter mon frère nouveau-né et mes cinq sœurs occupées dans la cuisine. Mon père était au moulin, mes quatre frères aînés étaient tous partis travailler. Kartik et Ganesh étaient avec notre mère, jouant l'un avec l'autre et amusant le nouveau bébé avec leurs pitreries. Krishna était là, quelque part, en train de pêcher ou de jouer avec le fils à tête de furet des voisins qui ne manquait jamais une occasion de me rappeler à quel point j'étais laide et maladroite. C'est un peu comme si l'on disait que la marmite était noire ! Cela faisait une semaine que ma mère avait accouché de mon frère et de ma sœur, et elle n'était donc pas très active. La voie était libre.

J'ai ouvert ma précieuse boîte et j'ai pris une ampoule, un support et un tas de fils. En fixant l'ampoule dans le support, j'y ai attaché les fils comme je l'avais vu faire par les hommes de Sudha Kaka, et j'ai inséré l'autre extrémité des fils dans la prise de notre tableau de distribution. Et puis je suis restée immobile, le cœur palpitant.

Dois-je appuyer sur l'interrupteur ? Et si cela ne fonctionnait pas ? Tous mes espoirs et mes rêves tomberaient en poussière sur le sol. Tous ces mois passés à sécher les cours et à rester devant l'atelier de réparation de Sudha Kaka à regarder les hommes travailler, à observer minutieusement toutes leurs activités, à me faire fouetter et battre par mon père chaque fois que le professeur se plaignait de mon manque d'assiduité et d'attention en classe, tout cela allait être gâché si l'ampoule ne s'allumait pas.

L'ampoule attachée à la douille et les fils gisaient sur le sol, se moquant de moi, comme s'ils me demandaient : "Et maintenant ? J'entendais le coucou roucouler dehors dans le doux soleil de l'après-midi, j'entendais le clapotis de l'eau de l'étang tout proche. Mani Kakima était probablement en train de laver des vêtements, je les entendais battre contre les marches dures du ghat. Quelques garçons se baignaient, s'éclaboussaient, riaient comme des fous et juraient gloire, des mots que je ne pouvais prononcer sans risquer d'être enterré vivant par mon père. Une délicieuse odeur de cornichon frais fait à partir du fruit du jujube et d'épices maison flottait dans l'air et m'a frappé le nez. Je savais ce que faisaient mes sœurs dès que j'entendais le claquement familier de leurs langues contre leurs palais, mais je me sentais tellement détachée d'elles. Comme si je n'avais jamais fait partie de leur vie. Comme si je n'avais jamais été destinée à l'être.

Je n'avais même plus envie de sortir et de jouer à la *gulli-danda* avec mes amis. Ils passaient souvent me voir pour prendre de mes nouvelles, me demander si je voulais aller jouer, mais je refusais tous les jours, prétextant une maladie, des courses ou autre chose. L'électricité m'a dévoré. Rien d'autre ne comptait autant. Tout mon sentiment d'appartenance se trouvait dans cette boîte d'homéopathie. Cette facette de ma personnalité était nouvelle pour moi et, aussi étrange que cela puisse paraître, j'en étais fière.

Les mains tremblantes, j'ai finalement appuyé sur l'interrupteur et ensuite, pendant un moment, j'ai tout regardé sauf l'ampoule qui gisait sur le sol. Jamais mon cœur n'a battu aussi vite et aussi fort alors que je m'efforçais de ne pas me concentrer sur quelque chose. Pas même lorsque ma mère a crié qu'elle était en train de mourir dans les affres de l'accouchement. J'ai sifflé un air inconnu que j'avais inventé à ce moment-là, j'ai regardé par la fenêtre pour voir les cimes des grands cocotiers se balancer, je me suis creusé le nez avec un air de profonde contemplation, j'ai regardé le plafond pour remarquer les toiles d'araignées qui s'y étaient accumulées, j'ai regardé partout, mais je n'ai pas regardé en bas de peur que mes espoirs ne soient brisés. J'ai touché ceci et cela sans but, j'ai redressé quelques objets sur la table, j'ai essuyé la poussière des rails avec mes doigts moites et j'ai remarqué la saleté qui s'était accumulée sous mes ongles.

C'est alors que mes yeux ont perçu une faible lueur. Enfin, en regardant vers le bas, du coin de l'œil, j'ai vu l'ampoule briller doucement sur le sol d'une lumière faible et instable. Un grand cri de joie triomphant retentit dans l'air !

Ma première expérience a été un succès.

Saraswati Puja 1956

Comme vous le savez tous, chaque année, ce sont les élèves des classes sept et huit qui organisent la puja à l'école", a déclaré Babulal Sir. J'aimerais donc que vous vous mettiez tous en groupes, que vous vous répartissiez les responsabilités et que vous proposiez des idées. La puja a lieu la semaine prochaine, jeudi, et j'ai donc besoin d'un plan avant la fin de la journée. Vikash, Bhola et Chandu se sont portés volontaires pour participer au camp de don ou à la *chanda* party, qui exige des membres du groupe qu'ils aillent frapper à toutes les portes ou qu'ils arrêtent tous les passants dans la rue pour demander sans vergogne de *la chanda* ou des dons pour la puja. Tout le monde n'était pas disposé à payer tout le temps, et ils ont souvent dû se montrer très persuasifs et exigeants. En conséquence, ils se faisaient souvent insulter, gifler, bousculer dans la rue et rejeter grossièrement avec un ou deux jurons, mais nos parents nous avaient définitivement préparés à la vie, et nous avions tous développé une peau épaisse. Nous étions donc immunisés contre toutes les formes possibles d'humiliation publique. C'était le travail d'une journée

pour nous.

Quelques courageux se sont portés volontaires pour participer au sketch que Babulal Sir présente chaque année. Dans ces occasions, la canne de Sir était son compagnon de tous les instants et il aimait souvent familiariser le dos des acteurs avec sa canne bien-aimée, au cas où ils auraient manqué une réplique ou l'auraient prononcée en retard, et lorsque leurs expressions faciales ne correspondaient pas à leurs dialogues dramatiques. Il leur faisait garder des piments au coin de la bouche et les faire mordre lorsque la scène exigeait qu'ils pleurent.

Les larmes ont l'air naturelles", proclamait-il fièrement.

Il a même obligé certains d'entre eux à se déguiser en filles et à parler d'une voix aiguë, et leur a appris à marcher à petits pas et à se déhancher à chaque pas. Ses démonstrations en direct étaient fascinantes. Oh, comme ses hanches se balancent ! J'ai souvent essayé de les copier lorsque j'étais seul. Je n'y suis jamais parvenu et j'ai fini par avoir l'air maladroit et risible. C'était si difficile. Je n'ai jamais compris pourquoi les garçons se moquaient de lui et le traitaient de toutes sortes de noms. Il s'agissait de jeunes ignorants qui n'avaient probablement pas d'œil pour l'art.

La semaine suivante, trois jours avant la puja, alors que les différents groupes étaient assis dans l'enceinte de l'école et discutaient de leurs responsabilités de dernière minute, j'ai eu le courage de me lever et de dire : "Je m'occupe des lumières, monsieur".

Quoi ?" Il me regarde par-dessus le bord de ses lunettes, les yeux exorbités. Qu'est-ce que tu viens de dire ?

J'ai dit que je m'occupais des lumières, monsieur. Mais nous avons déjà des lumières.

Oui, mais elles sont réparées", ai-je expliqué. Je peux faire fonctionner les lumières. Nous n'avons jamais utilisé de lampes de poche dans nos pujas. Je le ferai cette fois-ci. Ce sera quelque chose de nouveau".

Et comment comptez-vous faire fonctionner les lumières ? Je ne sais pas comment l'expliquer, monsieur, ai-je dit. Mais je peux vous montrer comment faire. Les lumières s'allument et s'éteignent, s'allument et s'éteignent, et changent de couleur, l'une après l'autre. Je... Je peux

les obliger à le faire".

Alors, tout ce que tu veux faire pour la puja, c'est te tenir près de ce stupide tableau électrique et appuyer sur ces foutus interrupteurs pour allumer et éteindre les lumières et les faire briller et pâlir, jusqu'à ce que tu reçoives un choc électrique, que les lumières s'arrêtent de fonctionner et que la puja soit gâchée ? me demande Monsieur, sarcastique, en se moquant de moi.

Les vingt-cinq élèves de la classe se sont roulés par terre de rire.

Sauf Vikash.

Non, monsieur, je n'ai pas dit cela...".

Ecoutez Sridhar, si vous ne voulez pas vous porter volontaire ou aider, c'est très bien", a-t-il grogné. Tu n'es pas indispensable. Mais vous vous prenez pour un arriviste, hein ? C'est là que vous vous trompez. Cette attitude devrait changer. Vous pensez pouvoir rester chez vous tous les jours et réussir vos examens. Tu penses que tu peux m'apprendre à faire des maths. Et maintenant, vous pensez que vous pouvez aussi faire les lumières ! Qu'as-tu mangé au petit-déjeuner aujourd'hui, mon garçon, pour te rendre aussi délirant ? Dans quel monde vivez-vous ?

Monsieur, pourriez-vous me donner une chance ? ai-je demandé. Je ne toucherai pas à vos lumières, j'apporterai les miennes. Je ne ferai de mal à aucun de vos interrupteurs et la puja ne sera pas gâchée, je vous le promets".

C'est à ce moment-là que notre chef, Lalit Mohan Chatterjee, est intervenu pour savoir ce qui se passait et pourquoi Babulal Sir avait l'air si furieux. Après avoir pris connaissance de l'affaire, Monsieur le Chef m'a appelé dans sa chambre et m'a demandé : "Comment sais-tu tant de choses sur la lumière, mon enfant ?

J'ai appris leur existence par les hommes de Sudha Kaka", lui ai-je dit en me grattant la tête. Je travaille pour eux.

Ce n'était pas tout à fait vrai, mais à ce moment-là, je n'avais pas de meilleure explication.

Vous pensez vraiment pouvoir faire ce que vous dites ? demanda-t-il, d'un ton aimable et compréhensif.

Oui, monsieur, je l'ai déjà fait. Plusieurs fois. Vous avez fait courir des lumières ?

Oui, monsieur. Je l'ai fait".

Je n'avais jamais rien fait de tel. Mais je savais que j'en étais capable, si seulement on me donnait une chance.

D'accord, alors faites-le. 'Vraiment, monsieur?'

Oui, si vous pensez que vous pouvez le faire, vous le faites.

Mais Babulal Sir ne me donnera pas la permission".

D'accord, je te donne la permission", m'a-t-il dit en souriant. Je suis votre chef, n'est-ce pas ?

Oui, monsieur", ai-je répondu timidement.

Alors, apportez vos lampes demain et montrez-moi ce que vous avez l'intention de faire", a-t-il dit. Si j'aime ce que je vois, je vous laisserai faire ce que vous voulez".

Ce fut l'un des plus beaux jours de ma vie ! Mais il y a eu un petit problème.

Ce ne sera pas possible, monsieur", lui ai-je dit, tristement. Je dois trouver de nouvelles lumières pour l'événement. J'aurai également besoin de quelques autres choses. Et j'ai besoin d'un peu de temps pour rassembler tout cela".

Mais la puja est dans trois jours, mon fils.

Je peux vous garantir que tout sera prêt pour la puja", lui ai-je assuré. Laissez-moi une chance, monsieur. Je vous promets de ne pas vous décevoir et de ne pas endommager les biens de l'école".

La décision a donc été prise à ce moment-là. J'allais m'occuper des lumières. Le chef m'a donné trois roupies pour acheter des fournitures fraîches et j'ai été submergé non seulement par la gratitude, mais aussi par un sentiment de responsabilité. Je ne pouvais pas me permettre de décevoir celui qui avait une telle confiance en mes capacités. Maintenant, je ne me reposerai pas tant que mon travail ne sera pas terminé.

Enfin, le jour de la Saraswati Puja est arrivé. Je me souviens que cette année-là, elle est tombée le 16 février et a été célébrée en grande pompe dans toute la ville. Les gens se levaient tôt le matin, se lavaient, s'habillaient de nouveaux vêtements colorés, le plus souvent jaune vif, pour se rendre dans les différents mandaps de puja et offrir du *pushpanjali* dans le but d'impressionner la déesse de l'apprentissage et de réussir tous leurs examens. Ce jour-là, personne n'était autorisé à toucher des livres, car ils devaient être consacrés aux pieds de la déesse pendant vingt-quatre heures. C'est pourquoi nous l'attendions avec impatience chaque année.

Les filles sont vêtues de saris jaune vif ou orange et les garçons de dhotis et de kurtas colorés. Nous n'avons guère eu l'occasion de porter des vêtements neufs lors de la Saraswati Puja. Père n'avait pas les moyens d'acheter de nouveaux vêtements pour un grand nombre d'entre nous. Chaque année, trois ou quatre d'entre nous recevaient de nouveaux vêtements à tour de rôle et nous portions les mêmes pendant les trois années suivantes. Les garçons plus âgés s'échangeaient leurs kurtas, même si les vêtements ne nous allaient pas parfaitement, et les filles échangeaient leurs sarees, afin de porter quelque chose de différent chaque année.

Cette année encore, je portais l'un des vêtements que mon frère aîné m'avait donnés. Il n'était pas à ma taille car j'étais le plus grand et le plus mince de la famille et il était plutôt rond et de plus petite taille. Krishna a dit que je ressemblais à un épouvantail et s'est ensuite associé au fils du voisin au visage de furet pour se moquer de mon apparence. Cependant, cela ne m'a pas dérangé car j'avais d'autres chats à fouetter ce jour-là, et essayer de bien paraître n'en faisait pas partie. Et j'avais déjà accepté le fait qu'avec un visage comme le mien, j'avais zéro chance sur dix d'être belle, quel que soit le prix ou la coupe de ma kurta.

J'ai marché jusqu'à l'école avec trois boîtes de conserve vides, trois supports, trois ampoules, trois clous en fer, une douzaine de fils, une planche en bois et du papier cellophane de différentes couleurs. En arrivant à la porte de l'école, je me suis dirigé directement vers la salle où l'idole devait être adorée. Mes amis étaient déjà là, remplissant les fonctions qui leur avaient été attribuées, certains dessinant l'*alpana*, d'autres décorant l'idole avec des guirlandes de soucis et des *chaand-malas*. Quelques-uns d'entre eux étaient assis dans un coin et coupaient des fruits pour le *prasad*, tandis que d'autres décoraient les portes et les piliers avec des guirlandes bon marché, des banderoles écrites à la main et des affiches avec des dessins réalisés par les élèves de notre école. Vikash m'a fait signe en arrivant. Il était joyeux et beau dans sa kurta orange vif et son dhoti blanc impeccable. Il était non seulement le plus beau garçon de notre classe, mais aussi le mieux élevé. Je me suis assis derrière l'idole et j'ai sorti tous les équipements un par un avec le plus grand soin. J'avais une ampoule de rechange et quelques supports au cas où l'une d'entre elles me ferait défaut. Vikash s'est assis à côté de

Il regarde ma précieuse collection d'un œil curieux. Tu sais que je suis ton meilleur ami, n'est-ce pas ? me demande-t-il

à l'improviste.

Oui, mais pourquoi ? demandai-je, confus.

Si tu as besoin d'aide, tu peux me le dire", a-t-il passé son bras autour de mon épaule. Je sais que tu peux le faire, Sridhar. Tu as toujours été un génie !

Les mots de Vikash ont agi comme un catalyseur pour moi et m'ont rempli d'un sentiment de motivation pour atteindre mon objectif et prouver que Babulal Sir avait tort.

Je me suis mis au travail, en commençant par découper les extrémités fermées des boîtes et en y insérant les ampoules. Ensuite, j'ai recouvert les boîtes contenant les ampoules de papier cellophane coloré - un rouge, un bleu et un jaune - et j'ai attaché les extrémités du papier avec du fil de coton fin. Vikash regarde tout cela, les yeux pleins d'admiration et d'émerveillement.

Il a demandé à quoi servaient ces papiers colorés.

Les ampoules vont briller à travers ces papiers en trois couleurs différentes", lui ai-je dit.

Ses yeux s'écarquillent d'excitation.

Ensuite, j'ai préparé la carte qui devait être connectée au point de branchement. Les mains tremblantes, j'ai tordu les fils, fixé les clous sur la planche et fait tout ce que j'avais appris lors de mes propres expériences. C'était un processus long et compliqué, mais au cours des dernières nuits, j'avais repassé toutes les étapes dans ma tête pour que rien ne puisse aller de travers ce jour-là.

Lorsque la carte et les trois boîtes de lumière étaient prêtes, j'ai connecté les deux fils au point de branchement. Le cœur battant très fort, j'ai fait une petite prière et j'ai appuyé sur l'interrupteur.

Rien ne brille. Pas une seule ampoule.

Qu'est-ce qui ne va pas, Sridhar ? demande Vikash, anxieux. Pourquoi ne brillent-ils pas ?

Le spectacle de lumière est terminé, les garçons", s'est moqué Babulal Sir avec un rire guttural qui m'a fait bouillir le sang, "Vous pouvez rentrer chez vous maintenant ! Bravo, Sridhar ! Je n'ai jamais rien vu de tel de toute ma vie !

Chandu et d'autres garçons de ma classe, qui adoraient se moquer des autres, ont ensuite éclaté de rire. Puis j'ai saisi le fil libre et je l'ai pressé doucement contre un clou de la planche. Et comme je l'avais prévu, le jeu a changé.

Il brille ! Elle brille", s'écrie Vikash, émerveillé et heureux. La lampe rouge brille !

J'ai touché le fil du clou relié à la lampe bleue et les garçons ont poussé un cri de surprise, puis j'ai touché le clou relié au fil de la lampe jaune. Un autre souffle. Ensuite, j'ai placé les trois boîtes l'une à côté de l'autre à l'horizontale, leur face avant tournée vers l'idole, et j'ai répété l'opération avec le fil de fer, en le faisant toucher un clou à la fois. Bientôt, la lumière passe d'une boîte à l'autre, changeant la couleur de l'idole en une succession rapide et tout ce que j'entends ensuite, ce sont des applaudissements et des expressions de surprise de la part non seulement de mes camarades de lot, mais aussi de notre chef qui est passé sans que je m'en aperçoive.

Qu'as-tu fait, Sridhar ? s'exclama-t-il, stupéfait, tandis que l'idole s'illuminait de rouge et de bleu, puis de jaune. C'est excellent ! Comment avez-vous eu cette idée ?

Je n'ai fait que sourire, nerveuse et timide. Ce soir-là, mon spectacle de lumière a fait couler beaucoup d'encre et les gens se sont pressés à l'école pour l'admirer. Ils sont arrivés en masse. Jamais personne n'avait fait une chose pareille dans aucun des mandaps de puja de la ville ! Jamais auparavant notre école n'avait reçu autant de visites à l'occasion de la Saraswati Puja qu'en 1956. J'avais non seulement fait fonctionner les lumières, mais aussi fait briller la belle idole d'une couleur différente toutes les trois secondes. Les lumières douces filtrant à travers les couches de cellophane ont rehaussé la beauté de l'idole, faisant scintiller les paillettes de son saree. Les petites pierres serties sur sa couronne scintillent et les *chaand-malas* colorés paraissent plus grands et plus brillants.

Un coup d'œil dans les yeux de la déesse et un frisson me parcourt l'échine. Ils semblaient plonger leur regard dans le mien, essayant de me dire quelque chose, de me transmettre un message secret. Je savais que je pourrais me perdre dans ces yeux si je les regardais trop longtemps, alors je me suis concentré sur mon travail. Et la fierté dans la voix de notre chef, Monsieur, alors qu'il me présentait à tous les visiteurs, était quelque chose que je savais que je n'oublierais jamais de ma vie !

Alors que tous mes autres amis avaient filtré lentement, un par un, pour visiter les autres pandals, Vikash, comme un véritable ami, est resté en arrière pendant très longtemps, m'offrant du thé et des biscuits de temps en temps pour me permettre de tenir le coup. Je ne pouvais pas laisser mes lumières tranquilles une seule minute parce que les gens allaient et venaient et je devais continuer à faire passer le fil dans les trois clous pour que les lumières fonctionnent dans l'ordre, en sautant d'une boîte à l'autre. C'était beaucoup de travail manuel et j'ai à peine eu le temps de faire une pause ce soir-là. Je n'ai visité aucun autre pandal que celui de ma localité. C'était à la fois épuisant et exaltant, et j'ai apprécié chaque instant, en particulier la partie où les visiteurs me demandaient mon nom, où je vivais, dans quelle classe j'étudiais et d'autres questions connexes. Je ne me suis jamais sentie aussi importante et fière ! Même Babulal Sir est venu me voir plus tard dans la soirée et m'a présenté ses excuses.

C'est bon, Monsieur, ai-je répondu. Cela ne m'a pas dérangé. Vous savez que je plaisantais, n'est-ce pas ?

Oui, Monsieur, absolument", ai-je acquiescé en souriant. Vous n'avez pas à vous inquiéter du tout.

Je n'avais pas l'intention de vous faire du mal.

Je n'ai pas été blessé du tout, Monsieur. Vous m'avez dit au tout début que vous n'aviez jamais rien vu de tel de toute votre vie".

Je ne l'ai pas fait", dit-il avec culpabilité.

Alors, bien sûr, vous ne savez pas à quoi vous attendre, Monsieur", ai-je répondu. Ce n'était pas votre faute.

Interlude

C'était une réponse vraiment cool ! ai-je fait remarquer. Tu as eu des ennuis pour avoir dit ça ?

Non, je ne l'ai pas fait", répond Grand-père. En fait, Babulal Sir n'a plus jamais été impoli avec moi depuis ce jour-là. Chandu non plus".

Tant mieux pour vous", dis-je en riant. En effet.

Vous avez donc quitté l'école en 1957, après avoir terminé la huitième classe, n'est-ce pas ? J'ai griffonné dans mon carnet.

Oui.

Qu'avez-vous fait ensuite ?

J'ai travaillé dans une usine de jute pendant quelques mois, puis on m'a chassé de chez moi", s'esclaffe-t-il.

Mon petit frère, Bonny, qui était assis à côté de notre grand-père et tripotait une de ses télécommandes, s'intéresse maintenant activement à notre conversation.

Oui, acquiesce Grand-père en le regardant. Je venais de m'asseoir pour manger un soir quand mon père a surgi de nulle part, donné un coup de pied dans mon assiette de riz, m'a aspergé la tête d'un verre d'eau et m'a chassé de la maison.

Mais pourquoi ? demanda mon frère en s'étouffant de rire. J'avais refusé de travailler dans ce moulin stupide, voilà pourquoi.

Mon frère de onze ans s'est mis à glousser comme un fou, ce qui a beaucoup amusé mon grand-père, qui a donc tout réexpliqué, et la réaction hilarante de mon frère au récit m'a fait rire. Cela faisait un certain temps que je n'avais pas vu grand-père s'amuser avec légèreté et cela m'a fait chaud au cœur.

Où êtes-vous resté après cela ? lui ai-je demandé.

Je vivais avec mon ami Vikash dans une localité voisine appelée Palpara", raconte-t-il en se souvenant avec émotion du bon vieux temps. Il m'a hébergé dans sa maison. Sa mère me traitait comme son propre fils. C'est l'une des femmes les plus gentilles que j'aie jamais connues. Non seulement sa mère, mais aussi son père, son grand-

père, ses sœurs étaient tous très généreux et attentionnés... Vikash et moi... nous... nous étions presque comme des frères et sœurs".

Je sais", ai-je répondu en me souvenant de lui.

Je l'appelais "Kaka", comme ma mère. Même s'il avait l'âge de mon grand-père, il avait l'air extraordinairement jeune et beau, presque comme une star de cinéma des années 1970. Ma grand-mère m'avait raconté un jour qu'il avait souvent joué au théâtre et que, lorsqu'il avait une vingtaine ou une trentaine d'années, tout le monde disait qu'il ressemblait à Rajesh Khanna, la superstar du cinéma indien. Ses yeux étaient de ceux qui réchauffent le cœur, bruns, pétillants et de bonne humeur. Comme des œillets jaunes et une poche de soleil, il rayonnait d'énergie positive et répandait le bonheur partout où il allait. Je me souviens encore de la façon dont je me perchais sur ses genoux, avec mes deux queues de cheval, un livre de coloriage dans une main et une boîte de crayons de cire dans l'autre, tandis qu'il me racontait inlassablement de petites anecdotes amusantes de son passé et les histoires séculaires de Gopal Bhar, Akbar et Birbal, Vikram et Betal, des contes de Thakumar Jhuli, *et de petits épisodes des deux grandes épopées indiennes, le* Ramayana *et le* Mahabharata.

Mon grand-père a interrompu mes pensées en disant : "C'était un être humain très rare". Tu ne trouveras pas d'autre personne comme lui. Je savais qu'il avait raison. Ma mère disait souvent que c'était Kaka qui l'avait élevée, car mon grand-père était souvent occupé. Il était comme un père pour elle. Il aidait ma grand-mère à cuisiner, lui apportait parfois des courses au marché, aidait ma mère à suivre ses cours, lui donnait tout l'amour et l'attention que mes grands-parents ne pouvaient pas lui donner. Nos chiens lui tournaient toujours autour car il leur apportait chaque jour de petites friandises. En d'autres termes, il était le favori de tous. Frère d'une autre mère, il était peut-être le plus grand bienfaiteur que mon grand-père ait jamais eu. Il l'a hébergé lorsqu'il était sans-abri, a vu mon grand-père dans ses hauts et ses bas et s'est tenu à ses côtés.

Il s'est appuyé sur lui comme sur un roc dans l'adversité.

Il est décédé il y a presque six ans, et je n'ai toujours pas réussi à accepter le fait qu'il n'est plus là. Surtout à cause de la façon peu naturelle dont il est mort. Chaque fois que je pense à ce visage aimable, à ces yeux bienveillants, je ressens une boule douloureuse dans la gorge. Le son de sa voix douce, la façon dont il rejetait la tête en arrière et riait de bon cœur et la façon dont ses yeux s'illuminaient à chaque petite réussite, qu'il s'agisse d'un dix sur dix dans mes devoirs de classe ou d'un A+ à mon examen de dessin, ne s'effaceront jamais de ma mémoire. Il nous était cher à tous, il était en parfaite santé et en pleine forme, et nous l'avons perdu avant même de nous en rendre compte. Et ce qui est encore plus tragique, c'est qu'il se rendait chez nous lorsqu'il a eu le terrible accident qui lui a coûté la vie.

Ne vous inquiétez pas pour moi", avait-il dit en tenant la main de mon grand-père avant que son corps brisé ne soit transporté dans l'ambulance. Je serai en pleine forme dans quelques jours.

Et il n'est jamais revenu.

C'est triste que nous n'ayons plus de telles amitiés", ai-je dit. Des amis qui sont comme une famille, qui vous aiment et s'occupent de vous sans arrière-pensée, qui sont toujours prêts à vous soutenir, quoi qu'il arrive.

Les temps ont changé", a répondu mon grand-père. Les enfants d'aujourd'hui, où ont-ils le temps de se lier avec d'autres personnes ? Regarde ton frère. Il n'a jamais eu d'ami qui soit venu chez nous".

Je n'ai pas d'amis proches", dit-il. Il y a un garçon, le trente-cinquième, qui est gentil avec moi. Je l'aime bien".

Quel est son nom ? demandai-je à mon frère. C'est la première fois qu'il parle d'un ami.

Je ne me souviens pas de son nom. Mais je n'aime pas le rôle numéro vingt-deux. Il mange tous mes tiffins et copie tous mes devoirs".

Qu'est-ce que c'est que cette histoire de numéro de matricule ? Vous ne vous appelez pas par vos noms ou quoi ?".

Mon frère a répondu par un haussement d'épaules et s'est remis à manipuler la télécommande de la télévision.

Tu vois, dit le grand-père. La plupart du temps, ils sont rivés à ces appareils et font ce que... je ne comprends pas vraiment. Les choses ne se passent pas ainsi. Tu n'étais pas comme ça quand tu étais enfant. Tu lisais, chantais et écrivais, tu aidais ta grand-mère dans ses tâches ménagères, tu jouais avec les chiens. Les choses étaient très différentes à l'époque. Nous étions plus intéressés par les sorties avec nos amis. Des personnes de différents milieux *ont joué ensemble. Nous avions l'habitude d'organiser des matchs de* gulli danda *chaque semaine. Nous n'avions qu'un seul monde où de vrais liens étaient tissés et chéris. En outre, l'accès à l'information était limité. D'où l'envie d'expérimenter, la possibilité de faire des erreurs et d'en tirer des leçons".*

Et maintenant, nous choisissons le plus souvent de marcher sur les sentiers battus. Il semble qu'il n'y ait rien de nouveau à découvrir. Tout a déjà été dit et fait", ai-je dit.

Il y a toujours quelque chose de nouveau à découvrir", m'a-t-il dit. Il suffit d'être prêt à se sacrifier.

Sacrifier quoi ?

Tout ce qui vous éloigne du chemin de la découverte", a-t-il déclaré. En d'autres termes, les distractions. Lorsque vous êtes sur la voie d'une nouvelle découverte, le monde essaie de vous distraire de diverses manières. Si vous considérez le monde comme une personne, c'est une personne très secrète. Il y a tellement plus que ce que l'on voit. Il vous ment souvent et vous induit en erreur afin de protéger ses secrets. La plupart d'entre nous se contentent du monde tel qu'ils le voient. Mais il y en a qui ne sont jamais satisfaits, qui voient clair dans le déguisement. Ils se lancent dans l'exploration, afin de percer les secrets du monde. Et dès que le monde en a l'intuition, comme tout être humain, il se met sur la défensive et envoie divers obstacles pour leur barrer la route. Il agit par instinct de conservation. Ces obstacles prennent la forme... de personnes et de circonstances dans votre vie, qui essaient toutes de vous détourner du chemin de la découverte. J'ai hoché la tête, étonné de voir à quel point il articulait bien ses pensées.

Et vous devez comprendre que cela n'a rien à voir avec les personnes ou les circonstances", a-t-il poursuivi. Ce ne sont pas eux qui sont en cause. Ce n'est pas comme s'il s'agissait de mauvaises personnes. C'est juste que leurs priorités sont très différentes des vôtres. Ce n'est donc pas contre eux qu'il faut se battre. C'est entre vous et le monde. Et c'est là que vous êtes confronté à un choix, celui d'abandonner ou de continuer. Si vous choisissez cette dernière option, vous devez renoncer aux personnes qui tentent de vous guider... de vous égarer. Vous devez vous éloigner d'eux, vous isoler si cela s'avère nécessaire. Encore une fois, je ne dis pas que ce sont de mauvaises personnes, mais elles risquent de ne jamais comprendre votre point de vue... parce que... parce que...

Parce qu'ils ne sont pas moi", ai-je conclu.

Oui, ses yeux s'illuminent. Et tu dois aussi rester forte face à tous les malheurs qui peuvent t'arriver, même si c'est physiquement ou émotionnellement éprouvant. La vie continue. Vous aussi, vous devez continuer. Vous ne pouvez pas rester bloqué là où vous êtes. Nous ne disposons pas de tout ce temps. Faites tout ce qui est en votre pouvoir pour vous sortir du problème et vous remettre debout. Nous ne pouvons pas contrôler ce qui nous arrive... mais... mais dans une certaine mesure, nous pouvons contrôler la façon dont nous y réagissons. N'abandonnez jamais la vie, même si elle est difficile. La survie est le plus grand défi. Tout vient après".

J'ai à nouveau hoché la tête.

Les choses ne se passeront jamais comme vous le souhaitez. Mais pour réussir, il faut s'habituer au chaos. Il faut sacrifier le confort. On ne peut pas s'attendre à avoir une vie très confortable, à prendre ses repas à l'heure, à dormir dix heures, à passer du temps avec sa famille et ses amis, à pratiquer ses loisirs et ainsi de suite, si l'on recherche vraiment quelque chose. Nous... nous n'avons pas tout ce temps, ma chère. Une bonne vie est réservée aux privilégiés, à ceux qui n'ont pas à se soucier de ce qu'ils vont manger le soir, de l'endroit où ils vont dormir ou de ce qu'ils veulent faire de leur vie".

C'est tout à fait vrai. Tu as tout à fait raison, Dadu".

Mais il faut aussi connaître ses limites. Nous avons tous nos limites. Tout le monde n'est pas fait pour tout. Nous ne sommes pas tous créés de la même manière".

Comment reconnaître les personnes qui pourraient essayer de m'égarer ? ai-je demandé.

Votre instinct vous le dira", a-t-il répondu. Les tripes ne mentent jamais. Il peut s'agir d'amis, de parents, d'êtres chers, d'étrangers ou même de parents".

Comme vos parents".

Oui. Ils ne m'ont jamais soutenu. Alors, je... j'ai dû prendre mes distances avec eux, même si je ne le voulais pas. Si j'avais suivi leur conseil et continué à travailler à l'usine, je n'aurais jamais pu réaliser mes rêves. Je ne serais jamais la personne que je suis aujourd'hui".

Et si je n'étais pas assez forte pour abandonner ces personnes ? Et s'ils sont trop proches de moi ?

Ne vous inquiétez pas pour cela", a-t-il répondu avec un sourire. Les bons resteront toujours dans les parages. Comme votre grand-mère. Elle n'a jamais renoncé à moi, quelles que soient les difficultés qu'elle rencontrait. Elle a fait d'innombrables sacrifices pour que je puisse atteindre mes objectifs. Je me sens vraiment coupable quand je pense qu'elle a dû gâcher son propre potentiel pour que je puisse atteindre mes objectifs. Quand j'étais jeune, j'avais trop de tête et d'orgueil pour reconnaître tout cela. Je me sens maintenant très coupable. Le fait que votre grand-mère n'ait pas pu réaliser ses propres rêves pour s'occuper de la famille est l'un de mes plus *grands regrets dans la vie. Mais elle ne s'est jamais plainte et elle est toujours restée dans les parages".*

Et s'ils ne restent pas dans les parages ?

Dans ce cas, tu dois les laisser partir", a-t-il répondu. Quand on tient vraiment à quelque chose, il y a toujours un prix à payer. Entourez-vous de personnes qui vous aideront à grandir, et non de celles qui essaieront de vous freiner".

Croyez-vous à la chance ou au destin ?

J'aimerais croire que c'est nous qui faisons notre propre destin", a-t-il déclaré. Et que la chance n'est qu'un morceau d'argile entre nos mains. Elle prend la forme que nous sommes capables de lui donner. Malheureusement, ce n'est pas le cas. Je n'ai jamais cru à l'astrologie ou aux horoscopes, mais je sais que ce privilège vous donne une longueur d'avance. Vous êtes déjà en avance dans la vie si vous avez un système de soutien solide, si vous êtes capable de vous nourrir trois fois par jour. Peu de gens ont la chance d'avoir tout cela. On ne peut pas changer son lieu de naissance. Mais dans une certaine mesure, vous pouvez changer ce qui se passe ensuite. Mais encore une fois, cela ne s'applique pas à tout le monde. Le fait que vous puissiez ou non changer votre situation dans la vie dépend d'une série de facteurs externes sur lesquels vous n'avez peut-être aucun contrôle. Je n'ai donc pas de réponse à cette question".

J'ai beaucoup de chance. J'ai l'avance nécessaire". C'est vrai, il acquiesce. Mais ce qui me rend vraiment heureux, c'est

le fait de ne jamais considérer cela comme acquis. Tu es un enfant fort. Vous avez traversé beaucoup d'épreuves très tôt dans votre vie, mais... vous n'avez jamais accepté d'être traitée comme une victime. Je suis extrêmement fier de vous".

Je sentais un malaise dans mon cœur qui menaçait de me noyer, mais je faisais de mon mieux pour ne pas le montrer.

Cela a été possible pour moi parce que j'ai toujours eu un système de soutien solide", lui ai-je dit. Quelque chose que vous n'avez jamais eu en grandissant.

Ta mère non plus", dit-il en baissant les yeux. 'Même si elle était mon enfant. Je pouvais à peine m'occuper d'elle. C'est un autre de mes grands regrets. Elle méritait tellement plus". J'ai vécu beaucoup de choses, je suis d'accord, mais on a toujours pris soin de moi", lui ai-je dit. Parfois, je me demande si c'est une mauvaise chose.

chose".

Pourquoi cela semble-t-il être une mauvaise chose ? Il m'a regardé d'un air perplexe.

J'ai toujours l'impression d'avoir une énorme dette envers l'Univers pour être née dans cette famille. Et chaque fois que je me sens insatisfait de quelque chose, chaque fois que j'ai l'impression d'avoir été lésé d'une manière ou d'une autre, je me demande si je devrais même me permettre d'être déçu. Est-ce que je mérite de me plaindre ?" "C'est une bonne chose que vous soyez consciente de la manière dont fonctionnent les privilèges et que vous n'ayez pas peur de l'admettre", a-t-il déclaré. Mais cela ne signifie pas nécessairement que vos expériences ne sont pas valables. Il est vrai que je n'ai pas eu certains privilèges que vous avez eus en grandissant, comme une famille qui vous a aidé à grandir, un bon logement et toutes les autres nécessités de la vie, mais vous n'avez pas non plus eu la vie la plus facile en grandissant. Il n'y a absolument rien dont vous devriez avoir honte".

La boule dans ma gorge était de retour.

Vous êtes quelqu'un de bien", a-t-il poursuivi. Un peu solitaire. Toujours s'occuper de ses propres affaires. Faire ce que l'on veut. Mais vous avez toujours fait des pieds et des mains pour aider les autres dans le besoin. Et... et vous n'avez jamais abusé de vos privilèges".

C'est beaucoup d'éloges. Tu me mets dans l'embarras maintenant".

Je me suis gratté la tempe. Je voulais changer de sujet car je commençais à me sentir gênée. Pouvez-vous me parler un peu de vos parents ? Pourquoi ne vous ont-ils pas soutenu ?

Ma mère a toujours été allergique à toutes les choses que nous ne pouvions pas nous permettre", m'a-t-il dit. Je ne comprenais pas pourquoi. Pour elle, tout ce qui était meilleur que ce que nous avions n'était pas nécessaire, et exprimer un désir pour cela était un péché. Nous devions être strictement satisfaits de notre sort et ne jamais ouvrir la bouche pour nous plaindre. Même enfant, je trouvais quelque chose d'intrinsèquement problématique dans sa façon de penser. Si nous n'avons pas de rêves et d'aspirations, comment pourrions-nous changer notre situation ? Comment ou pourquoi est-il mal de rêver ? Mais selon ma mère, nous n'avions pas le droit de rêver d'une vie meilleure parce que nous étions pauvres. Nous n'avions pas le droit de rêver parce qu'elle pensait que c'était un luxe. L'attitude de mon père était également similaire. Il aimait jouer la sécurité, faire la même chose encore et encore. C'est peut-être parce qu'il avait beaucoup de bouches à nourrir. Il ne pouvait pas se permettre d'être aventureux. Plus tard, j'ai compris pourquoi il était comme ça. Je ne dis pas qu'ils avaient tort et que j'avais raison, mais je savais que j'étais très différent d'eux".

Je vois.

Je n'ai jamais pu imaginer être parfaitement satisfait de mon sort", ajoute-t-il. S'installer, c'est comme accepter la défaite. Je ne peux pas dire si j'avais raison ou tort, mais je n'étais pas satisfait de la façon dont les choses se passaient. Je voulais pouvoir garder la tête haute avec fierté. Je voulais me créer une vie meilleure. Je n'ai jamais blâmé personne pour ma situation, et encore moins mon père. Mais l'idée de passer le reste de ma vie comme mon père, enfermé dans une petite ville, travaillant à longueur de temps dans une usine ou un moulin à jute, complètement inconscient du reste du monde, apathique à l'idée d'une vie meilleure, m'a troublé. Il y avait tout un monde qui attendait d'être exploré. Tant d'endroits à voir... tant de pays à visiter... tant de choses différentes à faire et une seule vie pour accomplir tous les désirs de son cœur".

J'ai acquiescé en souriant.

C'est effrayant de voir le peu de temps dont nous disposons tous", poursuit-il. Je ne pouvais pas me permettre de passer toute ma vie dans l'anonymat et de mourir un jour sans avoir laissé de trace. Je n'avais pas l'impression que la vie valait la peine d'être vécue. J'ai fait des rêves. Se contenter de son sort et ne jamais oser prendre de risques ne me semblait pas une bonne façon de vivre".

Que s'est-il passé exactement entre vous et vos parents lorsque vous avez refusé de travailler à l'usine ?

J'avais refusé de travailler à l'usine, ce qui m'aurait garanti un revenu stable toutes les deux semaines. C'était un risque énorme compte tenu de la situation financière de ma famille à ce moment-là. Naturellement, mes parents et mes frères et sœurs m'ont traité d'"'égoïste", de "brebis galeuse de la famille" et de bien d'autres noms. Mais je considère que tout cela fait partie de mon combat. En fait, avec le recul, j'y vois une bénédiction. Si je pouvais les manipuler facilement, si j'avais tout le confort et les privilèges, le sentiment de sécurité et de stabilité, je deviendrais vite complaisant. C'est ma lutte qui m'a appris à apprécier chaque petite chose que j'ai obtenue par la suite. Cela m'a également procuré un sentiment d'accomplissement, car je sais à quel point j'ai travaillé dur pour chaque pièce que j'ai gagnée. Rien ne m'a jamais été donné sur un plateau".

Parlez m'en plus, s'il vous plaît.

Été 1957

Ta mère m'a dit que tu n'allais pas à l'école ces derniers temps", m'a dit mon père un matin en frottant un morceau d'alun en mouvements circulaires sur ses joues fraîchement rasées.

Oui, répondis-je, sans crainte. Je ne vois plus l'intérêt d'aller à l'école. Aucun de mes frères n'a étudié au-delà de la huitième classe. J'ai travaillé comme eux, j'ai gagné de l'argent. Tu veux dire que tu répares quelques lampes et ventilateurs ici et là et que tu gagnes à peine cinq roupies par semaine, hein ?

père avec une certaine moquerie dans la voix.

Je viens de commencer, Baba, expliquai-je. Donnez-moi un peu de temps. Et j'ai fait du bon travail. Vous pouvez demander à n'importe quel habitant du quartier, il vous le dira. Petit à petit, je développerai cette activité, j'effectuerai de plus en plus de réparations et lorsque j'aurai suffisamment d'économies, je pourrai ouvrir mon propre magasin, comme Sudha Kaka.

Nous n'avons pas le luxe d'attendre, *khoka*", répond le père. Nous n'avons pas non plus le luxe de rêver en grand.

Et vous voulez ouvrir un magasin ? Faire des affaires ? Quel âge avez-vous ? Tu as à peine quatorze ans ! Que se passera-t-il si votre entreprise subit une perte ? Qui paiera vos travailleurs ? Et combien de temps devrons-nous attendre avant que vous n'ouvriez votre propre magasin et que vous ne commenciez à faire des bénéfices ?

Quelques années.

Combien voulez-vous dire par "peu" ? demanda-t-il sévèrement. Je n'en suis pas sûr.

C'est le problème avec les affaires", dit mon père. On ne peut jamais être sûr de rien. Laxmi a atteint l'âge adulte. Nous avons commencé à chercher un partenaire approprié. Et vous savez ce que ces mots signifient ?

'Lequel?', ai-je demandé, confus. demandai-je, perplexe. 'Une correspondance convenable ?

Oui", a-t-il acquiescé. Cela signifie plus de dot. Vous avez cinq sœurs. Pensez-vous que vos deux frères aînés et moi-même pouvons financer seuls tous leurs mariages ? Kartik est encore trop jeune pour quitter l'école et trouver un emploi. Krishna doit étudier une année de plus".

Que puis-je faire pour vous aider, Baba ?

Quittez cette folie de l'électricité et rejoignez l'usine", a répondu mon père. J'y travaille depuis plus de vingt ans, je peux facilement te trouver une place. Vous devez aller travailler tous les jours, mais vous gagnerez bien votre vie. Presque le double de ce que vous gagnez actuellement".

Mais, Baba, c'est ce que j'ai toujours voulu faire. Je ne veux pas travailler à l'usine".

Mon père, qui nouait le fil de son pyjama, s'est retourné pour me regarder dans les yeux. Il n'a pas dit un mot. Seuls ses yeux parlent. Et cette fois-ci, ils me regardaient fixement. Il a jeté son morceau d'alun par la fenêtre, a posé son verre d'eau sur la table avec un bruit sec et a appelé ma mère en criant.

SARASWATI !

Elle sortit instantanément de la cuisine, les cheveux en bataille, le pan de son saree déchiré et décoloré ramené à la taille, tenant une spatule huileuse dans une main et le rouleau à pâtisserie dans l'autre.

Qu'est-ce qui s'est passé ? demande-t-elle, troublée.

Mon tiffin est-il prêt ? demanda-t-il avec autorité. Oui, il est prêt.

Alors, qu'est-ce que tu attends ? s'écria-t-il. Donne-le moi !

La mère est retournée à la hâte dans la cuisine, laissant tomber sa spatule et paniquant ensuite parce qu'elle ne trouvait pas la boîte. Le père ne voulait pas attendre. Il voulait que ma mère se sente coupable et responsable de tout cet événement et c'était sa façon de le faire. La colère qu'il ressentait à l'origine pour moi, il a voulu la déverser sur ma mère parce qu'elle était une cible facile pour lui. Elle n'a jamais répondu, elle ne l'a jamais questionné, elle a tout encaissé et souffert en silence. Il est donc parti sans le tiffin qu'elle lui avait préparé avec tant de soin. Il savait qu'elle était malade, mais il a quand même choisi d'être impitoyable. Il a claqué la porte en sortant, marmonnant sous sa respiration qu'il ne pouvait plus supporter de nous voir. Lorsque ma mère est sortie de la cuisine avec son tiffin, il était déjà parti. Elle s'affaissa sur le sol avec un lourd soupir, les mains collantes et blanches, le front couvert de transpiration.

Cet homme ne peut pas attendre une minute", a-t-elle marmonné à bout de souffle pendant que je lui offrais un verre d'eau et que je frottais la sueur de son front et de son cou avec une serviette en lambeaux.

Elle m'a repoussé avec un dégoût total : "Éloignez-vous de moi ! Mes hanches se déchirent !

Mon père n'est pas rentré à la maison ce soir-là. Il a fait savoir par l'intermédiaire de Vishnu Kaka, son ami et collègue, qu'il allait faire des heures supplémentaires pendant quelques semaines afin de gagner de l'argent pour le mariage de Laxmi. Il se peut donc qu'il ne puisse pas rentrer chez lui tous les jours. Deux jours se sont écoulés sans grande cérémonie. La troisième nuit, il est rentré à la maison, plusieurs heures après que Rampeyari, l'allumeur de réverbères, soit monté et descendu plusieurs fois de sa vieille échelle, ait coupé les mèches des lampadaires, essuyé les taches d'huile et versé méticuleusement de l'huile dans chacune des lanternes qui bordaient la route devant notre maison.

Le père n'a parlé à personne. Il m'a à peine regardé. Il a mangé son dîner en silence, s'est couché tôt et a gémi toute la nuit, empêchant chacun d'entre nous de dormir. Il avait apparemment mal au corps. La mère est restée debout toute la nuit pour lui masser les mains et les jambes, alors qu'elle n'avait pratiquement rien mangé elle-même au cours des deux derniers jours. Je n'arrivais pas à savoir si mon père était vraiment malade ou s'il jouait la comédie pour me faire culpabiliser. Mais dès que le coq a chanté le lendemain matin et que les flammes des lanternes se sont éteintes l'une après l'autre, il s'est redressé sur son lit, a pris un bain à la hâte, a mâché un chapati rassis, l'a avalé avec de l'eau et est parti pour le moulin. Il n'est rentré chez lui que quatre nuits plus tard. L'inquiétude constante de ma mère concernant la santé de mon père me rendait malheureuse. Elle m'a imploré de rejoindre l'usine et de l'aider, afin qu'il n'ait pas à faire des heures supplémentaires au détriment de sa santé.

Un jour, je l'ai entendue dire à Laxmi : "Ton pauvre père travaille si dur jour et nuit pour t'offrir un beau mariage, mais regarde ton frère, qui reste assis sur son cul toute la journée ! Je ne peux pas imaginer qu'un enfant puisse être à ce point insensible à la misère de son père".

Je ne pouvais pas imaginer qu'une mère puisse être aussi indifférente à la lutte de son enfant ! Je ne suis pas resté assis sur mon cul toute la journée. Je n'étais guère à la maison. En fait, j'avais repris plus de travaux de réparation, augmenté mes tarifs et gagné une somme forfaitaire de dix roupies la semaine précédente. C'est exactement ce que je gagnerais à l'usine. Je n'ai fait aucune pause. Certains jours, j'ai même sauté le déjeuner. Maman était au courant. Je lui ai fait comprendre que le père n'avait pas à faire d'heures supplémentaires, que ce n'était pas vraiment nécessaire. J'ai également suivi un apprentissage auprès d'un charpentier à Bagbazar qui m'a appris à travailler le bois. Là aussi, j'ai gagné une petite allocation. Il semblait que si je ne rejoignais pas le moulin, rien de ce que je faisais ne serait jamais reconnu. Le soir, Bishnu Kaka est venu nous informer que mon père était tombé gravement malade et qu'il devait être transporté d'urgence à l'hôpital dans l'après-midi. Ma mère a éclaté en sanglots, m'accusant ouvertement d'être à l'origine de tout cela. Je ne savais plus où donner de la tête.

Le lendemain matin, je me suis levée tôt pour dire adieu à mes rêves. J'ai mis une vieille chemise propre, un demi-pantalon et mes chappals habituels et je suis parti pour le moulin, l'estomac vide, le cœur brisé et les larmes aux yeux. Vingt minutes de bateau pour traverser le fleuve Hooghly et j'y étais. Mais ce qui m'a complètement surpris, c'est que mon père était également présent à l'usine et qu'il n'avait pas l'air malade du tout. J'ai été très soulagée mais aussi déconcertée. Il n'avait pas l'air content de me voir à l'usine et à ce moment-là, je m'en fichais. Mon estomac gronde de temps en temps et j'ai envie de boire le thé que les travailleurs qui m'entourent apprécient. Lors de mon inscription, mon père a gardé une façade qui semblait me dire qu'il lui importait peu que je rejoigne l'usine ou non, car il était tout à fait capable de faire le nécessaire par lui-même. Il n'avait pas l'air malade, juste privé de sommeil. Il se promène sans difficulté, parle aux autres travailleurs, examine les machines, veille à ce que des réparations soient nécessaires. Il voulait me faire savoir qu'il n'avait pas besoin que je sois là pour lui. Mais je savais que je devais être là, même si je n'en avais pas envie, que tout cela n'était qu'un stratagème pour m'inscrire le plus tôt possible. J'en avais assez des accusations et des moqueries, assez d'entendre encore et encore que j'étais né pour dévorer ma famille et que je ne me souciais absolument pas de qui que ce soit d'autre que de moi-même. Maintenant que j'étais là, dans l'usine, à faire exactement ce qu'il voulait que je fasse, il ne me reconnaissait toujours pas. C'est très bien. J'aurais au moins la paix. Je préférerais qu'il ne me parle pas plutôt que de me ridiculiser à chaque fois que j'essaie de lui adresser la parole. Car je savais que si je restais à la maison et continuais mes travaux de réparation, tous mes repas me resteraient en travers de la gorge, mon lit me ferait l'effet d'un rocher et on me rappellerait jour après jour que je devrais avoir honte de vivre sous son toit et de ne pas payer un loyer suffisant.

Tu ne regretteras pas cette décision". Ce sont les seuls mots qu'il m'a adressés alors que nous étions sur le chemin du retour ce soir-là. Les mendiants n'ont pas le droit de se plaindre, mon fils.

Hmm, répondis-je en étouffant un bâillement. Je pourrais lui dire que ce n'était pas vraiment ma décision, que c'était lui qui m'avait manipulé dans tout cela, que j'aurais gagné plus avec mes réparations et mes travaux de menuiserie. Mais ce n'est pas comme s'il n'était pas au courant de tout cela. Quand il s'agissait de Baba, la raison ne s'appliquait pas, l'obéissance était tout ce qui était valable. Une obéissance inébranlable et sans faille. Que ce qu'il proposait soit logique ou non, nous devions lui obéir. Cependant, je me suis abstenu d'ouvrir la bouche, car je ne voulais pas créer davantage de problèmes. De plus, le mouvement de balancier du bateau et l'obscurcissement progressif du ciel m'ont fait sombrer dans la somnolence.

Au cours des deux jours suivants, j'ai appris en détail comment le jute brut était transformé en tissu. Il s'agissait d'un processus élaboré et, les premiers jours, je l'ai apprécié. D'énormes barges chargées de balles de jute arrivaient chaque matin par le fleuve. Les balles étaient ensuite déchargées et conservées dans l'entrepôt où elles étaient finalement classées en fonction de leur qualité. Il y avait le jute souple et le jute dur, chacun étant utilisé pour fabriquer des articles différents. Les balles sont ensuite détachées et traitées à l'aide de l'huile de jute, ou JBO, un produit chimique qui démêle les fibres et donne aux brins bruns de jute l'apparence de cheveux. La masse de jute démêlée est ensuite passée dans la machine à étaler, qui comporte un ensemble de structures en forme de peigne qui redressent les fibres de jute. Cela m'a rappelé la façon dont mes sœurs prenaient soin de leurs cheveux noirs, luxuriants et emmêlés, en les libérant d'abord de l'emprise de leur chignon, puis en les huilant méticuleusement de la racine à la pointe et en les lissant lentement à l'aide de peignes.

J'ai adoré voir comment la toile de jute était fabriquée. J'apprenais quelque chose de nouveau, et c'était vraiment très différent de ce que je connaissais déjà. Il y avait tant de machines dont je ne soupçonnais pas l'existence, la carde, la machine à étirer, les épandeurs et les fileuses. Mais un mois plus tard, la répétition de l'ensemble du processus a semblé me vider de ma substance. Il n'y avait pas de place pour l'innovation, pas de place pour l'imagination. La répétition ! La répétition ! Je vivais ma vie au rythme de l'horloge et je faisais chaque jour la même chose sans réfléchir, comme une machine. Je ne me sentais pas comme un être humain. J'avais l'impression d'être un numéro, une paire de mains attachées à une structure indéterminée qui n'était pas autorisée à avoir des désirs ou des volitions propres. Je me suis demandé comment mon père avait réussi à travailler ici pendant plus de vingt ans. J'ai regardé mes collègues et je me suis demandé comment ils pouvaient être satisfaits du travail qu'ils répétaient chaque jour pendant des années. Nous étions tous bloqués dans une sorte de paralysie, notre existence se réduisant à de simples mains. Comment ont-ils pu ne pas le voir ? Le *maalik* ne se souciait même pas de savoir si nous vivions ou si nous mourions.

En outre, il y avait beaucoup de désunion parmi les travailleurs. Il y avait souvent des bagarres, des disputes et des malentendus et il semblait qu'il y avait toujours une sorte de guerre tacite entre les travailleurs hindous et les travailleurs musulmans. Au fil des jours, ma motivation s'est émoussée. La seule partie de la journée que j'attendais avec impatience était le voyage de retour, les promenades en bateau sur la rivière, la transe du soir provoquée par le chant du batelier, le soleil couchant striant le ciel de teintes tangerine, vermillon et aubergine, le doux son de l'eau de la rivière ondulant entre les rames, réveillée sur les rives par une petite tasse de thé au citron, puis le retour à la maison à pas lourds et la tête pleine de rêves.

Et puis un jour, l'un d'entre nous a demandé plus de salaire. Mais vous venez d'entrer dans l'entreprise", a répondu le directeur.

Pourquoi les autres devraient-ils recevoir un salaire plus élevé pour faire le même travail que moi ? demande Rahim bhai.

Pour la simple raison qu'ils travaillent ici depuis des années. Ils ont plus d'expérience. Vous êtes encore en train d'apprendre. Une fois que vous aurez appris l'ensemble du processus et que vous aurez travaillé ici pendant un certain temps, vous serez payé comme eux".

Mais je connais déjà tout le processus ! Je travaille ici depuis plus de trois mois ! Je contribue à la production autant qu'eux".

Ecoute, mec, les règles sont les règles. Elles doivent être respectées. Je suis directeur, je ne paie pas les travailleurs. Je suis moi-même un employé rémunéré, tout comme vous. Si vous voulez plus de salaire, je crains que vous ne deviez en parler au *maalik*.

J'ai vu Rahim bhai quitter le bureau du directeur d'un air affligé et, plus tard dans l'après-midi, alors qu'il était assis tout seul dans un coin, buvant son thé et mangeant quelques morceaux de pain, je me suis approché de lui et lui ai demandé : "Qu'est-ce qu'il y a, Rahim bhai ?

Le directeur ne veut pas augmenter mon salaire", répond-il sans lever les yeux. Il dit que tout dépend du *maalik*. Amma est très malade. Mes quatre sœurs sont toutes célibataires. Je suis le seul membre de ma famille à gagner de l'argent. Je ne sais pas combien de temps je dois travailler ici pour gagner autant que les autres. Combien vous payent-ils ?

Dix roupies", ai-je répondu.

Et vous travaillez ici depuis... ? Un mois.

Un mois seulement...", dit-il en riant. Je travaille ici depuis plus de trois mois. Et ils ne me paient que sept roupies. C'est une erreur ! Je n'étais pas au courant, Rahim

bhai", lui ai-je dit. Je vais aller parler au directeur.

Pourquoi ?" Il me regarde avec incrédulité. Tu sais que ça ne se terminera pas bien pour nous deux.

Pourquoi pas ? ai-je répondu. Ce n'est pas normal. Ils devraient aussi vous payer dix roupies. Vous êtes ici depuis plus longtemps que moi. Nous devons nous élever contre cela. Je suis sûr que les autres se joindront à nous. Veux-tu venir avec moi ?

Lorsque nous sommes retournés dans la cabine du directeur, il était adossé à sa chaise, faisait tourner sa moustache et fumait un *bidi*. Nous sommes restés devant sa porte ouverte, hésitants. J'ai fini par me racler la gorge et j'ai dit un "Monsieur" fort et sans équivoque.

Il a levé les yeux vers moi, ses lunettes pendent sur le bout de son nez.

Qu'est-ce que la *jhamela* maintenant ? demanda-t-il de sa voix gutturale.

Monsieur, je pense qu'il y a eu une erreur.

Quel genre d'erreur ? demanda-t-il froidement en laissant échapper un épais filet de fumée par les narines.

Monsieur, cela ne fait qu'un mois que je travaille ici et pourtant je suis mieux payé que...".

Ecoute, mon garçon", dit-il en levant la main, me coupant la parole. Vous êtes venu ici pour plaider la cause de ce musulman, n'est-ce pas ?

Il s'appelle Rahim, monsieur.

Je me fiche de son nom", dit-il d'un geste dédaigneux de la main. Je sais pourquoi vous êtes ici et avant que vous ne parliez en son nom, laissez-moi vous dire que ce n'est vraiment pas ma responsabilité. Si vous le souhaitez, vous pouvez en parler au *maalik*. Je ne fais que suivre ses ordres. C'est lui qui décide qui doit être payé combien".

Mais ce n'est pas juste ! s'écrie Rahim bhai, frustré. Chaque fois que je viens te parler, tu dis la même chose ! Je n'ai jamais vu le *maalik*. Pas une seule fois en trois mois ! Où suis-je censée le trouver ? N'est-ce pas vous qui êtes censé lui faire part de nos doléances ? Ce n'est pas votre travail ?

Cinq secondes de silence absolu ont suivi.

Comment osez-vous entrer dans ma chambre et me parler sur ce ton ?" Le directeur laissa sa moustache de côté, se redressa et réajusta ses lunettes avec acharnement. Vous n'êtes pas payé pour me rappeler ce qu'est mon travail.

Monsieur, ne vous offensez pas, j'ai essayé de l'apaiser. La mère de Rahim bhai est très malade. Il lui a été très difficile de gérer une famille de six personnes...".

Je ne te parle pas !", m'a-t-il encore coupé brutalement.

Rahim bhai se tenait à côté de moi, les yeux fixés sur le sol. Et à ce moment précis, j'ai su qu'il n'y avait rien à faire.

C'est alors que tout a commencé, cet après-midi-là, après le déjeuner. Une bagarre éclate entre Rahim bhai et d'autres travailleurs. Je ne savais pas de quoi il s'agissait, mais d'après ce que j'ai compris, Rahim bhai avait probablement laissé tomber un bidon d'huile de gâchage par erreur. Il s'est répandu partout. Quelqu'un a glissé et est tombé à plat sur les fesses. Cela a fait du bruit. Le directeur s'est approché et l'a accusé de l'avoir laissé tomber intentionnellement parce que ses salaires n'étaient pas augmentés. Dans sa colère, Rahim bhai a repoussé le directeur et quelques autres travailleurs se sont ligués pour l'attaquer immédiatement. C'est la première fois que j'ai vu Rahim bhai pleurer. Lorsque les autres l'ont accusé d'avoir perdu son sang-froid parce qu'il était un "musulman mangeur de bœuf", les autres travailleurs musulmans ont été naturellement contrariés et c'est ainsi que la bagarre a éclaté. J'ai moi-même reçu quelques coups lorsque j'ai tenté d'intervenir au nom de Rahim bhai et j'ai ensuite été giflé par le directeur devant tout le monde pour avoir agi de la sorte.

Je t'ai payé dix roupies parce que ton père est venu me supplier", m'a-t-il crié alors que je me tenais devant lui dans sa cabine. Son salaire aurait été augmenté il y a un mois sans les supplications de ton père. Et c'est ainsi que vous montrez votre gratitude ! En se rangeant du côté de l'ennemi ! Vous êtes viré !

C'est alors que j'ai réalisé que je n'avais plus besoin de rien. Je n'avais pas besoin de ce travail à l'usine. Je n'avais pas besoin de salaire. Je n'avais pas besoin que mon père aille mendier pour moi. Je ne pouvais pas me permettre de perdre un jour de plus à l'usine. Je me moquais de savoir si j'étais viré ou non. Je n'étais pas l'un d'entre eux. Je n'ai jamais pu l'être. Ce qui m'a le plus blessé, c'est lorsque le directeur a révélé que les salaires de Rahim bhai auraient été augmentés si je n'avais pas rejoint l'usine. Mais comme le directeur était proche de mon père, il a agi à la demande de mon père et a décidé de me donner le salaire qui appartenait en fait à Rahim bhai. Ainsi, tous les problèmes que Rahim bhai a dû affronter, c'est en fait à cause de moi. Et je n'étais même pas conscient de mon implication dans tout ce gâchis !

Je ne reviendrai jamais ici", s'est écrié Rahim bhai en quittant le moulin ce soir-là, en pleurs.

Moi non plus", me suis-je dit. Je rentrais à la maison et je parlais à mon père.

Pour la première fois en trente jours, le trajet en bateau pour rentrer à la maison n'a pas été agréable. Ce soir-là, le ciel est d'un orange rougeâtre qui vire lentement au violet. Les oiseaux piquaient le ciel alors que les dernières lueurs du jour commençaient à s'estomper. Bientôt, il fera nuit. L'eau de la rivière clapote doucement tout autour de moi. Quelque part au loin, à l'horizon, j'ai vu un groupe de personnes, vêtues de blanc de deuil, qui accomplissaient des rituels au bord de la rivière. Le cadavre gît sur les marches du ghat. La fumée de l'encens virevolte au-dessus de leurs têtes et s'évanouit en spirale. Cela m'a fait froid dans le dos, même si je ne connaissais pas la personne décédée. Un jour, mon corps sans vie serait allongé sur ces marches. Quelqu'un pleurerait-il pour moi ? Quelqu'un saurait-il à qui appartient ce cadavre ? Mon absence sera-t-elle ressentie ? Ma présence ferait-elle une différence ?

Les pleurs tristes du batelier, qui chantait à propos de son frère disparu depuis longtemps, m'ont profondément transpercé. Alors qu'il chantait "*Praan kande, kande, praan kande re, bhaai er dekha pailam na, pailam na...*"(Mon âme pleure, mon âme crie de douleur, car je ne pourrais plus jamais revoir mon frère), j'étais proche

aux larmes moi-même. Je n'avais jamais perdu un frère que j'aimais, ni un ami. Je ne pouvais pas m'identifier à la chanson à un niveau personnel. Néanmoins, je me suis sentie étrangement touchée. Il y avait quelque chose dans l'atmosphère de cette soirée et dans la mélodie de la chanson qui me faisait terriblement mal au cœur. Moi aussi, un jour, je serais brûlé sur un bûcher, réduit en cendres. Et puis, de la cendre à la poussière, je ne serai plus rien. Juste un nom sur les lèvres de quelques successeurs, si j'avais de la chance. De combien de mes ancêtres me souviens-je ? J'ai à peine connu mon arrière-grand-père. Personne n'a jamais parlé de lui. Personne n'a jamais demandé quel genre de personne il était. Les ondulations de l'eau me donnaient l'impression de manquer de temps. Tout ce que j'avais, c'était cette vie. Je devais tirer le meilleur parti de ce que j'avais. Je ne pouvais pas me permettre de disparaître comme ces ondulations et de me jeter un jour dans l'océan de l'oubli. J'ai ressenti à nouveau ce sentiment d'urgence extrême, comme je le faisais lorsque je contemplais les lumières hypnotiques du magasin de Sudha Kaka.

Il avait commencé à pleuvoir lorsque nous avons atteint la rive. Il n'y a donc pas de thé au citron. La route était lugubre, trempée et déserte. Bientôt, il s'est mis à pleuvoir des cordes. Je n'avais pas de parapluie, je n'ai donc rien pu faire. J'ai marché jusqu'à la maison sous la pluie, chaque centimètre de mon corps étant mouillé et froid, mon pyjama collant mal à mes jambes. L'eau dégoulinait de mes cheveux dans mes yeux, gênant ma vision. Je ne savais pas à quoi m'attendre en rentrant chez moi. Plus je me rapprochais de la maison, plus je me sentais éloigné. Mes pas sur l'asphalte sonnaient faux à mes propres oreilles. J'ai souvent entendu dire que le foyer se trouve là où se trouve le cœur. Je les enviais. Quelle chance pour eux de pouvoir s'identifier à de tels dictons ! Avoir un foyer où retourner à la fin d'une journée exaspérante, des gens à chérir et à être chéris par eux, quelqu'un contre qui se blottir pour se réconforter, un endroit où l'on a sa place. Où pourrais-je trouver du réconfort ? J'étais sans abri, même si j'avais une maison. Je ne m'étais jamais sentie aussi perdue. Mon père était en train d'examiner une fissure sur le toit quand je suis arrivé à la maison. L'eau de pluie s'accumulait dans un minuscule seau en fer blanc placé sur le sol en dessous. Maman était assise dans un coin, frottant affectueusement la tête de Kartik avec une serviette, un petit sourire de satisfaction sur le visage.

Un jour, tu me feras mourir", lui dit-elle avec tendresse. Tu n'as jamais pensé à ce qui arriverait à ta pauvre mère si tu attrapais une pneumonie, n'est-ce pas ?

J'avais l'impression que quelqu'un aiguisait des couteaux contre mon cœur.

Maman, je suis rentrée", ai-je crié, debout sur le seuil de la porte, trempée de la tête aux pieds.

Elle a levé les yeux vers moi, le sourire sur son visage s'est instantanément estompé. Mon cœur brûlait d'entendre un mot gentil de sa part, mais ma tête me mettait en garde contre l'inévitable chagrin d'amour.

Va prendre un bain", répond-elle sans émotion, avant de se remettre à frotter la tête de Kartik.

J'ai tranquillement pris une serviette, un seau et une tasse et je me suis dirigé vers le robinet le plus proche au bord de la route. Il pleuvait toujours à torrents et la pluie battait fort contre mon dos. J'ai rempli le seau en fer-blanc et je me suis versé plusieurs fois l'eau glacée du robinet sur la tête, ma seule source de chaleur étant les larmes qui coulaient en traînées le long de mes joues tandis que je retournais dans le creux inhospitalier que j'appelais ma maison.

Et puis c'est arrivé au dîner. Nous étions tous assis en cercle sur le sol pour prendre notre repas. La mère avait préparé du riz, du daal et quelque chose avec des pommes de terre. Père avait l'air de très mauvaise humeur. Il s'est emporté contre l'un de mes frères aînés sans aucune raison. J'ai versé un peu de daal sur mon riz et j'ai essayé d'en avaler une bouchée, mais je ne me sentais pas bien. Si je n'avais pas mis mon cœur à nu devant lui, je savais que rien ne serait juste. J'étais consciente des graves conséquences qui pouvaient découler de mes aveux, mais j'étais déterminée à tenir bon et à lui faire comprendre.

J'ai fini par déclarer : "J'ai été licencié".

Personne n'a fait attention à moi. Le père continue à manger, la mère presse Krishna de reprendre du riz. C'est comme s'ils ne m'avaient pas entendu.

Père", l'ai-je appelé pour attirer son attention.

Ahh ! Laissez-le au moins manger en paix", intervient la mère. Ce n'est pas le moment de...

Le père a levé la main, la mère a cessé de parler. Qu'as-tu à dire ?" Ses yeux enflammés se sont enfoncés dans le sol.

dans la mienne.

J'ai été renvoyé de l'usine", ai-je avoué. Renvoyé ? Comment diable t'es-tu fait virer ?

Avez-vous demandé au directeur de me payer plus que les autres nouveaux ouvriers ? lui ai-je demandé.

J'aurais pu le faire. En quoi cela vous concerne-t-il ?

Je n'étais pas au courant", lui ai-je dit. Mes mains ont commencé à trembler.

Allez à l'essentiel", a-t-il lancé. Comment t'es-tu fait virer ?

Aujourd'hui, Rahim bhai m'a demandé combien j'étais payé et... je... je le lui ai dit", ai-je expliqué. Nous nous sommes tous deux rendu compte qu'il devait y avoir une erreur, alors je suis allé dans le bureau du directeur pour lui en parler. Le directeur a répondu qu'il n'avait rien à voir avec cela, qu'il ne faisait qu'exécuter les ordres *du maalik*. Plus tard, dans l'après-midi, Rahim bhai renverse par erreur une canette de JBO et le directeur l'accuse de l'avoir fait exprès. Les autres travailleurs ont dit des choses vraiment désagréables et c'est ainsi que la bagarre a commencé. J'ai essayé de défendre Rahim bhai et... et... c'est pourquoi le directeur m'a renvoyé. Puis il m'a raconté ce que vous lui aviez demandé de faire".

Je vais aller parler au directeur demain", a déclaré mon père. Préparez des excuses en bonne et due forme.

Je ne veux pas m'excuser, Baba, lui dis-je. Je ne veux pas revenir en arrière.

Qu'est-ce que tu viens de dire ?

J'ai dit... Je ne veux pas y retourner.

Et pourquoi cela ? demanda-t-il. Vous faisiez du bon travail au moulin.

Ce qui se passait là-bas n'était pas juste", ai-je trouvé le courage de dire. Je ne peux pas gagner la part de salaire que quelqu'un d'autre méritait. L'atmosphère y est très malsaine. Il y a tant de préjugés, tant d'hostilité ! Je n'étais pas du tout heureuse de travailler là. En outre, le travail était si fastidieux".

On ne travaille pas pour le bonheur, mon fils. Vous travaillez pour un salaire. On travaille pour manger".

Mais je gagnais bien plus avec mes réparations et mes travaux de menuiserie", ai-je fait valoir. Et cela n'aurait fait qu'augmenter avec le temps.

Votre travail de réparation n'était pas une source de revenus stable. Aujourd'hui, vous avez des réparations, demain vous n'en aurez peut-être plus. Une autre personne pourrait ouvrir un atelier de réparation à côté du vôtre et vos revenus diminueraient instantanément. L'usine vous verse un salaire fixe chaque semaine. Il ne faut pas laisser les choses au hasard".

Désolé", lui ai-je dit. Je ne sais pas où j'ai trouvé la force. Mais je ne peux pas faire ce que vous dites.

Je n'oublierai jamais l'expression de son visage lorsque j'ai dit cela. Mais j'ai continué à le regarder en face, dans les yeux, et j'ai poursuivi : "Je veux vivre ma vie à ma façon. Je sais qu'avec le temps, je gagnerai plus d'argent grâce à mes travaux de réparation. Et pour qui je fais tout cela ? Pour notre famille. Tout ce que j'ai gagné jusqu'à aujourd'hui, je l'ai donné à ma mère. Et je suis prêt à travailler aussi dur que possible pour vous aider à financer le mariage de Laxmi, mais pas de cette façon. Je veux avoir quelque chose à moi, Baba. Quelque chose dont je peux être fier. Je ne veux pas travailler à l'usine. J'ai l'impression d'être une machine, pas un être humain. Comprenez, Baba. Ayez confiance en moi. Je ne vous laisserai pas tomber".

Je n'ai pas pu lire l'expression de son visage lorsque j'ai fini de parler. Pendant un instant, j'ai cru qu'il avait compris ce que j'essayais de dire. Pendant un instant, j'ai cru qu'il était prêt à coopérer, car il est resté silencieux. Mais l'instant d'après, ma chemise blanche était maculée de daal jaune et mon riz était éparpillé sur le sol. Un verre d'eau a volé vers moi, éclaboussant mon cou et ma poitrine. J'ai esquivé juste à temps, de sorte que le verre a heurté le mur juste derrière moi et est tombé bruyamment sur le sol. Mon père m'a tiré par le col de ma chemise et m'a poussé hors de la pièce.

Je préférerais mourir plutôt que de t'appeler mon fils ! Je l'ai entendu dire. Tu mérites de vivre dans la rue. SORTEZ DE CHEZ MOI !

J'ai regardé ma mère, impuissante. Elle est restée près de la porte, silencieuse et soumise.

Mon père a crié : "Sortez ! Et ne revenez plus jamais ici !

Les larmes aux yeux, j'ai regardé ma maison une dernière fois et je suis sortie. Je ne savais pas où aller, je ne savais pas quoi faire. J'avais faim, le cœur brisé et je n'avais pas un sou. Et il pleuvait toujours.

Vers onze heures et demie ce soir-là, je me suis retrouvée à frapper à une porte familière à Palpara. Je me suis sentie extrêmement gênée, mais à ce moment-là, je n'avais pas d'autre choix. En ouvrant la porte, il a fait plaisir à voir, mais son visage s'est décomposé à ma vue.

Sridhar ! s'exclame-t-il. Qu'est-ce qui s'est passé ? Que faites-vous ici au milieu de la nuit ? Tout le monde va bien à la maison ? Vous avez l'air dévasté !

Tout ce que j'ai pu dire, c'est : "Est-ce que je peux rester ici quelques nuits ?

Bien sûr que vous le pouvez", a-t-il répondu. Cela va de soi.

dire. Tu es mon meilleur ami ! Merci, Vikash. Merci beaucoup.

Pourquoi me remercies-tu, idiot ? Entrez.

Tu es gelé !

C'est ainsi que j'ai trouvé ma maison.

Interlude

Mon grand-père m'a sorti de ma rêverie. Qu'est-ce que tu penses ?

J'ai répondu : "Je suis juste un peu jaloux de toi en ce moment". Pourquoi ? demanda-t-il, amusé.

Tu avais une chose que j'ai toujours voulue", lui ai-je dit. Un meilleur ami.

Il sourit, le regard lointain.

Quoi qu'il en soit, quel était l'environnement à Palpara ? Je me suis remis à l'interroger.

C'est une différence rafraîchissante par rapport à Bidyalanka", a répondu Grand-père. Ou peut-être que je me suis senti comme ça parce que je... j'étais loin de ma maison. Tout endroit éloigné de ma maison était comme un répit pour moi. J'avais beaucoup d'amis à Palpara, ils m'ont tous aidé de différentes manières. J'ai commencé mon activité avec deux cents roupies offertes par un homme qui s'appelait..." Il s'interrompt pour se souvenir. Su-Subhash, je crois qu'il s'appelait ainsi".

C'est bon, grand-père, tu peux prendre ton temps et te souvenir. Il n'y a pas d'urgence".

Il s'appelait Subhash Ray, je crois", se souvient Grand-père après avoir réfléchi.

Qui était-ce ? lui ai-je demandé. Un parent ?

Non, il vivait près de la maison de Vikash", a-t-il répondu. Ce quartier était presque comme une famille élargie. Tout le monde s'est montré extrêmement amical envers les autres. Et comme il était particulièrement proche de la famille de Vikash, il venait souvent lui rendre visite. C'est ainsi que j'ai appris à le connaître. C'était un homme riche. Il avait hérité d'une grande richesse de ses ancêtres. Il était beaucoup plus âgé que moi, mais il avait beaucoup d'affection pour moi et croyait en mes capacités. Il se tenait souvent à l'écart et regardait pendant que j'expérimentais mes lumières. C'était une personne vraiment gentille et magnanime ! Il a fait pour moi ce que ma famille n'a jamais pris la peine de faire. C'est grâce à lui que j'ai pu donner des ailes à mon rêve. Deux cents roupies, c'était une somme énorme à l'époque. Les personnes qui gagnaient cent roupies par mois étaient considérées comme extrêmement riches".

Et combien gagnait votre père ?

Mon père gagnait quinze roupies par semaine au moulin.

Et il devait nourrir quatorze personnes dans la famille".

Pourquoi les gens ont-ils eu autant d'enfants alors qu'ils savaient que leurs revenus ne leur permettraient pas de subvenir à leurs besoins ? me suis-je demandé.

Il n'y avait pas de planning familial à l'époque", a répondu mon grand-père.

Et je suppose que l'idée était d'avoir autant d'enfants mâles que possible.

Oui, répondit mon grand-père, pour la dot qu'ils apporteraient. En outre, les garçons pourraient commencer à gagner de l'argent dès leur plus jeune âge, ce qui se traduirait par une augmentation des revenus de la famille. Jusqu'à l'âge de quatorze ans, j'ai eu des frères et sœurs presque chaque année. Quelques-uns d'entre eux sont morts peu après leur naissance. Ma dernière sœur... humm... celle qui est née après Ganesh, est morte quand elle avait deux ou trois mois".

Cela a dû être très douloureux.

Temporairement seulement", répondit-il d'un ton sombre. Nous sommes passés par là de nombreuses fois. Ce n'était pas nouveau... En plus, c'était une fille. Une bouche supplémentaire à nourrir. S'il s'était agi d'un garçon, mes parents auraient été bouleversés pendant très longtemps. La mort d'une petite fille entraînerait moins de dépenses pour la famille. Vous n'auriez pas à supporter le fardeau de la marier. Mais un fils pouvait travailler et gagner de l'argent pour la famille, prendre une épouse, etc.

N'était-ce pas difficile pour votre mère ?

La mort de la petite fille ? demanda-t-il. Non, ce n'était pas aussi difficile que d'être enceinte toute l'année, de cuisiner, de faire le ménage, de s'occuper de nous tous et, en plus, de passer par le processus douloureux de l'accouchement plusieurs fois et d'endurer les sautes d'humeur de mon père.

Mon cœur ne pouvait s'empêcher de tendre la main aux femmes qui étaient censées fonctionner comme des distributeurs automatiques chaque année, faisant naître un bébé après l'autre, parfois par deux ou trois, et qui étaient ensuite traitées comme si elles ne comptaient pas du tout. Comme si la douleur atroce, les saignements incessants et l'inconfort physique insondable ne signifiaient rien. Comme si elles étaient en quelque sorte obligées de subir tout cela et de continuer à accomplir des tâches ardues tout en négligeant leur propre bien-être pour s'occuper de la famille, simplement parce qu'elles étaient des femmes. Pourtant, ce sont toujours les hommes dont les sautes d'humeur et les problèmes de colère sont laissés à l'appréciation de tous, comme s'ils avaient en quelque sorte gagné le droit d'être de terribles êtres humains.

Dans mes dernières années, lorsque j'étais relativement bien établi, mon grand-père a interrompu mes pensées, j'ai eu deux autres bienfaiteurs. L'un d'entre eux était un homme très gentil appelé Sudhir Bose, qui m'a donné une somme d'argent substantielle pour acheter mon premier lot de lampes miniatures 6,2. Et l'autre homme était... Je crois qu'il s'appelait Sailendranath Ghosh. Les gens l'appelaient affectueusement Madan Da".

Je crois que j'ai déjà entendu ce nom.

Tu l'as aussi rencontré", a répondu mon grand-père. Il venait souvent nous rendre visite quand tu étais petite.

Comment vous a-t-il aidé ?

J'ai souvent manqué d'argent à mes débuts, car je jonglais avec plusieurs projets en même temps. Madan Da était propriétaire d'un magasin de matériel électrique à Laxmiganj Bazaar. J'avais l'habitude d'acheter à crédit des tas de marchandises dans son magasin, des marchandises valant des milliers de roupies... et de le rembourser dès que je gagnais de l'argent, que ce soit six mois ou un an plus tard. Il a également pris grand soin de moi. Il s'est toujours préoccupé de ma santé et de mon bien-être. Il me faisait tellement confiance qu'il ne m'a jamais réclamé d'argent et ne s'est jamais intéressé à moi. Il savait que je le rembourserai dès que je recevrai mes paiements".

C'est très gentil de sa part.

C'était certainement le cas", a-t-il déclaré. Quand j'y pense maintenant, je ne peux m'empêcher de réaliser que même si j'ai été chassé de chez moi, je n'ai jamais vraiment manqué de famille.

C'est exactement ce que je pensais ! lui ai-je dit. L'Univers met toujours sur ton chemin des personnes bienveillantes qui t'aident à avancer vers ton but. Je suppose que c'est ainsi que l'univers fonctionne pour ceux qui sont vraiment déterminés".

Je ne sais pas si c'est Dieu ou l'Univers", a-t-il déclaré. Mais sans ces personnes, je ne serais rien aujourd'hui. C'est peut-être ainsi que la chance fonctionne pour certains. De petits actes de gentillesse peuvent transformer la vie de quelqu'un".

C'est aussi ce que j'ai toujours ressenti", lui ai-je dit. Mais parfois, les bonnes intentions sont interprétées de manière très négative. Même si vous essayez sincèrement d'aider, les gens disent souvent que vous le faites pour attirer l'attention ou pour vous sentir bien dans votre peau. Pourquoi ai-je l'impression que c'est personnel ? Mon grand-père n'a pas tardé à déceler ce qui se cachait derrière mes paroles. Tu as déjà vécu quelque chose comme ça ?

J'ai acquiescé. L'année dernière, quelques personnes partageant les mêmes idées et moi-même avons créé un petit groupe pour aider les personnes défavorisées en leur fournissant de la nourriture et d'autres produits de première nécessité. Nous avons dû largement dépendre de la collecte de fonds, qui n'était possible que par le biais des médias sociaux, car nos propres cercles étaient limités et, en tant qu'étudiants, nous n'avions pas de revenus propres. Mais certains ont pensé que nous essayions de nous aider nous-mêmes".

Il secoue tristement la tête. C'est triste. Mais je peux vous dire une chose : lorsque ma famille m'a abandonné et que je n'avais nulle part où aller, lorsque je n'avais pas les moyens de créer ma propre entreprise... à chaque étape de mon parcours, lorsque j'ai été confronté à des difficultés, ce sont des personnes bienveillantes qui m'ont aidé à passer le cap. Je ne sais pas s'ils le faisaient pour attirer l'attention ou simplement pour se sentir bien dans leur peau, mais j'ai énormément bénéficié de leur aide. Et dans un pays comme le nôtre où les autorités concernées ne prennent pas les mesures nécessaires pour réduire la pauvreté et les inégalités, des personnes volontaires comme vous sont d'une grande aide. Ne laissez donc jamais des commentaires inutiles vous décourager de faire ce qu'il faut. Essayez plutôt d'utiliser les dons que vous recevez de la manière la plus efficace possible et faites-moi savoir si vous avez besoin d'aide. Je veux aussi faire partie de votre groupe". J'ai ressenti un étrange sentiment de soulagement. Ses mots m'ont fait l'effet d'une brise soufflant dans mes cheveux et m'ont laissé une sensation de chaleur et de bien-être.

complète.

Vous êtes admis, Monsieur ! J'ai répondu avec joie. Maintenant, parlons de ce qui s'est passé après que vous ayez quitté la maison.

Rien d'important pendant quelques années", a-t-il répondu. Je travaillais dans une menuiserie et j'étais connu comme "ce gars de Bidyalanka qui peut résoudre n'importe quel problème électrique". Ainsi, chaque fois que les gens du quartier ou des environs proches rencontraient un problème, qu'il s'agisse d'un tube d'éclairage ou d'une ampoule hors d'usage ou d'un ventilateur qui s'était arrêté de tourner, ils m'appelaient toujours. Je suis allé les aider facilement et j'ai gagné de l'argent".

Combien ? lui ai-je demandé avec curiosité.

Peut-être deux ou trois roupies. Une pièce de cinq roupies était un luxe à l'époque".

J'ai noté chaque mot qui sortait de sa bouche malgré le fait que l'enregistreur de mon téléphone était allumé.

C'était peut-être au début des années 1960, lorsque j'ai été payé quatorze roupies pour décorer un hangar à vélos à Ashok Palli pour la Durga Puja", raconte mon grand-père.

Quatorze roupies ! m'exclamai-je. Vous deviez être aux anges !

Oh, je l'étais ! Je me souviens m'être soudain senti extrêmement riche" "Où se trouve exactement cet endroit, Ashok Palli", ai-je essayé de tester

sa mémoire.

Il ne fait pas partie de Chandannagar. C'est une partie d'une ville voisine, de l'autre côté des douves qui entourent notre ville".

Oui, les Français avaient construit ce fossé tout autour de Chandannagar pour fortifier notre ville contre les intrus", a ajouté fièrement mon frère, qui avait écouté silencieusement notre conversation pendant tout ce temps, et qui a reçu une tape sur la tête de la part de notre grand-père.

Alors, comment s'est passé ce travail à Ashok Palli ?" Je suis passé à la question suivante.

La puja devait avoir lieu à l'intérieur d'un hangar à vélos. Mais le problème, c'est qu'il n'y avait pas d'électricité dans cette région, qui était assez isolée", explique mon grand-père.

Alors, comment avez-vous décoré la cabane sans électricité ? Je voulais savoir. Avez-vous utilisé des piles portables ?

Non", a-t-il répondu. Il y avait de l'électricité dans tout Chandannagar, qui se trouve à environ un demi-kilomètre d'Ashok Palli. J'ai obtenu l'autorisation de la compagnie d'électricité et j'ai attaché de longs câbles depuis l'un des lampadaires de Chandannagar jusqu'à l'abri à vélos d'Ashok Palli.

Comment est-ce possible ? Vous avez dit que c'était à un demi-kilomètre et qu'il y avait un fossé entre les deux et tellement de maisons ! Oui, j'ai dû porter les câbles sur les toits des maisons et à travers les douves. Il y avait même un collège de femmes sur ma route. Ils m'ont probablement pris pour un fou parce que j'ai remarqué que deux d'entre eux s'éloignaient en courant dans l'autre direction.

direction au moment où ils m'ont remarqué".

Il s'est arrêté là et a éclaté de rire, ce à quoi mon frère s'est joint avec enthousiasme.

Oh, Dadu ! dit-il en essuyant ses larmes. Je ne peux pas m'empêcher de rire !

Je n'ai pas pu m'empêcher de participer à leur gaieté.

Tu es vraiment unique en ton genre, tu sais", ai-je dit à mon grand-père. Et avec quoi as-tu décoré la cabane ?

Des choses très basiques", se souvient-il joyeusement. Des supports, des lampes à tube... humm... de petits lustres et de petits globes disco. Les lampes miniatures 6.2 n'étaient pas encore à la mode.

J'ai griffonné sur mon carnet, toujours en riant. Je n'arrive pas à croire que vous avez vraiment porté les câbles sur les toits des gens".

Oh, je l'ai fait", a-t-il répondu. Même si la lutte était difficile, ce furent les meilleurs jours de ma vie.

C'est alors que ma mère a jeté un coup d'œil par l'entrebâillement des deux portes pour nous informer que le professeur de mathématiques de Bonny était arrivé. Mon frère, très déçu, lui a reproché d'être le porteur de mauvaises nouvelles et s'est traîné hors de la pièce à contrecœur.

J'ai eu un projet plus important après celui-là", se souvient mon grand-père quelques instants plus tard. Je crois que c'était en 1966. C'était ma première tentative d'éclairage des rues pour la Jagadhatri Puja".

Comment ça s'est passé ?

Mes lumières ont été rejetées

Quoi ? m'exclamai-je. Vos lumières ont été rejetées ?

Oui", dit-il en fronçant les sourcils. C'était une localité voisine. J'avais fait un tunnel de lumières avec des ampoules de 25 watts. Nous avons utilisé des rouleaux pour la première fois".

Des rouleaux ? lui ai-je demandé. Qu'est-ce que c'est ?

Les lumières fonctionnaient d'elles-mêmes avec l'aide des rouleaux", a-t-il répondu. Elles n'ont nécessité aucun effort manuel de ma part. Chaque arche du tunnel avait son propre rouleau. Vous vous souvenez que lors de la Puja de Saraswati dans mon école, je devais rester assise près de l'idole toute la soirée en pressant le fil de fer sur chaque clou pour créer l'effet de course ?

Je m'en souviens. Vous ne pouviez pas quitter la salle une seule minute".

C'est précisément ce que les rouleaux font maintenant", a-t-il déclaré. Je n'aurais pas à être présent en permanence. Il me suffit de connecter les rouleaux à la source d'énergie pour que les lumières s'allument automatiquement".

Il y a eu deux grands artistes à mon époque, Prabhash Kundu

et Jiban Bhar. J'ai été très inspiré par leur travail mécanique lors de la Lalbagan Durga Puja, mais ce qu'ils utilisaient ne correspondait pas à ce que je voulais faire avec mes lumières. Je devais donc trouver quelque chose de différent".

Où avez-vous trouvé ces rouleaux ? Étaient-ils déjà disponibles à Chandannagar ?

Non, je les ai faites moi-même", répond mon grand-père. Quoi ? lui demandai-je, stupéfait : "C'est toi qui as fait les rouleaux ?

Comment ?

C'est une toute autre histoire", sourit-il.

Une histoire que j'aimerais beaucoup entendre. D'accord, alors. Commençons !

Automne 1965

Tes idées sont uniques ! m'a dit Vikash un jour. Mais as-tu pensé à ce que tu feras lorsque tu devras travailler avec plus de trois lumières ?

J'ai pensé à la même chose", ai-je répondu. Je peux contrôler manuellement quatre ou cinq lampes sur une seule rangée, une douzaine au maximum, mais pas plus.

Et vous devez rester avec eux tout le temps", ajoute Vikash. C'est très gênant. N'y a-t-il pas un moyen de faire fonctionner les lumières automatiquement sans que vous ayez à intervenir ? De cette manière, vous pouvez entreprendre plusieurs projets au lieu de vous concentrer sur un seul à la fois".

Il y a certainement un moyen de sortir", ai-je marmonné. Il doit y en avoir un ! C'est juste que je n'ai pas encore réussi à en trouver une".

Je suis sûr que tu trouveras bientôt une solution", a-t-il encouragé. J'ai confiance en toi.

Cela faisait sept ans que j'avais été chassée de chez moi pour avoir refusé de travailler à l'usine de jute et que j'avais trouvé refuge chez mon meilleur ami Vikash. Depuis lors, j'y ai vécu par intermittence. C'était une très vieille maison, mais magnifique, comme celles des zamindars, avec une cour ouverte au centre et de grandes pièces spacieuses construites tout autour. Une salle de prière séparée se trouvait à l'intérieur de la maison et un *mandap de tulsi* se dressait avec austérité dans un coin de la cour. Nous n'étions pas censés nous aventurer près d'elle avec des vêtements non lavés.

Chaque soir, sa mère, que j'appelais Kakima, vénérait l'énorme idole du Seigneur Krishna dans la salle de prière, puis, vêtue d'un saree blanc avec une large bordure rouge et des fleurs de *champa* dans les cheveux, elle descendait et allumait des bougies et des lampes à huile au pied du *mandap de tulsi*, laissant derrière elle une traînée persistante de parfum. Une explosion de bois de santal, d'encens et de fleurs. Il y avait de la grâce dans ses gestes, de la gentillesse dans ses yeux et de l'abondance dans les paumes de ses mains. Les mains jointes près de sa poitrine, elle s'est agenouillée devant elle pour prier, puis elle est allée de salle en salle pour distribuer à chacun d'entre nous des friandises provenant de la salle de prière.

Elle me disait toujours en m'offrant le *prasad*, avec un sourire radieux : "Puisses-tu vivre une vie très longue et prospère, mon chéri". Tu es un très bon garçon.

Je me suis souvent demandé si ma mère aurait été une personne totalement différente si elle avait eu la chance de se marier dans une famille aisée. Elle le ferait probablement. Nous serions également différents. Les circonstances changent les gens. Je le savais mieux que quiconque dans ma famille car, au cours des dernières années, j'avais fait l'expérience de ce que c'était que d'être de l'autre côté. Entendre les éloges et les encouragements des aînés, être entouré de personnes qui croient en ses capacités, peut vraiment faire une différence dans la personnalité d'une personne. Je pouvais respirer dans la maison de Vikash, je me sentais bien dans ma peau, j'avais plus confiance en moi, tout cela parce qu'ils ne m'ont jamais fait sentir que j'étais sans espoir, ils ont admiré mes efforts et m'ont valorisé pour mon travail. Ils ne m'ont jamais fait me sentir inférieur, indigne ou égoïste. Kakima a toujours eu un mot gentil pour moi. Elle s'inquiétait souvent de mon bien-être, prenait soin de moi lorsque j'étais malade et me demandait chaque jour si j'avais bien mangé. Mais je ne comprenais pas pourquoi ma mère avait tant de mal à me dire quelque chose de ce genre. Ce n'est pas comme si elle en était incapable. Elle était toujours en train de couvrir Kartik d'amour et d'affection, même lorsqu'il restait assis à ne rien faire. Elle n'était pas trop mal non plus avec mes frères aînés. Pourquoi ai-je toujours été traité comme une exception ? Comme une vermine qu'elle aimerait écraser sous son pied ?

Vikash avait une famille nombreuse et plusieurs oncles, tantes et sœurs. Ainsi, chaque fois qu'il y avait un festival, sa maison bourdonnait d'une foule de personnes allant des enfants en bas âge aux vieux grands-parents, qui étaient tous si humbles et joviaux que je me sentais parfaitement chez moi. Ils ne m'ont jamais fait sentir que j'étais un étranger. En fait, j'étais un membre de la famille aussi important que Vikash lui-même et leur gentillesse à mon égard était inconditionnelle. Issue d'une telle famille, je savais que la gentillesse était une vertu innée chez ma meilleure amie. Ou bien la gentillesse n'est-elle qu'une vertu qui a germé en même temps que les privilèges ? Plus on est privilégié, plus il est facile d'être gentil. Mais ce que j'ai le plus admiré chez Vikash, c'est son humilité. Il aurait pu facilement se lier d'amitié avec l'un des garçons les plus riches de l'école, comme Chandu, mais il m'a choisi. Il est resté à mes côtés et m'a aidé contre vents et marées. Il n'en avait pas besoin. Qu'est-ce qu'il y a à y gagner ? Rien. Mais il avait simplement choisi de le faire. Il me traitait comme son propre frère. Et puis le jour est arrivé. C'était le Vishwakarma Puja.

Plusieurs de nos camarades de classe avaient été invités chez lui ce matin-là. Nous devions organiser une bataille de cerfs-volants sur son toit à midi. C'était une tradition annuelle et celui dont le cerf-volant avait survécu le plus longtemps sans que sa corde ne soit coupée par les *manjas* tranchants des autres cerfs-volants remportait le tournoi. La corde spéciale pour les cerfs-volants, appelée *manja*, a été fabriquée de nos propres mains. Plus le *manja* est fort, plus les chances de gagner le concours sont élevées. La fabrication du *manja* jouait donc un rôle très important dans ces compétitions. Au cours des sept dernières années, c'est Vikash ou moi qui avons remporté la compétition et nous n'avons jamais coupé les cerfs-volants de l'autre. C'était une petite tradition qui nous était propre, sur laquelle nous ne nous étions jamais formellement mis d'accord, mais que nous suivions tous les deux. Nous avons utilisé du fil de polyester torsadé pour notre *manja* et l'avons enduit d'une colle spécialement préparée à cet effet et de verre finement pulvérisé. Il était si aiguisé qu'il pouvait trancher la chair d'une personne s'il n'était pas manipulé avec précaution. Nous savions que notre victoire était garantie cette année encore.

Le tournoi de cerfs-volants sera suivi d'un somptueux repas composé de pooris chauds et gonflés, de *chana masala*, d'*aloo-dum* épicé, d'aubergines coupées en tranches rondes et grasses, frites dans de l'huile de moutarde pure, et d'un curry de poisson spécial à base de kaatla mach frais . Le simple fait de penser à ce déjeuner m'a mis l'eau à la bouche toute la matinée. En outre, je pouvais sentir les différentes préparations en cours dans la cuisine, les nombreuses épices en train d'être moulues, celles stockées dans les grands bocaux en verre enfin utilisées, le riche arôme des pooris se répandant dans l'huile chaude et bouillante, les filets de poisson marinés avec du sel et de la poudre de curcuma, enrobés d'un mélange de pâte d'oignon, d'ail et de gingembre, les ingrédients de l'*aloo-dum* et du *chana masala* versés un par un dans les immenses poêles et la spatule les remuant pour obtenir des pâtes épaisses et délectables. Les différents arômes qui flottaient dans l'air jouaient des tours à mon self-contrôle et me rendaient impatiente, nerveuse et anormalement affamée. Alors, quand Chandu a essayé de me tirer les vers du nez parce que j'avais abandonné l'école il y a des années et que je n'avais toujours pas d'emploi stable, je n'ai pas été du tout intimidée. Au lieu de cela, mon estomac et moi avons grogné contre lui à l'unisson, de façon bruyante et menaçante.

Si tu ne te tais pas, je t'électrocute dans ton sommeil ! Il me regarde comme si j'étais complètement folle. Mais quelque chose dans mon visage indiquait peut-être que je ne plaisantais pas, car on ne le voyait pas s'approcher de moi

pour le reste de la matinée.

Il était enfin midi et nous étions tous sur le toit, neuf d'entre nous, avec des cerfs-volants et des fuseaux tout neufs. Je n'avais pas acheté de cerf-volant, ni de fuseau. Ce n'est pas que je n'avais pas les moyens de les acheter, mais je n'en avais tout simplement pas envie. J'ai investi la plupart de mes revenus dans l'achat de lampes neuves et d'autres équipements pour mes expériences, et j'ai dépensé le reste pour acheter des produits alimentaires et d'autres nécessités pour la famille de Vikash, même s'ils m'avaient strictement interdit de le faire. J'étais un homme valide de 21 ans et j'aimais payer ma part. Je ne pouvais pas les laisser m'offrir de la nourriture et un abri indéfiniment sans apporter ma contribution. Cela m'a blessé dans mon amour-propre. Je devrais faire la même chose pour ma famille si j'étais à la maison. Ce n'était donc pas quelque chose d'extraordinaire. En outre, ils en avaient fait plus qu'assez pour moi et je ne pouvais pas me permettre de gaspiller mes maigres revenus en cerfs-volants et en fuseaux pour le divertissement d'une matinée. Vikash avait plusieurs vieux cerfs-volants et fuseaux qui étaient comme neufs, j'ai donc utilisé l'un d'entre eux.

En levant les yeux au ciel, j'ai été séduit par les centaines de cerfs-volants qui étaient déjà en l'air et qui se livraient une concurrence acharnée. C'est l'un des aspects les plus intéressants de la Vishwakarma Puja. Le ciel ! Des centaines de cerfs-volants brillants et colorés volent librement, flottant gaiement au gré du vent, ressemblant à des oiseaux exotiques de toutes les couleurs et de toutes les tailles. Certains ont fait voler des cerfs-volants par pur plaisir, sans avoir l'intention de couper d'autres cerfs-volants ou de rivaliser avec leurs voisins. Et certains, comme nous, n'ont rien trouvé de plus revigorant qu'un combat de cerfs-volants à l'arme blanche. Gagner ou perdre n'avait pas d'importance pour nous. Nous nous sommes inscrits pour le frisson, l'amusement, les jurons et les insultes que nous pouvions proférer en toute liberté puisque nous étions déjà entrés dans l'âge adulte, et le somptueux festin qui suivait une longue et éreintante compétition de coupe-gorge. Le combat de cerfs-volants a commencé et, en un quart d'heure, j'ai réussi à vaincre deux de mes amis, ainsi qu'un voisin qui ne se doutait de rien. À chaque fois, mes amis criaient "BHO-KATTA" et venaient me donner des tapes dans le dos. Dans les dix minutes qui suivent, Vikash coupe deux autres cerfs-volants. Quatre cerfs-volants en moins, il n'en reste plus que cinq. Bhola, Chandu, Parashuram, Vikash et moi-même étions engagés dans une compétition féroce. Bientôt, Parashuram coupe le cerf-volant de Bhola et son cerf-volant est à son tour coupé par Chandu. Il reste encore deux cerfs-volants, en plus du mien, de celui de mon meilleur ami et de celui de mon ennemi juré. J'ai décidé de vaincre ce dernier et d'appeler cela un match nul.

Mais au moment où je m'apprêtais à le faire, la vue du fuseau roulant sans effort dans mes mains m'a donné une idée. Je suis resté là un moment, transi, regardant mon fuseau comme un amoureux regardant profondément les yeux de sa bien-aimée.

Qu'est-ce qui te prend ? s'écrie Bhola. Descendez ce fichu cerf-volant !

Au lieu de cela, j'ai roulé dans mon *manja* comme si j'étais en transe. Qu'est-ce que tu fais, bon sang ?

Parashuram.

Sourd à toutes leurs exclamations, j'ai lentement descendu mon cerf-volant et l'ai remis à Vikash.

Il m'a demandé, surpris : "Tu te retires ?

Je viens d'avoir une idée ! dis-je, abasourdi. Puis-je emprunter ce fuseau pour un moment ?

Bien sûr, vous pouvez !", dit-il d'un air perplexe. Mais pourquoi ne pas terminer le jeu d'abord ?

Je crois que j'ai trouvé une solution ! m'écriai-je.

Vikash m'a regardé comme si je parlais une langue étrangère.

Il faut que j'y aille tout de suite ! J'ai insisté.

D'accord ! Il avait l'air excité, puis il s'est approché de moi et m'a murmuré à l'oreille : "Je te rejoindrai dès que j'aurai botté le cul de Chandu". Je te rejoindrai dès que j'aurai botté le cul de Chandu.

Puis je me suis précipitée dans ma chambre, le fuseau à la main, en riant.

Il est devenu complètement fou, n'est-ce pas ? J'ai entendu la remarque de Chandu alors que je descendais les escaliers en mosaïque, froids et durs, mais rien ne m'importait à ce moment-là.

J'ai dû répondre à l'appel d'une invention !

Les jours suivants, j'ai rendu visite à plusieurs charpentiers de la ville pour me faire fabriquer une petite structure cylindrique en bois, semblable à un fuseau, percée d'un trou sur toute sa longueur. J'ai également dépensé une grande partie de mes économies du mois pour le moteur d'un ventilateur de table, l'élément essentiel de l'ensemble. C'est ce moteur qui faisait tourner ma broche une fois connectée à une source d'énergie. Une fois mon fuseau prêt, je l'ai placé horizontalement dans un cadre en bois et j'ai tracé sur son corps cinq lignes verticales à espacement égal. J'ai ensuite planté une plaque de cuivre sur chaque ligne, en diagonale, l'une au-dessous de l'autre, sans qu'il y ait deux plaques placées l'une à côté de l'autre. J'ai placé une bande de cuivre isolée à l'une des extrémités du rouleau, qui s'étendait sur tout le pourtour comme un anneau continu.

A quoi sert celui-là ? m'a demandé Vikash un jour.

Ce sera mon conducteur d'électricité", ai-je déclaré fièrement.

Ensuite, j'ai relié les cinq plaques de cuivre au conducteur à l'aide de minuscules fils de cuivre, de sorte qu'une fois que le courant atteint le conducteur, toutes les petites plaques sont chargées électriquement. Et j'ai fixé un fil séparé et indépendant à mon conducteur, sans le serrer. Il sera connecté au point de branchement et fonctionnera comme fournisseur continu d'électricité. J'ai choisi cinq bulbes de ma collection. Chacun d'entre eux comportait deux fils. J'ai pris un fil de chaque lampe et je les ai fixés avec du ruban adhésif sur le cadre, exactement l'un à côté de l'autre, de telle sorte que les extrémités des fils touchent les cinq lignes correspondantes sur le rouleau. Les cinq fils restants ont été réunis pour former un fil commun qui a été connecté au point de branchement. Il y avait donc deux sources d'énergie, l'une exclusivement pour le rouleau et l'autre pour le moteur du ventilateur de la table.

Mon cœur a battu la chamade lorsque j'ai allumé les deux sources d'énergie et que le rouleau s'est mis à tourner lentement. Les fils attachés au cadre sont fixés, mais le rouleau tourne. Un sentiment d'extase m'a envahi lorsque j'ai vu que, pendant que mon rouleau de bois tournait, les fils des ampoules fixes touchaient l'un après l'autre les plaques de cuivre chargées d'électricité, et que les ampoules s'allumaient et s'éteignaient en ligne l'une après l'autre. J'ai bondi de joie et j'ai failli faire tomber le plafond avec mes cris de joie !

Vikash ! Vikash ! Venez voir ce que j'ai fait !

J'étais tellement bouleversée que je n'ai pas pu empêcher mes larmes de couler !

Tu aurais dû être ingénieur électricien, tu sais ! s'est écrié Vikash en le voyant. Tu iras loin, mon ami !

C'est grâce à ton aide", lui ai-je dit. Je n'aurais pas pu le faire si tu n'avais pas été à mes côtés.

Je n'ai rien fait ! C'était ton idée, ta conception".

Vous m'avez donné un endroit où rester", ma voix était lourde d'émotion. Tu m'as prêté ton fuseau. Tu as toujours cru en moi. Je ne sais pas si je pourrai un jour vous rendre la pareille".

Tu n'es pas obligé de le faire", s'est-il écrié. Ne m'oublie pas quand tu deviendras une star.

C'est alors que nous avons commencé à rire à travers nos larmes.

Les rouleaux ont une double fonction. Tout d'abord, après avoir branché le moteur de mon ventilateur de table à la source d'alimentation, je n'ai eu qu'à me tenir à l'écart et à regarder mon rouleau faire des merveilles avec mes lampes. Deuxièmement, les lampes s'allument toutes à des moments différents, en fonction de la position des plaques de cuivre. Si j'avais planté les plaques côte à côte, elles auraient toutes brillé et se seraient éteintes en même temps. Mais comme j'avais planté les plaques en diagonale, les lampes ont clignoté l'une après l'autre en ligne.

J'ai fini par développer mes rouleaux, j'ai appris à fabriquer de nouveaux mécanismes qui permettaient à des centaines de lumières sur un panneau de fonctionner sur un seul rouleau, créant des effets de lumière et d'ombre et des effets d'animation qui dépendaient tous de l'emplacement stratégique des plaques de cuivre sur la surface du rouleau, répondant aux différents designs et aux exigences spécifiques de chaque panneau. C'est l'une de mes innovations les plus importantes, celle dont le plan m'a été révélé par une broche dérisoire. J'ai utilisé mes rouleaux pour la première fois afin d'illuminer les rues d'une localité voisine à l'occasion de la Jagadhatri Puja. Plus que la Durga Puja, c'est la Jagadhatri Puja que j'attendais chaque année avec impatience. Je ne me souciais guère du message de Durga Puja, car j'avais moi-même l'air d'un asura, tandis que le reste de l'entourage avait l'air charmant et juste. Les personnes jouant les asuras dans les sketchs mis en scène localement avaient le teint foncé ou étaient recouvertes de peinture foncée. Quelques fois, j'ai été invité à jouer ce rôle et mes frères se sont amusés à se moquer de moi. Ce n'était donc pas quelque chose que j'attendais avec impatience. Jagadhatri Puja était le festival célébré dans notre petite ville endormie avec plus de faste et de grandeur. Des robes neuves sont achetées, les maisons sont nettoyées, les vieilles chaussures sont cirées, les visages sont embellis et la ville s'habille comme une jeune mariée et se prépare à accueillir des invités venus de loin. C'était l'époque des réjouissances et des retrouvailles, du retour au pays et des rassemblements sociaux. Les habitants de tout le pays sont rentrés chez eux pour célébrer les cinq jours fastes de la puja. Auparavant, en l'absence d'électricité, ils faisaient éclater des pétards et utilisaient des torches allumées autour des *mandaps* et pendant l'immersion. Comme je l'ai appris plus tard, ces pratiques ont toutes été lancées et inspirées par les Français qui organisaient chaque année de grands spectacles de pétards le 14 juillet dans notre ville pour commémorer la chute de la Bastille, et ces traditions ont continué à être maintenues même après leur départ.

Lorsque j'étais enfant, mes aînés m'avaient appris que Maa Jagadhatri est un aspect de Maa Durga elle-même. Et si je n'ai jamais pu me souvenir des histoires complexes de Maa Durga et de Maa Kali et si j'ai souvent confondu l'une et l'autre, je me suis toujours souvenu de l'histoire de Maa Jagadhatri.

L'histoire raconte qu'après avoir créé Maa Durga, les dieux Indra, Varun et les autres ont commencé à se considérer comme omnipotents. Ils ont refusé de reconnaître Shakti, l'énergie cosmique primordiale qui dirige l'Univers tout entier. Ils ont commis l'odieuse erreur de se croire plus forts qu'elle". avait dit Dada.

Que s'est-il passé ensuite ? avais-je demandé avec impatience.

Cela a bien sûr mis Shakti en colère et elle a décidé de les prendre à partie. Elle apparut donc devant eux sous le déguisement de Maya, laissa pousser une touffe d'herbe devant eux et demanda à chacun d'entre eux d'essayer d'arracher l'herbe s'il le pouvait. Ils se sont tous moqués de Maya pour leur avoir donné une tâche si facile, mais l'un après l'autre, chacun d'entre eux a échoué au test. C'est alors que Shakti est apparue devant eux sous la forme de la déesse Jagadhatri assise sur un lion.

Et l'éléphant alors ? Quelle est sa signification ?" "Les dieux se sont vite rendu compte de leur erreur et leur fierté a pris la forme d'un éléphant. Et c'est ainsi que nous adorons

Maa Jagadhatri, une déesse assise sur un lion avec un éléphant sous elle".

Le Maharaja Krishnachandra Roy de Krishnanagar, au Bengale occidental, comme je l'ai appris plus tard, est connu pour avoir été le premier à lancer la Jagadhatri Puja. Il avait été emprisonné par le Nawab du Bengale, Aliwardi Khan, pour avoir refusé de lui céder sa royauté. Il a été libéré le jour de Durga Nabami, qui était le dernier jour de Durga Puja. Le Maharaja était extrêmement peiné de ne pas pouvoir profiter de la seule fête qu'il attendait chaque année et son emprisonnement a ruiné les festivités de Durga Puja dans son royaume. Maa Jagadhatri aurait rendu visite au Maharaja dans ses rêves, lui demandant de la vénérer le jour du prochain Shukla Nabami. Il a obéi à la lettre aux instructions de la déesse et a commencé la Jagadhatri Puja. La puja s'est ensuite étendue à d'autres villes, dont Chandannagar.

Comme l'année dernière, cette année encore, les habitants d'Ashok Palli ont souhaité m'engager pour décorer leur abri, cette fois-ci pour la Jagadhatri Puja. Ils étaient prêts à augmenter le montant à dix-huit roupies, mais je voulais faire quelque chose de différent cette fois, quelque chose de plus grand. Je voulais mettre mon invention à profit. Alors que je réfléchissais encore à l'opportunité d'accepter leur offre, quelques hommes d'une localité voisine sont passés chez Vikash pour me voir.

Comment m'avez-vous trouvé ? demandai-je, un peu confus. Subhash Babu nous a donné votre adresse.

Ils voulaient que je décore leur rue, celle qui mène au pandal, et m'ont dit qu'ils me laisseraient faire à condition que mon travail soit impressionnant. De plus, ils étaient prêts à me payer vingt-cinq roupies pour mon travail.

J'ai eu l'idée de créer un tunnel de lumière en utilisant des bandes de bambou arquées avec des ampoules alignées sur leur longueur. Chaque arche avait un rouleau séparé avec des plaques de cuivre plantées en diagonale qui faisaient courir les lampes d'un bout à l'autre des bandes de bambou. Il s'agissait d'un projet d'envergure puisque je devais désormais décorer une rue entière. Ils me paieraient vingt-cinq roupies, une somme qui dépassait largement mes espérances. Mais compte tenu de l'idée sur laquelle je voulais travailler, je savais que vingt-cinq roupies suffiraient à peine à couvrir les frais. Néanmoins, j'étais prêt à le faire. À l'époque, j'étais attiré par les nouvelles innovations comme un papillon de nuit par la flamme et j'étais prêt à prendre le risque de présenter quelque chose de nouveau et de différent cette fois-ci.

Mon ami Parashuram et moi-même avons passé des nuits blanches à travailler d'arrache-pied pour créer environ vingt-cinq rouleaux. Il m'a coûté cinquante roupies, soit le double de la somme promise, et je savais que je devrais puiser dans mes économies pour terminer mon travail. Mais je voulais gagner des louanges, plus que de l'argent. Je voulais que les gens s'arrêtent et apprécient mon travail. Probablement parce que j'ai été tellement privé d'admiration en grandissant que j'en ai eu faim tout au long de ma vie. L'argent n'a jamais eu autant d'importance pour moi que le respect et l'admiration. Il nous a fallu plus d'un mois pour créer tous les rouleaux, mais nous avons pris beaucoup de plaisir à le faire.

Quelques jours avant la puja, nous sommes allés inspecter la rue une nouvelle fois, notant toutes les mesures nécessaires et finalisant notre accord avec les membres du comité. Deux jours plus tard, nous étions sur le site, plantant de petits poteaux de bambou équidistants de chaque côté de la rue et reliant chaque paire de part et d'autre de la rue avec de fines tranches de bambou arquées en forme d'énormes demi-cercles dont la couronne s'étendait à près de trois mètres au-dessus du sol. On aurait dit l'entrée d'une grotte qui menait finalement au pandal principal. Nous avons ensuite fixé plusieurs ampoules de 25 watts enveloppées dans de la cellophane jaune sur toute la longueur des bandes de bambou.

Pourquoi le jaune ? m'avait demandé Parashuram. Pourquoi pas le rouge, le bleu ou le vert ? Pourquoi ne pas utiliser toutes les couleurs ?" "Le jaune sera le meilleur", ai-je expliqué en visualisant les arches qui brillent la nuit. C'est la couleur la plus vive. Les ampoules brilleront comme des lucioles dans l'obscurité de la nuit".

L'image brillante que j'avais en tête m'a incité à me mettre au travail et à travailler dur sur les arches toute la journée. Je voulais donner vie à mon imagination et l'excitation même de faire quelque chose de nouveau m'avait immunisée contre les affres de la faim et de la soif. Dans la soirée, nous avions terminé l'installation des arches sur près de la moitié de la rue. Et comme je l'avais imaginé, les arches étaient d'une beauté à couper le souffle lorsque nous avons fait un essai à la tombée de la nuit. J'avais l'impression de marcher dans un tunnel enchanté, éclairé par des vers luisants et des lucioles, et je ne pouvais m'empêcher de fredonner quelques lignes de l'une de mes chansons préférées, écrite par Tagore.

O Jonaki, ki shukhe oi daana duti melecho" (O luciole, comme tu battais joyeusement des ailes !)

Tu avais raison", dit Parashuram en me tapotant le dos avec des yeux pétillants. C'est magnifique ! Je n'ose imaginer à quoi il ressemblera une fois que nous aurons installé toutes les arches. Rien de tel n'a jamais été fait ici auparavant".

J'étais tellement excitée que j'ai eu du mal à dormir cette nuit-là. Je n'ai cessé de fredonner la mélodie de Tagore et j'ai même pensé à suggérer aux membres du comité, le lendemain, de jouer cette chanson dans le pandal de la puja. Je ne me doutais pas que le lendemain matin, j'allais avoir un sacré choc, car lorsque nous sommes retournés travailler sur l'autre moitié de la rue le jour suivant, nous avons constaté que tous nos éclairages et les bandes de bambou avaient disparu. Il ne restait plus que les perches de bambou et les rouleaux, ces rouleaux sur lesquels nous avions travaillé si dur, jour et nuit, pendant plus d'un mois. Nous nous sommes immédiatement précipités vers le pandal pour parler aux membres du comité de la puja, pensant qu'il s'agissait peut-être d'un vol ou d'un cambriolage. Nous n'étions absolument pas préparés à ce que

que nous étions sur le point d'entendre parler d'eux.

Qu'est-ce qui s'est passé ? demande Parashuram à l'un d'entre eux. Où sont les lumières ?

Nous les avons gardés derrière le pandal", répond-il en se caressant le menton avec désinvolture et en nous regardant à peine.

Pourquoi les avez-vous enlevés ?

Ecoutez, mon gars, je vais être honnête avec vous", a-t-il déclaré, un peu agacé d'être interrogé. Ce n'est pas tout à fait le genre de chose que nous voulions. Nous voulions quelque chose de plus grand et de plus lumineux. Ces lumières sont trop faibles ! La rue est sombre et lugubre. Cela gâche l'essence même du festival. Si vous pouvez faire quelque chose avec des lampes à tube prêtes à l'emploi, ce serait formidable. Nous vous paierons pour les tubes lumineux. Mais ne comptez pas sur nous pour payer les ampoules, car lorsque nous avons approuvé votre projet, nous ne nous attendions pas à ce que votre travail soit aussi maladroit. Mais nous n'avons pas encore terminé notre travail ! Je me suis écriée, les larmes aux yeux. Nous n'avions installé que dix arches. Il y en a quinze de plus. Nous pouvons installer plus d'arcs si vous le souhaitez. Pourquoi ne comprenez-vous pas ? Il est incomplet ! Il sera extrêmement brillant une fois terminé".

Si vous pouvez faire quelque chose avec des lampes à tube, vous êtes les bienvenus", a-t-il déclaré. Sinon, vous êtes libre d'aller travailler ailleurs. Vos ampoules sont derrière le pandal, venez les chercher à votre convenance".

Lorsque nous avons couru vers le petit terrain marécageux derrière le pandal pour voir si nos lumières étaient en sécurité, nous avons trouvé toutes nos lamelles de bambou éparpillées négligemment sur le sol. Pour la première fois de ma vie, j'ai tremblé de haut en bas comme un homme pieds nus sur un fil électrique. Cela ne m'aurait pas dérangé s'ils avaient simplement rejeté mon idée, mais ils sont allés plus loin et ont manqué de respect à mon art, ils l'ont jeté par terre comme un déchet. Je ne les laisserais pas s'en tirer aussi facilement.

Ne perdez pas courage, mon ami", a essayé de me consoler Parashuram. Je suis sûr que nous serons acceptés quelque part la prochaine fois.

Je vais montrer à ces hommes ce dont je suis capable ! J'ai essayé d'étouffer mes larmes.

Je n'en doute pas.

Ma colère s'était éteinte, mes lampes étaient éparpillées, ma poche était vide et mon cœur brisé.

Je leur ferai payer ce qu'ils ont fait", ai-je sangloté sur l'épaule de Parashuram.

Tout ira bien", assure Parashuram. Faites-moi confiance" "Je ne travaillerai plus jamais pour eux".

Vous n'êtes pas obligé de le faire.

Et je ne l'ai jamais fait. Je n'ai plus jamais travaillé pour cette commission de toute ma vie. Peu importe l'acharnement avec lequel ils m'ont plaidé par la suite, peu importe la somme d'argent qu'ils étaient prêts à m'offrir. Mon art occupait une place aussi importante que Dieu dans mon cœur. Et je me devais, non pas à moi-même, mais à mon art, de leur infliger le châtiment qu'ils méritaient.

Interlude

Alors, qu'avez-vous fait ?

Je suis allé éclairer la rue avec un tas de lampes à incandescence comme ils le voulaient", dit mon grand-père en haussant les épaules. J'avais besoin d'argent. J'avais dépensé toutes mes économies dans le tunnel. J'ai donc fixé les lampes à tube aux perches de bambou comme ils me l'avaient demandé, et j'ai ramené mes rouleaux et mes arcs à la maison. La rue était affreuse !

C'est tellement décevant !

Mais j'ai refait le même tunnel avec des bulbes et des rouleaux plus gros pour Bidyalanka l'année suivante et j'ai été très apprécié. Bidyalanka a attiré la plus grande foule cette année-là".

Alors, vos efforts n'ont pas été complètement réduits à néant. Non, pas du tout, sourit-il. 'Et puis il y a eu le

des panneaux transformateurs en... en... 1968, je crois. Il s'agit de structures rectangulaires conçues à l'aide de fines bandes de bambou flexibles qui peuvent être modelées en forme de fleurs, d'animaux ou de n'importe quel autre motif. Et selon les modèles que vous avez joints aux figurines 6.2".

Je ne comprends pas très bien", ai-je dit, à dessein. Je voulais qu'il se souvienne.

Prenons une page d'un carnet de dessin", dit mon grand-père en se redressant, plus confiant. Vous dessinez d'abord les quatre marges, n'est-ce pas ?

'D'accord'.

Ce sont les quatre côtés d'un panneau", a-t-il répondu. Le cadre.

'Uh-huh'.

Maintenant, où dessine-t-on les... les... contours d'une fleur, d'un éléphant ou de tout autre objet que l'on veut dessiner ?

Dans la marge ou le cadre", ai-je répondu.

Absolument", a-t-il acquiescé. Vous faites la même chose ici. Sauf que vous n'utilisez pas de crayon pour dessiner les contours. Vous utilisez de fines lamelles de bambou flexible, qui peuvent être coupées en morceaux et pliées comme de l'argile pour former n'importe quelle forme désirée".

D'accord, je comprends enfin. Il doit y avoir une base sur laquelle vous avez fixé ces motifs, n'est-ce pas ?

Bien sûr, c'est du bon sens ! Mon grand-père a ri en pensant à l'idiot que je devais être pour poser de telles questions. La base a été fabriquée avec des bandes de bambou plus solides et plus épaisses, placées à la fois horizontalement et verticalement pour former une structure en forme de grille qui a accueilli les dessins".

Et c'est toi qui as eu l'idée de tout cela ? J'étais sous le charme.

Pas vraiment", a répondu mon grand-père. J'avais vu les hommes de Sudhir Dhara et Deben Sarkar faire quelque chose de similaire pour le comité de la Puja de Bagbazar l'année précédente. Ils avaient utilisé des lampes de 12 volts que l'on trouve dans les phares des voitures et les avaient disposées de manière à représenter une scène de mariage.

Comment c'était ? ai-je demandé, absolument ravie de voir le nombre de détails dont il se souvenait.

C'était très agréable ! J'étais fasciné. C'est cette impulsion qui a fait naître de nouvelles idées dans ma tête. Mais ils avaient utilisé des lumières fixes. Je voulais le faire différemment".

Alors, qu'avez-vous fait sur vos panneaux ?" Je l'ai poussé à continuer. Quel genre de dessins avez-vous fait ?

Comme c'était la première fois que je travaillais avec des panneaux, je n'ai rien fait de compliqué, je suis resté simple", explique mon grand-père avec énergie, en se redressant, les yeux pétillants. Il y avait un panneau sur lequel je montrais un pigeon volant fait de lampes miniatures. Il y avait des panneaux avec l'alphabet bengali. Des panneaux avec des fleurs, des poissons, etc.

Toutes ces lumières bougeaient ?

Oui, chacun d'entre eux", a-t-il répondu. L'oiseau a battu des ailes, les fleurs ont éclos, des choses comme ça. Personne d'autre ne connaissait cette technique à l'époque. Au fil du temps, j'ai appris à différentes personnes à fabriquer des rouleaux et à donner vie aux motifs, puis elles ont enseigné à d'autres, et c'est ainsi que l'art s'est répandu à Chandannagar.

Ouah ! Et qui a dessiné ces motifs ?

Il y avait un grand artiste à notre époque. Il s'appelait Mahadev Rakshit. C'est lui qui a dessiné tous mes projets sur papier. Nous avons ensuite créé les structures en conséquence. Après sa mort, un homme nommé Satinath a pris la relève. Tous deux étaient incroyablement talentueux".

Et ces dessins étaient-ils en mouvement ou immobiles ? Je pouvais presque entendre mon cœur battre dans ma poitrine sous l'effet de l'excitation. Je n'en revenais pas de voir à quel point il se souvenait de tout ! Tant de détails sur son passé ! Chaque nom ! Et il ne bégayait pas lorsqu'il les racontait.

Ceux qui figurent sur le papier n'ont pas bougé, bien sûr".

répond-il d'un ton détaché. C'était comme dans les animations... vous savez... les figures qui bougent, les couleurs qui changent et tout le reste. Nous avons créé ces effets avec les lumières. Sur le papier, nous n'avions que les dessins, les mesures, etc. Les mouvements des lumières dépendaient tous de la position des plaques de cuivre sur le rouleau".

Il a dû être extrêmement difficile de relier les motifs complexes d'un énorme panneau à un simple rouleau de bois.

C'est vrai", répond mon grand-père. Il fallait avoir de bonnes connaissances techniques pour pouvoir planter correctement les plaques sur un rouleau. Tout dépendait de la position des plaques".

Je me souviens que grand-mère m'a dit qu'elle avait elle-même planté les plaques sur plusieurs rouleaux. Était-elle vraiment douée pour cela aussi ?

Mon grand-père a hoché la tête gravement pendant un moment, puis, à ma grande surprise, il s'est mis à rire à gorge déployée.

Qu'est-ce que c'est ? lui ai-je demandé, amusé. Laisse-moi aussi entendre la blague.

Ne dis pas à ta grand-mère que je t'ai raconté cela", dit-il en riant. Mais aucun des rouleaux sur lesquels elle a travaillé n'a jamais pu être utilisé !

'Vraiment?'

Aucun d'entre eux", a-t-il répondu. Elle n'avait aucune idée de ce qu'elle faisait. Elle a planté les plaques au hasard, là où elle le souhaitait. Mais elle était très heureuse de pouvoir m'aider. Je l'ai donc laissée faire ce qu'elle voulait".

J'ai ri. Elle croit encore qu'elle est une pro de la plantation d'assiettes sur des rouleaux ! Elle me l'a d'ailleurs dit avec beaucoup d'assurance,

Je l'ai crue aussi ! Elle a dit que c'était la chose la plus facile qui soit et que n'importe qui pouvait le faire si seulement il connaissait la technique.

Mon grand-père a ri encore plus fort. J'ai fait de même. C'était une découverte hilarante !

Après avoir infligé son expertise à mes rouleaux, lorsque ta grand-mère rentrait à la maison pour préparer les repas, mes ouvriers replantaient les assiettes dans leur position correcte. Elle revenait le lendemain, lorsque les rouleaux étaient prêts, et elle montrait les panneaux lumineux en s'exclamant, ravie : "Voyez... voyez ! Ce sont celles que j'ai faites ! Et vous pensiez que vous étiez le seul à pouvoir le faire !" Je l'écoutais avec tendresse et lui disais que ceux qu'elle avait faits étaient les meilleurs de tous. Et le bonheur dans ses yeux me rendrait heureux". Je n'ai pas pu m'empêcher de me sentir un peu dépassée par les événements. J'imaginais ma grand-mère, jeune, belle et un peu écervelée, travaillant dur dans l'usine au milieu de tous les ouvriers, ses longs cheveux noirs attachés en un chignon orné de jasmin blanc, clouant au marteau des plaques de cuivre sur un rouleau. Et mon grand-père se tenait juste à côté d'elle, regardant le désordre qu'elle était en train de faire avec des yeux admiratifs, souriant secrètement pour lui-même, mais lui laissant croire qu'elle faisait du bon travail, juste pour voir le sourire délicieux sur son visage lorsque les panneaux brillaient. L'année suivante, j'ai exposé des lumières sous l'eau.

a déclaré le grand-père.

Oui, j'en ai beaucoup entendu parler. Tout le monde parle des lumières sous-marines. C'était un tournant dans votre carrière, pour autant que je sache".

Oh, c'est vrai", dit-il avec un regard lointain. Les enjeux étaient également très importants. J'aurais pu perdre

ma vie. En fait, j'étais presque sur le point de le faire, à un moment donné". Grand-père, je veux tout savoir, tout ce qu'il y a à savoir.

détail !", ai-je insisté. ai-je insisté.

Eh bien, revenez après le déjeuner", m'a-t-il dit avec enthousiasme. Je vais essayer de me souvenir des détails et de tout vous raconter.

Lorsque je suis allée dans sa chambre cet après-midi-là avec mon carnet de notes et mon téléphone, je l'ai trouvé endormi. Je l'ai regardé avec tendresse pendant un moment, les mèches de cheveux gris sur sa tête parsemées de mèches noires, la peau de ses mains et de son visage qui s'était ridée avec l'âge. Le sommeil semblait conférer une étrange dignité à ses traits. On pouvait voir la forte personnalité qui se cachait autrefois sous cet extérieur doux et ridé. Mais lorsqu'il s'est réveillé, c'était un autre homme, un homme qui cherchait ses lunettes et ses prothèses auditives, qui tremblait et manquait de confiance en lui. Il avait surmonté ses problèmes d'élocution et de mémoire dans une large mesure et j'en étais extrêmement fier. En fait, c'est précisément ce qui m'a poussé à continuer. J'aurais abandonné depuis longtemps et je me serais enfoncée dans l'abîme de la dépression s'il n'avait montré aucun signe d'amélioration.

Je l'ai poussé doucement pour le réveiller. Il a lentement ouvert les yeux, m'a regardé et m'a demandé ce qui s'était passé. Mais lorsque je lui ai rappelé l'histoire des lumières sous-marines qu'il devait me raconter, il m'a regardé d'un air absent.

Mon cœur s'est emballé.

De quoi parles-tu ? me demanda-t-il faiblement. Je suis ici pour le livre, grand-père", lui ai-je dit. Le livre que j'écris sur toi. Vous m'avez dit de venir vous voir ce soir".

Le livre ?", dit-il d'un air perplexe. Quel livre ?

Tu ne te souviens pas ? Quelque chose en moi s'est brisé. Je t'ai interrogé pendant tout ce temps. Tu m'as raconté toute ta vie".

Qu'est-ce que tu dis ?

Tu ne te souviens vraiment pas ?" ma voix était à peine un murmure.

Il m'a simplement regardé, sans voix, comme si j'étais un parfait inconnu pour lui. Et pendant un instant, le monde autour de moi s'est arrêté.

Je ne pense pas comprendre.

C'est bon, ma voix tremblait. C'est bon... Tu vas dormir maintenant. J'ai franchi la porte, froide, engourdie et silencieuse. Un flot de larmes a coulé involontairement de mes yeux. Je me suis précipitée dans ma chambre et j'ai verrouillé la porte pour éviter les regards indiscrets et les questions incessantes. Je n'aimais pas pleurer devant les autres. En fait, je n'aimais pas du tout pleurer. Mes larmes ont fait

Je me suis sentie extrêmement gênée, presque nue.

Je me suis dit que tout allait bien se passer et je me suis assise sur mon lit, dans le silence de ma chambre, en frottant les larmes de mes yeux. Il se souviendra. Il se souviendra de tout".

Je me suis sentie idiote de pleurer et j'ai essayé d'être optimiste, de me convaincre que c'était temporaire. Mais alors que j'étais assise là, seule, dans le silence de ma chambre, je ne pouvais m'empêcher d'imaginer le visage vieux et ridé de mon grand-père alors qu'il se redressait énergiquement et déballait tous les détails de sa vie, ses yeux bleus pétillants, ses sourcils touchant presque son front chaque fois qu'il se souvenait d'une chose qu'il pensait susceptible de m'intéresser, et la façon amusante dont il bougeait ses mains d'avant en arrière en guise d'explication. Il s'en sortira. Il s'améliore. Il a bégayé plusieurs fois, mais ce n'est pas grave. Je voyais à quel point il travaillait dur et son impuissance me touchait, mais lorsqu'il réussissait enfin à prononcer de longues phrases sans bégayer ni perdre le fil de ses pensées, je voyais son visage s'illuminer d'espoir et de joie, ce qui me donnait l'impression d'être en vie.

La dégénérescence de mon grand-père est peut-être l'une des nombreuses raisons pour lesquelles j'ai sombré dans la dépression. Depuis l'enfance, il était mon modèle. Avant chaque petit examen, je me faufilais dans sa chambre pour lui demander sa bénédiction. Ses paroles ont toujours agi comme un catalyseur pour moi. Sa foi en moi m'a poussé à travailler plus dur.

Un soir, au milieu de mes examens, j'ai reçu un appel d'un de mes oncles qui m'a dit que grand-père avait eu un accident alors qu'il roulait sur son scooter. Quelques minutes plus tard, il a été transporté dans notre maison par trois hommes costauds. Il avait l'air tellement terrifié et infirme en s'accrochant à eux pour se soutenir que j'avais envie de fondre en larmes. J'ai essayé de dédramatiser la situation en essayant de le faire rire.

Comment un adulte comme toi a-t-il pu tomber d'un petit scooter ? lui ai-je demandé en appliquant de la pommade sur ses blessures. Je ne m'attendais pas à cela de ta part, Dadu.

Il ne fit que tressaillir en réponse à la douleur de ses blessures.

Les radiographies ont ensuite révélé une grave blessure au genou et il est resté alité pendant près de quatre mois après l'accident, son genou étant plâtré. Pendant la majeure partie de cette période, il a dormi ou passé des heures à désespérer de ne jamais pouvoir se remettre sur pied, car il ne pouvait même pas supporter la moindre pression sur son genou.

Au cours de ces quatre mois, il a subi un effondrement visible, tant sur le plan physique que sur le plan émotionnel. Il pleurait trop facilement, fumait excessivement, toussait à s'en décrocher les poumons, faisait tomber son téléphone portable à plusieurs reprises parce que ses mains ne cessaient de trembler, et ne se souvenait pas de la plupart des choses qui se passaient tous les jours.

Un après-midi, il m'a appelé dans sa chambre et m'a dit la pire chose qu'il ait jamais pu dire. La lumière dans ses yeux a commencé à s'éteindre. Il ne pouvait même pas allumer la lumière dans sa chambre parce qu'elle lui faisait mal aux yeux et lui causait des maux de tête. Les lumières qu'il avait si passionnément aimées autrefois lui étaient devenues presque répugnantes. Ses yeux larmoyants ne supportent plus leur éclat.

Il m'a pris la main et, avec beaucoup de difficulté, il m'a dit : "Je ne peux plus faire de petites choses... J'oublie tout... Je n'entends plus rien...". Les gens s'irritent quand je parle. Ils me crient dessus. Les lumières me font mal aux yeux. Je ne peux même pas parler sans me bloquer. Je peux à peine me lever...

Tu vas t'en sortir, grand-père", ai-je essayé de lui assurer.

Non, écoute-moi, insiste-t-il. 'Je... Je n'irai pas bien. Je le sens. Je n'irai jamais bien".

Ses yeux étaient deux creux d'une obscurité totale. Je ne me souviens pas m'être sentie aussi traumatisée auparavant. J'ai pleuré amèrement dans mon oreiller tout l'après-midi et j'ai fini par avoir une forte fièvre pendant trois jours d'affilée.

Et c'est ainsi que j'ai commencé ma spirale descendante.

Automne 1968, 1969

Ne fais pas ça, Sridhar", m'avait averti Vikash à plusieurs reprises. "C'est bien de trouver de nouvelles idées, mais celle-ci est trop dangereuse".

Laissez-moi au moins essayer", lui avais-je dit. Laissez-moi voir si c'est possible.

En 1968, lorsque j'ai été engagé par le Bidyalanka Puja Committee pour assurer l'éclairage des rues, je me suis porté volontaire pour décorer également les rives de notre ancien étang, et ce pour trois raisons principales. Premièrement, j'ai grandi à côté. Deuxièmement, il a été à l'origine de certains de nos plus somptueux repas d'enfance. Et troisièmement, il avait été le théâtre de plusieurs de mes bêtises d'enfant. Cependant, lorsque les lumières brillent autour de l'étang après le coucher du soleil, l'espace délimité par les rives de l'étang semble extrêmement vide. Mais bien sûr, je n'aurais rien pu faire car l'espace clos ne contenait que de l'eau jusqu'au cou.

C'est à cette époque que j'ai envisagé pour la première fois la possibilité de faire briller des lumières sous l'eau et que j'ai ri de mon manque d'imagination. Mais l'idée m'est restée en tête pendant un certain temps et ce qui m'avait semblé impossible le soir a commencé à me sembler une idée qui valait la peine d'être tentée le soir. Je n'étais même pas sûr que l'idée soit réalisable puisqu'elle était sans précédent. En outre, faire briller les lampes de 25 watts sous l'eau était en soi une entreprise très risquée. Et si je devais faire briller ces lumières sous l'eau, je devrais évidemment entrer dans l'eau pour les réparer, les tester et faire tout ce qui est nécessaire dans cette situation, ce qui m'exposerait aux risques d'un choc électrique majeur au cas où les luminaires exploseraient pour une raison ou une autre. Cependant, j'étais curieuse et j'ai toujours voulu essayer quelque chose de nouveau, faire quelque chose d'unique, même si c'était risqué. J'ai décidé de tester mon idée, quels que soient les risques encourus.

Un beau jour, mon ami Parashuram et moi-même avons donc abaissé un petit panneau décoré de lampes de 25 watts dans l'étang de Bidyalanka pour voir si notre projet était réalisable et pour nous faire une idée des risques probables. Debout dans l'eau jusqu'aux genoux, je me demandais comment nous pourrions aborder la tâche sans nous blesser. Les lampes brillent de mille feux. Nous ne savions absolument pas à quoi nous attendre.

Tu es sûr de vouloir faire ça ? demande Parashuram avec un rire nerveux.

J'ai hoché la tête sans le regarder. Mais... et si nous mourons ?

Vous pouvez vous tenir sur la berge si vous le souhaitez", lui ai-je dit. Je vais faire un essai et je vous le dirai. Si les choses tournent mal, au moins l'un d'entre nous peut obtenir de l'aide".

Il semblait que c'était exactement ce qu'il voulait entendre de moi.

Parashuram a donc traversé l'étang en se dandinant, est sorti de l'étang, s'est tenu sur les marches de la rive et m'a soutenu moralement pendant que je me tenais courageusement dans l'eau, un bâton à la main. Je savais que nous n'avions pas d'autre choix. Toute nouvelle invention commence par quelqu'un qui est prêt à en assumer les risques. Je devais le faire tôt ou tard, et plus tôt j'en avais terminé, mieux c'était.

Écoute, Parashuram, lui dis-je. Si je reçois un choc, ne te précipite pas dans l'eau pour me sortir de là. Éteignez d'abord les lumières, débranchez le fil principal, attendez quelques minutes, et ensuite seulement, aidez-moi".

Il a acquiescé.

S'il te plaît, n'ignore pas mon avertissement", lui ai-je répété. Même si je meurs dans l'eau, tu dois faire ce que je t'ai dit. Pas à pas. Ne vous précipitez pas impulsivement".

Tu ne mourras pas, arrête de dire des choses pareilles", m'a-t-il dit, alors que c'est lui qui, le premier, avait évoqué l'éventualité de la mort. Et oui, je suivrai ton conseil à la lettre. Et si je m'en sors vivant", ai-je souri. Nous irons voir Bimal

Mishtanna Bhandar, d'accord ?

Oui, monsieur", s'est-il écrié. Vous m'offrez des samosas et je vous offrirai des jalebis.

Et nous fumerons après. Marché conclu ?" "Marché conclu !

Il y avait tant de raisons de vivre. Je tenais à rester en vie. Et je savais que je serais bien plus heureux si notre expérience s'avérait concluante. Les jalebis et les samosas seraient tellement plus savoureux et fumer après ne me ferait pas culpabiliser. En fait, j'aurais l'impression d'avoir gagné le droit de fumer.

J'ai donc fermé les yeux, murmuré une prière rapide et utilisé mon bâton pour briser une lampe incandescente.

Puis j'ai attendu l'impact. Je n'ai rien senti.

Mes muscles, qui étaient tendus et raides depuis le début, se sont lentement détendus. Parashuram et moi nous sommes regardés, et mon léger signe de tête a été accueilli par une petite gigue joyeuse qu'il a exécutée sur les marches du ghat, débordant d'excitation. NOUS AVONS RÉUSSI ! NOUS L'AVONS FAIT ! OUI !

Cet après-midi-là, nous avons découvert que l'idée des lampes sous-marines était non seulement réalisable, mais aussi sans risque, car seule une petite partie de l'eau autour de la lampe cassée serait électrifiée, et non l'ensemble de l'étang. Nos peurs ont été construites sur un socle de mythes ! Ravis, nous avons rempli nos estomacs et nos cœurs cet après-midi-là, puis je me suis mise à travailler sur mon nouveau projet. Les membres du comité de la puja m'avaient demandé de disposer les lampes sous l'eau de manière à ce qu'elles forment les lettres du mot "Bidyalanka" écrit en bengali. Cela me convenait parfaitement. En fait, cela semblait être un projet facile et sans tracas. J'ai donc accepté leur proposition.

Je vais le faire", leur ai-je dit, et j'ai vu leurs visages s'illuminer de joie.

Pour ce projet, je n'ai pas utilisé les tranches souples de bambou flexible. Au lieu de cela, j'ai utilisé du fil de fer épais et souple pour créer les lettres du mot, puis j'ai encadré le mot avec d'épaisses bandes de bambou. Au bout de quelques semaines, le mot était fait, les lettres étaient excellentes et les lampes brillaient comme jamais. Mais deux jours avant la Jagadhatri Puja, le jour de Chaturthi, alors que nous venions de descendre le cadre dans l'étang pour tester les lumières, un groupe d'ingénieurs électriciens de la Bhar Company, la seule compagnie d'électricité de Chandannagar, a surgi de ce qui semblait être de l'air et m'a ordonné d'arrêter immédiatement les travaux, car ils étaient dangereux et pouvaient constituer une menace mortelle pour les visiteurs.

Mais ils ne sont pas dangereux", ai-je insisté. Je les ai testés. On ne sait jamais ce qui peut arriver, jeune homme", a averti l'un des ingénieurs. Qui prendra le

responsabilité si quelqu'un est blessé ?

Il n'y aura pas de blessure", disais-je sans cesse. Même si une lampe explose dans l'eau, il n'y a pas de danger.

Non, mon gars, nous ne pouvons pas permettre cela", a déclaré un autre ingénieur, inflexible.

Laissez-moi au moins vous montrer", ai-je demandé. J'ai travaillé très dur pour cela. Laissez-moi vous montrer de quoi je parle. Vous pourrez alors décider".

Après quelques longues minutes de persuasion inlassable, ils ont décidé de me donner une chance.

J'ai immédiatement fait signe à Parashuram d'allumer les lumières, puis j'ai pris un bâton qui se trouvait à proximité, je suis entré dans l'étang jusqu'à la taille en toute confiance et j'ai fait éclater une lampe devant eux. Puis j'en ai fait éclater un autre.

Tu vas bien ? demande Parashuram. Absolument, ai-je haussé les épaules.

Les ingénieurs ont eu l'air surpris. J'aurais pu faire éclater les lampes d'une lettre entière et la recréer à nouveau si c'était ce qu'il fallait pour les convaincre que c'était sans danger. Quoi qu'il en soit, j'ai eu de la chance. Ils ont été convaincus après que j'ai fait éclater trois lampes et m'ont dit qu'ils me laisseraient poursuivre mon projet.

Les ingénieurs attentifs ont toutefois fait construire une clôture autour de l'étang pour la sécurité des visiteurs, ce que je n'avais aucune raison de désapprouver.

Les lumières sous-marines ont connu un succès phénoménal cette année-là et, l'année suivante, les fondateurs de Boroline Company m'ont proposé une belle somme d'argent pour faire la publicité du nom de leur entreprise avec des lumières sous-marines, comme je l'avais fait pour Bidyalanka l'année précédente. Et c'est cette année-là que j'aurais pu mourir à cause de mon excès de confiance.

A l'automne 1969, les lampes blanches et vertes de 25 watts, formant les lettres du mot "Boroline", ont été à nouveau descendues dans l'étang de Bidyalanka. Ce n'était que le Panchami, mais Bidyalanka était encombrée. Les gens étaient arrivés en masse et s'étaient massés sur les rives de l'étang, tandis que je me tenais dans l'eau, faisant signe à Parashuram, tandis que les lumières brillaient à mes pieds sous l'eau. Pleinement conscient des centaines d'yeux qui m'observaient derrière la clôture, j'ai exprimé ma désapprobation à l'égard des lumières et j'ai décidé de faire quelque chose, juste pour le plaisir !

Ils sont trop sombres", ai-je crié à Parashuram alors qu'il se tenait presque à côté de moi, puis j'ai secoué vigoureusement la tête sans raison.

Qu'est-ce que tu racontes ?", dit-il d'un air confus. Ils ont l'air tellement mieux que l'année dernière !

Non", répondis-je, les mains sur les hanches, prenant la pose d'une personne qui sait tout, pour le plus grand plaisir de mon public. Quelque chose ne va pas. Les fils doivent être resserrés".

Il n'y avait aucun problème avec les lumières. Les fils étaient parfaits. Mais je voulais que les gens me voient à l'œuvre dans l'étang, vulnérable à leurs périls imaginaires alors que les lumières brillaient encore sous l'eau. Pour eux, il s'agissait de quelque chose de mortel et de dangereux et je voulais briser leurs mythes. Certains d'entre eux se tenaient là, tremblants d'anxiété, les paumes des mains pressées l'une contre l'autre, terrifiés, priant pour ma sécurité. J'ai adoré cette attention. J'ai eu l'impression d'être une célébrité locale ! J'ai desserré quelques fils volontairement et je les ai manipulés, les connectant, les déconnectant et les connectant à nouveau pendant que les lumières correspondantes clignotaient dans l'eau et que les gens autour de moi sursautaient de surprise et d'effroi.

Regardez, c'est Sridhar Das ! J'ai entendu quelqu'un dire. Un vrai casse-cou, ce jeune garçon !

Où est-il ? Où est-il ? dirent d'autres personnes, probablement celles qui se tenaient derrière et qui ne pouvaient pas voir l'étang.

Oh, le voilà ! Il est si jeune", dit quelqu'un d'autre. Et pourtant, il est si courageux", a répondu un autre.

Les lampes ne sont pas les seules à briller ce soir-là.

Puis il y a eu un moment où la foule sur la rive est devenue un peu trop enthousiaste. Soudain, un grand bruit d'explosion se fait entendre : la clôture ne parvient pas à retenir la foule en délire et cède bientôt. Les cris de mortification des personnes qui se trouvaient le plus près de l'étang m'ont pris au dépourvu et le fil qui s'est détaché s'est accroché à mon doigt, me brûlant la peau. L'électricité a fait vibrer toute ma main. Lorsque j'ai essayé de la dégager d'un coup sec, elle est tombée sur mon dos et m'a brûlé une partie de la peau. Ensuite, il est tombé dans l'eau à l'endroit même où je me trouvais.

Je ne me souviens pas de ce qui a suivi car j'ai perdu connaissance instantanément. Tant pis pour l'excès de confiance !

J'ai été immédiatement transporté hors de l'étang dans un état d'inconscience. Quelqu'un avait déjà appelé une ambulance. La plupart d'entre eux pensaient que je n'en sortirais pas vivant car mon pouls n'était plus perceptible pendant un certain temps. Et la rumeur s'est répandue dans toute la ville que j'étais mort avec mes bottes.

Ils appelaient cela la "mort par mésaventure".

Cependant, il s'agissait d'une fausse alerte et ils se sont rapidement trompés lorsque j'ai été ressuscité à l'hôpital local trois heures après ma mésaventure.

Parashuram avait réparé les fils que j'avais desserrés volontairement juste après avoir été sorti de l'eau et les images de mes lumières ont atteint les pages en noir et blanc des journaux et magazines locaux, y compris les récits détaillés de ma mort suivie de ma "résurrection miraculeuse".

Je pensais que c'était la fin de ma carrière prometteuse, mais en l'espace d'une semaine, j'ai été inondé de nouveaux projets, non seulement de toute la ville, mais aussi de Kolkata. Quelques gros bonnets de Paikpara voulaient me réserver à l'avance pour la Kali Puja de l'année prochaine. Le College Square Puja Committee voulait mes lumières sous-marines. J'ai reçu plusieurs appels d'États voisins, qui proposaient tous de me payer grassement, et je n'ai plus jamais regardé en arrière.

Interlude

J'étais dans ma chambre et mon grand-père était assis sur le bord du lit avec un sourire tendre. En frottant le sommeil de mes yeux, je me suis immédiatement levé. Ma chanson préférée, "The Winds of Change" des Scorpions, passait sur mon téléphone. Je me suis rendu compte que je m'étais endormi en l'écoutant. Je l'ai éteint et j'ai regardé l'heure. Quatre heures et demie, indique l'horloge de mon téléphone.

Je vous attendais", dit-il. Vous m'aviez dit que vous viendriez passer mon entretien dans l'après-midi.

Vous vous souvenez de l'entretien ? Mon cœur a fait un bond. Bien sûr, je m'en souviens ! Pourquoi l'oublierais-je ?

Je suis allé te voir cet après-midi, lui ai-je dit. Je t'ai réveillé. Mais vous ne semblez pas vous souvenir de quoi que ce soit".

C'est probablement parce que je dormais, répondit-il en riant. Il me faut quelques minutes pour me souvenir des choses après m'être réveillé.

J'ai poussé un soupir de soulagement. J'ai pensé qu'il avait complètement perdu la tête et qu'il souffrait d'une sorte de perte de mémoire. Je me suis alors sentie idiote d'avoir négligé quelque chose d'aussi évident et de m'être laissée aller à une véritable fête de la pitié.

Grand-père a encore ri de l'expression confuse de mon visage, puis il m'a demandé de me rafraîchir et de prendre d'abord du thé, car il savait que je ne pouvais pas bien fonctionner sans cela. Je me suis passé de l'eau sur le visage et j'ai essayé de me convaincre que je me sentais mieux. Je savais que je n'avais plus de raison d'être contrariée. Tout allait bien. Grand-père allait très bien.

Peu après avoir bu mon thé, je suis entrée dans la chambre de mon grand-père en traînant les pieds. J'ai été surprise de constater que, cette fois, je n'avais pas à poser de questions. Il avait déjà les réponses. Il avait même noté certains faits sur une petite enveloppe de médicaments de la taille d'une carte postale. Ces petites enveloppes ne manquaient pas dans sa chambre. En regardant le papier de temps en temps, il m'a longuement raconté la première fois qu'il a travaillé avec les lumières sous-marines, et le choc terrible qu'il a reçu la deuxième fois.

C'est à cause de mon excès de confiance", m'a-t-il dit, tandis que je l'écoutais, émerveillé.

Dis-moi, grand-père, après qu'il m'a parlé des lumières sous-marines, je lui ai demandé de me raconter quelque chose. Avant que vous ne commenciez à travailler avec les lumières, il n'y avait pas d'illumination des rues ou de procession de la Puja pendant la Jagadhatri Puja à Chandannagar ?

Oui, il y en avait", a-t-il répondu. Mais il n'y avait pas d'éclairage décoratif ou automatique en tant que tel. Ils ont tous été réparés".

A quoi ressemblaient les premières lumières ?

De simples ampoules ou tubes étaient utilisés pour éclairer les rues. Elles seraient placées en triangle ou en étoile. Mais il s'agissait de lumières fixes, soit attachées aux arbres, soit sur des perches de bambou fixées le long des rues".

Et la procession ?

Les processions étaient intéressantes", a-t-il répondu avec un certain intérêt. Au début, les gens marchaient derrière l'idole avec d'énormes lampes petromax, comme d'énormes lampes à pétrole, suspendues à leurs épaules. Auparavant, ils marchaient avec des torches allumées à la main".

Ensuite, il a évolué et des tableaux ont été introduits. Les gens se déguisaient en personnages de l'histoire ou de la mythologie hindoue, parfois de contes populaires, et jouaient leur rôle sur les tableautins mobiles".

Il s'agissait donc d'un théâtre en mouvement..." "Précisément".

J'ai pris des notes détaillées.

Il y a longtemps, il s'est passé quelque chose de très intéressant lors d'une des processions", raconte grand-père. Je ne me souviens plus de l'année exacte... mais un comité de puja avait essayé de représenter l'exécution du révolutionnaire Khudiram Bose. Le type qui jouait le rôle de Bose était tellement excité qu'il a exagéré le moment où il était censé se pendre aux poteaux et aux barres fixés sur le tableau. Il devait simplement rester debout sur un petit tabouret pendant une minute, le licou autour du cou, pour la scène de l'exécution, mais dans son enthousiasme, il a donné un coup de pied dans le tabouret et se serait étouffé s'il n'avait pas été secouru à temps. Toute la procession a été interrompue parce que l'homme devait être transporté d'urgence à l'hôpital".

Quoi ?

Je sais ce que vous pensez", sourit le grand-père. *Tu étais là quand c'est arrivé ? lui ai-je demandé. Je veux dire..,*

est-ce que cela s'est passé sous vos yeux ?".

Oui, j'étais là. C'est arrivé à Bidyalanka".

J'étais convaincu que ce type avait en quelque sorte inspiré mon grand-père à être lui-même un casse-cou lorsqu'il s'agissait de prendre des risques.

La deuxième fois que vous avez travaillé avec les lumières sous-marines, c'était en 1969, n'est-ce pas ? ai-je demandé.

Oui", a-t-il acquiescé.

Et puis il y a eu 1970, l'année où tu as rencontré grand-mère ! Je me frotte les mains avec enthousiasme.

Oui, et je l'ai épousée en 1971", dit Grand-père. *Mais avant cela, en 1969, mon père est décédé.*

Je soupire. Qu'est-ce qui lui est arrivé ?

Nous ne savons pas vraiment. Il s'est plaint de douleurs à la poitrine et est décédé à l'hôpital quelques jours plus tard.

C'était une crise cardiaque ou quelque chose comme ça ?

Cela aurait pu être le cas", a-t-il répondu. *Aucun d'entre nous n'en était sûr. Il n'était pas si vieux, n'est-ce pas ? C'est tellement triste"*.

Oui, c'est vrai", a-t-il répondu. *Mais je me suis occupé de mon travail et bientôt ta grand-mère est entrée dans ma vie.*

Raconte-moi tout", dis-je en souriant d'une oreille à l'autre.

Je ne me souviens pas vraiment de ces années-là. Comment cela peut-il être vrai ? lui ai-je demandé. Vous semblez

Vous vous souvenez de la plupart des détails de votre passé. Vous devriez vous souvenir de quelque chose à propos de votre mariage".

Tu ferais mieux d'en parler à ta grand-mère", répond Grand-père, visiblement mal à l'aise. *Je suis sûr qu'elle pourra te donner plus d'informations.*

D'accord", ai-je dit, un peu déçue. *Je lui demanderai.*

Mon grand-père, vexé, se réfugiait dans son paquet de cigarettes pour se réconforter. Je me suis soudain souvenu que je ne lui avais jamais demandé comment il était devenu dépendant de la cigarette.

Quand avez-vous commencé à fumer ? lui ai je demandé.

Tu vas aussi écrire tout ça dans ton livre ?" Il a pris un air coupable.

Si c'est intéressant, c'est certain.

D'accord, alors écoutez", dit mon grand-père. Tout a commencé après que j'ai quitté l'école. Parashuram et moi avions l'habitude de nous rendre à la gare pour manger les délicieux pois chiches et aloo kaabli *vendus sur les quais et voler des mangues sur les arbres qui poussaient à proximité. Lorsque les trains de passagers passaient devant nous, certains d'entre eux jetaient leurs cigarettes à moitié fumées par les fenêtres du compartiment et nous les ramassions sur les voies pour fumer les restes. C'est ainsi que tout a commencé".*

J'étais horrifiée. Vous plaisantez, n'est-ce pas ? Il a secoué la tête.

Qu'est-ce que vous faisiez sur la voie ferrée ? Il est dangereux de se promener sur les voies comme ça !

Nous faisions parfois de l'auto-stop pour nous rendre dans les gares voisines de cette manière également", a-t-il répondu.

N'avez-vous jamais été pris par le collecteur de tickets ?

Quelques fois, oui", a-t-il admis. Mais à l'époque, nous ne faisions que nous amuser. Se faire attraper et gronder par le CT était passionnant. Et nous attendions notre chance de fumer. Nous avons donc prié pour que les passagers du train qui approchait soient généreux".

Généreux de jeter des mégots de cigarettes sur les voies ferrées" "Maintenant que tu le dis comme ça, je me sens vraiment coupable".

Grand-père a répondu.

Vous devriez l'être ! J'ai fait semblant d'être fâché. Les voies ferrées n'étaient pas ton terrain de jeu. Et surtout, pourquoi fumer des cigarettes jetées par des inconnus ?

Mon grand-père avait un regard distant. Les gens oublient souvent que je suis aussi un être humain. Ils... ils attendent toujours de moi que je sois parfait, exemplaire. Mais j'ai aussi été un enfant, puis un jeune homme. J'ai commis de nombreuses erreurs dans ma vie dont je ne suis pas fier. Ne soyez donc pas trop choquée, ma chère. Cela me fait mal de voir cette expression sur ton visage. J'ai l'impression de vous avoir déçu avec cette histoire".

Je suis heureux que tu aies au moins survécu pour raconter l'histoire", lui ai-je dit. Parce que ce que tu as fait était vraiment dangereux. Jouer ainsi sur les pistes et fumer des cigarettes jetées par des inconnus, deux risques majeurs pour la santé". Qu'est-ce que j'aurais pu faire d'autre ? Nous n'avions pas d'argent

pour acheter des cigarettes. Les rues et les voies ferrées étaient donc les seuls endroits où nous pouvions y avoir accès".

Quelle marque de cigarettes fumiez-vous à l'époque ? dis-je pour détendre un peu l'atmosphère.

Les cigarettes Charminar", se souvient-il avec une lueur d'espoir dans les yeux. À l'époque, c'étaient les seules cigarettes que les gens ordinaires comme nous pouvaient s'offrir. Gold Flake était beaucoup trop cher pour mes moyens".

D'accord, c'est une sacrée histoire, je dois dire", ai-je répondu. Mais je ne sais pas si je dois la mettre dans le livre.

En y réfléchissant bien, dit le grand-père, je pense que vous devriez l'inclure dans le livre. Je pense que tu devrais absolument l'inclure dans le livre. C'est un défaut que j'ai, ma plus vieille addiction. Sans cela, mon caractère ne sera ni sincère ni complet. De plus, je ne veux pas être présenté comme un homme parfait qui n'a jamais rien fait de mal. J'en ai déjà assez et cela m'épuise".

J'ai senti cette soudaine vague d'admiration gonfler dans mon cœur pour l'homme en face de moi, mais je n'ai pas voulu le montrer. D'accord, c'est ce que nous verrons, lui dis-je plutôt. Mais venons-en au point dont nous parlions avant. A propos de toi et de grand-mère. Je sais que c'était un mariage d'amour et qu'aucune de vos familles ne l'a soutenu", dis-je en essayant vainement de susciter une réaction de sa part. Ils n'ont même pas assisté à la cérémonie de mariage. Ils n'ont pas assisté à la cérémonie de mariage", a-t-il répondu. Certains de mes amis se sont levés

par nous à l'époque. Nous nous sommes mariés dans la maison de Ramen Da. Qui était-ce ?

Une vieille connaissance", a-t-il répondu. Il était mon aîné et... il m'aimait comme son propre frère.

Je vois", ai-je noté. Pourquoi vos familles n'ont-elles pas soutenu votre mariage ?

Parce qu'elle était brahmane. Et nous appartenions à une caste inférieure. Nous étions des Vaishyas.

C'est tout ?

Les mariages entre castes étaient un tabou à notre époque", a répondu mon grand-père. Nous n'avons pas été autorisés à vivre dans notre maison de Bidyalanka après que je l'ai épousée contre la volonté de ma famille.

Attendez, vous ne viviez pas avec Vikash Kaka à Palpara ? Non, j'ai été autorisé à revenir dans ma maison une fois que j'ai commencé à gagner suffisamment d'argent après le succès de Bidyalanka.

des panneaux lumineux", a-t-il répondu.

Je n'ai pas pu m'empêcher de dire : "N'est-ce pas injuste ?

Bien sûr, c'était injuste, reconnaît Grand-père. Mais j'ai enduré tout cela parce qu'ils... c'était la seule famille que j'avais. Avec tout l'argent que j'avais gagné, j'ai rénové notre maison en pucca pour offrir de meilleures conditions de vie à ma mère et à mes frères. Je subvenais aux besoins de la famille et payais la plupart des dépenses quotidiennes. Cependant, ma mère n'a jamais été affectueuse avec moi. Elle n'était pas fière de mes réalisations. Elle les reconnaît à peine. Elle ne venait me voir que lorsqu'elle avait besoin d'argent et... et était très directe à ce sujet. Comme si j'étais en quelque sorte obligé de la payer. J'ai aménagé une pièce séparée pour moi, avec un plafond fixe, des dalles au sol, des murs enduits, un petit aquarium, une radio et différentes sortes de lampes. Après avoir épousé ta grand-mère et avoir été chassé de la maison pour la deuxième fois, ma chambre a été occupée par mes frères.

Alors, qu'avez-vous fait avec grand-mère ? Nous vivions dans l'une des maisons de Ramen's Da, près de Strand Road, le long de la rivière Ganga. Je lui payais un loyer tous les mois".

Et comment était la vie là-bas ?

Je ne suis pratiquement pas restée à la maison. Tu devrais demander cela à ta grand-mère. J'ai à peine le temps de passer du temps avec elle".

Dis-moi au moins comment tu l'as rencontrée ! J'ai insisté. Je vais écrire un livre sur toi, j'ai absolument besoin de connaître ton point de vue.

D'accord, son père était très proche de moi", a-t-il répondu brièvement. C'est ainsi que j'ai appris à la connaître...

Je le sais, je l'ai interrompu. Je veux savoir comment tu l'as rencontrée, tu sais, la première fois que tu l'as vue et tout ça. Essayez de comprendre, cela va être une partie très importante du livre".

Je ne me souviens pas vraiment", répète mon grand-père avec obstination. Va demander à ta grand-mère.

Ma grand-mère était dans ses quartiers de prière lorsque je suis allée la chercher le lendemain soir. Elle ne méditait pas et ma conscience ne m'a pas piqué lorsque je l'ai invitée à l'entretien.

Pourquoi ? Qu'est-ce qui presse ? Elle est un peu irritée. Elle était toujours comme ça lorsque quelqu'un l'interrompait dans la salle de prière.

Je n'ai pas le temps ! lui ai-je dit. Cela fait très longtemps que je veux te parler, mais chaque fois que je te cherche, tu es en train de prier ou de regarder la télévision.

D'accord, d'accord, j'arrive", dit-elle en soufflant trois fois dans la conque et en quittant enfin sa chaise.

Les nombreuses idoles qu'elle adorait semblaient me regarder avec des yeux pleins de jugement puisque j'avais écourté la durée de leur culte.

Ma grand-mère était petite, dodue et avait l'air assez jeune, mais elle était courbée à cause d'un problème de colonne vertébrale qui ne pouvait pas être résolu. Bien qu'elle ait survécu à une défaillance de plusieurs organes, elle était assez active et tenace pour son âge, mais la douleur qui affectait ses membres lui barrait souvent la route. Elle était encore extrêmement belle, même si elle ne ressemblait plus du tout à ce qu'elle était dans sa jeunesse. J'ai rencontré plusieurs personnes qui m'ont dit que je ressemblais à ma grand-mère. Elle pensait toujours qu'ils plaisantaient, mais je ne pouvais pas m'empêcher de ressentir un peu de fierté chaque fois que quelqu'un disait cela.

Qu'est-ce que tu veux savoir ? Elle était maintenant assise confortablement sur son lit, avec sa petite boîte de feuilles de bétel, de noix de bétel et de tabac.

Eh bien, parlez-moi de votre mariage avec grand-père. Pourquoi ne pas demander à votre grand-père ce qu'il en pense ?

Avez-vous tous les deux fait le serment de ne jamais parler de votre vie amoureuse ? Il a boutonné ses lèvres, c'est pourquoi je suis ici. Cela m'amène à me demander ce qui s'est passé exactement dans votre mariage, hein ? Il doit y avoir quelque chose de louche".

Rien, si ce n'est que c'était le mariage le plus maladroit qui soit. C'est probablement pour cela que ton grand-père est gêné d'en parler".

'Uh-huh ? Pourquoi ?

Tout d'abord, ce n'était pas prévu", dit Grand-mère en coupant les noix de bétel avec une grande précision. Aucune de nos familles n'a été impliquée dans ce projet.

J'ai entendu tout cela un million de fois ! Dites-moi quelque chose de nouveau !

Eh bien, sais-tu que ton grand-père m'a quittée au milieu de notre cérémonie de mariage pour aller réparer les lumières qui ne fonctionnaient plus dans le banquet de mariage de quelqu'un d'autre à Bagbazar ?

Vous êtes sérieux ?

Demande à ton grand-père si tu ne me crois pas", répond-elle en mâchant son paan. Au fil des décennies, ses lèvres avaient acquis une teinte rougeâtre permanente à cause du kattha *qu'elle utilisait pour apprêter les feuilles avant de les consommer. Il m'a abandonnée en plein milieu de nos rituels de mariage. Juste avant que nous ne fassions sept fois le tour du feu sacré".*

Cela a dû être très embarrassant pour vous !

Bien sûr que oui ! Pour ne rien arranger, toutes les personnes présentes à notre mariage m'étaient totalement étrangères, et la plupart d'entre elles étaient des hommes".

Oh mon Dieu !

De même, tout ce que j'ai porté le jour de mon mariage a été emprunté. Du saree aux ornements, tout y est. Nous nous sommes mariés dans la maison d'une personne dont la belle-mère avait chassé ma famille d'une autre maison qu'elle possédait à Bidyalanka, au milieu d'une nuit d'hiver froide comme la pierre".

Est-ce que cela peut s'améliorer ? Ou pire ?

Ma mère et moi étions enceintes en même temps.

Je me réjouissais de ne pas être en train de boire mon thé à ce moment-là.

Je lui ai demandé de tout me raconter, depuis le début, puis, regardant ma montre, je lui ai dit : "Tu as toute la soirée !

Ce que je ne savais pas, c'est que dans la pièce voisine, séparée de la nôtre par une mince cloison, se trouvait le grand-père qui se souvenait de tout. Il se souvenait de chaque détail peu recommandable. Il ne savait tout simplement pas comment les accepter après les avoir enterrés pendant quarante-huit ans.

Été 1970

Je ne me souviens pas vraiment du jour où je l'ai vue pour la première fois, mais je me souviens de la curiosité et de l'excitation qui ont suivi son arrivée dans le quartier. Elle est arrivée avec ses parents, ses trois sœurs et ses deux frères et a loué la petite cabane d'une seule pièce juste à côté de notre maison qui avait un toit en amiante bon marché et pas d'électricité. Ils étaient tous très beaux et la façon dont ils interagissaient avec les autres était rafraîchissante et différente de ce à quoi j'étais habitué. Elle s'appelait Sumitra, était l'aînée de tous ses frères et sœurs et la plus belle. Je n'ai pas pu m'empêcher de remarquer la ressemblance frappante entre elle et la célèbre actrice indienne Vyjayanthimala. Ils étaient tous des brahmanes Mukherjee de haute caste. La rumeur disait qu'ils venaient tous de Kolkata, qu'ils étaient tous très bien éduqués, raffinés et qu'ils s'exprimaient souvent en anglais, ce qui, je l'ai appris plus tard, était tout à fait vrai.

Un jour, mon frère aîné, que j'appelais Mejda, m'a demandé : "Alors, pourquoi vivent-ils dans la cabane délabrée de Ramen Da et non dans une belle maison en bois ?

D'après ce que j'ai entendu, leur père semble avoir subi d'énormes pertes dans ses affaires et ils ont été chassés de la maison de leurs ancêtres à Kolkata", explique un autre frère, Shejda, en faisant tourner sa moustache.

Quoi qu'il en soit, ils sont tous très beaux", répond Kartik avec des yeux pétillants.

Et ils parlent anglais", ajoute Krishna.

Ce sont tous des brahmanes", s'est exclamée notre mère depuis la cuisine. Et c'est tout ce qui devrait nous préoccuper. Si je vois l'un d'entre vous essayer de fraterniser avec eux, je ne le laisserai plus remettre les pieds dans cette maison. Ayez un peu de respect pour vous-même". En 1970, j'étais un homme de 28 ans, indépendant et libre. Mon lieu de prédilection était le Manorama Medical Store, qui appartenait à l'un de mes amis de Palpara. J'y passais la plupart de mes heures de loisir à boire du thé, à lire les journaux et à discuter de temps en temps avec les autres personnes qui s'y retrouvaient. L'un d'entre eux était Sunil Babu, un représentant médical. Il était un peu plus âgé que moi, mais cela ne nous a pas empêchés de nous rapprocher.

Au fil de nos conversations informelles, nous avons découvert que nous avions des goûts similaires et plusieurs centres d'intérêt communs en matière de cuisine, de musique, de cinéma et de football. Nous étions tous deux de fervents supporters de Mohun Bagan, nous aimions fredonner les airs de Kishore Kumar, Mohammed Rafi et Hemanta Mukherjee, nous étions d'ardents admirateurs d'Uttam Kumar et de Suchitra Sen, nous nous considérions tous deux comme imbattables aux échecs et c'est ce qui a cimenté notre amitié. J'ai également découvert que Sumitra était la fille de Sunil Babu. Inconsciemment, je suppose que c'est l'une des raisons pour lesquelles je me suis sentie si attirée par Sunil Babu et que j'ai voulu être dans ses petits papiers. Il m'a invité à déjeuner chez lui un après-midi et c'est là que j'ai eu l'occasion d'être présenté officiellement à sa fille.

Il y a de meilleures maisons à Palpara", ai-je dit à Sunil Da en mangeant du riz et du daal. Pourquoi ne déménagez-vous pas là-bas ?

Je ne pense pas pouvoir me les offrir", a-t-il répondu humblement.

Tu n'as pas à t'inquiéter de cela", lui ai-je assuré. J'ai des amis à Palpara. Je peux vous trouver un endroit décent". Cet endroit est assez décent pour nous, Sridhar", dit-il.

D'ailleurs, j'arriverai plus vite à la gare à partir d'ici.

Ce n'est pas une excuse valable. Je ne comprenais pas comment ils pouvaient vivre à huit dans cette seule pièce. Il était encore plus petit que le cottage dans lequel nous vivions dans les années 1940 et 1950. La mère de Sumitra, âgée d'une trentaine d'années, avait l'air anormalement frêle et malade. Son plus jeune frère, Gopal, avait à peine un an. Elle avait trois belles sœurs surnommées Mana, Nuna et Annie, toutes âgées de quinze à vingt ans, et un autre frère, Proshanto, âgé d'une douzaine d'années. Le frère cadet de Sumitra, Gedo, qui n'a que vingt ans, est parti à Kolkata, où il poursuit des études de médecine au National Medical College. Sumitra elle-même venait d'obtenir un diplôme en bengali au Lady Brabourne College. Sunil Babu se vantait souvent d'être la meilleure élève de sa promotion.

Mana va bientôt s'installer chez l'un de nos parents à Kolkata", dit Sunil Da. Et je ne serai plus là tous les jours. Cet endroit est assez décent pour six personnes".

Pourquoi n'es-tu pas là ? lui ai-je demandé.

Mon entreprise se trouve à Kolkata", m'a-t-il dit. Je dois donc y passer le plus clair de mon temps.

Ce n'est que plus tard que j'ai appris qu'il avait une deuxième femme et trois autres enfants à Kolkata avec lesquels il vivait occasionnellement. Je ne savais pas trop quoi en penser, et je m'étais donc abstenu d'y penser.

J'avais presque fini mon déjeuner et j'allais partir quand je l'ai vue. Elle vient de prendre un bain, son saree est partiellement mouillé et l'épais drap de longs cheveux noirs qui couvre la plus grande partie de son dos sent le jasmin. Ses yeux étaient grands, sombres et rêveurs, et un monosourcil les ornait d'une manière protectrice, comme un aigle. Avec sa peau translucide et ses lèvres rougies par le jus de *paan*, elle avait l'air immaculée, comme une statue de marbre élancée, le genre de beauté qui est calme, sereine et un baume pour les yeux, mais en même temps assez puissante pour me couper le souffle. Jamais auparavant je n'avais ressenti cela en présence d'une femme.

Dès que nos regards se sont croisés, elle a affiché un sourire curieux et, sans aucune trace de timidité, s'est adressée directement à moi : "Tu pars déjà, Sridhar Babu ?

Umm... oui", ai-je répondu, interloquée. Je ne m'attendais pas à ce qu'elle soit aussi directe. D'ailleurs, personne ne s'était jamais adressé à moi en m'appelant "Sridhar Babu". Si j'avais eu la peau claire, elle aurait certainement remarqué le blush sur mes joues. Mais ce n'était pas le cas, ce qui m'a évité un énorme embarras. C'est dans ces moments-là que mon teint s'est révélé avantageux.

Mon père m'a beaucoup parlé de vous", ajoute-t-elle respectueusement. C'est un honneur de vivre à côté de votre maison.

Non, non, ce n'est pas du tout ça", dis-je d'un geste dédaigneux de la main. C'est une petite ville et seule une poignée de personnes me connaît. Il n'y a pas de quoi être fier".

Cette année, vous fabriquerez les lumières sous-marines ?", a-t-elle demandé avec une réelle excitation dans les yeux.

Oui, mais à Kolkata. Pas ici".

Voici ma fille aînée, Sumitra", me présente fièrement Sunil Da.

Je l'ai deviné", ai-je répondu, tandis qu'elle se tenait là, avec son seau, ses yeux scintillants et sa peau qui brillait dans la lumière du soleil qui filtrait à travers la fenêtre brisée, plus brillante que toute autre lumière que j'avais jamais vue auparavant.

Automne 1970

Le destin a voulu que je tombe éperdument amoureux de Sumitra. Il n'y a pas eu de coup de foudre, non. Cela s'est fait au fil du temps. C'est peut-être sa nature altruiste et nourricière qui m'a séduit. Elle avait également un sens inébranlable de la dignité et de l'indépendance que j'admirais beaucoup. Avec tous ses résultats et ses qualifications, elle pourrait facilement entrer dans l'une des meilleures universités de Kolkata pour obtenir un master et recommencer sa vie. Mais ses frères et sœurs étaient en tête de ses priorités et pour eux, elle était prête à tout sacrifier. Je voulais l'aider à poursuivre ses études pour qu'elle puisse un jour devenir conférencière. C'était son rêve. Mais elle m'avait clairement fait comprendre qu'elle ne serait pas vraiment heureuse si elle poursuivait égoïstement son rêve et laissait sa mère et ses frères et sœurs sans défense se débrouiller seuls.

Au fil du temps, nous avons appris à nous connaître, car je me rendais souvent chez eux et Sunil Babu fréquentait la mienne lorsqu'il était de retour en ville. Leur pauvreté est telle qu'ils se privent souvent de nourriture. Sumitra n'a jamais partagé ses peines avec moi. Elle affichait toujours un visage courageux et joyeux lorsque nous nous croisions dans la rue ou chez eux. Mais c'est son frère Proshanto qui a trouvé en moi une confidente et m'a tenu au courant de tout ce qui se passait dans leur famille. Je n'ai jamais exprimé mes sentiments à Sumitra, mais j'avais l'impression qu'elle les comprenait. Et qu'elle ressente la même chose pour moi ou non était une chose à laquelle je n'avais jamais pensé. Le mariage était pratiquement hors de question pour moi, car ma situation était encore assez instable. Je ne voulais penser au mariage que lorsque j'aurais la certitude de pouvoir offrir une bonne vie à ma femme.

La femme de Sunil Babu avait beaucoup d'affection pour moi et me considérait comme son jeune frère. Même s'ils n'avaient pas grand-chose, elle m'invitait souvent à prendre le thé et à manger, sacrifiant sa part et se privant elle-même de nourriture. Lorsque j'ai appris cela, je leur ai proposé de les aider à acheter des provisions et à alimenter leur maison en électricité, mais elles ont refusé à chaque fois, en raison de leur dignité et de leur amour-propre. Cependant, leur appauvrissement a fini par l'emporter sur tout autre sentiment, les a forcés à être pratiques, et ils m'ont permis de les aider à joindre les deux bouts. Lorsque Sunil Babu est revenu en ville, je lui ai demandé de dîner avec moi et de rester chez moi pour que les frères et sœurs puissent avoir la petite maison pour eux seuls et passer leurs journées confortablement.

Ma mère n'appréciait pas du tout mon association avec la famille Mukherjee. Elle a deviné les sentiments que j'éprouvais pour Sumitra et a décidé de prendre des mesures pour m'empêcher de lui rendre visite à nouveau. Nous avions une connaissance qui était très riche. À mon insu, elle a organisé une rencontre entre moi et sa fille et a commencé à planifier mon mariage longtemps à l'avance afin de contrecarrer toute possibilité de relation entre Sumitra et moi.

Ma mère m'a demandé un jour, à brûle-pourpoint : "Où étais-tu pendant tout ce temps ?

J'étais chez Sunil Babu", ai-je répondu honnêtement. Pourquoi ? Tu vas visiter la maison de Ramesh Babu demain.

ma mère a lâché la bombe. Je vous accompagne. Pour quoi faire ? demandai-je, ignorant complètement la

qui s'étaient déroulés à mon insu. Tu as déjà vingt-huit ans, mon fils", m'a-t-elle rappelé. Il est temps pour toi de te marier et d'avoir un enfant.

famille à vous".

Et qu'est-ce que Ramesh Babu a à voir avec tout cela ? Nous devons tenir notre parole envers eux, n'est-ce pas ?

m'a répondu ma mère, sans me regarder. 'Attendez...' J'étais confus. Quel mot ?

Mes frères m'ont regardé comme si j'étais complètement folle.

Je suis complètement perdu. Quelqu'un peut-il me dire ce qui se passe ?

Le mot de mariage, bien sûr", dit l'un d'eux en haussant les épaules.

Mariage ?

Oui, tu vas te marier avec Purnima, la fille de Ramesh Babu", m'a dit un autre.

QUOI ? Je me suis exclamée, incrédule. Je ne la connais même pas ! Je ne me souviens même pas de la dernière fois que j'ai parlé à Ramesh Babu. En fait, je ne veux même pas me marier maintenant".

Nous nous souvenons d'eux", a répondu ma mère. Nous connaissons Purnima depuis sa naissance. Elle est parfaite pour vous ! Elle est issue d'une famille aisée. Nous appartenons à la même caste. Ils sont prêts à vous offrir une riche dot, une chaîne en or, des boutons en or, des meubles et de l'argent. En outre, Purnima serait une très bonne femme de ménage. Elle n'est pas comme ces femmes instruites et modernes qui ne pensent qu'à elles-mêmes. Ils sont si intransigeants qu'ils ne peuvent vivre en harmonie avec personne. Purnima n'est peut-être pas très belle, mais la beauté s'estompe avec le temps. Vous aurez un avenir sûr avec elle et serez heureux à long terme. Et ne sois pas bête, tu devras te marier un jour ou l'autre, et le plus tôt sera le mieux".

Eh bien, c'est *moi* qui suis censée me marier, n'est-ce pas ? ai-je objecté. C'est moi qui devrais prendre ces décisions.

C'est justement pour cela que nous allons leur rendre visite demain, dit ma mère d'un ton posé. Pour que tu apprennes à bien la connaître, elle et sa famille.

J'ai serré mes cheveux avec désespoir.

Qu'y a-t-il de mal à cela ? demanda ma mère en me regardant d'un air sévère. Tes frères aînés sont tous mariés et bien installés. Chacun d'entre eux s'est marié avec la fille de mon choix et regardez comme ils sont heureux. Ils n'ont jamais fait autant d'histoires à ce sujet. Elles ont toutes reçu une dot substantielle. Lits, armoires, or et argent. Les beaux-parents de Balaram nous envoient chaque année des sacs de riz, de blé et de légumineuses. Ce sont tous des gens très honnêtes. Qu'est-ce qui vous différencie des autres ?

Je ne pense pas être prêt à me marier pour l'instant", lui ai-je dit sans ambages. Et quand je me marierai, je ferai en sorte d'épouser la fille de mon choix.

Il y a eu un moment de silence après que j'ai dit cela.

La fille de ton choix, hein ? me demanda ma mère avec amertume. La fille aînée de Mukherjee Babu, tu veux dire ?

Qu'est-ce qui te fait penser ça ? J'essaie de garder mon calme.

Tu crois que je suis aveugle, fiston ? me lança-t-elle. Oui, je n'ai peut-être pas étudié dans de grandes écoles, je suis peut-être une femme de petite ville sans instruction et sans expérience, mais je suis mariée depuis plus de trente-cinq ans et j'ai élevé onze enfants. Je connais le monde et les gens qui y vivent mieux que vous. Votre mariage avec Purnima a été finalisé. Et tu vas rendre visite à sa famille demain. C'est la fin de l'affaire".

Je déclarai : "Je ne vais PAS épouser Purnima et je ne vais pas non plus lui rendre visite demain" et, pour la première fois de ma vie, je désobéis aux ordres de ma mère en face d'elle.

Qu'est-ce que tu as dit ? me demande-t-elle, surprise par mon audace.

Tu as bien entendu, Maa, confirmai-je. Je ne l'épouserai jamais.

Mes frères avaient l'air furieux. Pourquoi ? s'insurge ma mère.

Parce que c'est ma vie", lui ai-je dit. Et je ferai mes propres choix.

Tout ça pour cette putain de brahmane, c'est ça ? siffla-t-elle. Tu crois que tu vas l'épouser et l'amener à vivre sous mon toit ? Tu crois que tu vas me faire trembler chaque fois qu'elle touche mes pieds ?

Ce n'est pas une pute, mon sang ne fait qu'un tour. Ne t'avise pas de l'appeler ainsi !

Oh, alors maintenant tu vas me dicter ce que je dois faire et ce que je ne dois pas faire, hein ? Qui t'apprend tout cela, fiston ? Cette salope de croqueuse d'or ? Tu as besoin d'être exorcisé du sortilège de cette sorcière pour pouvoir penser clairement à nouveau".

Ce n'est pas une salope ! J'ai crié. Ce n'est pas non plus une croqueuse de diamants ! Si quelqu'un ici est un chercheur d'or, c'est bien vous. Le seul moment où tu t'intéresses à moi, c'est quand tu veux de l'argent. La seule raison pour laquelle vous avez marié mes frères, c'est pour la dot. Plus la dot est importante, meilleure est la mariée. Qui se soucie de ce qu'ils veulent ? Et ne me dis pas que c'est ton toit alors que c'est moi qui subviens le plus aux besoins de la famille". Nous n'avons pas besoin de ton argent, mon garçon", rétorque ma mère d'une voix stridente. Garde ton argent pour toi. Vos frères sont suffisamment compétents pour subvenir aux besoins de la famille. Et n'oubliez pas une chose : vous n'êtes pas le seul à diriger la famille, et cette maison ne vous a pas été léguée à vous seul.

Tant que je serai en vie, c'est mon toit et si jamais tu te maries avec cette fille brahmane, tu n'auras pas de place sous mon toit".

Je n'ai pas besoin d'une place sous votre misérable toit", ai-je sifflé. Je n'ai jamais été à ma place ici, de toute façon. Vous pouvez rester assis avec vos fils bien-aimés sous votre toit bien-aimé pour le reste de votre vie, je m'en fiche ! Mais ne vous attendez pas à jouer soudainement le rôle d'une mère attentionnée et à avoir votre mot à dire dans ma vie après toutes ces années où vous m'avez traitée comme une étrangère. Je n'oublierai jamais la façon dont vous m'avez traitée, mère. Tant que papa était en vie, tu as fermé les yeux sur moi quand j'avais le plus besoin de toi. Et maintenant qu'il est parti, tu as commencé à parler exactement comme lui. Tout ce que j'ai fait, je l'ai fait sans ton amour, sans ton soutien. J'ai vécu pendant des années dans la maison de Vikash et tu ne t'es jamais souciée de savoir si j'étais morte ou vivante. Et vous savez quoi ? Ils ne m'ont jamais fait sentir que j'étais un étranger. Mais vous l'avez fait. Ma propre mère ! Chaque fois que je passais devant cette maison, tu détournais le visage comme si je n'étais même pas ton fils. Je ne devrais même pas t'appeler ma mère. Je construirai ma propre maison. Je n'ai pas besoin de faire partie de cette fosse septique contaminée que vous appelez votre maison. Et vous savez quoi ? Je *vais* épouser Sumitra si elle m'accepte. Arrêtez-moi si vous le pouvez".

J'ai fermé la porte de ma chambre et je suis sortie de la maison en claquant la porte en fer rouillée derrière moi.

Hiver 1970

Sridhar, Parashuram m'a doucement touché l'épaule alors que j'étais assis dans ma nouvelle usine en train de souder deux fils. C'était le porche miteux de la maison d'un voisin qu'il m'offrait en échange d'un loyer mensuel. La fille de Mukherjee Babu te cherche.

Qui ? Annie ?" ai-je demandé, sans lever les yeux de mon travail. Non, Sumitra", a-t-il répondu.

J'ai levé les yeux vers lui, un peu surpris. D'habitude, Sumitra ne vient jamais me chercher. C'était toujours Proshanto ou Annie qui venaient me voir chaque fois qu'ils en avaient besoin.

Alors, où est-elle ? lui ai-je demandé.

Juste à l'extérieur", a-t-il répondu. Dois-je la faire entrer ? Oui, bien sûr.

Je me suis immédiatement levé, j'ai redressé ma posture, j'ai frotté la sueur de mon front avec une manche de mon pull et j'ai passé mes doigts dans mes cheveux, en essayant d'être présentable.

Quelques secondes plus tard, Sumitra est entrée pour la première fois dans mon usine. Et au lieu d'avoir le souffle coupé, un étrange sentiment de peur s'est emparé de moi lorsque j'ai vu son visage blême et baigné de larmes.

Qu'est-ce qui ne va pas, Sumitra ? Je me suis approché d'elle. Pourquoi pleures-tu ?

Pendant un moment, elle n'a pas pu dire un mot. Les larmes coulent sur ses joues et elle tente en vain d'étouffer ses sanglots avec l'extrémité de son sarouel jaune pâle. Les jeunes garçons que j'avais engagés pour travailler dans mon usine et m'aider dans mes projets ont suivi le mouvement et sont partis.

Je ne sais pas comment te le dire, Sridhar Babu", dit-elle en tremblant. Mais je dois le faire.

Je n'ai jamais été douée pour consoler les gens et à ce moment-là, j'étais désemparée. Dis-moi ce qui te tracasse.

Tes frères ont fait de notre vie un enfer", dit-elle en se mordant la lèvre, essayant d'étouffer ses larmes. Cela fait un mois, je ne t'ai rien dit parce que... parce que je ne voulais pas créer d'ennuis. Mais après ce qu'ils ont fait aujourd'hui... je ne sais pas comment je vais me montrer dans le quartier".

Je n'étais vraiment pas préparée à une telle chose. Qu'ont-ils fait ? demandai-je faiblement.

Ils ont jeté des pierres sur nos fenêtres, brisant le verre. Ils ont touché à notre amiante, ils ont traité mes sœurs de tous les noms en public. La nuit dernière, ils ont coupé la ligne électrique. Gopal est très malade depuis quelques jours. Et t... aujourd'hui... alors que je revenais du Manorama Medical avec ses médicaments contre la fièvre, ils ont traité ma mère de... de prostituée et moi de salope. Ils ont dit à tout le monde dans le quartier et aux alentours que je t'avais séduit pour de l'argent".

Puis elle a fondu en larmes. Quelque chose en moi a craqué.

Ma mère n'est pas une prostituée", dit-elle, inconsolable. C'est la femme la plus dévouée que j'aie jamais connue".

Je sais, Sumitra. Je sais. Vous n'avez pas besoin de me le dire".

Elle a épousé mon père alors qu'elle avait à peine plus de quinze ans", poursuit-elle. Depuis lors, elle a consacré toute sa vie à l'aimer et à le servir, sans jamais se plaindre ni exiger quoi que ce soit. Même lorsque mon père a commencé à fréquenter une autre femme et l'a épousée en moins d'un an, ma mère n'a pas soulevé d'objection. Elle était brisée, mais elle a tout supporté et n'a jamais remis en question les activités de mon père. Elle n'a jamais essayé de l'empêcher de faire ce qu'il voulait".

Tu n'as vraiment pas besoin de me dire tout cela", lui ai-je répété. Je sais comment elle est. Et je vous connais. Je m'excuse au nom de mes frères, Sumitra. Ils ont fait quelque chose qui ne mérite pas d'être pardonné. J'ai vraiment honte de ce qu'ils... " " Et juste pour que tu saches, Sridhar Babu, je... je n'ai pas essayé de te séduire ", me coupe-t-elle. Je n'en ai pas après votre argent. Je ne l'ai jamais été. J'ai été bon avec vous parce que vous avez été extrêmement généreux avec ma famille. Je ne savais pas comment vous remercier autrement que par la gratitude. Mais j'essaie de trouver du travail pour que nous ne soyons pas obligés de dépendre de toi tout le temps. Cependant, personne ici ne veut m'employer, ni aucune de mes sœurs, parce qu'ils pensent que nous sommes... que nous sommes des salopes. C'est notre identité maintenant".

Lorsque je suis rentrée à la maison cet après-midi-là pour prendre mes frères à partie, ils ont fait comme s'ils ne savaient pas de quoi je parlais. Ils sont même allés jusqu'à traiter les Mukherjee de "famille de menteurs" et ma mère a participé à la conversation avec un plaisir suprême.

Pourquoi ne l'épouses-tu pas ? me dit l'un de mes frères. Cela fait plus de trois mois que tu as dit que tu le ferais. 'Ouais. De plus, une chambre supplémentaire dans la maison serait certainement pratique pour nous, vous savez", a ajouté un autre.

avec un sourire malicieux.

Ma mère les encourage avec son ricanement caractéristique.

Dites ce que vous voulez", leur ai-je dit calmement. Mais si vous osez encore déranger les sœurs ou les traiter de noms inappropriés, je vous ferai ce que vous leur avez fait hier soir.

Qu'avons-nous fait hier soir ?", feint d'être innocent l'un de mes frères aînés. Qu'est-ce que tu racontes ?

Tu sais ce que tu as fait", lui ai-je lancé. Épargne-moi le drame, s'il te plaît.

Nous n'avons pas coupé leur électricité", a lancé l'un des plus jeunes, qui a été immédiatement frappé à la tête par un autre.

Eh bien, voilà ! J'ai applaudi. Vous venez de montrer à quoi ressemble une famille de menteurs.

Pourquoi ne quittes-tu pas la maison, mon garçon ? intervint ma mère. Si nous sommes tous si mauvais, pourquoi vivre avec nous ? Vous n'aurez pas à réfléchir à deux fois avant de trouver un refuge. Tu es célèbre maintenant ! Je connais de nombreuses personnes qui seraient ravies de vous offrir leur chambre et bien plus encore".

Trop c'est trop. Ma mère avait franchi toutes les limites du comportement civilisé et avait tout fait pour m'humilier devant mes frères. Mon propre sang s'est retourné contre moi. Je n'avais plus aucune raison de vivre dans cette maison. J'ai donc immédiatement préparé mes affaires et je suis partie chez Vikash. Ses portes étaient toujours ouvertes pour moi. En fait, ils m'avaient donné une chambre séparée dans leur maison où je pouvais rester quand je le voulais.

J'ai travaillé tard dans mon usine cette nuit-là, même après le départ de tous mes garçons. Il faisait un froid mordant, peut-être la nuit la plus froide de l'année, et je n'étais pas de bonne humeur. Mon travail était la seule chose qui me permettait de tenir le coup, la seule chose que je pouvais utiliser comme distraction pour ne pas penser aux ricanements de mon propre sang, de ma famille. J'étais complètement absorbé par mon travail lorsque Parashuram a fait irruption.

Je lui ai demandé, choqué, ce qui se passait. Il est deux heures du matin !

Il m'a dit : "Tu dois aller chez toi immédiatement". J'ai paniqué, j'ai été instantanément submergée par l'émotion.

de culpabilité.

Non, mais il est possible que quelqu'un le fasse si vous ne partez pas tout de suite.

Je me suis précipité vers la maison, laissant mon travail en plan, et alors que j'atteignais la porte, j'ai remarqué la famille Mukherjee assise dans l'obscurité sur un parapet à l'extérieur de leur maison, grelottant dans le froid glacial. Le petit Gopal, malade de la fièvre, est dans les bras tremblants de Sumitra. Son visage pâle était rougi par les pleurs et sa mère et ses sœurs, toutes blotties dans une couverture, pleuraient.

Qu'est-ce qu'il y a ? leur ai-je demandé, perplexe, en regardant le cadenas de leur porte.

La belle-mère de Ramen Babu ne veut plus nous laisser vivre dans sa maison", dit Annie en tremblant. Nous l'avons implorée de nous laisser rester une nuit, mais elle ne veut pas bouger. Gopal a vomi toute la soirée. Il va mourir dans le froid".

Mais le loyer a été payé ! m'écriai-je. Qu'est-ce qui ne va pas avec la dame ?

Elle croit que nous recevons des visiteurs à la maison.

Et alors ? demandai-je, confus.

Ils m'ont regardé comme si j'avais posé la question la plus stupide.

Je ne pense pas qu'il comprenne", chuchote Nuna à l'oreille d'Annie.

Clients", dit Sumitra, les yeux dans le vide. Dis "clients", Annie. Pas de visiteurs. Elle pense que nous avons transformé sa maison en bordel".

Quoi ? J'étais choqué. Elle m'a répondu : "Oui".

Je les ai immédiatement emmenés dans la chaleur de mon usine et, laissant Parashuram en charge, j'ai enfourché mon scooter pour me rendre à la résidence de la belle-mère de Ramen Babu. Maîtrisant ma colère, j'ai frappé quatre fois à la porte. Il n'y a pas eu de réponse et j'ai dû crier. Il était presque 3 heures du matin, il n'y avait personne dans la rue à l'exception des chiens et des chacals, et je me tenais là, dans le froid et l'obscurité, à crier pour que quelqu'un réponde à la porte. La porte est finalement ouverte par une vieille veuve à lunettes qui tient un bâton dans une main et une lampe à pétrole dans l'autre. Avant qu'elle ne puisse me demander ce que je faisais là, je lui ai expliqué l'objet de ma visite.

Qu'est-ce que tu dis, Sridhar ? Elle semble surprise. C'est votre propre frère qui est venu me voir ce soir avec trois autres jeunes hommes pour se plaindre que ces sœurs utilisent ma maison comme un bordel.

J'ai fait de mon mieux pour lui expliquer la vérité de la situation, aussi calmement que possible.

Choquée et désolée d'avoir appris toute l'histoire, la vieille femme m'a remis les clés de sa cabane et, en l'espace d'une demi-heure, j'ai fait en sorte que les Mukherjee soient de retour dans leur maison, en sécurité et au chaud.

Été 1971

L'année suivante, au mois d'avril, alors que Sunil Babu était de retour en ville, je suis allé le voir avec assurance et lui ai demandé la main de Sumitra. Contrairement à mes attentes, Sunil Babu a désapprouvé le match.

Mais pourquoi ?

Je ne peux pas laisser ma fille se marier dans une famille qui n'a pas de place pour elle", a-t-il déclaré. En outre, je veux qu'elle étudie. Faire son master et être indépendante. Elle est trop jeune pour se marier. Je vous suis extrêmement reconnaissant de tout ce que vous avez fait pour ma famille, Sridhar, mais je ne peux pas approuver cela".

Cependant, j'ai appris plus tard que l'une des principales raisons pour lesquelles il désapprouvait notre mariage était ma caste. Il était d'avis qu'en tant que brahmane, Sumitra ne pourrait jamais s'adapter à la vie avec un Vaishya, et que cela engendrerait également une lignée contaminée. Cela m'a fait l'effet d'un coup de poing dans le ventre. J'ai donc fait ce que j'avais à faire, aussi têtu que je sois. Une semaine plus tard, je suis allé directement voir Sumitra et je l'ai demandée en mariage.

Mais je n'ai jamais pensé à toi de cette façon, Sridhar Babu", dit-elle. D'ailleurs, tu sais comment les choses se passent entre nos familles.

Et si tout allait bien entre nos familles ?

Me refuserais-tu encore ?

Je ne sais pas", a-t-elle répondu, et pour la première fois, elle n'a pas pu croiser mon regard.

Elle fixait le sol froid et dur en tripotant le bout de son saree et, quelques instants plus tard, lorsque je lui ai demandé si elle allait bien, elle a répondu d'une voix cassée, sans lever les yeux. C'est alors que je me suis rendu compte qu'elle pleurait. Qu'est-ce qui t'arrive ? Je l'ai interrogée, perplexe.

Pourquoi pleures-tu encore ?

Il ne s'est rien passé", répond-elle en frottant ses larmes. Je suis désolée pour mon père. Vous avez tant fait pour nous, et même après tout cela, il...

Ce n'est pas de votre faute. Nous ne pouvons pas changer la façon dont les gens pensent".

Je... j'aurais aimé ne pas être née brahmane", répond-elle en tremblant des lèvres. Alors, rien de tout cela n'aurait été un problème.

Et malgré la situation tendue, je n'ai pas pu m'empêcher d'éclater de rire. Elle m'a jeté un coup d'œil à travers ses larmes et est restée silencieuse pendant un moment. Puis j'ai vu les commissures de ses lèvres se contracter légèrement.

Ne pas être brahmane n'aurait pas non plus résolu le problème", lui ai-je dit. Tant qu'il y aura des inégalités, vous serez soit un oppresseur, soit un opprimé, soit les deux. On ne peut pas échapper à la hiérarchie".

Une larme coule le long de son œil.

Oh, Sridhar Babu, j'ai gâché ta vie, n'est-ce pas ? dit-elle. Ils ne te laissent pas rester dans ta propre maison à cause de moi.

Ce n'est pas un problème", lui ai-je dit. Je n'ai jamais fait partie de cette famille.

Ne dis pas ça", me coupe-t-elle. Tu allais bien avant que je ne vienne ici. Tu t'entendais bien avec eux".

Oh, vous ne savez rien.

Je me sens très mal", dit-elle en sanglotant. Je me suis ridiculisée, j'ai ridiculisé ma famille et vous aussi. Tout le monde pense que je suis une salope et ils disent du mal de toi parce que tu es gentil avec moi".

Rien de tout cela n'est de ta faute", l'ai-je rassurée. Tu n'as absolument rien à voir avec ça. Ne laissez personne vous convaincre du contraire. C'est la faute de notre société. Ils blâment toujours la femme pour tout ce qui va mal. Ils sont prêts à croire à n'importe quelle rumeur qu'ils entendent sur une femme sans même prendre la peine de vérifier les faits. Ce sont uniquement mes frères qui sont responsables de cette situation et je veux leur donner une leçon. Mais vous n'avez pas répondu à ma question, Sumitra".

Quelle question ?

Tu me dirais encore non si tout allait bien entre nos deux familles ?

Je pensais que tu n'étais pas prêt pour le mariage, Sridhar Babu", dit-elle.

Je ne suis toujours pas prête pour le mariage", lui ai-je dit. Je ne veux pas épouser quelqu'un et le faire souffrir à cause de mes luttes. Je voulais avoir suffisamment d'argent avant de penser au mariage".

Qu'est-ce qui vous a fait changer d'avis ?

À ce rythme, je ne pense pas que je serai un jour prête pour le mariage", ai-je répondu honnêtement. Je n'y ai pensé qu'en termes financiers. Mais je ne peux pas nier le fait que je suis profondément amoureux de toi. Je veux te donner une vie confortable loin de ce gâchis. Mais je ne sais pas combien de temps il me faudra pour y arriver. Tout ce que je sais, c'est que je t'aime, et ce depuis longtemps. Je sais aussi que je dois travailler très dur pour pouvoir t'offrir cette vie. Au lieu de lutter seuls, pourquoi ne pas lutter ensemble ? Mais ce qui est plus important que tout cela, c'est ce que tu ressens pour moi. N'as-tu vraiment jamais pensé à moi en tant qu'homme ?

Il s'ensuivit quelques instants de silence inconfortable, au terme desquels elle secoua la tête d'un côté à l'autre, sans me regarder.

Tu ne t'intéresses vraiment pas à moi ? Pas même un tout petit peu ?

Elle a de nouveau secoué la tête d'un côté à l'autre et je n'ai pas su quoi en penser.

Tu le fais ou tu ne le fais pas ? lui ai-je demandé, confuse. Dis-moi franchement, Sumitra. Vous n'avez pas besoin d'avoir peur de qui que ce soit ou de quoi que ce soit. Mais je veux la vérité. Ces derniers temps, je n'ai pas pu me concentrer sur mon travail parce que ces pensées me rongeaient. S'il vous plaît, dites-moi la vérité. Si tu ne ressens vraiment rien pour moi, je respecterai ta décision et ne te dérangerai plus jamais".

'Je... Je le veux', a-t-elle balbutié. 'Je me soucie de toi'.

Je lui ai demandé, en lui tenant les mains avec insistance : "Veux-tu construire un foyer avec moi ?

Après une longue minute de silence, elle a timidement hoché la tête et une grosse larme a éclaboussé mon poignet : "Oui".

Mon cœur a battu la chamade et, pendant un instant, je n'ai pas su ce que j'allais dire. Et voici les mots exacts qui se sont échappés de ma bouche.

Alors, fuyons.

Quoi ? elle m'a regardé, choquée.

Oui, fuyons et marions-nous. Nous reviendrons quelques semaines plus tard, lorsque les choses se seront calmées ici".

Je ne peux pas faire ça, non ! Je ne peux pas laisser Gopal seul ici". Nous reviendrons le chercher", lui ai-je dit. Gopal vivra

avec nous. Nous le ferons venir. Ta mère est-elle aussi contre notre mariage ?

Non, elle ne l'est pas", répond Sumitra. Elle t'a toujours apprécié.

Mais il y a autre chose que tu ne sais pas". Quoi ? demandai-je.

Elle m'a regardé pendant quelques secondes, décidant de révéler ou non le secret, puis elle a dit : "Ma mère est enceinte".

"Encore ?

Oui, encore", soupire-t-elle. Cela fait presque un mois. Ton père est au courant ? lui ai-je demandé.

Oui, il le fait.

Eh bien, alors... c'est une bonne nouvelle, je suppose.

Je ne sais pas comment tu peux penser que c'est une bonne nouvelle en ce moment", dit-elle d'un air un peu agacé. Nous avons du mal à nous nourrir et voilà qu'un autre bébé arrive. C'est une véritable torture pour le bébé de naître dans un tel environnement. En outre, ma mère souffre déjà de problèmes de santé. Je ne sais pas si elle pourra survivre à la tension d'un autre accouchement".

Je ne savais pas quoi dire et je me suis gratté la tête. S'enfuir de tout cela semble être une excellente idée.

soupire-t-elle. Mais je ne peux pas le faire. Je dois parler à ma mère. Je dois m'assurer qu'elle est d'accord avec ça. Je dois aussi parler à mes sœurs. Je veux m'enfuir avec toi, si seulement c'était possible".

Et c'était faisable, car quelques semaines plus tard, le 6 mai 1971, Sumitra m'a épousé.

Interlude

Alors, c'était une fin heureuse ! Je me suis étiré les bras et les jambes. Il était presque minuit. Vous vous êtes enfin mariés et avez vécu heureux jusqu'à la fin de vos jours.

C'était loin d'être une fin heureuse", a-t-elle répondu en faisant un geste dédaigneux de la main. Car c'est après cela que la vraie lutte a commencé. Pour lui et pour moi".

Dis-moi.

Maintenant ? Elle a l'air fatigué. Je pensais pouvoir enfin regarder la rediffusion de mes feuilletons.

Oui, maintenant, j'ai croisé les bras contre ma poitrine. Pourquoi ? Il n'est que 12 heures ! J'étudie toute la nuit pendant mes examens !

Avez-vous déjà veillé toute la nuit pour soulager un enfant malade qui est mort dans vos bras le lendemain matin ?

Très bien, j'ai cédé. Je suis désolée.

Je continuerai demain", a déclaré ma grand-mère. J'ai passé toute une soirée avec toi. Laissez-moi regarder les feuilletons maintenant".

Non, dis-je avec véhémence. Tu vas faire un sacrifice ce soir pour aider ta petite-fille à écrire un livre. Coopérez avec moi et j'écrirai de bonnes choses sur vous dans mon livre".

Ma grand-mère m'a regardé avec indignation, agacée et fatiguée.

J'ai abandonné. Nous parlerons demain matin. Juste après ton réveil.

Le lendemain matin, nous nous sommes assis ensemble autour de deux tasses de thé.

Hier soir, maman m'a raconté que grand-père s'était enfui de l'hôpital avec des brûlures sur tous les membres. Pouvez-vous m'en dire plus sur cet incident ?

C'est arrivé lorsqu'il fabriquait les lumières sous-marines pour la Durga Puja à College Square à Kolkata", a répondu ma grand-mère en sirotant son thé. C'était vers le milieu de l'année 1971. Nous nous sommes mariés. J'étais enceinte. Il travaillait dans son usine et il y avait un fourneau brûlant sur lequel se trouvait un énorme gobelet rempli d'un composé chaud et bouillant''.

Qu'est-ce que c'est que ce composé ? ai-je demandé.

C'est comme... humm... un sous-produit du charbon'', répond Grand-mère. Il est d'abord solide et il faut le faire fondre.

A quoi sert-il ?

Ton grand-père utilisait le goudron épais fondu pour sceller les douilles des lampes de 25 watts contre l'eau.

Je me suis toujours demandé comment il faisait pour rendre ces lampes étanches. J'ai maintenant la réponse. Je vous remercie.

Le gobelet rempli de pâte bouillante s'est donc accidentellement renversé sur ses membres'', explique Grand-mère. Il a alors instinctivement essayé d'enlever le composé à mains nues avant qu'il ne se solidifie sur ses jambes, et ses mains ont également été brûlées. A tel point que l'on pouvait presque voir ses os à travers la chair béante''.

Je n'ai pas pu m'empêcher de grimacer en visualisant l'incident.

Il a été transporté d'urgence à l'hôpital'', poursuit ma grand-mère. Les médecins lui ont dit de ne pas se servir de ses mains et de ses jambes pendant une semaine s'il voulait guérir. Ils ont décidé de le placer sous surveillance stricte. Mais vous savez à quel point il est têtu. Il s'est échappé de l'hôpital le soir même, en boitant sur un bâton''.

Quoi ? Dans cet état ?

Oui, acquiesce Grand-mère. J'étais hors de moi lorsque Parashuram est venu me dire qu'il était de retour à l'usine et qu'il travaillait à nouveau. Enceinte de presque quatre mois, j'ai couru vers lui et l'ai supplié d'arrêter ce qu'il faisait, craignant que ses blessures ne s'infectent. Mais il m'a dit d'un air sévère de rentrer chez moi. Il se tordait de douleur, mais il n'écoutait pas. Les mains et les jambes bandées, il est resté assis à souder les fils avec minutie parce que son travail était plus important pour lui''.

Pourquoi ne pouvait-il pas rester à l'hôpital ? Qu'est-ce qui vous presse ?

La puja était dans quatre jours'', a répondu Grand-mère. C'était sa grande chance et il travaillait sur plusieurs projets en même temps. Quatre jours plus tard, il se rendit à Kolkata, toutes blessures pansées, en boitant sur ce même bâton. Je n'ai jamais vu d'ampoules aussi graves de toute ma vie ! Mais cette année-là, son travail a été couronné de succès. Rapidement, la plupart des comités de puja renommés de Kolkata l'ont engagé pour illuminer non seulement Durga Puja, mais aussi Kali Puja. Pouvez-vous citer quelques-uns des comités de Kolkata qui ont fait appel à lui ?

pour lequel il a travaillé ?

Bien sûr", se souvient-elle. Il a travaillé pour Paikpara et pour la Kali Puja dans la rue Keshab Chandra, créée par le célèbre homme fort du Congrès, Krishna Chandra Dutta. Il était populairement connu sous le nom de "Fata Keshto".

Il travaillait pour Fata Keshto ?

C'est vrai", répond Grand-mère. Il est même venu chez nous.

Je réponds, fasciné : "Wow ! Il a travaillé pour le régiment KNC à Barasat", a répondu Grand-mère. C'est autre renommé commission qui organise chaque année Kali Puja. Il a également illuminé la rue Amherst à Kolkata. Pour Durga Puja, il a travaillé pour des comités tels que Mohammad Ali Park, Central Avenue, Bakul Bagan, Ekdalia Evergreen Club, Singhi Park, Dhakuria, Garia,

Tollygunge, Ballygunge, Jodhpur Park...

D'après ce que vous dites, il semble qu'il ait travaillé partout à Kolkata.

Il l'a fait", a répondu ma grand-mère. Il a travaillé pour la plupart des comités célèbres au moins une fois dans sa vie.

J'ai besoin d'une liste des comités", lui ai-je dit. Tu vas parler à grand-père et me donner une liste de tous les noms des comités pour lesquels il a travaillé. Parce que j'ai besoin d'être factuellement correct dans mon récit".

Très bien", dit-elle. Il a également travaillé dans plusieurs endroits en dehors du Bengale occidental. Presque toute la partie nord et nord-est de l'Inde, y compris Delhi, Gujarat, Haryana, Bihar, Rajasthan, Uttar Pradesh, Chhattisgarh, Jharkhand, Orissa, Assam, Tripura, etc. Il a également travaillé à Hyderabad. À l'époque, elle faisait encore partie de l'Andhra...

J'ai dit : "S'il te plaît, écris cette liste pour moi, grand-mère". Il y a trop d'endroits pour que je m'en souvienne.

D'accord, dit-elle.

Parlez-moi de ces luttes.

Eh bien, il a eu des difficultés tout au long de sa carrière", a répondu Grand-mère d'un ton neutre. *Tout d'abord, il entreprenait plusieurs projets par an, tous importants. Il ne revenait guère à la maison. Il vivait pratiquement dans son usine humide et insalubre. Même s'il a commencé à gagner beaucoup d'argent après avoir décroché de gros projets, il mourait de faim la plupart du temps parce qu'il réinvestissait tout son argent dans l'entreprise pour financer d'autres projets ou rembourser ses dettes. Son travail l'occupait tellement qu'il ne rentrait chez lui que pour dormir le soir. Peut-être trois ou quatre heures de sommeil. Et tôt le matin, il est reparti".*

Tu ne t'es pas sentie seule ?

Bien sûr, je l'ai fait", a-t-elle acquiescé. *Je me sentais très seule. J'ai grandi avec tant de frères et sœurs que j'ai toujours été habituée à la compagnie. Après le mariage, je me suis sentie absolument seule. Ton grand-père n'était pas à la maison, je n'avais pas le droit de vivre avec mes beaux-parents. Nous vivions dans un appartement loué à Mary Park, près de Strand Road, loin de toutes les personnes que je connaissais. Je me souviens avoir pleuré tous les jours de solitude. J'ai même regretté de m'être mariée. J'étais malade, enceinte et seule. Et je ne pouvais même pas blâmer ton grand-père parce que je savais qu'il travaillait très dur".*

Je comprends.

Ton grand-père a passé le premier Jamai Shashthi *après notre mariage au poste de police"*, m'a-t-elle dit. *Savais-tu que c'était le cas ?*

Jamai Shashti *est un événement annuel indien au cours duquel les belles-mères jeûnent pour leurs gendres, les invitent chez elles pour des repas somptueux et les couvrent de cadeaux et de délices.*

Pourquoi ? m'exclamai-je.

Ma mère venait de disposer des bonbons dans une assiette et de la placer devant ton grand-père lorsqu'une jeep remplie de policiers est entrée de force dans notre cabane et a commencé à la saccager", raconte Grand-mère. *Les frères de ton grand-père, qui n'ont jamais rien fait de mal, les avaient informés que nous fabriquions secrètement des explosifs dans la cabane pour aider les Naxalites. Ils n'ont rien trouvé, bien sûr, mais ils l'ont emmené au poste de police, le privant ainsi de l'occasion de célébrer son premier* Jamai Shashti".

J'étais surprise, me souvenant de tous ces visages qui me souriaient et me donnaient l'impression d'être les bienvenus chaque fois que je me trouvais parmi eux. Ils ont toujours été très gentils avec moi dans mon enfance. Je les ai toujours aimés".

Oh, ils nous créaient toujours des problèmes à l'époque", a répondu ma grand-mère. Mais ils ont fini par changer après s'être mariés et avoir eu des enfants. Ils sont devenus beaucoup plus matures et responsables. Leurs enfants, tes oncles, ils m'aimaient tous tellement. Ta mère jouait avec eux tout le temps tant que nous vivions dans cette maison".

Ils t'aiment toujours.

Oh oui, c'est vrai. Ils ont tous grandi et sont bien établis. Ils ont leur propre famille. Je suis tellement heureuse quand ils viennent me voir".

Alors, nous avons au moins une fin heureuse", ai-je dit. Oui, mais les premiers jours qui ont suivi mon mariage ont été très difficiles.

Pour moi, c'était très dur", dit Grand-mère en cassant son deuxième biscuit. En plus de cela, j'ai eu des grossesses très difficiles et douloureuses. J'ai eu un fils avant la naissance de ta mère. Et une fille après elle. Tous deux sont morts. Tous les trois étaient des bébés par le siège. J'ai donc dû renoncer à un accouchement normal et subir une césarienne à chaque fois. Bien entendu, dans les années 1970, Chandannagar n'était pas du tout avancée sur le plan médical. Lors de la naissance de mon premier enfant, j'ai souffert des douleurs de l'accouchement pendant deux jours et j'ai été emmenée en salle d'opération au tout dernier moment. Mon fils est né sans problème, mais mon ventre a été coupé verticalement, en raison du siège, et j'ai souffert de fortes douleurs pendant plusieurs semaines après l'accouchement. La seule bonne chose, c'est qu'après la naissance de mon fils, ma belle-mère m'a accueillie à la maison".

C'est gentil de sa part.

Il faut aussi tenir compte du fait que votre grand-père gagnait beaucoup d'argent à l'époque. C'était également une bonne raison. Cependant, elle n'a jamais été gentille avec lui. Elle était toujours un peu froide et formelle dans ses relations avec ton grand-père.

Quel était son problème ? Pourquoi détestait-elle tant le grand-père ?

Principalement parce qu'il m'a épousée, moi qui suis brahmane", m'a-t-elle dit. En outre, elle n'avait pas reçu de dot de ma famille.

La dot était donc une autre raison importante !

Oui, c'est vrai. Mais elle n'a jamais été méchante avec moi. En fait, elle m'aimait plus que ses autres belles-filles".

Wow, c'est inattendu", ai-je dit. Mais dites-moi, pourquoi votre premier enfant est-il mort ? Que lui est-il arrivé ?

Il avait moins d'un mois et demi lorsqu'il a eu la diarrhée", a-t-elle répondu. Au même moment, ma petite sœur, née un mois avant mon fils, souffrait également de diarrhée. Annie s'occupait d'elle car notre mère était extrêmement malade et admise au National Medical College, à Kolkata. Mon frère Gedo, qui était médecin là-bas, s'occupait d'elle.

Pourquoi était-elle malade ?

Elle souffrait d'une septicémie puerpérale", a-t-elle déclaré. Une sorte de septicémie.

C'est ce qui est arrivé à Mary Wollstonecraft après avoir accouché de Mary Godwin ! m'écriai-je. C'est aussi exactement comme cela qu'elle est morte !

Je ne connais pas Mary Wollstonecraft", a répondu ma grand-mère. Tu gardes pour toi tes références à la littérature anglaise. Mais oui, la septicémie puerpérale est mortelle".

D'accord, vous continuez", lui ai-je dit tout en continuant à griffonner. Un soir, j'ai emmené mon fils malade chez un médecin local.

poursuit Grand-mère. Il lui a donné un médicament qui a stoppé ses mouvements et ses urines. Il a pleuré de douleur pendant des heures. Il a pleuré toute la nuit. Ma belle-mère s'était procuré de l'eau bénite auprès d'une femme tantrique d'une localité voisine et elle a continué à en faire boire à mon enfant, mais rien n'y a fait. Elle s'est interrompue, sous le coup de l'émotion, puis a repris : "Il est décédé aux petites heures du matin. Je n'étais pas encore complètement remise de la douleur de l'opération lorsqu'il est mort dans mes bras".

J'ai senti une boule dans ma gorge et j'ai essayé de l'avaler, mais je n'y suis pas parvenu.

Après la crémation, ton grand-père m'a installée derrière lui sur son scooter et nous avons roulé loin de la ville, très loin, jusqu'à ce qu'il fasse complètement nuit, et même là, il ne s'est pas arrêté", raconte Grand-mère avec nostalgie. Nous avons atteint Digha, à près de deux cents kilomètres de Chandannagar, et nous avons passé deux nuits dans un hôtel bon marché. Nous ne parlions pas beaucoup, nous mangions à peine, essayant de diverses manières de faire face à notre perte. J'ai passé de longues heures à regarder la mer sans but. Pour la première fois de sa vie, votre grand-père ne pensait pas que son travail était compromis par son absence. Au lieu de cela, il s'est reproché d'avoir été négligent envers moi et notre fils. Aucun de nous ne pouvait accepter l'idée de rentrer à la maison, d'entrer dans la pièce où notre enfant avait vécu, respiré, ri et pleuré pendant près de deux mois. Nous savions que son berceau, sa toile cirée, les petits oreillers, les minuscules tabliers, la nourriture et les ustensiles pour bébé étaient encore éparpillés dans cette pièce et que l'air sentait encore son odeur. Et nous ne pouvions pas envisager d'y retourner sans lui".

J'avais de plus en plus de mal à retenir mes larmes.

Comment sais-tu que l'eau bénite que ta belle-mère a apportée du Tantra n'est pas empoisonnée ? demandai-je. Cela aurait pu être la raison de sa mort. Ce n'était qu'un nouveau-né".

Non, c'est la diarrhée mortelle qui l'a emporté", répond-elle avec conviction. Vous saurez bientôt pourquoi.

D'accord.

Le matin du troisième jour, poursuit-elle, lorsque ton grand-père m'a demandé si j'étais prête à rentrer chez moi, je lui ai dit de m'emmener plutôt chez l'une de mes tantes à Dakshineswar. Il a accepté sans hésiter. Nous venions d'arriver et ma tante nous avait convaincus de manger un peu quand..." et elle s'est à nouveau arrêtée.

Ma gorge s'est instantanément serrée, car elle n'avait pas l'air en forme. J'ai retenu mon souffle en attendant la terrible information qui allait suivre.

Quand ? lui ai-je demandé.

Les amis de ton grand-père, Parashuram et Vikash, sont arrivés et nous ont demandé de rentrer à la maison.

Pourquoi ? demandai-je.

Lorsque nous avons demandé pourquoi, ils nous ont informés que ma petite sœur était morte la nuit précédente et que ma mère était décédée à l'hôpital le matin même.

Mes mains se sont portées involontairement à ma bouche alors que j'essayais d'assimiler cette information choquante.

Ma sœur n'avait pas la préparation, n'est-ce pas ? dit Grand-mère. Mais elle est morte elle aussi. C'était la diarrhée".

Je ne pouvais même pas imaginer ce qu'elle avait vécu. Autant de morts en si peu de temps, c'est impensable ! Deux ans plus tard, en 1974, ta mère est née chez nous.

dit ma grand-mère. Elle n'a pas pleuré pendant deux jours. Elle ne pouvait pas respirer normalement pour une raison quelconque. Nous pensions qu'elle ne s'en sortirait pas. Mais Gedo était responsable d'elle, et il a fait de son mieux, il est resté debout toute la nuit et lui a sauvé la vie. À l'époque, il poursuivait son doctorat en médecine dans le service de pédiatrie et s'en sortait plutôt bien. Le troisième jour, elle a pleuré. C'est alors que nous l'avons baptisée Sanghamitra, du nom de la fille aînée de l'empereur Ashoka, qui était une messagère de paix. Un an plus tard, une autre fille est née alors que j'étais extrêmement malade. Elle a eu des convulsions, est devenue rouge et bleue et est décédée à l'hôpital quelques jours seulement après son accouchement. J'ai déliré pendant deux jours entiers après l'avoir mise au monde. Les médecins ne pensaient pas pouvoir me sauver, mais trois ou quatre jours plus tard, lorsque j'ai repris conscience et que j'ai demandé aux infirmières de me laisser voir mon enfant, elles m'ont dit qu'elle n'était plus là.

Je n'ai pas pu dire un mot. Je ne savais pas quoi dire. Et juste au moment où je pensais que tout allait enfin bien,

raconte ma grand-mère, "en 1978, mon frère le plus proche, Gedo, qui était en fait le seul espoir de notre famille, a été retrouvé pendu à mort le jour même où il terminait son stage".

Quoi ? Ma voix était rauque. Pourquoi ?

À cette époque, les collèges et universités de Kolkata étaient déchirés par le mouvement naxalite", explique Grandma. Personne ne sait vraiment pourquoi il est mort. Cela a toujours été un mystère. Certains pensent qu'il a été victime d'une rupture amoureuse et qu'il s'est suicidé, d'autres croient qu'il a été assassiné par ses ennemis parce qu'il était le leader de l'une des plus importantes associations d'étudiants, d'autres encore disent qu'il a été tué par l'un des Naxalites. J'étais très proche de Gedo depuis sa naissance. Nous sommes nés à un an d'intervalle. Et je savais, mieux que quiconque, qu'il serait le dernier à se suicider pour quelque chose d'aussi dérisoire qu'une histoire d'amour. Il était le premier de sa promotion et avait de très bonnes perspectives d'avenir, il n'aurait abandonné sa vie pour rien au monde. Lorsque son corps a été retrouvé, sa chambre était en désordre, mais il était vêtu de sa robe de chambre et de tout le reste, il portait ses lunettes et ses bottes cirées. Ses mains étaient attachées derrière lui, ce qui a permis de penser qu'il ne s'agissait pas d'un suicide. Nous avons essayé de découvrir la cause de sa mort, mais nous n'avons pas reçu beaucoup d'aide de la part de la police. Au bout d'un certain temps, mon père a donc renoncé à essayer".

Je me suis levée de la chaise sur laquelle j'étais assise, je suis allée vers ma grand-mère et je l'ai serrée très fort dans mes bras. Je n'ai jamais été du genre à serrer les gens dans mes bras ou à montrer beaucoup d'émotions. En effet,

J'ai toujours été réticent à l'égard de ce type d'exposition. Mais là, à ce moment-là, c'était involontaire. J'ai été submergé d'émotions en la serrant contre moi, en respirant le doux parfum de ses cheveux et les souvenirs des dix-neuf années mouvementées de ma vie, que j'ai passées pour la plupart avec elle.

C'est ma grand-mère qui m'a élevée, qui m'a réveillée tous les matins, qui m'a fait prendre mon bain, qui m'a donné à manger, qui m'a brossé les cheveux, qui m'a endormie et qui s'est occupée de tous mes besoins. En fait, "Dida-dima" est le premier mot que j'ai appris à dire. Ce mot comportait quatre syllabes et sonnait mal, mais c'est ainsi que je l'appelais et je n'aurais pas voulu qu'il en soit autrement.

J'avais à peine trois ans et j'étais inséparablement attachée à elle lorsqu'un soir, elle est sortie des toilettes en titubant et s'est évanouie sur le lit. Elle a été immédiatement transportée à l'hôpital où les médecins l'ont regardée et ont prononcé des mots qui m'ont semblé étranges. J'étais trop jeune pour comprendre ce que signifiait l'expression "défaillance de plusieurs organes", mais j'avais l'impression que je ne la reverrais plus jamais et cela m'a fait faire pipi dans mon pantalon de peur. Mon grand-père, je m'en souviens encore, s'était effondré sur le carrelage blanc et froid de l'hôpital, pleurant à chaudes larmes. Ma mère, qui était la seule à être debout, semblait elle aussi sur le point de s'effondrer.

Les mois suivants, que j'ai passés presque seule à la maison avec une gardienne, ont été les plus sombres de ma vie. J'ai entendu mon grand-père parler tout seul dans sa chambre comme un fou presque tous les jours et ma mère a passé des jours à l'hôpital sans aucun espoir. Ma grand-mère est tombée dans le coma et les médecins ont dit qu'il n'y avait plus d'espoir pour elle. Pourtant, j'ai prié pour elle tous les jours. En fait, c'est tout ce que j'ai fait. J'ai prié, j'ai pleuré, j'ai mangé, j'ai vomi et je me suis réveillée en hurlant au milieu de la nuit. C'est avec elle que je dormais, depuis que j'avais un mois, et maintenant elle n'était plus avec moi. J'ai fait de terribles cauchemars sans elle à mes côtés, sans ses mains douces qui effleuraient mes cheveux de bébé, sans sa douce voix qui me racontait des histoires à l'heure du coucher, sans ses douces tapes dans le dos qui me berçaient pour m'endormir.

Cette fois, elle s'est endormie avant moi, et elle a dérivé loin, très loin, vers un territoire inconnu, perdu peut-être, pour ne jamais revenir. Et notre maison, semblait-il, avait été plongée dans une obscurité absolue.

Mais peut-être Dieu avait-il entendu mes prières et décidé d'exaucer mon vœu innocent, car ma grand-mère a ouvert les yeux un jour, après plusieurs semaines. Les médecins ont parlé de miracle. Je me suis pincé pour m'assurer que je ne rêvais pas. Ce jour-là, nous avons eu l'impression que la lumière était revenue dans notre maison, bien qu'elle ne soit pas revenue à la maison pendant plusieurs mois. Pendant près d'un an, ma grand-mère n'a pas été la même et je me suis souvent demandé si elle le serait un jour.

Je n'arrive pas à croire que ton passé ait été si terrible ! lui ai-je dit ce matin-là.

Il a toujours fait sombre", a-t-elle répondu. Pour moi et pour ton grand-père. Quand on le regarde de loin, on a l'impression qu'il est tout ensoleillé. Mais plus on s'en approche, plus elle devient sombre. Nous avons vécu ensemble les pires expériences possibles. Mais si votre grand-père est devenu ce qu'il est aujourd'hui, c'est uniquement parce qu'il n'a jamais abandonné. Il a bravé tous les obstacles". C'est ironique, me suis-je dit. L'homme qui a illuminé le monde de ses lumières a lui-même traversé les allées les plus sombres. Peut-être faut-il marcher dans l'obscurité pour pouvoir

pour apprécier pleinement la lumière".

Si tu vois les choses sous cet angle, dit ma grand-mère, il est la lumière lui-même.

Comment cela ?

Si vous pensez à ses panneaux et à ses figures, derrière la source de lumière, c'est toujours sombre", explique-t-elle. Mais placé devant la source lumineuse, même l'objet le plus banal semble embelli et éblouissant. Si vous pensez à la vie de votre grand-père, en particulier à son enfance et à ses origines, tout n'était que ténèbres. Néanmoins, il a éclairé la route qui s'ouvrait devant lui, créé de nouvelles opportunités pour les générations futures, une nouvelle forme d'art, une culture unique...".

Aujourd'hui, tout brille de l'éclat qu'il a créé.

Cela résume toute sa vie et sa carrière. J'ai acquiescé, émerveillée.

La lumière ne peut briller que dans l'obscurité, ma chère, a dit ma grand-mère.

C'est magnifique ! lui dis-je.

N'oublie pas d'écrire des choses positives sur moi", dit ma grand-mère avec des yeux pétillants.

Bien sûr que non", ai-je répondu. Mais il y a autre chose que je veux savoir.

Qu'est-ce que c'est ?

D'après ce que j'ai entendu de ma mère, de mon grand-père et même de toi, il me semble qu'il n'a jamais eu de temps pour toi. Cela n'a pas affecté votre relation d'une manière ou d'une autre ?

Ma grand-mère n'a fait que sourire, mais c'était un sourire assez révélateur.

J'ai l'impression que tu as beaucoup de choses à dire à ce sujet", ai-je commenté. Ce n'est pas grave, nous pourrons en parler plus tard.

Elle pousse un soupir de soulagement exagéré.

Les souvenirs de ma grand-mère

J'ai passé cinq ans avec cet homme, j'ai vécu sous le même toit, j'ai dormi dans le même lit. Cinq ans. Et il était toujours un étranger pour moi. Je le regardais tous les jours se lever le matin, prendre un bain à la hâte et partir au travail, sans jamais me regarder deux fois. Mes yeux l'ont suivi tandis qu'il traversait la pièce à grandes enjambées. Pendant cinq ans, j'ai appliqué avec fierté du vermillon rouge vif sur la raie de mes cheveux et j'ai prononcé des prières silencieuses pour sa sécurité et son bien-être. Je m'étais réveillé avant le lever du soleil, essuyant secrètement la poussière de ses pieds. Une femme que je connaissais avait dit un jour que le cœur d'une femme devait adorer pour pouvoir aimer. Je pense que ma mère avait pris ce conseil un peu trop au sérieux, et depuis qu'elle est en vie, elle ne manque jamais d'essuyer la poussière des pieds de mon père chaque matin, même lorsqu'elle sait qu'il la laisse seule pour rendre visite à notre belle-mère. Et je pense que j'avais pris exemple sur ma mère, même si je ne l'avais jamais voulu, même si j'avais farouchement résisté à l'idée de lui ressembler un jour. Je l'avais vue souffrir sans fin sous mes yeux et je m'étais juré de ne jamais laisser ma vie devenir comme la sienne.

Je serais ma propre femme. Ma belle-mère était une femme moderne. Elle avait un travail, une vie à elle. Elle était prête à tout sacrifier pour son travail, à faire autant de compromis que possible pour conserver son emploi à l'usine de verre céramique. Elle était farouchement indépendante et têtue. C'est peut-être pour cela qu'elle était si irrésistible pour mon père. Les personnes qui s'aiment elles-mêmes sont aimées de tous. Et même si elle était à l'origine du chagrin d'amour de ma mère, je ne pouvais m'empêcher d'admirer son pouvoir d'action. Au fond de moi, je voulais lui ressembler. Cependant, j'étais loin d'être comme ça, et je ne m'en suis rendu compte qu'après mon mariage. Je me suis parfois demandé si je méritais même de m'appeler une femme moderne.

Ma petite fille, Mini, dormait profondément à côté de moi sur mon lit. Cela faisait une semaine que j'étais rentrée de l'hôpital après la naissance et le décès de mon troisième enfant. Je suis restée éveillée, les larmes coulant de mes yeux et mouillant un côté de mon oreiller. Il était 5 heures du matin et je saignais. Mon chemisier était trempé du lait de mes seins gonflés. Elles palpitent de douleur. Bientôt, mon mari se lèverait, suivrait la procédure habituelle et partirait pour vingt heures. Je ne saurais pas ce qu'il a fait toute la journée. Je ne saurais pas quand il reviendra. Je serais à moitié endormi à ce moment-là. Je me suis donc levée péniblement, la chair de mon ventre me picotant, les points de suture menaçant de se déchirer, et, comme tous les matins, avec les premiers oiseaux gazouillant à notre fenêtre et les premiers rayons de l'aube inaugurant une nouvelle journée, j'ai pris la poussière de ses pieds et l'ai frottée sur ma tête, mon front et ma poitrine, en espérant qu'il ne se réveillerait pas. Je n'avais pas besoin de le faire, mais je l'ai fait quand même.

Qu'est-ce qu'il y a ? qu'est-ce qui ne va pas ?

Rien", répondis-je en me mordant la lèvre. J'ai répondu en me mordant la lèvre, à la fois de douleur et d'embarras. Rien n'est grave. Ta couverture tombait".

Pourquoi t'es-tu levé ? demanda-t-il. J'aurais pu le ramasser moi-même.

Je ne voulais pas que tu prennes froid.

S'il vous plaît, rendormez-vous", dit-il en s'asseyant sur le lit. Tu as besoin de quelque chose ?

Non, j'ai caché la vérité. Je n'ai besoin de rien.

J'avais désespérément besoin de lui. Chaque pore de mon corps et chaque once de mon âme vibraient du besoin douloureux d'être désirée une fois de plus par l'homme que j'appelais mon mari. Pendant cinq ans, j'ai regardé son visage avec envie pendant qu'il dormait à côté de moi. J'avais soif de son amour et de son affection comme un désert a soif de pluie. Je l'avais vu consacrer toutes les fibres de son être aux panneaux de son atelier, espérant contre toute attente qu'un jour il me regarderait comme il regardait ces lumières. Oh, comme je les enviais ! Comme j'aurais voulu être ces lumières ! Si seulement il m'accordait la moitié de l'attention qu'il leur a accordée, je me considérerais comme une femme bénie. Suis-je en train de devenir comme ma mère ? Aurais-je le même sort ?

Pendant cinq ans, je l'ai aimé et détesté. J'ai souvent voulu m'enfuir de chez lui et ne jamais revenir en arrière. Je n'ai jamais pu. Souvent, j'ai regretté mon mariage et je me suis punie en jeûnant pendant des jours. J'étais reconnaissante et je me sentais redevable. Mais je me suis aussi sentie négligée, abandonnée et blessée. Était-ce de l'amour ou une dette que je ressentais à son égard ? Je n'en suis pas sûr. Il ne m'avait rien fait de mal. Il s'est occupé de tous mes besoins physiques. Non seulement les miennes, mais aussi celles de mes frères et sœurs. Mais est-ce suffisant ? Comment pourrais-je ignorer le sentiment constant d'être indésirable, insignifiant et mal-aimé ? Il s'occupait de moi comme il s'occupait des plantes de son jardin. Il les arrose tous les jours, nourrit le sol avec du fumier et pulvérise des insecticides chaque fois que cela est nécessaire. Il a fait tout ce qui était nécessaire, mais rien de plus. Mais je n'étais pas une plante. J'étais sa femme. Oh, comme j'ai parfois souhaité être une plante et non sa femme ! J'ai souhaité ne pas avoir de désirs ou de volitions propres. Ma vie aurait été tellement plus facile de cette manière. Toutes ces émotions et ces attentes me tueront un jour.

J'étais, malheureusement, un être humain vivant, respirant, avec un utérus maudit, comme ils disaient, une famille maudite, une mère morte, une sœur morte, deux enfants morts et un mari indifférent. Combien de temps puis-je espérer survivre ainsi ? Pourquoi vivrais-je ? Et même si je parvenais à survivre, ma vie vaudrait-elle la peine d'être vécue ? Pour moi, une vie sans amour équivalait à une mort vivante. Est-ce que ce sont les péchés de mon père qui m'ont fait tant souffrir ? Ou bien cherchais-je quelqu'un d'autre sur qui rejeter la faute, maintenant que mon mari avait quitté mon lit et était hors de ma vue ? Depuis quand suis-je devenue si râleuse et si plaintive ? Quand ai-je commencé à m'apitoyer sur mon sort ? Je n'ai jamais été cette femme à Kolkata. Mes amis de Lady Brabourne me reconnaîtraient-ils s'ils me voyaient maintenant ?

Parfois, je tremblais d'une envie irrésistible de lui dire des choses vraiment méchantes. Mes doigts me démangeaient de fureur pendant que je préparais ses repas et je voulais les rendre aussi immangeables que possible. Une fois, j'ai mis tellement de sel dans son curry que j'étais sûre qu'il ne pourrait pas en manger plus d'une cuillerée. C'était ma façon de me venger de lui. Mais, étonnamment, il a tout mangé comme s'il n'y avait rien à redire. Son esprit était ailleurs, manifestement. Et c'est moi qui ai fini par ne rien manger ce soir-là. Je ne pouvais pas lui refuser mon corps parce que c'était le seul moment où je me sentais utile. Mais peu après, je me suis sentie absolument stérile en regardant le plafond dans le silence discret de la nuit, sachant qu'il retournerait bientôt dans les bras d'Art, avec qui je ne pourrais jamais rivaliser, ni en beauté, ni en grâce. Art l'avait enroulé autour de son doigt, piégé sous ses ailes lumineuses. Il n'était que son esclave ensorcelé. Aucun amour ou attrait de ma part ne pouvait rompre le charme qu'elle avait jeté sur lui. Quelque chose ne va pas chez toi ? me demanda-t-il avant de s'arrêter.

partir pour son usine. Non, répondis-je brièvement.

Pourquoi pleures-tu ? demanda-t-il. Qu'est-ce qui s'est passé ? Avez-vous mal ?

Tu ne comprendras jamais", lui ai-je dit depuis mon lit. Je ne comprendrai pas ?

Non, ai-je répondu.

L'enfant vous dérange ? demande-t-il.

Je ne savais pas quoi dire. Oui, j'ai été bouleversée par l'enfant. Mais j'étais contrariée par tant d'autres choses, la raison principale étant lui, lui-même. Je n'en pouvais plus. J'ai éclaté en sanglots, gémissant jusqu'à ce que les points de suture de mon abdomen me fassent mal. Il s'est approché de moi, un peu inquiet, et s'est assis sur le lit juste à côté de moi, passant ses doigts dans mes cheveux. S'il te plaît, ne sois pas si triste", m'a-t-il supplié. Mais je n'ai pas su reconnaître l'affection dans ce geste, tout comme l'estomac perd sa capacité à digérer la nourriture après une longue période d'inanition. Mon cœur était glacé, mon corps était brisé et mon âme épuisée. Je n'ai ressenti que de la douleur.

Dis-moi ce qui ne va pas", insiste-t-il.

Je lui ai demandé après ce qui m'a semblé être une éternité : "Est-ce que tu m'aimes toujours ?

Quelle sorte de question est-ce là ? Bien sûr que oui. Alors pourquoi ne t'intéresses-tu pas à moi ?

pas naturel à mes propres oreilles.

Il m'a regardé, un peu décontenancé.

Pourquoi m'as-tu épousée ? sanglotais-je. Pour me laisser croupir seule dans cette maison toute la journée ?

Comment pouvez-vous dire que vous êtes seule ? demanda-t-il. Vous avez tellement de gens autour de vous tout le temps. Vous avez ma grande famille, Gopal et Annie. De qui d'autre avez-vous besoin ?

J'ai besoin de toi. Je t'ai épousé. Pas votre famille. Je suis ta femme. J'ai besoin de toi".

Mais je suis toujours là", a-t-il dit d'un ton détaché. Mon usine est toute proche, vous pouvez me joindre à tout moment". Parler avec lui n'aboutit à rien. C'était comme parler à un mur. Parfois, je me demandais s'il ne me comprenait pas vraiment ou s'il faisait exprès de ne pas me comprendre. Tout ce que je savais, c'est que je n'avais pas ma place dans son plan. Je n'avais aucun rôle à jouer dans sa vie. Je n'étais qu'un accessoire, un ornement.

J'étais censée rester séquestrée entre les quatre murs de sa maison. J'étais censée sourire et être respectueuse des gens qui me traitaient comme de la merde. J'étais censée faire la cuisine, le ménage, la conception et l'accouchement jusqu'à la fin de ma vie, sans aucune reconnaissance, appréciation ou récompense. Tout cela parce que j'étais une femme et que les femmes étaient "censées" le faire. Les gens étaient tellement plus libéraux à Kolkata. Où avais-je atterri ? Pourquoi mon père nous a-t-il amenés ici ? Ce n'était pas le genre de vie dont je rêvais. Mais encore une fois, j'avais un cœur de femme, et peu importe ce que nous, les femmes, subissions, nous étions fières de notre capacité à tout supporter avec le sourire, à sacrifier tout notre bonheur sur l'autel de l'amour pour que nos maris, nos pères, nos frères et nos fils puissent aller de l'avant et faire ce qui les rendait heureux. Quelle existence vouée à l'échec !

J'ai passé toute la journée au lit, à pleurer, pendant que ma belle-mère s'occupait de ma petite fille d'un an, Mini, car elle savait à quel point j'étais malade. Assise près de mon lit, elle essayait de me consoler en me racontant des histoires de son enfance, comment elle avait été mariée à l'âge de huit ans selon la coutume indienne ancestrale connue sous le nom de "*Gouri-daan*", comment elle avait perdu plusieurs enfants à la suite de diverses maladies également. Elle m'appelait souvent "*bamuner meye*", ce qui signifie "fille de brahmane", même au cours de nos conversations. Et même si elle était parfois très sarcastique, elle prenait plus soin de moi que de toutes ses autres belles-filles. Elle m'a fait prendre le thé elle-même ce jour-là. Et quand je lui ai dit de ne pas se donner tant de mal pour moi, elle m'a seulement demandé de me taire.

Ne dis rien", m'a-t-elle dit fermement. Si je peux m'occuper de mes fils, pourquoi ne pourrais-je pas m'occuper de mes filles ?

Mais Maa, tu n'es pas très bien toi-même...

Chut ! Je vais très bien", rétorque-t-elle. Ce sont les douleurs normales de la vieillesse. Nous sommes faits d'acier, ma chère. Tu es une *bamuner meye*, douce et délicate, tu es différente. Vous tombez tous facilement malades, vous souffrez tellement pour les plus petits maux. Je me sens vraiment mal pour vous. Mais nous sommes habitués à tout cela. Nos mères nous ont préparés à cette vie depuis notre naissance".

Merci, Maa... pour... pour avoir été si gentille avec moi. Gardez tous vos remerciements pour vous", dit-elle tout en

a posé un petit verre de thé sur la table à côté de mon oreiller. Nous ne comprenons pas tous ces mots anglais. Mon beau petit enfant de la lune souffre, c'est le moins qu'une Maa puisse faire".

Puis elle a pris Mini sur ses genoux et l'a regardée avec tendresse pendant quelques minutes. Elle m'a dit : "Votre enfant ne vous ressemblera pas du tout. Elle sera une guerrière, croyez-moi. Elle a notre sang dans les veines et la couleur de votre mari dans la peau. Elle n'aura pas non plus la vie la plus facile. Mais elle sera une femme féroce".

Je souhaite la même chose", ai-je répondu. Je veux qu'elle soit forte.

Elle sera plus forte que toute votre tribu réunie", dit-elle en riant tout en changeant les vêtements de Mini. Ma petite guerrière. Tu seras comme ton père, n'est-ce pas, ma petite fille ?

Mini a roucoulé de façon inintelligible en guise de réponse.

Contrairement à mes attentes, mon mari est rentré à la maison un peu plus tôt ce soir-là. Il avait apporté pour moi un bouquet de roses et une boîte de mes sucreries préférées de Surya Modak, l'une des confiseries les plus anciennes et les plus réputées de la ville.

Je suis désolé si je t'ai donné l'impression que je ne me soucie pas assez de toi", m'a-t-il dit en s'asseyant à côté de moi sur le lit et en me tenant la main. Ce n'est pas que tu n'es pas importante pour moi. En fait, tu es la personne la plus importante pour moi dans ce monde".

J'ai détourné le visage et j'ai pleuré.

Il a tourné mon visage vers le sien, puis, me regardant profondément dans les yeux, il a dit : "Tout ce que je fais en ce moment, c'est pour notre bien-être. Combien de temps voulez-vous vivre ainsi ? Dans une pièce unique avec une seule toilette partagée par l'ensemble du ménage. Je veux vous donner, à toi et à Mini, une vie meilleure".

Il m'a caressé les joues.

Je veux acheter un terrain, construire une maison pour nous", poursuit-il. Une grande maison, comme tu l'as toujours voulu, plus grande que ta maison de Kolkata. Elle aura deux étages, un jardin, une pièce séparée pour vous, un bureau, un espace de vie et je la décorerai avec de jolis meubles en bois. Gopal peut également y vivre confortablement avec nous. Nous sommes trop à l'étroit ici pour être si nombreux, tu ne crois pas ?

J'ai doucement hoché la tête.

Ne pleure pas, ma chérie", me dit-il en déposant un baiser affectueux sur mon front. Je vous en prie, soyez indulgents avec moi. Je veux réaliser vos rêves et les miens. Et si je ne travaille pas maintenant, je ne pourrai pas acheter le terrain ni construire la maison. Vous savez que le prix des terrains augmente chaque année, n'est-ce pas ? Je dois donc travailler dur maintenant. Car plus je gagne, plus vite je pourrai construire la maison pour nous".

Des larmes ont coulé dans mes yeux.

Je ne t'ai pas épousée pour te laisser seule", dit-il. Je veux aussi passer du temps avec toi. Et c'est précisément pour cela que je travaille si dur maintenant, pour qu'un jour je puisse être avec toi sans anxiété ni culpabilité. J'ai construit tout ce que j'ai aujourd'hui à partir de rien. Je n'ai jamais été tranquille en empruntant de l'argent à des connaissances ou en restant indéfiniment chez Vikash, mais j'étais impuissante à l'époque. Aujourd'hui, j'ai plusieurs dettes à payer et ce n'est qu'une fois que je les aurai remboursées que je serai soulagé. Ensuite, je pourrai commencer à épargner pour la propriété. Vous me comprenez, n'est-ce pas ?

J'ai acquiescé, me maudissant intérieurement d'avoir été si insensible à ses difficultés.

Maintenant, prenez ceci", dit-il en ouvrant la boîte de bonbons. J'ai apporté votre *jolbhora talshansh sandesh* préféré de Surya Modak. Vous aimez le sirop de rose à l'intérieur de ces friandises, n'est-ce pas ? Cette boîte est entièrement pour vous. Tu n'as pas à le partager avec qui que ce soit, pas même avec moi".

Mais je ne toucherais pas aux sucreries s'il n'a pas pris la première bouchée.

Les souvenirs de mon grand-père

Avec le recul, le seul regret que j'ai est de ne pas avoir pu prendre soin de ma femme et de mes enfants lorsqu'ils avaient le plus besoin de moi. Je leur avais fait exactement ce que je reprochais à ma famille de m'avoir fait. Je les ai abandonnés par inadvertance alors qu'ils avaient besoin de moi. J'ai épousé Sumitra contre la volonté de nos deux familles, j'ai promis de lui donner une bonne vie, mais je n'ai pas pu tenir ma promesse et je ne pourrai jamais me le pardonner. Peut-être ses besoins physiques ont-ils été satisfaits, mais je n'ai jamais été en mesure de répondre à ses émotions. Mon travail a toujours été ma priorité numéro un, et je n'ai pas pu être le mari aimant qu'elle voulait que je sois, ni un père affectueux. J'ai toujours eu du mal à exprimer mes émotions, et je ne pouvais pas exprimer ce que je ressentais pour ma famille.

La mort de mon premier enfant, la sensation de sa peau froide contre ma chair chaude et l'odeur de la diarrhée mortelle qui l'a emporté sont encore fraîches dans ma mémoire. J'ai incinéré mon enfant de mes propres mains et je n'ai jamais pu m'en remettre et ne le ferai jamais. Ce jour-là, il pleuvait à verse et je portais mon enfant dans mes bras froids et engourdis, lourds de l'immobilité de la mort, enveloppés dans un tissu d'un blanc terne. Avec le vent qui hurlait et la pluie qui s'abattait sur nos deux corps, rendant mes larmes indiscernables, j'ai marché. Je ne pouvais m'empêcher de le regarder de temps en temps et de le tenir plus près de mon corps pour le réchauffer, craignant par habitude que mon enfant n'attrape un rhume mortel si je ne faisais pas attention. Et puis je me suis souvenu de la vérité grotesque, que cela n'avait plus d'importance. Il était parti depuis longtemps et le froid ne le dérangerait plus jamais.

Lorsque le moment est venu pour moi de le laisser partir, je me souviens l'avoir déposé doucement sur le cercueil, le cœur aussi lourd que la pierre. Il avait l'air paisible, mon petit, libéré de sa douleur et de son malheur, mais ses paupières étaient pâles et il avait l'air un peu bleu. Et le tissu blanc mouillé qui le recouvrait refusait de brûler. C'était comme si mon petit fils était là, résistant de toutes ses forces à la mort, implorant une nouvelle chance de vivre, tandis que moi, son père, je me tenais près de lui, une torche enflammée à la main, indifférent à toutes ses supplications, m'apprêtant à le réduire en poussière conformément aux rituels. Quarante-huit longues années se sont écoulées et ce souvenir me hante toujours.

Après la mort de notre troisième enfant, Sumitra était complètement bouleversée. La belle femme dont les yeux brillaient autrefois de mille feux était devenue anxieuse, paniquée, pessimiste, toujours à l'affût du danger, de la maladie et de la misère. À l'époque, nous n'avions pas de téléphones portables et j'étais souvent en déplacement pour travailler dans différents États à travers le pays. Nous n'étions pas en contact pendant des jours et ma femme ne mangeait pas et ne fermait pas l'œil de la nuit jusqu'à ce que je rentre à la maison. Elle fait de son mieux pour maintenir l'ordre à la maison. Elle a jeûné plusieurs jours par semaine pour ma santé et ma sécurité et a prié Dieu sans cesse. Mais les choses se sont rapidement améliorées.

Tout au long des années 1970, j'ai travaillé pour plusieurs comités de puja à Kolkata et j'ai entrepris d'autres projets en dehors du Bengale occidental. Au début de l'année 1980, j'ai investi mes revenus dans un grand terrain à Kalupukur. Ma femme n'a jamais aimé l'idée car ce que j'avais acheté était en fait une immense parcelle de forêt dense de bambous où l'on disait que les chacals rôdaient souvent la nuit. Cependant, je suis resté fermement sur ma décision, car j'ai toujours eu l'intuition que ce terrain se vendrait un jour comme de l'or en raison de son emplacement idéal. Elle était située sur une route principale, près de la gare, et disposait d'un étang plein de poissons. La population était relativement peu nombreuse dans cette région. Bien sûr, je n'ai pas pu acheter toute la parcelle en une seule fois et j'ai dû emprunter de l'argent à mes amis, mais je leur ai remboursé l'intégralité de la somme au fur et à mesure que je la gagnais, avec les intérêts.

En 1982, j'ai décidé de construire une maison sur ce terrain pour moi, Sumitra et notre fille unique, afin que nous puissions y vivre séparément et en paix. Mais comme la plupart de mes revenus étaient consacrés au financement de mes nouveaux projets, j'ai eu très peu de liquidités au cours de ces années. Je pouvais à peine payer la construction de ma propre maison. J'ai dû à plusieurs reprises me passer des ouvriers et poser moi-même les briques de la maison. De loin, les gens pensaient que je gagnais beaucoup d'argent, mais seuls mes proches connaissaient la vérité sur mes difficultés. Plus tard, j'ai construit une nouvelle usine le long de l'étang. Il avait un toit en amiante, mais il était grand, spacieux et relativement plus frais que son environnement.

Mon usine était comme mon lieu de culte. C'était ma source de revenus, l'endroit où je donnais des ailes à mes idées créatives et, par conséquent, une partie extrêmement sacrée et sanctifiée de ma propriété. J'ai fini par l'orner de plantes ornementales comme on orne un sanctuaire, en plantant de luxuriantes vignes de la passion de part et d'autre de la porte en fer. Elles grimpaient tout le long des rails de la porte, portant des grappes de fleurs de la passion qui ressemblaient à des araignées exotiques. Elles étaient d'une riche teinte violette et dégageaient un doux parfum, si apaisant pour les sens ! De l'autre côté de l'étang, il y avait aussi un terrain vague que j'ai déblayé pour pouvoir y exposer mes panneaux afin de les tester avant de les installer le long des rues. Derrière ma maison et près de l'usine, j'ai construit quelques chambres et des toilettes pour que mes aides puissent y passer la nuit s'ils le souhaitaient.

Il s'est passé quelque chose d'intéressant dans les années 1980. J'ai été nommé secrétaire culturel du Boys' Sporting Club de Chandannagar. Je ne savais pas à l'époque que je conserverais ce titre pendant dix-sept longues années. Il s'agissait d'un club renommé, extrêmement actif au cours de cette décennie, qui organisait chaque année d'excellents concerts avec des célébrités de Bollywood, des chanteurs de play-back et des dramaturges comme artistes invités. Il va sans dire que la responsabilité des lumières de la scène, du décor et des sons, de la décoration des bâtiments du club et de l'imposant mur d'enceinte m'incombait en grande partie. J'ai eu l'occasion, une fois dans ma vie, de rencontrer et d'être présenté à des célébrités que je n'aurais jamais pensé rencontrer au-delà de l'écran de télévision en noir et blanc ou du son statique de la radio.

C'est là que j'ai eu l'occasion de voir Kishore Kumar dans toute sa gloire, dansant sur scène avec des guirlandes de soucis autour du cou, tenant le public en haleine par son attitude vibrante et ses pitreries hilarantes. C'est là, aux petites heures du matin, alors que le public fatigué d'être resté dehors toute la nuit s'apprêtait à rentrer chez lui, que la mélodie céleste de Hemanta Mukherjee, "*Jeona Darao Bondhu*", qui signifie "Tiens bon, mon ami", l'a ramené en somnambule sur les lieux du concert, comme sous l'emprise d'un sortilège. J'ai également eu l'occasion de voir Hema Malini, la fille de rêve de Bollywood, et Helen, la première actrice à avoir introduit le cabaret et la danse du ventre dans les films indiens, balancer leur corps avec grâce comme au son de la flûte d'un charmeur de serpents. J'ai vu l'éminent Utpal Dutta enflammer la scène grâce à ses capacités théâtrales inégalées. Sumitra n'a jamais manqué d'assister à ces concerts. Et je n'ai cessé de me rendre compte, alors qu'elle se tenait là, sous les lumières éclatantes, avec ses longs cheveux ouverts tombant dans son dos et ses grands yeux hypnotisés scintillant comme les étoiles dans le ciel, à quel point la beauté de ma bien-aimée surpassait celle de ceux qui appartiennent au monde du glamour.

En 1985, j'ai fait mes premiers pas dans la sphère internationale lorsque Tapas Sen, l'un des plus grands éclairagistes indiens, m'a rendu visite avec son fils et quelques autres connaissances. Il m'a proposé un projet très ambitieux et m'a demandé si j'étais prêt à exposer mes lumières à l'occasion de la Journée mondiale de l'environnement.

Festival de l'Inde en Russie, pendant trois mois à Moscou, Saint-Pétersbourg et Tachkent. Selon les instructions de Sen et avec l'aide de mes garçons, j'ai préparé dix panneaux, chacun d'une longueur de 10 pieds et d'une largeur de 20 pieds, avec des symboles indiens emblématiques tels que le paon, l'éléphant, une conque, des motifs d'*alpana*, etc. Les Russes étaient tous tellement impressionnés par ces lumières qu'ils voulaient savoir quel logiciel j'avais utilisé pour les faire bouger. Lorsqu'ils ont vu mes simples rouleaux en bois sur lesquels fonctionnaient les énormes panneaux, ils ont demandé à en conserver un dans leur musée. Mon rouleau y est resté jusqu'à aujourd'hui.

J'ai passé la seconde moitié des années 1980 à Chandannagar, où j'ai travaillé pour les différents comités de jubilé. Le plus remarquable d'entre eux a été le jubilé de Barabazar en 1989. J'ai illuminé la belle rue de Barabazar avec vingt figures d'éléphants, qui pulvérisaient de l'eau de rose à travers leurs trompes. Les enfants étaient tellement ravis qu'ils ont afflué dans cette zone, courant autour des éléphants, riant et chantant joyeusement "*Chal Chal Chal Mere Haathi*" jusqu'aux petites heures du matin ! Les parents portaient leurs petits sur leurs épaules pour qu'ils puissent profiter du parfum de l'eau de rose sur leur visage. L'atmosphère semblait enchantée par une étrange magie antique : les gens marchaient dans la rue comme s'ils étaient stupéfaits, les éléphants brillaient comme de gigantesques constellations dans l'obscurité de la nuit, le son mystique du *dhaak* associé aux sublimes arômes de l'encens et de la myrrhe et les mélodies hypnotisantes de Tagore diffusées par les haut-parleurs invitaient les fêtards à venir de loin pour prendre part à la magnificence de notre ville.

Pour le jubilé de Bidyalanka, j'ai représenté, sur mes panneaux miniatures 6.2, les différentes conditions et étapes de la Jagadhatri Puja à Chandannagar. Cette année-là, j'avais réalisé dix panneaux élaborés, deux sur chaque camion, et ils ont connu un grand succès. Cela commence par la collecte de *chanda*, puis la fabrication des énormes idoles de Maa Jagadhatri dans toute sa gloire et sa splendeur, suivie de la construction des énormes pandals de puja, de l'adoration pendant quatre jours des flamboyantes idoles magnifiquement parées d'ornements d'or et d'argent et de saris Banarasi brodés de manière complexe et lourdement pailletés, jusqu'à la merveilleuse habileté des *dhaakis* et l'envoûtante danse *du dhunachi* . Viennent ensuite les panneaux sur la grande procession de la puja, au cours de laquelle les idoles, après avoir été chargées dans des camions séparés, font le tour de la ville dans une cavalcade incandescente, escortée d'un fabuleux cortège de lumières. Enfin, les idoles sont immergées dans le Gange, les lumières sont éteintes, les visiteurs font leurs adieux larmoyants et repartent chez eux par les trains les plus matinaux. Je n'ai pas oublié de rendre hommage aux personnes qui ont nettoyé les rues, ramassé les papiers et rendu la ville à nouveau sûre et habitable. J'ai réalisé un panneau de lumières distinct consacré uniquement à leurs activités, en témoignage de l'amour et de la gratitude de la ville à leur égard.

Dans les années 1990, j'ai travaillé sur des projets plus importants à Kolkata, non seulement sur les illuminations de Durga Puja ou de Kali Puja, mais aussi sur la décoration des Eden Gardens avec mes lumières lors de la visite de Nelson Mandela en 1990. Comme il y avait une pénurie de main-d'œuvre cette année-là, ma femme, son frère, mon jeune neveu Haru et plusieurs autres jeunes garçons du quartier m'ont rejoint pour emballer les centaines de miniatures 6.2 avec des papiers cellophane colorés pendant que je les fixais sur les panneaux. J'ai eu l'occasion d'illuminer une nouvelle fois les Eden Gardens à l'occasion du jubilé de la Cricket Association of Bengal. Cinquante énormes torches lumineuses ont été utilisées à cette occasion. J'ai également été chargé d'illuminer le Vidyasagar Setu lors de son inauguration. Chaque lettre du mot "Vidyasagar Setu" que j'ai dû créer mesurait 16 pieds de haut et était composée de lumières à haute tension. Il était fixé au sommet de la travée principale du pont, à plus de 115 pieds au-dessus du sol. L'ancien premier ministre indien Narasimha Rao a été invité à inaugurer l'événement. Lorsqu'il m'a serré la main, j'étais sur un nuage ! L'inauguration de l'imposante statue d'Indira Gandhi à Kolkata a été un autre projet important sur lequel j'ai travaillé. L'ancien ministre en chef du Bengale, Buddhadeb Bhattacharya, a dévoilé la statue en appuyant sur le bouton d'une télécommande qui a fait descendre progressivement le rideau de fleurs, révélant la statue. J'étais chargé de fabriquer la télécommande et de décorer la salle avec mes lumières.

Bientôt, des modèles mécaniques tridimensionnels faits de planches de Masonite et de lampes de mise au point ont vu le jour et, en 1996, j'ai été engagé pour travailler pour un autre comité utilisant la nouvelle technologie. Cette année-là, le cortège avait été limité à quatre camions par comité et j'ai réussi à y faire entrer douze ensembles de figurines mécaniques en construisant trois étages dans chaque camion. Sur ces scènes, j'ai présenté les figures tridimensionnelles du célèbre magicien,

P.C. Sarkar, découpant des humains dans des boîtes, faisant disparaître des gens derrière des rideaux, transformant des humains en squelettes dansants, et faisant pousser une plante dans un pot de terre dès que la lumière de sa main tombait dessus. Chaque modèle, quelle que soit sa taille, était en trois dimensions, car je voulais être aussi réaliste que possible dans ma représentation du spectacle de magie. Le comité Barasat Jagadhatri Puja a reçu vingt-trois prix cette année-là et les habitants de ma ville ont déclaré qu'ils n'avaient jamais assisté à un spectacle de lumière magique auparavant. Quelques années plus tard, j'ai présenté un spectacle de cirque de la même manière et j'ai obtenu une reconnaissance inégalée.

En 1998, lorsque Amartya Sen a reçu le prix Nobel d'économie, il a été invité au Netaji Indoor Stadium de Kolkata et a reçu un panneau laminé de lumières spécialement conçu par moi, un panneau représentant les deux grands lauréats du prix Nobel, Tagore et Sen, deux fleurs sur la même tige. C'était le moment le plus fier de ma vie et aucun mot ne pourra jamais exprimer ce que j'ai ressenti ce jour-là.

Au fil des ans, mon cher ami Amiya Das, maire de Chandannagar, m'a fait participer à plusieurs projets d'utilité publique, à la décoration du Rabindra Bhavan, de la Strand Road et même de l'usine de production d'eau. Il est resté maire pendant vingt-et-un ans et a été pour moi une source constante d'encouragement et de soutien. J'ai même été chargé d'installer les premiers feux de circulation à Chandannagar, à des carrefours importants.

Quelques années plus tard, j'ai travaillé pour une société de publicité en Malaisie. J'avais construit pour eux un dragon mécanique tridimensionnel qui faisait jaillir du feu de sa gueule, un puits tubulaire mécanique qui éjaculait de l'eau et un train mécanique, le tout fait de miniatures 6.2 plantées sur des planches de Masonite perforées. Ils voulaient m'offrir un emploi à vie et étaient même prêts à me payer trois fois plus que ce que je recevais de mes projets en Inde. Cependant, la perspective même de quitter mon pays, en particulier ma chère ville, me semblait impossible et j'ai poliment décliné leur offre.

Puis le millénaire est arrivé et avec lui, une nouvelle ère a commencé dans ma vie. Une époque qui a connu des hauts et des bas. D'une part, j'étais occupé par des projets lumineux à Londres, en Irlande, à Los Angeles et en Malaisie, et mon nom et ma renommée faisaient la une des journaux étrangers. D'autre part, les visages familiers de ma propre ville, en particulier mes artistes contemporains de la lumière, m'avaient réduit à l'état de risée, leurs critiques et leurs moqueries dégoulinant à travers les pages des journaux locaux et régionaux. J'avais l'impression qu'ils s'étaient préparés à me faire redescendre des sommets que j'avais escaladés.

J'ai simplement essayé d'apporter un changement nécessaire.

Ils ont répondu par une rébellion amère.

Interlude

Un an plus tard, la rébellion s'est effondrée lorsque les personnes qui avaient conspiré contre ton grand-père et l'avaient critiqué le plus amèrement se sont retrouvées à suivre son exemple", m'a dit ma mère.

J'ai ri à gorge déployée, trouvant cette connaissance méchamment satisfaisante.

Lisez n'importe quel article sur les lumières de Chandannagar et vous verrez plusieurs artistes de l'éclairage parler de l'introduction des lumières LED comme d'un changement positif et bienvenu. Aucun d'entre eux n'aborde le sujet de la façon dont votre grand-père a été ridiculisé et humilié par eux lorsqu'il a essayé de populariser l'idée. Et aujourd'hui, où que vous regardiez, vous trouverez des diodes électroluminescentes", ajoute la mère. Plus personne ici ne travaille avec des miniatures de 6,2 ou des lampes de 25 watts.

Je ne comprends pas pourquoi grand-père ne m'a jamais rien dit de tout cela", me suis-je demandé.

Il a toujours été comme ça", a répondu maman. Je trouve parfois étrange qu'il soit insensible à toute forme d'hostilité, de négativité, de controverse ou de ridicule. Il ne les reconnaît jamais. C'est presque comme s'il ne pouvait même pas voir ce qui se passe".

Pensez-vous qu'il se souvient de ces choses ?

Bien sûr qu'il le fait", dit ma mère. Qui ne le ferait pas ? Mais en même temps, il a toujours été étrangement indifférent à ces choses. C'est comme si rien de négatif ne pouvait jamais l'atteindre. Je me souviens que tu m'avais dit qu'il avait beaucoup d'ennemis qui essayaient de saboter ses grands projets", lui ai-je rappelé.

Mais il ne m'a parlé d'aucun d'entre eux.

Je vais vous le dire, répondit-elle. Oh, il y a tellement d'incidents ! Je savais qu'il ne s'ouvrirait jamais à ce sujet parce qu'il veut toujours parler des bonnes choses. Je me suis souvent demandé comment mon père faisait pour les supporter et continuer son travail. N'importe qui d'autre à sa place aurait abandonné".

Racontez-moi tout !

Une fois, commença ma mère, *juste un jour avant la grande procession, ton grand-père est allé donner un dernier essai à ses panneaux et a découvert qu'un traître avait versé de la poudre blanchissante sur plusieurs d'entre eux, endommageant ainsi la plupart de ses lumières. Il n'avait qu'un jour pour les réparer. Les panneaux étaient énormes, il n'y avait pas assez de temps et il était tellement stressé qu'il s'est évanoui et a dû être transporté d'urgence à l'hôpital".*

Quoi ? Qui était le traître ? L'a-t-il découvert ?

Oui, il l'a fait. C'est l'un de ses propres assistants qui a été soudoyé par l'un de ses rivaux pour détruire les panneaux avant la procession afin qu'il ne remporte aucun prix cette année-là. Un an plus tard, peut-être, lors de l'une de ses plus importantes processions, pour laquelle il avait travaillé très dur, un autre artiste de la lumière a soudoyé l'un de ses assistants pour qu'il éteigne un panneau entier de lumières juste avant qu'il ne passe devant le jury".

Je suis vraiment désolée pour grand-père. Qu'a-t-il fait lorsqu'il a appris la nouvelle ?

Il n'a rien pu faire, dit Mère. *Ils ont disparu après avoir fait des dégâts. Il a dû faire face à toutes les humiliations et les moqueries. Et cela ne l'a pas seulement affecté, cela nous a tous affectés".*

Je comprends.

Une fois, à la fin des années 90 ou peut-être au début des années 2000, il a créé une énorme boule de lumière roulante qui était une pièce d'introduction suivie de plusieurs panneaux de procession. La boule était si fascinante que lorsqu'elle roulait dans la rue dans l'obscurité de la nuit, elle ressemblait à une boule de feu brûlante ! Il avait probablement utilisé des figurines blanches et dorées pour le fabriquer. Et c'était une figure en trois dimensions, une véritable boule roulante comme le soleil. Les gens se sont levés de leur chaise et ont poussé des cris d'étonnement lors de son passage ! Cette année-là, son cortège était de loin le meilleur... mais les juges l'ont disqualifié".

Disqualifié ? Pour quelles raisons ?

Ils considéraient le ballon comme un article "supplémentaire", a répondu la mère.

Non !" m'écriai-je, frustré, en me mettant à la place de mon grand-père. *Comment ce ballon pourrait-il être un élément supplémentaire alors que presque toutes les processions commencent aujourd'hui par des pièces d'introduction séparées ? Soit un paon déployant ses plumes, soit une poupée dansante, soit un clown, soit un dragon ! Tous ont des pièces d'introduction ! Comment ont-ils pu le disqualifier ?*

C'était vraiment injuste.

Comment vous êtes-vous sentie quand tout cela s'est produit ? lui ai-je demandé. Terrible", a-t-elle répondu sans même avoir besoin de réfléchir. Je me suis sentie très mal. Je ne sais pas ce qu'il en est de votre grand-père, mais personnellement, je n'ai toujours pas réussi à pardonner à ces personnes. Le comité pour lequel il a fabriqué la balle ne l'a même pas payé car il avait été disqualifié de la compétition. Les personnes plus âgées du comité l'ont soutenu, mais les jeunes hommes à la tête brûlée ont estimé que votre grand-père avait enfreint les règles et que c'était donc de sa faute. Mais elle a été si bien accueillie par le public que, dès l'année suivante, plusieurs autres artistes de la lumière ont commencé à réaliser des pièces d'introduction pour leurs cortèges".

Et ont-ils été disqualifiés eux aussi ?

Non", a répondu ma mère. C'est ce qui était injuste en réalité. S'il y a des règles, elles doivent s'appliquer à tous, n'est-ce pas ? Pas seulement une personne. L'année suivante, tous les comités de puja renommés ont introduit des pièces. Combien de cortèges ont-ils été disqualifiés ? Ainsi, à partir de l'année suivante, les pièces d'introduction ont été considérées comme faisant partie de la procession. C'est devenu une tendance. Et les comités de puja qui les fabriquaient avaient un avantage sur les autres comités qui ne les fabriquaient pas".

Je ne sais pas quoi dire, vraiment. Ils l'ont ridiculisé parce qu'il avait lancé cette tendance et l'ont ensuite acceptée ?

C'est comme ça que ça s'est passé", dit-elle en haussant les épaules. Comme c'est étrange !

D'ailleurs, plusieurs artistes de la lumière en herbe venaient chaque année voir ton grand-père pour apprendre le métier et il serait très heureux de leur enseigner", poursuit Maman. Il leur apprenait tout en partant de zéro, comment les panneaux étaient fabriqués, comment les motifs étaient dessinés, comment les connexions fonctionnaient. Il avait même l'habitude de démontrer en leur présence le fonctionnement des rouleaux. Ayant tout appris de lui, ils ont créé leur propre entreprise, ce qui était exactement ce que votre grand-père voulait qu'ils fassent. Mais seuls quelques-uns l'ont reconnu. Certains d'entre eux ont dit du mal de lui dans son dos, ont répandu des rumeurs sur lui à dessein pour le discréditer. Mais pour ton grand-père, cela n'a jamais eu d'importance car il avait déjà atteint un certain niveau de reconnaissance. Il était déjà célèbre. Et chaque fois qu'on lui demandait ce qu'il pensait des critiques, il répondait que cela n'avait pas d'importance tant qu'ils faisaient bien leur travail et gagnaient leur vie. Il pensait qu'ils maintenaient l'entreprise en vie et était heureux parce qu'il ne voulait pas que cette industrie commence et se termine avec lui. Il souhaitait des successeurs capables de reprendre le flambeau et de créer davantage d'emplois. Il n'a donc pas vraiment prêté attention à ce qu'ils disaient".

Comment a-t-il pu être aussi insensible à tout cela ? demandai-je à ma mère.

Je ne pense pas qu'il ait été insensible", répond la mère. Il ne voulait simplement pas le montrer. En outre, il ne voulait pas perdre son temps et son énergie à penser à ce que les autres disaient. Il savait qu'il devait atteindre de plus hauts sommets et était extrêmement concentré sur son travail".

Quoi qu'il en soit, je suis passé à la question suivante. Quelles sont les œuvres de grand-père que vous préférez ?

Tous ! Mais il y en a peu qui m'ont vraiment étonné. L'un d'entre eux était une fusée mécanique. J'étais en colère lorsqu'un jour, en rentrant de l'école, ma mère m'a offert deux tranches de pain et un bol de riz soufflé pour le déjeuner. Mais en entrant dans la cuisine, j'ai vu le repas à moitié cuit sur la cuisinière. Apparemment, mon père avait emporté les deux bouteilles pour utiliser le gaz comme propulseur pour sa fusée".

Il a fabriqué une fusée volante ?

Il ne s'est pas contenté de voler", répond fièrement la mère. Il a libéré du feu lorsqu'il a été lancé dans le ciel, il a entouré une lune faite de lumières, qui a été enregistrée par un satellite mécanique. Ensuite, il y avait un téléviseur mécanique fixé à une certaine distance de la fusée et surmonté d'une antenne mobile qui captait les signaux du satellite et diffusait l'ensemble du spectacle de la fusée sur l'écran du téléviseur. Un couple était assis sur un canapé devant la télévision et le regardait".

Ouah ! Et tout cela était fait de lumières ? Tout ce décor élaboré ? Je n'arrivais pas à cacher mon étonnement. Tout", a répondu ma mère. Tout était fait de lumières et les personnages étaient en trois dimensions, pas plats.

La fusée avait l'air presque réelle !

C'est incroyable ! répondis-je, sous le charme. Qu'est-ce que notre vieux a fait d'autre ?

Un sous-marin mécanique en trois dimensions", dit Mère, "qui fonctionne exactement comme un vrai sous-marin".

Il a voyagé sous l'eau ?

Oh oui, il a plongé dans l'étang, s'est déplacé sous l'eau et a refait surface à un autre endroit de l'étang. Il a plongé dans l'étang, a voyagé sous l'eau et a refait surface à un autre endroit de l'étang.

Et il était aussi fait de lumières ?

Tout ce dont je parle était fait de lumières", a répondu la mère. Ton grand-père était un artiste de la lumière, pour l'amour du ciel !

Et j'ai raté tout cela", ai-je soupiré. Je n'ai jamais vu ces chiffres, c'est pourquoi tout cela me semble si incroyable. A-t-il été le premier à fabriquer ces figures mécaniques ?

À l'époque, un certain nombre de personnes fabriquaient des figurines mécaniques à Chandannagar, mais votre grand-père a franchi une étape supplémentaire en décorant ces figurines de lumières. Plus tard, il a même introduit des sons. Comme un tigre mécanique rugissant, un train sifflant, des figures de la mythologie indienne, etc.

Il a aussi fait un train ?

Oui, il a fabriqué un train mécanique avec plusieurs compartiments, bien éclairés. Il a dessiné les rails du train, les signaux avec des lumières rouges, jaunes et vertes et même de petites silhouettes de personnes à l'intérieur des compartiments. Il était aussi précis que cela en ce qui concerne les détails. Le train circulait sur ces voies comme un vrai train. Il s'est arrêté aux quais, s'est arrêté au signal rouge, est reparti au signal vert, a sifflé et a dégagé de la fumée. Les figures étaient toutes énormes et les traces faisaient le tour de l'étang de Bidyalanka.

Je l'ai regardée, les yeux écarquillés.

Quelques années plus tard, pour l'une des processions de puja, il a fabriqué des modèles mécaniques tridimensionnels de Spiderman, escaladant des gratte-ciel, sautant d'un immeuble à l'autre et se battant avec les méchants de la série. À l'époque, Spiderman était une série télévisée à succès que nous regardions religieusement. Il a utilisé la musique de fond de cette émission pour créer toute l'ambiance. Celui-ci est en tête de ma liste de favoris".

J'aurais aimé les voir ! m'exclamai-je. Où a-t-il puisé ses idées ?

Tu devrais lui poser la question", a dit ma mère. J'ai une dernière question à te poser", lui ai-je dit. Comment était ton enfance ? Comment vous sentiez-vous quand vous étiez petit ?

être la fille d'une célébrité locale ?".

Eh bien, mon père était toujours très occupé", répond honnêtement ma mère. Je n'ai pas eu l'occasion de passer beaucoup de temps avec lui. En outre, j'avais très peur de lui. Il était très strict, vous savez. Il n'était pas du genre à tolérer la moindre absurdité. Un silence absolu régnait dans notre maison dès que nous entendions le bruit de son scooter dans le garage. Il voulait que j'étudie et m'a fait admettre au couvent Saint-Joseph, qui était la meilleure école de Chandannagar dans les années soixante-dix.

C'est toujours le cas", ai-je répondu, me sentant un peu nostalgique de mon école. C'était aussi la plus chère. Il voulait que j'étudie, car il ne le faisait pas lui-même. Alors, naturellement, il me grondait beaucoup si je n'étudiais pas ou si je restais absente de l'école. D'ailleurs, mon père ne m'a pas élevé pour que je sois quelqu'un qui s'effondre à la moindre pression. Il m'a élevée pour que je devienne ma propre femme. Pendant que mes amis sortaient ensemble et faisaient du shopping, mon père m'apprenait à conduire un quatre-roues. Il m'a appris à nager, à faire de la gymnastique, à faire du vélo, à conduire une voiture et m'a toujours fait comprendre l'importance d'être autonome et indépendante financièrement, d'être une femme forte qui ne dépend en aucun cas d'un homme. Il m'a toujours dit de ne dépendre de personne à l'avenir, ni de lui, ni de mon mari".

Si vous voulez mon avis, je dirais qu'il était très en avance sur son temps", ajoute ma mère. Il avait deux aides, Rustom et Mustafa, qui travaillaient pour lui depuis l'âge de dix ou onze ans. Leur père était chiffonnier et ces deux enfants étaient extrêmement mal nourris. Ils accompagnaient leur père tous les jours, l'aidant dans son travail. Un jour, votre grand-père a demandé à leur père s'il était prêt à laisser ses fils étudier. Mais il n'était pas d'accord et, comme leur famille avait grand besoin d'argent, il a demandé à votre grand-père s'ils pouvaient travailler pour lui à la place. Jusqu'à l'âge de quatorze ans, votre grand-père leur confie des tâches simples, comme apporter le thé, enrouler du papier cellophane autour de petites lampes, compter les figurines, etc. Il les a payés en espèces et en nature, leur a donné à manger et les a habillés correctement. Il a fini par leur enseigner le travail d'illumination et ils ont travaillé avec lui sur tous ses projets jusqu'au jour où il a pris sa retraite.

Je m'en souviens bien", lui ai-je dit.

Ils sont même allés à Londres avec lui, les quatre fois. Votre grand-père les aimait tellement que lorsqu'il s'est retiré de l'entreprise, il leur a donné presque tout son matériel pour qu'ils puissent créer leur propre entreprise indépendante et ils sont devenus aujourd'hui de grands noms de l'industrie".

Oui, ils sont célèbres", ai-je rappelé avec bonheur. Ils travaillent chaque année sur les projets les plus merveilleux. De plus, ils se souviennent encore de moi et me parlent comme si j'avais cinq ans. Cette époque me manque".

Tu devrais leur rendre visite", a suggéré ma mère. Je suis sûre qu'ils auront beaucoup d'histoires à raconter.

C'est une excellente idée, mais dites-moi quelque chose..." "Quoi ?

Y a-t-il quelque chose que tu n'aimes pas chez grand-père ? lui ai-je demandé.

Je pensais que vous aviez fini de m'interroger. 'Ok, c'est la dernière, je te le promets!'

Ton grand-père n'a jamais beaucoup pensé à la famille, sauf quand l'un d'entre nous était mourant", a-t-elle répondu avec un visage impassible. Je n'ai jamais vu ma mère porter quelque chose de beau jusqu'à ce que je trouve mon propre emploi et que je commence à gagner de l'argent. Votre grand-père lui avait acheté une paire de bracelets en or, mais il les a mis en gage pour obtenir de l'argent lorsqu'il était à court d'argent et elle n'a jamais revu ces bracelets. Avec mon premier salaire, je lui ai acheté deux magnifiques saris en soie. Une fois, pendant la puja, je lui ai acheté dix magnifiques sarees, deux pour chaque jour jusqu'à Dashami. Et j'économisais chaque mois une partie de mes revenus pour lui acheter des bijoux en or, car je savais qu'elle en avait toujours eu secrètement envie".

C'est pour ça qu'elle porte toujours des bijoux maintenant ?

Oui, sourit ma mère. Je lui ai demandé de le faire. Elle n'a jamais eu l'occasion d'en porter dans sa jeunesse. Mais mieux vaut tard que jamais, n'est-ce pas ?

Oui", ai-je répondu.

D'ailleurs, poursuit ma mère, ton grand-père n'a jamais été sociable. Ton grand-père n'a jamais été sociable. Il se tenait toujours à l'écart et ne fréquentait qu'un nombre limité de personnes. Ses vieux amis, ses clients et ses aides. Il a également toujours été un piètre juge de caractère. Il fait très facilement confiance aux gens et est souvent aveugle aux défauts des personnes qu'il apprécie".

Comme les aides qui l'ont trahi ?

Oui, dit-elle. Et peu importe ce que quelqu'un a fait ou dit dans son dos, s'il se présente sous la forme d'une personne bienveillante et qu'il le flatte un peu, il peut facilement être conquis. Il a faim d'admiration. Les gens ont souvent profité de lui de cette façon. Il était souvent colérique et a presque toujours donné la priorité à son travail plutôt qu'à sa famille. Nous n'avons jamais fait de voyages en famille, il ne s'est jamais rendu à mon école pour assister aux réunions parents-professeurs ou aux activités auxquelles je participais. Il ne m'a jamais parlé comme un père affectueux. Il a toujours été très discipliné. Plus que de l'aimer, j'avais peur de lui. Je l'ai déjà dit auparavant, n'est-ce pas ?

Tu l'as fait.

Oui, et c'est peut-être à cause de la négligence dont il a fait l'objet dans son enfance. Il n'avait jamais vu ce qu'était un mari ou un père aimant. Il n'avait pas d'exemples à suivre. Ou peut-être n'était-il tout simplement pas fait pour fonctionner de cette manière".

Mais il est si affectueux maintenant.

Seulement pour toi", a répondu ma mère. Il n'a été comme ça qu'avec toi. Oui, il a beaucoup changé au fil des ans en tant que personne, mais vous êtes la seule à avoir bénéficié de tout son amour et de toute son affection. Il est bon avec nous aujourd'hui, mais il dépasse les bornes quand il s'agit de toi".

Je me demande pourquoi", ai-je murmuré. Il n'a pas toujours été comme ça. Je me souviens avoir eu extrêmement peur de lui lorsque j'étais enfant. Ce n'est qu'après avoir arrêté de travailler qu'il a commencé à s'ouvrir".

Certaines personnes changent beaucoup avec le temps, je suppose", a-t-elle répondu. Certains pour le meilleur, d'autres pour le pire.

Oui, c'est vrai. Quoi qu'il en soit, merci, Maa ! Vous m'avez beaucoup aidé aujourd'hui".

Les souvenirs de ma mère

Ce matin-là, le cours de sciences morales bat son plein et Sœur Andrea est en train de lire les dix commandements de la Bible quand l'un des professeurs de la section supérieure frappe à la porte de la classe de septième année. C'était une Anglo-Indienne et depuis que je la connais, je ne peux m'empêcher de m'arrêter et de la regarder chaque fois qu'elle passe. Sa peau était de porcelaine, avec une texture lisse et onctueuse, et un éclat riche et sain. Ses cheveux longs et ondulés lui arrivaient aux hanches et étaient d'une teinte plus claire que le brun mais plus foncée que l'orange. Et ses yeux verts ! Elles ressemblaient à deux petites émeraudes. Quelle chance ont certains d'être nés avec de telles caractéristiques ! Je me demande ce qu'ils ressentent chaque fois qu'ils se regardent dans le miroir. Pouvaient-ils voir à quel point ils étaient bénis ? Ou bien leurs yeux se sont-ils habitués à leur beauté ? J'aurais aimé naître avec ne serait-ce qu'un iota de cette perfection. Je ne voulais pas d'yeux verts, de cheveux de bronze ou de peau de porcelaine. Un teint moyen me suffirait. Pourquoi n'ai-je pas pris exemple sur ma mère ? Elle n'avait pas la peau d'ivoire, elle avait les yeux et les cheveux foncés, mais elle était si belle. J'avais parfois l'impression de ne pas être à la hauteur à côté d'elle. Je me sentais partout comme un inadapté.

Sœur Andrea arrêta de lire et ouvrit la porte. Entrez, Mlle Leticia", dit-elle agréablement.

Merci, ma sœur", a répondu Mlle Leticia, qui est entrée dans notre classe avec un paquet d'avis à la main et un air confiant.

Bonjour, Mademoiselle", avons-nous dit en chœur, en nous levant tous ensemble.

Bonjour les filles", répond-elle. Asseyez-vous, s'il vous plaît.

Nous nous sommes assis sur nos sièges respectifs le plus

silencieusement possible.

Sanghamitra Das est-elle présente aujourd'hui ? demande-t-elle en regardant autour d'elle.

Je sentais que quelque chose s'enfonçait en moi alors que je me levais, confus et un peu effrayé.

Oui, Mademoiselle", ai-je dit docilement en levant la main.

Elle m'a regardé avec ce que je pouvais percevoir comme de la déception et j'ai ravalé la boule d'anxiété qui avait commencé à se former dans ma gorge, attendant qu'elle parle. Vos honoraires n'ont pas été payés", dit-elle avec sévérité, d'une voix sèche et sèche. Cela fait plus de quatre mois, et c'est la deuxième fois cette année. Montrez cet avis à vos parents et dites-leur que si les frais ne sont pas réglés avant le 15 du mois prochain, vous ne serez pas autorisé à vous présenter aux examens du deuxième trimestre.

Très gênée, j'ai presque senti le sol se dérober sous mes pieds lorsque j'ai vu plusieurs de mes camarades de classe échanger des regards et se sourire subrepticement. Même les étudiants chinois de l'auberge se sont moqués de moi. Je ne savais pas pourquoi je me sentais encore mal. J'aurais dû m'y habituer depuis le temps. À quoi d'autre pouvais-je m'attendre, étant ce que j'étais ? J'ai quitté mon banc d'une manière ou d'une autre et j'ai fait la marche de la honte devant eux pour aller chercher l'avis de Mlle Leticia. Et pendant ce temps, j'avais du mal à regarder son visage parfait. Comment mon père a-t-il pu oublier mes frais de scolarité chaque mois ? Ne comprenait-il pas à quel point il était humiliant pour moi d'être ainsi montrée du doigt devant tous mes camarades de classe ? Ce ne serait pas grave si cela se produisait une ou deux fois, mais c'est le cas régulièrement. C'est ce que j'ai dû vivre chaque année.

Après la récréation, nous avons reçu nos copies d'examen de mathématiques et je n'ai obtenu qu'un huit sur vingt. Notre professeur m'a regardé d'un air désapprobateur en me tendant ma feuille. Je ne pouvais pas la regarder dans les yeux. Dieu merci, elle n'a pas annoncé nos notes à haute voix pour que toute la classe les entende ! Ainsi, lorsque ma partenaire de banc m'a demandé combien j'avais marqué, je lui ai répondu "seize" et je n'ai pas pu la regarder dans les yeux non plus. J'ai gardé le papier au fond de mon sac, enterré sous tous mes livres et mes cahiers. On ne pouvait pas faire confiance à mes camarades de classe. Une fois, alors que j'étais absent, ils ont ouvert mon sac et l'ont fouillé pour trouver l'une de mes copies d'examen afin de vérifier si j'avais bien obtenu les notes que je leur avais dites, et lorsqu'ils ont découvert que j'avais obtenu cinq notes de moins que ce que j'avais dit, ils m'ont raillé pendant le reste de la journée, me traitant de noms horribles. Blackie est un menteur ! Blackie est un menteur ! Et j'ai pleuré tout le long du chemin du retour dans le pousse-pousse. J'avais répété à ma mère que je ne comprenais pas la Mensuration et que les Exposants n'avaient aucun sens pour moi, que j'avais besoin de quelqu'un pour me guider. À force de persuasion, mon père a fait venir à la maison un tuteur, qui était l'un de ses vieux amis d'école. Il n'a pas accepté d'honoraires. Mon professeur était un homme très bien, mais le problème était qu'il ne comprenait pas du tout l'anglais. Et toutes les sommes de notre livre de mathématiques étaient en anglais. Il m'a donc tout expliqué en bengali et j'ai inévitablement obtenu un zéro sur trois à chacune des quatre longues sommes de problèmes, car même si j'étais bon en anglais, je n'arrivais pas à comprendre quoi que ce soit aux problèmes de mathématiques. Ma mère connaissait l'anglais mais n'était pas une experte en mathématiques.

Mon amie Anindita m'a demandé pourquoi tu ne viendrais pas déjeuner avec nous aujourd'hui, lorsqu'elle a remarqué que j'étais assise seule en classe après la sonnerie du déjeuner. Nous faisons un pique-nique. C'était la seule personne de l'école qui était gentille avec moi, peut-être parce que sa mère était amie avec la mienne. C'est bon", ai-je répondu. Je dois faire mes devoirs de sciences, tu sais. Sœur Agnès sera très en colère si je ne la soumets pas.

mon carnet de notes aujourd'hui".

D'accord, alors", a-t-elle gazouillé. Mais tu seras tout seul. Ce n'est pas très gentil, n'est-ce pas ?

Je ne serai pas seul", ai-je dit. Je suis sûr qu'il y en aura d'autres. La classe n'est jamais vide à l'heure du déjeuner. En outre, les devoirs sont très importants. Je dois le terminer par tous les moyens. Je ne veux pas recevoir un autre bulletin de démérite".

Ce n'était pas la vérité. J'ai terminé mes devoirs de sciences depuis longtemps. C'est juste que je ne voulais pas sortir et être humiliée une fois de plus pour les deux tranches de pain et la banane que j'avais emportées à l'école comme tiffin standard tous les jours pendant les sept dernières années. Un pique-nique consiste à partager de la nourriture avec les autres. C'était obligatoire. Et à côté de ces boîtes alléchantes de nouilles aux œufs, de riz frit, de poulet au chili, d'escalopes de poisson et de pâtisseries, mon pain et mes bananes feraient pâle figure. Personne ne voudrait les avoir. Après le départ d'Anindita, j'ai donc enfourné rapidement les tranches de pain dans ma bouche et je les ai avalées avec de l'eau. La banane, je l'ai gardée pour Parameshwar Kaku, le tireur de pousse-pousse, car il acceptait volontiers tout ce que je lui offrais et ne m'a jamais dénoncé à ma mère.

Cependant, je n'ai pas détesté tous les aspects de l'école. Au fond de moi, j'y étais très attachée. J'aimais les bâtiments jaunes et verts, les champs verdoyants, les notes du piano, les gazouillis des enfants de la maternelle, les couloirs austères, les chemises blanches élégantes et les jupes bleu marine, l'énorme chapelle, sombre, solennelle et inspirante où je m'agenouillais devant la sainte croix et priais chaque jour, et où je pleurais même lorsque les choses devenaient trop lourdes à supporter. J'allais toujours seule à la chapelle. D'une certaine manière, cela m'a aidé à mieux me connecter à Dieu. J'aimais les prières quotidiennes, les appels au silence, le carillon des cloches, et même les règles et les règlements. Il ne serait pas faux de dire que j'aime tout dans mon école, sauf les gens. Je me suis demandé pourquoi il n'y avait jamais eu de règle interdisant les brimades, les injures et le fait de traiter ses camarades de classe comme des moins que rien. Nous recevions des fiches de démérite pour ne pas avoir fini nos devoirs, avoir oublié d'apporter un livre, avoir été impolis avec les sœurs et les professeurs, ne pas s'être coupé les ongles ou avoir porté des uniformes propres. Mais aucune mesure n'a été prise à l'encontre des élèves qui étaient grossiers avec les autres élèves et qui faisaient de leur vie un enfer à l'école.

Si j'ai jamais eu un sentiment d'appartenance à mon école, c'est dans l'inanimé - la sensation du lieu, l'odeur de l'herbe, le silence, la sérénité, le calme, les bâtiments anciens, le son des cloches, les coins et recoins inaperçus où s'épanouissent des fleurs bleues sauvages. Elles ne poussent pas toujours à l'air libre, exposées à la lumière du soleil et à la pluie, mais si on les regarde de près, on ne peut s'empêcher de remarquer à quel point les motifs de leurs pétales sont complexes. Elles ont survécu même dans des conditions défavorables sans que personne ne s'en occupe ou ne les remarque, contrairement aux roses et aux orchidées fantaisistes qui s'étiolent au moindre manque d'attention et de soins. Ils savaient comment survivre par eux-mêmes dans n'importe quelles conditions. Ils étaient sauvages, libres et indépendants.

J'avais raison sur un point. La classe n'était jamais vide à l'heure du déjeuner. Un quart d'heure plus tard, mes compagnons de lot ont commencé à affluer les uns après les autres, fatigués d'être restés trop longtemps au soleil. Ils s'asseyaient en groupes sur des pupitres, les pieds sur les bancs, et fermaient à peine la bouche. Ils n'aimaient rien de mieux que les ragots intéressants et je n'aimais rien de mieux que de poser ma tête sur le bureau et de faire une petite sieste. Mais aujourd'hui, d'une manière ou d'une autre, je n'y suis pas parvenu. Je n'ai pas pu m'empêcher d'entendre certaines de leurs conversations, notamment celle du groupe qui occupait les deux derniers bancs juste derrière le mien.

Vous auriez dû voir les photos de voyage de Taniya de l'année dernière", s'exclame Sara. Elles sont toutes si belles ! Elle a apporté tout l'album aujourd'hui".

Où est-elle allée ? demande Shreya.

Ils sont allés à Darjeeling", a répondu Sara. J'aimerais que mes parents m'emmènent à Agra cette année. J'aimerais vraiment voir le Taj Mahal ! C'est l'une des sept merveilles du monde ! Mais comme mon père a été soudainement pris par son travail de bureau, nous avons dû annuler tous nos projets de voyage. Nous partons en voyage chaque année sans faute. L'année dernière, nous sommes allés à Shimla. C'est la première fois que nous avons dû annuler".

C'est si triste ! soupire Ananya. Nous aussi, nous partons en voyage chaque année. Cette année, nous nous rendons au Kerala. Nous partirons après-demain".

Bon voyage", répondit Sara avec tristesse. J'aimerais pouvoir me dire la même chose. Mais peu importe, nous sommes allés à Kolkata pendant une semaine juste après les examens et nous avons logé chez un cousin. Ma mère et moi sommes allées au New Market et elle m'a acheté trois paires de jeans, cinq hauts et deux nouveaux bas pour les pujas. Nous avons également déjeuné au célèbre restaurant Aminia...".

Oh ! J'y suis allée aussi", s'écrie Shreya. En fait, j'y suis allée plusieurs fois. Le biryani qu'ils préparent est tout simplement incroyable ! Il fond dans la bouche !

Tout à fait, acquiesce Sara.

Où d'autre es-tu allé ? demande Ananya.

Nous sommes allés au cinéma Globe ! dit fièrement Sara. Pour regarder *Les Aventures de Tarzan*!

Quelle chance ! Oubliez les voyages en famille, je n'étais jamais allé à Kolkata. C'était la ville de mes rêves, une ville qui semblait m'appeler chaque fois que l'école fermait pour les vacances. J'avais tellement entendu parler de Kolkata que j'avais l'impression de pouvoir naviguer librement dans ses ruelles et ses bylans sans même avoir à consulter une carte.

Ma mère a vécu à Kolkata pendant près de vingt ans. Elle en parlait souvent. Elle a parlé de la grande Durga Puja et s'est souvenue que lorsqu'ils étaient petits, leur grand-père les emmenait tous les soirs au parc Wellington pour faire de la balançoire et manger des sucreries et de la glace pilée. Le Victoria Memorial était pour moi comme le Taj Mahal. Si seulement je pouvais le voir un jour ! Elle m'avait raconté que quelques jours après son mariage, mon père l'avait emmenée visiter le Mémorial Victoria. Puis, apprenant qu'elle était déjà venue plusieurs fois, il s'est allongé dans un coin du vaste jardin et lui a demandé de lui masser les pieds. Ma mère s'est exécutée. Je ne savais pas ce que je devais en penser. C'était drôle mais en même temps un peu frustrant. Serais-je un jour capable de faire cela pour quelqu'un ? Je ne pense pas que ce soit le cas.

Ce jour-là, l'école a fermé pour nos vacances de puja et j'étais aussi heureuse que triste. J'étais heureuse parce que je n'aurais plus à venir à l'école tous les jours et à regarder tous les visages que je détestais. Je pouvais dormir un peu plus, jouer avec les garçons du quartier à l'usine de Gul et me détendre, car il n'y aurait pas d'examens à réviser tous les deux jours. Mais d'un autre côté, je devais rester assise à la maison toute la journée pendant que mes cousins et mes voisins partaient en voyage, s'habillaient de nouveaux vêtements et allaient faire du pandal à Kolkata. Ils revenaient avec des histoires merveilleuses sur tout ce qu'ils avaient vu, fait, mangé et bu, et je regardais leurs visages rayonnants sans rien avoir à partager.

Maman, je suis rentré", ai-je annoncé en m'affalant sur le divan, épuisé.

Va vite prendre une douche, ne sois pas paresseux", répond ma mère depuis la cuisine.

Je peux le prendre demain ? Je suis très fatigué aujourd'hui".
'Absolument pas ! Nous devrions nous baigner tous les jours. Vous vous rendez au

Gul factory tous les jours et rentrent chez eux tout noirs. Et tu ne te laves même pas avant d'aller à l'école. Vous ne voulez pas laisser la poussière de charbon s'incruster sur votre peau et vous rendre plus sombre, n'est-ce pas ?

Ne m'appelez pas comme ça ! J'ai crié, blessée.

Quoi ?" La voix de ma mère a été étouffée par le sifflement de la cocotte-minute. Comment t'ai-je appelé ?

Vous avez dit que j'étais noir !

J'ai dit quelque chose de mal ? répond-elle devant une marmite en ébullition. Alors pourquoi viens-tu toujours pleurer quand tes amis se moquent de toi ? J'essaie de vous donner de bons conseils. C'est à prendre ou à laisser, c'est à vous de voir. Mais tu dois te doucher tous les jours".

Elle n'a rien dit de mal. Je savais que j'étais sombre. Les gens me le rappelaient tous les jours, mais ses paroles m'ont piqué au vif. J'aurais aimé qu'elle ne soit pas aussi directe sur la chose qui me blessait le plus.

Je me sentais impuissant lorsqu'elle me disait ce genre de choses. J'étais extrêmement fatiguée ce jour-là, et triste aussi. Le temps était déjà nuageux et l'idée même de devoir me verser de l'eau froide sur tout le corps me faisait grimacer. De plus, je ne savais pas comment lui parler de l'épreuve de mathématiques. Je savais qu'elle ne serait pas trop contrariée. Ce n'est pas elle qui se mettait en colère si j'avais de mauvais résultats. Mais elle ne serait pas non plus fière de moi. Je voulais la rendre heureuse. J'ai donc pris ma serviette et des vêtements propres et je suis allée tranquillement dans la salle de bains.

Ce soir-là, mon amie Soma est venue me rendre visite, vêtue d'une nouvelle robe et ressemblant à une rose. Elle m'a toujours soutenu et nous avons joué ensemble tous les jours avec d'autres enfants du quartier. Elle était un peu timide et timorée de nature. J'étais courageuse et agressive tant que je n'étais pas à l'école. Nous formions un excellent duo. Les garçons l'aimaient tous beaucoup parce qu'elle était très jolie, mais ils ne l'ont jamais dérangée parce qu'ils avaient peur de se faire battre par moi. J'avais déjà battu des garçons qui avaient essayé de se moquer de mon apparence. Ils avaient tous un peu peur de moi. En outre, mon père était très populaire dans ces régions, à la fois pour ses spectacles de lumière et pour son tempérament fougueux. Ils m'ont donc traité avec beaucoup de respect. J'étais le chef de groupe. Ils ont obéi à tous mes ordres et n'ont jamais importuné mon meilleur ami. C'était la seule bonne chose dans ma vie, car je me sentais comme une reine guerrière parmi eux, contrairement à ce que je ressentais en présence des filles hautaines qui m'intimidaient à l'école.

Ta robe est si belle ! Je lui ai dit ce soir-là en marchant à grandes enjambées vers l'usine Gul.

Oui, c'est une nouvelle robe", répond-elle en s'efforçant de suivre mon rythme. Ma tante me l'a offerte pour la puja. Et tu l'as déjà portée ! Quelle fille avide tu es

sont ! Qu'est-ce que tu vas porter pendant la puja maintenant ? Je porterai toutes les autres robes que j'ai reçues".

Combien de robes as-tu reçues cette année ? lui ai-je demandé avec curiosité.

J'en ai huit !", répond-elle joyeusement.

Huit nouvelles robes ! J'étais à la fois étonnée et un peu jalouse. Tu as vraiment de la chance. Tout le monde n'a pas des parents aussi généreux".

En fait, je n'en ai reçu que quatre de ma famille", avoue-t-elle en souriant. Les quatre autres robes sont celles que mon père m'a achetées.

Ah, je vois.

Elle m'a demandé combien de robes tu as reçues cette année. Aucune pour l'instant", ai-je répondu honnêtement. Mais Baba a dit qu'il le ferait

m'emmener au magasin aujourd'hui dans la soirée, après son travail, pour m'acheter une nouvelle robe. J'ai donc hâte d'y être".

Mais la puja est dans deux jours", dit Soma. Toutes les jolies filles seront parties d'ici là.

Qu'est-ce que je peux faire ? répondis-je tristement. Il est toujours très occupé. Mais je suis content qu'il me sorte au moins aujourd'hui".

Il est vraiment très occupé, ton Baba, se dit-elle. C'est la personne la plus occupée que j'aie jamais vue.

C'est tout à fait naturel, non ? dit Soma. Tout le monde l'admire et s'attend à ce qu'il trouve toujours quelque chose de nouveau. C'est triste que tu ne puisses pas passer de temps avec lui".

Ce n'est pas grave, lui dis-je. Pour être honnête, tout va bien tant que Baba n'est pas à la maison. Dès qu'il revient, nous ne pouvons plus parler fort, nous ne pouvons plus augmenter le volume de la télévision, nous ne pouvons plus rire ni nous amuser. Il veut toujours me voir assise avec des livres. Étudier. Nous devons donc être très prudents et calmes lorsqu'il est là. C'est comme à l'école. Non, pire, c'est comme en prison. C'est un tel soulagement quand il part au travail !

Hé, ne parle pas comme ça de ton père ! Elle m'a donné une tape sur le bras. C'est quelqu'un de bien. Un peu effrayant, c'est vrai, mais c'est quand même un homme bien".

Je lui ai fait une grimace. Que savait-elle ?

Mais plus tard dans la soirée, alors que je m'habillais pour sortir avec lui, je me suis sentie un peu coupable d'avoir mal parlé de mon père auparavant. Je savais que c'était un homme bon, qu'il travaillait très dur, qu'il était extrêmement loyal envers ma mère et qu'il se donnait toujours à cent pour cent dans tous les projets qu'il entreprenait. J'aurais juste aimé qu'il ne soit pas si intimidant tout le temps. Mais il était comme ça avec tout le monde. Je n'étais pas une exception. Tout le monde avait peur de lui. À commencer par ma mère, mes oncles et tantes, les garçons du quartier, et même ses clients et les membres du comité de la puja pour lesquels il travaillait. Les seules personnes avec lesquelles il était gentil étaient Vikash Kaka et Parashuram Kaka et ses assistants. Avec eux, il était une personne complètement différente.

Je me demandais s'il serait gentil avec moi si j'étais à la hauteur de ses critères de perfection. Il était perfectionniste dans son domaine d'activité. Mais je n'étais pas douée pour quoi que ce soit en particulier. Je pouvais faire quelques choses moyennement bien. Je savais nager, je faisais souvent du sport, je faisais de la gymnastique, je jouais du sitar, je chantais et je dansais, mais je ne prenais rien de tout cela trop au sérieux et je n'étais donc pas exceptionnellement douée. J'aurais aimé pouvoir changer d'apparence, moi aussi. Toutes mes cousines étaient immensément belles et jolies, tout comme mes tantes, et je n'avais pas l'air à ma place au milieu d'elles lors de chaque réunion de famille. Elles étaient assises tout autour de moi dans leurs belles robes, avec de jolis petits ornements scintillant sur leur peau rose, souriant, riant, parlant, se prélassant dans la chaleur rayonnante des compliments que les autres invités leur adressaient généreusement. Alors que tout ce qu'ils m'ont dit, c'est : "Oh mon Dieu, tu ressembles à ton père !

Je me détestais sur toutes les photos de groupe. Je pensais que je ne méritais pas d'être là, comme si je gâchais l'esthétique générale par ma simple présence dans le cadre. Le seul endroit où je ne me distinguerais pas, c'est à côté de mon père, car je lui ressemblais en tous points. Mais même lui n'aimait pas que je sois là. Je n'ai rien fait pour lui donner l'occasion de se vanter de moi lors de ces réunions. J'avais l'impression d'être une énorme déception pour lui, c'est pourquoi il avait toujours l'air si insatisfait de moi. Si je travaillais plus dur et obtenais de meilleures notes, peut-être qu'alors il me regarderait, me remarquerait, m'écouterait avec intérêt et me parlerait parfois affectueusement. Ce n'est pas comme si je n'aimais pas mon père. Je l'aimais et j'étais extrêmement fière de ses réalisations. Mais il m'a aussi beaucoup contrarié.

Pourquoi as-tu mis autant de poudre sur ton visage ? s'est exclamée Gopal Mama en riant de façon incontrôlée lorsque je suis sortie de ma chambre toute habillée ce soir-là. On dirait que quelqu'un t'a giflée avec un sac de farine.

Arrêtez", lui dis-je. J'ai l'air d'aller bien.

D'accord, comme tu veux", a-t-il sifflé avec nonchalance. Je ne faisais qu'être honnête.

Je lui ai fait une grimace. Il était le garçon le plus populaire du quartier en raison de sa belle apparence et de ses charmantes manières. Mais ce que la plupart des gens ignorent à son sujet, c'est qu'il est un manipulateur hors pair, capable d'user de son charme sans effort pour obtenir ce qu'il veut. Il avait quelques années de plus que moi et nous étions presque comme des frères et sœurs. Lorsqu'il était beaucoup plus jeune et que j'étais à l'école primaire, il avait l'habitude de m'acheter des rubans, des pinces à cheveux et des bracelets en verre dans les foires locales, de me faire monter à dos de cochon jusqu'au bazar de Laxmiganj, d'où nous pouvions tous deux assister au majestueux Rath Yatra et manger des jalebis dans de minuscules sacs en papier. Mais plus il grandissait, plus il était fier. Recherché par les jeunes femmes, il était toujours conscient de son apparence en public et passait chaque jour des heures devant le miroir à se toiletter. Certaines de mes amies avaient aussi les yeux rivés sur lui et cela m'agaçait. Nous nous étions éloignés au fil du temps, mais je savais qu'il tenait toujours à moi. Lui et mon cousin, Haru Da, se mettaient d'accord pour faire des farces à ceux qui se moquaient de moi. Ils m'ont toujours soutenu lorsque j'avais de graves problèmes. C'était leur façon de me montrer qu'ils tenaient à moi. Mais en même temps, ils ne savaient pas comment se comporter en jeunes adultes. Ils étaient encore immatures. Je savais qu'ils n'étaient pas foncièrement mauvais. Ils avaient simplement beaucoup changé au fil des ans. C'est peut-être ce que le passage à l'âge adulte fait à quelqu'un. Comme j'ai parfois souhaité revenir au bon vieux temps, quand tout allait bien, quand j'étais enfant et que je n'avais pas à me soucier de mon apparence.

Pourquoi t'es-tu soudain habillé en clown ? demande Haru Da, mon cousin et complice de maman, en sortant des toilettes. Tu vas quelque part ?

Baba m'a dit qu'il m'emmènerait aujourd'hui à Upahar pour m'acheter une robe pour la puja", ai-je dit fièrement.

Je vois", a-t-il répondu en accrochant sa serviette à la balustrade. Par ailleurs, vous n'avez pas le droit de me traiter de clown", lui ai-je dit

en fouillant le placard de la cuisine.

Tu t'es regardé dans la glace ? murmure-t-il. Il est tout blanc.

Avez-vous déjà regardé les vôtres ? ai-je rétorqué. Il est tout noir.

Désolé de te faire perdre la tête, chère cousine, mais je ne pense pas que ton père revienne à la maison de sitôt", sourit-il, la bouche pleine de *chanachur*, sans aucune affectation. J'étais à l'usine avec les garçons et je crois qu'un générateur est tombé en panne. Ils sont tous occupés à cela maintenant. Kaka avait l'air très contrarié".

Quoi ? J'avais envie de pleurer. Tu es sûr de ça ? Cent pour cent", a-t-il acquiescé, en grignotant et en mangeant.

savourant son en-cas. Mais ne perdez pas espoir. L'espoir est tout ce que nous avons".

Puis tous deux sont sortis joyeusement pour profiter de la soirée et vivre leur vie insouciante. Comme je les enviais ! Ils ne m'ont jamais invité à sortir avec eux. Ils avaient leurs propres bandes et ne cessaient de faire des farces aux habitants du quartier et de se bagarrer tous les jours. Et tandis que tous les autres se faisaient battre, Gopal Mama, qui était généralement le cerveau, s'en sortait indemne car personne ne croyait qu'un garçon au visage si angélique pouvait faire quoi que ce soit de mal. Haru Da, quant à lui, s'attirerait facilement des ennuis parce qu'il est le neveu de mon père et qu'il me ressemble comme deux gouttes d'eau. Nous avions le même teint et des traits très similaires. Cependant, cela ne l'a pas rendu empathique à mon égard. Depuis qu'il est enfant, les gens ne l'ont jamais vraiment taquiné sur son apparence, sauf s'ils cherchaient un coupable. Très tôt, j'ai appris que les personnes à la peau foncée qui n'étaient pas agréables à regarder étaient généralement les boucs émissaires de la société. Les femmes à la peau foncée subissaient toujours une humiliation supplémentaire.

Mon cousin avait cependant raison sur un point. Mon père n'est pas venu me chercher ce soir-là. J'ai attendu des heures sous le porche, espérant le voir prendre le virage de l'usine à tout moment et se diriger vers la maison, mais il n'est jamais apparu. Vers 21 heures, alors que tous les magasins étaient sur le point de fermer pour la journée, Vikash Kaka, qui passait devant notre maison, m'a trouvée assise sous le porche, les larmes aux yeux, et m'a demandé ce qui n'allait pas.

Baba n'est pas revenu de l'usine", lui dis-je en sanglotant.

Quel est le problème, ma chère ? me demande-t-il. Quelqu'un est malade dans la maison ?

Non, répondis-je. Il m'a promis qu'il m'achèterait aujourd'hui une robe de puja à Upahar.

Alors, c'est ça le problème.

Puis il m'a emmené lui-même à Upahar. Mais comme l'avait prédit mon ami Soma, toutes les belles robes avaient déjà disparu. Il ne restait plus que le stock de robes que les gens n'avaient pas trouvé assez attrayantes pour les acheter.

Tu veux aller dans un autre magasin ? m'a demandé Vikash Kaka.

Non, ce n'est pas grave", lui ai-je dit tristement. Ils seront tous fermés à l'heure qu'il est.

Il m'a donc acheté deux des plus belles robes du stock refusé et m'a ramenée chez moi.

Je suis vraiment désolé, ma petite, m'a-t-il dit pendant que nous rentrions. Je ne savais pas que ton père était si occupé. Je ne t'ai pas acheté de robe cette année parce que j'ai pensé que je devais te laisser choisir ce que tu voulais acheter. J'ai donné de l'argent à ta mère la semaine dernière et je lui ai demandé de t'acheter quelque chose de bien".

Mais maman ne m'a rien donné", me suis-je plaint auprès de lui. Je n'étais pas du tout au courant. Elle ne me l'a jamais dit".

Vraiment ?", a-t-il semblé un peu surpris. C'est tout à fait inattendu. Mais peut-être l'a-t-elle oubliée. Bhabi doit aussi s'occuper de beaucoup de choses. Ton père est lui-même très difficile à gérer". Plus tard, j'ai appris que ma mère avait donné cet argent à Gopal Mama et Haru Da pour qu'ils puissent s'acheter quelque chose. Cela m'a beaucoup irrité. Pourquoi aurait-elle donné quelque chose qui m'était destiné ? Ce n'était pas juste non plus pour Vikash Kaka. Elle aurait pu au moins m'en parler. Mais elle aussi était impuissante. Elle savait que je ne serais pas très satisfait de sa décision et m'a donc tenu à l'écart. N'ayant pas de revenus propres, elle n'avait rien à donner à personne. Baba achetait tout ce qui était nécessaire au ménage et ne laissait jamais traîner d'argent liquide. C'était donc la seule option dont disposait ma mère pour s'assurer qu'aucun d'entre nous ne soit privé. Mais à quel

coût ? Au prix de la privation de son propre enfant.

Même si j'appréciais ma mère pour son désintéressement et sa suffisance, je voulais prendre un chemin bien différent de celui qu'elle avait emprunté. Je ne serais jamais une femme au foyer soumise et je ne priverais pas mes propres enfants pour faire plaisir aux autres parce que je n'ai pas de revenus propres, parce que tous mes efforts incessants à la maison ne seraient jamais vraiment valorisés ou compensés. Je travaillerais dur pour gagner mon propre argent et ne dépendrai jamais de mon futur mari pour quoi que ce soit. Tant que j'étais à l'école, dépendante de mon père, je savais que je ne pouvais rien faire. Mais une fois que j'aurais trouvé mon propre emploi, je vivrais ma vie comme je l'entends. Je voyagerais dans le monde entier, j'achèterais tout ce que je voudrais acheter, je donnerais à mes enfants une vie confortable pour qu'ils n'aient jamais à se sentir démunis ou petits à côté de leurs cousins ou de leurs camarades de classe. Plus important encore, je les élevais de manière à ce qu'ils puissent me dire ce qu'ils pensaient et se confier à moi comme ils le feraient avec un ami.

Je leur apprendrais à valoriser ce qui est vraiment important dans la vie, à savoir l'indépendance financière. Et je me moquerais que l'on me traite de "matérialiste", car dans un monde matériel, seuls les matérialistes peuvent survivre. Tout le monde ne peut pas se permettre d'être philosophe et d'occuper le terrain de la morale, à moins d'avoir déjà suffisamment d'argent sur son compte en banque pour pouvoir s'en servir. Je construirais ma propre maison et ma propre entreprise. Je gagnerais mon propre argent, le dépenserais comme je l'entends et n'aurais de comptes à rendre à personne. Et surtout, je m'efforcerais d'atteindre un point où il m'importerait peu de savoir si je peux rendre quelqu'un fier de moi ou non, tant que je suis fier de moi-même.

Je ne me prosternerai jamais devant un homme, ni pour l'amour, ni pour l'argent. Pas même mon propre père.

Je serais mon propre héros.

Interlude

Ce soir-là, je suis allée dans la chambre de mon grand-père et je lui ai demandé sans détour : "Voulez-vous me parler de vos rivaux ?

Qu'est-ce que tu veux savoir ? répondit-il.

Maman m'a dit qu'ils ont souvent essayé de vous mettre des bâtons dans les roues, qu'ils ont même soudoyé vos ouvriers pour qu'ils fassent échouer vos projets.

Rien de tel n'est jamais arrivé", répond-il avec dédain. Jamais ?

Jamais.

Mais maman m'a dit le contraire.

Elle a dû se tromper", dit-il résolument. Personne n'a jamais essayé de me faire du mal.

Maman m'a raconté que quelqu'un avait versé de la poudre décolorante sur vos panneaux, détruisant les lumières.

Ce n'est pas lui qui a fait l'erreur, dit promptement Grand-père. J'ai tout de suite compris qu'il se souvenait de l'incident. L'entrepôt était infesté de rats, il a fait cela pour éviter que les rats n'abîment les panneaux.

En versant de la poudre décolorante sur toutes les lampes et les câbles ? ai-je demandé. Pourquoi quelqu'un ferait-il cela ?

Ah ! Il n'était pas conscient des conséquences ! Ce n'était pas intentionnel. C'étaient tous des petits garçons".

Maintenant, je ne sais vraiment plus qui croire", lui ai-je dit. Si tu ne veux pas partager ces choses avec moi ou me donner les bonnes informations, je vais devoir trouver un autre moyen. Je ne vais certainement pas exclure tout cela de mon récit".

Pourquoi voulez-vous écrire sur ces sujets ? Parce que je veux que mon récit soit fidèle à votre histoire.

J'ai répondu. Je ne veux pas que cela ressemble à un glossaire de toutes vos réussites, comme vous l'avez dit. Vos échecs sont également importants et méritent d'être mentionnés".

Mais il n'y a pas eu d'échec", me dit-il obstinément. Les gens m'ont toujours soutenu. Les échecs que j'ai connus l'ont été au cours de mes premières années, lorsque je commençais à peine à travailler".

Et la fois où les gens se sont moqués de vous lorsque vous avez présenté LED ?

Quoi ? Ce n'est pas moi qui ai présenté la DEL", répond-il en riant. C'est un jeune artiste de la lumière nommé Asim Dey qui l'a fait.

Je l'ai regardé d'un air dubitatif.

Vous pouvez demander à n'importe qui", a-t-il ajouté. Ils vous diront tous la même chose.

J'ai eu du mal à le croire. Mais tous les articles que j'ai lus sur l'internet ne mentionnent que vous lorsqu'ils expliquent comment les panneaux LED ont vu le jour à Chandannagar.

Eh bien, c'est une erreur", a-t-il dit. Les auteurs de ces articles ont probablement mal compris la situation. Je n'ai pas été la première personne à utiliser les LED à Chandannagar. J'ai seulement essayé de populariser l'idée parce que c'était la seule alternative qui s'offrait à nous à l'époque".

Alors, personne n'a jamais essayé d'altérer votre travail ? lui ai-je demandé.

Non", a-t-il déclaré, en regardant avec une attention inhabituelle une publicité pour un shampoing à la télévision.

Je me suis levée de la chaise sur laquelle j'étais assise. Je crois que je vais devoir demander l'aide de ma mère.

Il m'a dit : "N'écris pas sur ces choses-là".

C'est à moi d'en décider", ai-je déclaré, un peu agacé. Je ne suis pas journaliste et il ne s'agit pas d'un billet de blog ou d'un article de journal. Et vous n'avez pas à vous inquiéter, car je ne citerai aucun nom. Je ne cherche pas à susciter la controverse. Je veux simplement écrire la vérité. Et je pense que ces incidents doivent être mentionnés".

Je ne pense pas que ce soit une bonne idée. Pourquoi battre un cheval mort ? Tant de décennies ont passé et... et... ils ont repris le cours de leur vie. Je ne veux pas remuer le couteau dans la plaie".

Je vous l'ai dit, je ne prendrai aucun nom. Quel est le problème ?

Ils ne voulaient vraiment pas faire de mal.

Oui, j'ai déjà entendu cela", lui ai-je dit. Je ne leur veux aucun mal non plus. Faites-moi confiance.

Quoi qu'il en soit, je ne pense pas que ce soit une bonne idée. Je comprends ton point de vue. Très bien.

Comme il s'agit de votre histoire, votre consentement est également important. Mais du point de vue de l'écrivain comme de celui du lecteur, je pense qu'il s'agit là de l'une des parties les plus vitales de votre parcours. Mais je respecte votre décision. Si vous ne voulez pas que j'écrive sur ces sujets, je ne le ferai pas. Mais réfléchissez un peu. Et faites-moi savoir si vous changez d'avis".

D'accord", répond-il avec indifférence, en tirant sur ses appareils auditifs.

J'ai eu le sentiment que c'était la fin de la conversation.

La fin des années 1990

Il est entré dans ma vie un beau jour, comme un coup de tonnerre, en me demandant de travailler pour moi alors qu'il ne connaissait rien au métier. Il venait de se marier et sa femme attendait un bébé. Il m'a expliqué que sa mère était malade et que sa famille traversait une grave crise financière. Même s'il ne vivait pas en ville et qu'il n'était plus en contact avec nous depuis très longtemps, il était l'un des miens. Alors, sans hésiter, je l'ai pris sous mon aile et je lui ai enseigné tout ce qu'il y avait à apprendre. Il dînait chez moi presque tous les jours et était proche de tous les membres de ma famille. Ma fille le considérait comme un frère. Et même s'il n'était pas l'un de mes neveux immédiats, je le considérais comme mon propre fils.

Je me souviens lui avoir dit un jour : "Tes mains sont exactement comme les miennes", et j'ai décidé au plus profond de mon cœur que je lui confierais la responsabilité de perpétuer mon héritage après mon départ à la retraite.

Il était poli, respectueux et parlait doucement. Avec sa peau foncée et sa grande taille, il me rappelait moi-même dans les années soixante. Il s'est bien entendu avec mes assistants et a fait son travail avec sincérité et bonne humeur. Je l'ai aidé à faire face à la plupart de ses obligations financières chaque fois qu'il est venu me demander de l'aide.

Deux ans plus tard, j'ai été engagée pour créer des panneaux pour la procession Jagadhatri Puja de l'un des comités de puja les plus prestigieux de Chandannagar. Nous avons travaillé jour après jour et nous avons créé quelque chose d'unique. Le jour des répétitions, les membres du comité de la puja étaient tellement ravis qu'ils m'ont réservé à l'avance pour les deux années suivantes et m'ont dit que personne n'aurait pu éclairer les panneaux à moitié aussi bien que nous l'avions fait. Tous mes assistants attendaient avec impatience le jour de la procession, certains que nous allions remporter tous les prix. De manière surprenante, le jour de l'immersion, le camion chargé de mes meilleurs panneaux s'est complètement éteint quelques minutes avant son passage devant le jury. J'ai d'abord pensé que le générateur était peut-être tombé en panne de carburant et je me suis précipité sur les lieux avec plusieurs barils de diesel. Mais mes assistants m'ont raconté une histoire bien différente.

Le générateur ne fonctionne pas", dit l'un d'eux.

Comment cela a-t-il pu se produire ? J'étais déconcertée, ne sachant pas comment faire face aux membres du comité de la puja qui m'avaient fait une confiance aveugle.

C'est lui, m'ont-ils dit. Ton neveu. Quoi ? leur ai-je demandé, choqué.

C'est arrivé sous nos yeux !

Comment ça, c'est arrivé sous vos yeux ?

Il travaillait sur le générateur", ont-ils dit. Nous l'avons vu manipuler les câbles.

Alors pourquoi ne l'avez-vous pas arrêté ?

Nous pensions qu'il était en train de résoudre un problème.

Je me souviens encore de ce qui a suivi. J'ai fait ce que je pouvais faire de mieux dans cette situation, à savoir laisser les autres camions aller de l'avant et retenir celui qui était endommagé. Cela a évidemment causé un certain retard et a retardé les autres camions qui suivaient le mien. Néanmoins, j'ai essayé d'être optimiste dans cette situation et j'ai gardé l'espoir que les juges aimeraient mes autres panels. Cependant, le panneau qui avait été occulté était celui qui affichait mon thème, et sans lui, les autres panneaux n'auraient eu aucun sens.

Mes panneaux de procession n'ont pas remporté un seul prix cette année-là et ce fut non seulement une honte pour moi, mais aussi une grande déception pour les membres du comité de la puja qui m'avaient confié la responsabilité de leurs lumières de procession avec des attentes très élevées. En fait, ils m'avaient aussi payé à l'avance pour l'année suivante.

Comment cela est-il arrivé ? J'ai interrogé mon neveu. Comment as-tu fait pour te tromper ?

C'était une erreur", dit-il avec un visage impassible. Je n'avais vraiment pas l'intention de faire ça. J'étais pressé et... et j'ai fait une erreur !

Savez-vous ce que cela implique ? J'ai posé la question. Pouvez-vous seulement comprendre l'ampleur des dégâts que vous avez causés ?

Je ne voulais pas...

Je vous avais confié les générateurs uniquement parce que vous étiez doué pour cela", lui ai-je dit sévèrement. Vous avez manipulé des générateurs pendant cinq ans avant de venir travailler pour moi. D'ailleurs, c'est vous-même qui m'avez demandé de vous confier cette responsabilité, en me promettant que tout irait bien". Je suis vraiment désolé", s'est-il écrié. Je ne savais vraiment pas comment

tout s'est passé. S'il te plaît, donne-moi une autre chance, maman !

C'était donc une erreur. Cela n'a pas été fait intentionnellement. Ou était-ce le cas ? Cela s'est passé devant l'ensemble de l'équipage. Cependant, c'est moi qui ai dû faire face à l'humiliation lorsque les membres du comité de la puja sont venus me voir pour exiger le remboursement de l'avance qu'ils m'avaient versée, en disant qu'ils avaient changé d'avis. Une partie de mon salaire a également été retenue et je n'étais plus l'artiste de lumière le plus recherché de ma ville. Tout a changé du jour au lendemain.

Ce n'était qu'une erreur, me suis-je dit. Et tout le monde fait des erreurs.

Je lui ai pardonné, mais je ne pouvais plus lui faire entièrement confiance. J'aurais pu le licencier mais, pensant à sa famille, je l'ai gardé comme collaborateur. Ce n'est que plus tard qu'un de mes assistants est venu me dire que ce n'était pas vraiment une erreur, qu'elle avait été commise par l'un de mes rivaux et que mon neveu avait été choisi pour ce travail parce que tout le monde savait que j'avais un faible pour lui.

Comment savez-vous si c'est vrai ? demandai-je à l'assistant. Je l'ai vu parler à ce type", a-t-il répondu.

Plusieurs fois !

Et pourquoi pensez-vous qu'il a fait cela ?

Pour de l'argent, bien sûr ! Et de saboter votre travail".

Il va sans dire que j'ai été choqué. Sous le choc, j'ai crié à mon assistant. Je ne savais pas qui croire.

Mon neveu a été vu en train de parler à mon rival. En quoi cela est-il important ? Comment cela pourrait-il prouver qu'il a été soudoyé pour me saboter ? Et pourtant, une partie de moi ne pouvait pas complètement nier ce que je venais d'entendre. Je n'ai pas eu le temps d'enquêter sur la question. J'avais plusieurs projets en cours et j'étais trop fatiguée pour me demander s'il s'agissait d'une simple erreur ou d'un sabotage prémédité et bien exécuté. Et à ce moment-là, la chose dont j'avais le plus besoin était la paix mentale. Je ne pourrais pas fonctionner autrement. J'ai donc relégué cette question au second plan et me suis concentré sur mes projets à venir. Je l'ai laissé travailler pour moi même après cet incident et je n'ai plus jamais soulevé cette question.

Un an plus tard, le jour de l'immersion, l'un de mes générateurs a été à nouveau manipulé, cette fois par un petit garçon que le même adversaire avait fait monter dans un des camions dans la nuit noire. Cette année-là, la procession m'avait coûté un bras et une jambe. Mais cette fois encore, je me suis ressaisie et j'ai laissé tomber. Il ne sert à rien de pleurer sur le lait renversé. La prochaine fois, je serai plus prudent. Pendant trois années consécutives, mes panneaux ou mes générateurs ont été pris pour cible et manipulés. Une fois avec de la poudre de blanchiment, une fois avec le générateur soudainement à court de carburant. Je me suis rendu compte que j'étais en train de perdre la confiance des membres des comités de ma propre ville, car au cours des années suivantes, aucun des célèbres comités de puja ne m'a approché pour me proposer des contrats.

Mon neveu a rapidement quitté mon emploi pour aller travailler pour mon adversaire. Et c'était en soi trop difficile pour moi de l'accepter, sans parler de le reconnaître ou d'agir en conséquence.

Alors que j'étais acclamé dans tout le pays comme un artiste de la lumière à succès, on me ridiculisait dans ma propre ville. Et ceux-là mêmes qui m'avaient appris les bases du métier prenaient un immense plaisir à saboter tous mes projets locaux et à fêter ensuite mes échecs.

Les souvenirs de mon grand-père dans les années 1980

Es-tu au courant de ce qui se passe dans la maison ? ai-je demandé à ma femme.

Qu'est-ce que tu racontes ? Elle me regarde d'un air perplexe.

A propos de ta sœur", ai-je dit. Qu'est-ce qu'elle a ?

Je lui ai demandé si elle avait une relation avec mon manager. S'intéressent-ils l'un à l'autre ?

Qui t'a dit ça ? Les yeux de Sumitra s'écarquillent.

C'est ce dont tout le monde parle", ai-je répondu. C'est vrai ? Savez-vous quelque chose à ce sujet ?

Je ne crois pas que ce soit vrai", répond-elle en s'affairant à plier les vêtements.

Mais je les ai vus se parler très cordialement.

Alors quoi ? demanda Sumitra froidement. Deux personnes de sexes opposés ne peuvent-elles même pas être cordiales l'une envers l'autre ?

Je ne sais pas", ai-je répondu. La seule femme avec laquelle j'ai été aussi cordial est celle que j'ai épousée.

Il ne faut pas s'attendre à ce que tout le monde soit comme vous", a répondu ma femme en replaçant une grosse mèche de cheveux derrière son oreille, sans me regarder. Je ne pense pas qu'il y ait quoi que ce soit entre eux deux. Votre directeur est un homme de très bonne humeur et il est cordial avec tout le monde. Ma sœur ne fait pas exception à la règle".

D'accord, d'accord, ai-je répondu. Mais j'aimerais que tu gardes un œil sur eux, d'accord ? Je ne veux pas que ta sœur soit impliquée avec mon manager".

Pourquoi ? Cela nuira-t-il à votre réputation ?

Non, pourquoi cela nuirait-il à ma réputation ? Mais je crains qu'il ne soit pas issu d'une très bonne famille. Elle ne pourra jamais s'adapter à la vie avec ces personnes. Ils sont très querelleurs".

Ma femme m'a jeté un regard dur et glacé et j'ai su exactement ce qu'elle pensait. Je me suis donc empressé de prendre mon déjeuner et de partir pour mon usine cet après-midi-là, afin d'éviter d'être traité d'hypocrite par ma propre femme.

C'était la deuxième fois que la société Tata souhaitait travailler avec des artistes de la lumière de Chandannagar pour la décoration du Jubilee Park à Jamshedpur, et j'étais leur première préférence puisque j'avais déjà travaillé avec eux l'année précédente et que cela avait été un succès retentissant. Je savais que si j'obtenais le contrat de cette année-là, cela serait extrêmement bénéfique pour mon entreprise, car j'avais mis en attente plusieurs projets lucratifs par manque de capitaux et j'avais également dû rembourser plusieurs de mes créanciers. Presque tous les autres éclairagistes et entrepreneurs de la ville se disputaient cette offre, car l'argent était énorme. Par conséquent, tous se sont empressés de soumettre leurs devis pour examen.

Comme j'étais toujours occupé dans mon usine, j'avais employé mon directeur pour effectuer des activités telles que se rendre au siège de la société, soumettre mes devis et s'occuper des contrats en mon nom. Nous devions beaucoup voyager, visiter toutes les grandes entreprises qui voulaient nous employer, dépendre d'autres personnes, soumettre les devis, un document qui contenait tous les détails concernant le plan du projet, la conception, le coût des différents éléments, y compris la main-d'œuvre, les frais de transport, etc. C'est sur la base de ces devis que les artistes ont été sélectionnés, que les négociations ont été menées et que les contrats ont été signés. C'est pourquoi une citation doit rester très secrète, car elle contient toute l'idée.

Cependant, environ une semaine après avoir soumis mon devis, j'ai reçu un appel de la société Tata m'informant qu'elle avait trouvé de meilleurs devis auprès de quelques autres artistes de lumière de Chandannagar cette année-là et qu'elle travaillerait avec l'un d'entre eux à la place. Cela m'a porté un coup, car j'étais tellement sûr de décrocher le contrat avec la société Tata que j'avais accepté plusieurs autres contrats en partant du principe que je pourrais les financer grâce à la rémunération que je recevais pour ce projet. Je me suis alors rendu compte que j'avais commis la grave erreur de compter mes poulets avant qu'ils n'aient éclos. L'annulation de tous ces autres contrats serait préjudiciable à la fois à ma réputation et à mon entreprise. Les comités commençaient à perdre leur confiance en moi et je perdais à mon tour la bonne volonté que j'avais travaillé dur pendant des années à construire. J'ai également dû reporter mes paiements à mes créanciers qui venaient frapper à ma porte. Et à chaque fois qu'ils partaient en marmonnant des jurons, je ne pouvais m'empêcher de me reprocher d'avoir misé sur l'incertitude. Comment ai-je pu être aussi sûr du contrat ? Comment aurais-je pu penser qu'ils m'engageraient à nouveau simplement parce qu'ils m'avaient déjà engagé une fois ? Ma popularité croissante a-t-elle commencé à me rendre trop confiant ? Ou bien étais-je en train de me reposer sur mes lauriers ? Mes tarifs étaient-ils vraiment si élevés qu'une entreprise aussi renommée que Tata choisissait l'alternative la moins chère sans même prendre la peine de négocier avec moi ? Mes tarifs sont peut-être un peu plus élevés que ceux des autres entrepreneurs, mais c'est uniquement parce que je n'ai jamais fait de compromis sur la qualité de mon service, la qualité de mes lumières et de mes panneaux, les subtilités de la conception, la réflexion et les efforts que j'ai consacrés à chaque projet. Mais qui se soucie encore de la qualité ? J'ai perdu le contrat et l'affaire s'est arrêtée là. Ce n'est que plus tard que j'ai appris par quelques-uns de mes amis et associés que mon directeur avait divulgué mon devis aux autres entrepreneurs qui avaient des vues sur ce projet depuis le tout début. Et ils avaient tous réduit leurs prix de revient, fixé leurs tarifs à un niveau inférieur au mien, changé leurs idées, modifié leurs propres devis et les avaient envoyés à l'entreprise quelques jours plus tard. Mes amis m'ont également dit que mon directeur avait gagné des milliers de roupies auprès d'autres entrepreneurs en leur divulguant des idées et en se livrant à d'autres transactions sournoises. Il avait également répandu des rumeurs mensongères à mon sujet, disant à tout le monde qu'il était le cerveau de tous mes projets et que je ne faisais que recevoir tous les lauriers et profiter du crédit. Il a également essayé de laver le cerveau de mes assistants les plus fiables pour qu'ils quittent leur travail et rejoignent d'autres artistes,

mais sans succès.

Lorsque je lui ai demandé pourquoi il avait fait cela, il n'avait bien sûr pas de réponse. J'étais encore prêt à lui donner une autre chance parce que je n'aimais pas licencier les gens et les priver de leur gagne-pain, mais il a quitté son emploi de son propre chef et a rapidement ouvert sa propre entreprise d'électricité. Quelques mois plus tard, j'ai appris qu'il avait demandé à mon beau-père la main de ma belle-sœur et qu'ils avaient accepté sa proposition parce qu'il était brahmane et qu'il avait sa propre entreprise. Lorsque j'ai appris tout cela pour la première fois, je n'ai pas su comment réagir pendant plusieurs jours. Jamais je n'aurais imaginé que les seules personnes que j'avais appelées "famille" et que j'avais fait tout ce qui était en mon pouvoir pour les aider en cas de besoin, embrasseraient la personne qui avait parcouru tous les kilomètres pour me déshonorer simplement parce qu'elle était un brahmane. Vous avez perdu la tête ? ai-je demandé à ma femme

dès que j'en ai eu connaissance. Cet homme m'a trompé ! Il s'est amusé à ternir ma réputation, à profiter de mes efforts et à bluffer depuis le début ! Vous savez tout ! Comment avez-vous pu tolérer cela ?

Ma sœur est amoureuse de lui", a-t-elle répondu. Qu'est-ce que j'aurais pu faire ? Combien de temps allez-vous continuer à payer ses dépenses ?

Nous aurions pu trouver mieux ! J'ai dit : "Il n'y a pas de pénurie de célibataires éligibles dans cette ville ! Il n'y a pas de pénurie de célibataires éligibles dans cette ville ! Nous aurions pu au moins chercher une personne décente, issue d'une famille respectable et gagnant sa vie par des moyens honnêtes. Qu'est-ce qui ne va pas dans sa famille ? Ma belle-sœur, qui avait écouté notre conversation pendant tout ce temps, est entrée en scène avec audace.

Avez-vous parlé à sa famille ? Je l'ai interrogée. Les avez-vous déjà vus ?

Oui, je l'ai fait", a-t-elle répondu froidement. Et je ne pense pas qu'il y ait de problème avec eux.

Tu dis ça parce que tu es aveuglée par l'amour", lui ai-je dit. Tu ne pourras pas du tout t'adapter à la vie là-bas. Ils sont différents de nous à tous points de vue ! Il a cinq sœurs, plusieurs frères et une immense famille élargie...

Toi aussi ! Elle me coupe la parole.

Mais ils se disputent pour les moindres raisons ! C'est un environnement très désagréable. Vous en aurez bientôt assez".

Tu n'es pas mon père, Sridhar Babu", dit-elle d'un ton cassant. Tu n'as pas ton mot à dire dans tout cela. Ce que je fais de ma vie ne vous regarde pas !

Je sais que je ne suis pas ton père, mais je connais personnellement cet homme ainsi que sa famille. Ton père ne le fait pas".

Je le connais aussi personnellement", a-t-elle rétorqué. Et c'est l'homme que j'épouserai, pas sa famille. Qu'est-ce que j'en ai à faire de leurs combats ? Et puisque mon père n'a pas d'objection à ce que nous nous rencontrions, pourquoi devriez-vous intervenir ? Parce que vous avez été généreux avec nous, croyez-vous que vous nous avez achetés ?

Quoi ? demandai-je, choqué. 'Je dis ça pour ton bien'.

Je pense que je suis assez mûre pour décider ce qui est bon pour moi et ce qui ne l'est pas", a-t-elle répondu avec raideur. Je n'ai pas besoin que vous me traitiez avec condescendance. Par ailleurs, avez-vous pensé à vos propres racines, à votre caste, à votre famille et à votre culture ? Avez-vous oublié le genre de torture que vos frères nous ont fait subir ? Ma sœur vous a néanmoins épousé. Vous pensez qu'elle n'aurait pas pu trouver mieux ?".

J'étais abasourdi par ce qu'elle venait de dire, complètement à court de mots.

Je ne vois pas pourquoi je ne pourrais pas épouser l'homme de mon choix en raison de ses origines", poursuit-elle. Au moins, il vient d'une famille de brahmanes, contrairement à vous.

C'est donc cela !

Et il a aussi son propre commerce", ajoute-t-elle. Une entreprise fondée sur la fraude, vous voulez dire ?

Quelle preuve avez-vous qu'il a fait toutes ces choses dont vous l'accusez ? s'enflamma-t-elle, la voix forte et stridente. Vous n'avez fait que croire aveuglément vos flagorneurs, n'est-ce pas ? L'avez-vous vu fuir votre devis ? L'avez-vous vu de vos propres yeux ?

Et là, la question des preuves se pose à nouveau. Une fois de plus, je n'avais aucune preuve solide, bien que ce fût un secret de polichinelle et qu'il y ait eu plusieurs témoins oculaires.

Vous n'avez plus rien à dire, n'est-ce pas ? dit-elle d'un ton sarcastique. Cela ne m'étonne pas.

Tout ce que je peux vous dire, c'est que vous commettez une grave erreur.

Je suis resté là cet après-midi-là à l'écouter me lancer une insulte après l'autre, et ma femme n'a fait que tenter de m'apaiser au lieu de me défendre. Je n'arrivais pas à croire que c'était eux que je soutenais quand personne d'autre ne le faisait. C'est à eux que j'ai donné asile et que je suis allée à l'encontre de ma famille pour les soutenir. Ils me rappelaient sans cesse que j'étais une personne analphabète de basse caste et qu'ils avaient condescendu à m'accepter comme membre de leur famille alors que Sunil Babu lui-même m'avait demandé de m'occuper de ses enfants et de marier ses autres filles parce qu'il était en faillite. Et c'est exactement ce que j'avais essayé de faire. Mais après avoir entendu ma belle-sœur parler ouvertement de ma caste et de mes qualifications, je n'ai ressenti pour eux qu'une haine pure et simple. Ma langue est restée coincée dans ma gorge. Mon cœur était comme une pierre. Ma mère avait peut-être raison. Ce mariage était une grosse erreur. J'aurais peut-être dû l'écouter et épouser quelqu'un de ma caste.

Je n'ai pas parlé à ma femme pendant des semaines après cet incident. Et quand je l'ai fait, c'est elle qui est venue me voir pour m'informer, les larmes aux yeux, que mon manager et sa sœur allaient bientôt se marier et qu'ils avaient invité toutes les personnes qu'ils connaissaient, à l'exception de nous deux.

C'est pour ça que tu pleures ? lui ai-je demandé, sans lever les yeux de mon dessin. Tu ne l'avais pas déjà prévu ?

C'est ma sœur la plus proche et... elle va se marier maintenant", a-t-elle répondu. Et je n'arrive pas à croire que je n'en ferai même pas partie.

Oui, c'est assez étrange", ai-je répondu. Je comprends pourquoi elle ne m'a pas invité, mais elle aurait dû t'inviter au moins. Vous l'avez tellement soutenue pendant tout ce temps".

Je ne l'ai pas soutenue", s'écrie-t-elle, piquée au vif. Vous vous trompez si vous pensez que je l'ai soutenue pour mon bien. Ma sœur a toujours été trop exigeante à l'égard des hommes et c'est précisément la raison pour laquelle elle est restée célibataire pendant tant d'années. En fait, elle m'a dit l'année dernière qu'elle n'épouserait jamais personne. Elle ne veut même pas travailler. J'ai essayé pendant des années de la persuader de se marier avec quelqu'un. Je ne pouvais pas te laisser supporter ses dépenses pour le reste de ta vie. Vous avez déjà beaucoup à faire. Vous payez pour Gopal, vous avez aidé mes autres sœurs à se marier, vous êtes là pour Proshanto chaque fois qu'il a besoin de vous. Et en plus, nous avons les dépenses de Mini, ses frais de scolarité, vous avez votre propre entreprise et tant de créanciers à rembourser. Tu ne crois pas que je vois à quel point tu travailles dur ? Pourquoi continuer à payer indéfiniment pour ma famille ? Vous n'êtes pas responsable des erreurs de mon père".

Je crois t'avoir déjà dit que nous aurions pu au moins chercher un homme convenable pour elle", lui ai-je dit calmement. Je l'aurais aidée à se marier.

Oui, j'y viens", dit ma femme avec impatience. Elle est tombée amoureuse de lui avant qu'il ne divulgue votre devis. Elle pensait que c'était un homme bon. Elle ne savait rien des choses qu'il faisait dans votre dos".

Et qu'en est-il après qu'elle ait appris ces choses ? lui ai-je demandé. Est-ce que cela a changé quelque chose ?

Elle est restée là, silencieuse, les larmes aux yeux. J'ai été dégoûté par la facilité avec laquelle elle pouvait pleurer sur tout pour éviter de prendre parti. Elle a toujours été aveugle aux erreurs de ses frères et sœurs. Quoi qu'ils fassent, elle refusait invariablement de prendre des mesures à leur encontre. Au contraire, elle sympathise avec eux et dénigre ceux qui tentent de rectifier leurs erreurs.

Pourquoi ne dis-tu rien maintenant ? demandai-je. Elle m'a regardé avec indignation et m'a répondu avec une gêne palpable : "Parce qu'à ce moment-là, ils étaient déjà allés trop loin".

Qu'est-ce que tu veux dire ?

Ils étaient déjà allés trop loin dans leur relation", a répété ma femme. Qui l'épouserait après cela ?

Les choses étaient un peu plus claires pour moi maintenant. Mais cela n'a rien résolu.

Et les choses ignobles qu'elle m'a dites ? lui ai-je demandé. Comment peux-tu justifier cela ?

Elle n'aurait pas dû dire tout cela", a répondu ma femme. C'est très ingrat de sa part de vous dire tout cela, surtout après tout ce que vous avez fait pour nous. Je ne m'attendais pas à ce qu'elle te dise toutes ces choses, crois-moi".

Tu n'as rien dit, Sumitra. Vous êtes restée là, à écouter. Elle m'a rabaissé à cause de ma caste, du fait que je n'ai pas terminé l'école, de mon apparence, des membres de ma famille, de tout".

Je ne savais pas quoi dire, j'étais tellement choquée... Je lui ai demandé d'arrêter. S'il vous plaît... ne dites pas tout cela à

Je ne veux pas entendre d'excuses. Votre neutralité me dégoûte !

Je ne la laisserai plus jamais entrer dans cette maison", me coupe-t-elle. J'ai pris ma décision. Elle n'est... elle n'est plus ma soeur".

J'ai été un peu surpris par ce que ma femme m'a dit. Je voulais la croire, mais j'ai décidé d'attendre de voir comment les choses allaient se passer et, exactement huit mois plus tard, ma femme est venue me voir à nouveau, les yeux pleins de larmes.

Et maintenant ? lui ai-je demandé.

'Tu as entendu parler du bébé?' Ses lèvres frémissent. Le bébé de qui ?

Chez ma sœur, répondit-elle. La petite fille est très malade. Les médecins ont dit qu'elle devait être opérée".

Comment savez-vous tout cela ?

Elle est venue avec le nouveau-né ce matin", a répondu ma femme après une très longue pause. Il y a un problème au niveau du cou du bébé. Elle ne peut même pas bouger la tête... la pauvre petite souffre tellement ! Je ne pouvais même pas la regarder".

Ce faisant, elle fondit en larmes.

Pourquoi ne font-ils pas l'opération ? ai-je demandé, un peu ému.

C'est trop risqué pour un nouveau-né", a-t-elle répondu. Les médecins lui ont demandé d'attendre un an.

Mais elle va guérir, n'est-ce pas ?

Ils ne peuvent pas le garantir", dit-elle en sanglotant. Si l'opération échoue, elle risque de mourir ou de survivre avec un cou déformé toute sa vie. Mais ce n'est pas ce qui me torture en ce moment. C'est la douleur de l'enfant. Elle souffre énormément ! Et ce n'est qu'un nouveau-né. Et si son cœur cède ?

Mais vous ne pouvez rien y faire, n'est-ce pas ?

Vous ne pouvez pas la guérir". Elle secoue la tête.

Je suis sûr que ses parents et votre père sauront comment gérer au mieux la situation", ai-je ajouté.

Elle n'a pas répondu à cette question.

Et comment va votre sœur ? lui demandai-je, hésitant. Je sais que je ne devrais pas poser cette question, car cela ne me regarde pas.

Pas bien", a-t-elle répondu après ce qui lui a semblé être une éternité. Elle ne va pas bien du tout.

'Vraiment?' Je fais semblant d'être surpris. Pourquoi ?

Je ne sais pas", dit ma femme. Elle n'est tout simplement pas heureuse là-bas. Elle dit que personne ne veut l'aider. Elle ne s'entend pas avec ses beaux-parents parce qu'ils sont très violents. Et son mari est toujours occupé...".

Je vois.

J'aurais aimé qu'elle suive votre conseil", murmure-t-elle.

Ah, je suis sûr qu'elle va bientôt comprendre", ai-je dit avec un sarcasme mordant, "puisqu'elle est assez mûre pour prendre ses propres décisions". Et je ne pense pas que la façon dont ses beaux-parents la traitent soit vraiment importante tant qu'ils sont brahmanes".

Le lendemain matin, lorsque je suis rentré de l'usine pour prendre une douche, j'ai vu une paire supplémentaire de pantoufles de femme à la porte d'entrée. J'avais prévu de monter rapidement dans ma chambre sans me faire remarquer, car s'il s'agissait d'une des mères avec lesquelles ma femme s'était liée d'amitié à l'école de Mini, je souhaitais sincèrement échapper à la présentation superficielle suivie d'une longue séance de bavardages, de hochements de tête involontaires et de sourires jusqu'à ce que mes joues se raidissent. Je me suis donc faufilé dans ma propre maison et j'étais sur le point de prendre l'escalier lorsque ma femme m'a appelé. Et en me retournant, j'ai vu sa sœur qui se tenait juste derrière moi, tenant dans ses bras le bébé enveloppé d'un tissu blanc. J'ai d'abord été choquée, mais une fois le choc passé, j'ai remarqué que ma belle-sœur était pâle et maigre, avec des cernes sous ses yeux épuisés, comme si on l'avait laissée mourir de faim pendant des semaines.

Elle demanda, les larmes aux yeux : "Ne voulez-vous pas bénir ma fille ?

Mais je ne suis pas un brahmane", ai-je voulu dire, mais je me suis retenu. Pourquoi vous montrer condescendant à l'égard d'une telle chose ?

Je sais que je vous ai dit des choses vraiment terribles, mais ce n'est pas la faute de mon enfant, n'est-ce pas ? Alors, tenez-la au moins une fois", dit-elle en tremblant et en s'approchant de moi avec l'enfant. Et attention... elle ne peut pas tourner la tête vers la droite".

Je lui ai pris la petite fille involontairement. Elle a remué un peu dans mes bras, puis s'est rendormie, ses petites mains fermées en poings. Elle semblait plus petite qu'un nouveau-né moyen, ou peut-être avais-je oublié à quel point un nouveau-né pouvait être minuscule. Elle était un peu trop pâle, avec un cou raide et un nœud de veines bleues si clairement visible à travers sa peau translucide. Et enveloppée dans un *kantha* blanc, alors que je regardais son visage, le souvenir de mon fils mort, immobile dans mes bras, revint à la vie. Je n'ai pas pu m'empêcher de remarquer la ressemblance frappante entre le cadavre de mon fils mort et cet enfant vivant et sans défense qui gisait faiblement dans mes bras.

Un frisson m'a parcouru l'échine. Je savais que je devais sauver cet enfant d'une manière ou d'une autre.

Interlude

C'était un mariage raté", dit ma mère. Elle ne pouvait pas vivre dans cette maison avec ses beaux-parents. C'était la folie. Tout s'est bien passé pendant quelques mois, vous savez, la phase de lune de miel. Mais bientôt, l'inévitable s'est produit exactement comme votre grand-père l'avait prédit. Elle s'est brouillée avec son mari et ils se sont battus tous les jours comme chien et chat. Elle n'arrêtait pas de se plaindre à ma mère de devoir vivre dans une seule pièce, salon, salle à manger, cuisine, tout en un. Elle devait faire sa propre cuisine, car elle ne pouvait pas manger le genre de repas qu'ils prenaient. L'entreprise de son mari a subi d'énormes pertes et elle doit s'occuper seule d'un enfant malade. Elle a donc commencé à passer la plupart de son temps dans notre maison avec votre grand-mère après la naissance de sa fille et c'est ici que ma cousine a principalement grandi".

Mais grand-mère aussi a dû faire face à toutes ces choses et à bien d'autres encore après son mariage, n'est-ce pas ? demandai-je. Grand-père était lui aussi très occupé à l'époque. Elle a perdu deux enfants et tant d'êtres chers. Elle devait faire la cuisine, le ménage et toutes les tâches ménagères bien qu'elle soit elle-même malade et enceinte. Oui, c'est vrai", a répondu ma mère. Mais elle a été acceptée par la famille de mon père après la naissance de mon frère et ma grand-mère a coopéré avec elle autant qu'elle le pouvait par la suite. Mais c'était très différent chez ma tante. Elle n'avait personne pour la soutenir ou l'aider à gérer les choses. De plus, ma mère et ma tante sont deux personnes très différentes. Ma mère a toujours gardé le silence et essayé de s'adapter aux différentes situations. Ma tante ne pouvait pas. Et ma mère, contrairement à ma tante, a toujours été extrêmement gentille avec les gens. Elle est très douce et agréable avec tout le monde. C'est pourquoi tout le monde l'aimait. Elle souriait toujours aux gens, même à ceux qui lui avaient fait du tort. Peu importe ce qu'elle ressentait à l'intérieur, elle ne le laissait jamais paraître sur son visage, et c'est pourquoi même tous les frères et sœurs de votre grand-père qui avaient des problèmes se sont mis à l'aimer très vite après qu'elle ait déménagé dans la maison de Bidyalanka".

J'ai dit : "Je comprends, d'après ce que vous m'avez dit, que ma grand-mère était soumise et docile, c'est pourquoi les gens l'aimaient. Ils pourraient lui marcher dessus. Elle a supporté toutes les épreuves qu'on lui a imposées et est restée chaleureuse avec tout le monde. Il est facile d'aimer les gens qui sont comme ça parce qu'ils ne vous tiennent pas pour responsable de vos erreurs. D'un autre côté, sa sœur était une femme bruyante et pleine d'opinions. Elle ne voulait pas subir les choses et était tout à fait honnête quant à ses sentiments. Elle pouvait se défendre et se battre pour ce qu'elle croyait être juste. Ce qui est tout à fait admirable pour une femme de son époque, si vous voulez mon avis". Mais elle était aussi extrêmement castéiste et très ingrate.

Elle était aussi arrogante parce qu'elle était bien éduquée et pouvait s'exprimer en anglais. Elle trouvait acceptable de mépriser ton grand-père qui avait abandonné l'école très jeune".

J'ai répondu : "En fait, j'ai le sentiment que si mon grand-père n'avait pas eu autant de succès et de popularité, s'il ne les avait pas sauvés de la catastrophe financière, leur famille n'aurait même pas pris la peine de le regarder à deux fois. Ce n'est qu'en raison de sa célébrité et de son argent qu'ils l'ont traité différemment. Sinon, il ne serait qu'une autre personne à la peau foncée, d'une caste inférieure, sans éducation et sans importance pour eux".

C'est une évaluation assez juste", a dit ma mère. Mais ce qui me met en colère, c'est le fait que même après qu'il ait

Même si ton grand-père était riche, célèbre et prospère, même après avoir fait des pieds et des mains pour les aider, les soutenir en cas de besoin et avoir rompu toute relation avec sa propre famille, sa caste était toujours importante pour eux", ai-je poursuivi. Ton grand-père ne voulait pas d'une lignée contaminée, mais il était d'accord pour recevoir indéfiniment l'aide et le soutien financier d'une personne de caste inférieure sans aucun scrupule. Votre tante de haute caste était heureuse d'être prise en charge par une personne de caste inférieure, de vivre dans la maison qu'il avait construite et de revenir dans la même maison après l'échec de son mariage, mais elle n'hésitait pas à ridiculiser Grand-père avec ses remarques de caste lorsqu'il essayait de lui donner des conseils. Quoi que vous fassiez ou que vous réussissiez, vous seriez toujours ridiculisé par les gens si vous apparteniez à une caste inférieure. Et cela continue encore aujourd'hui".

Ton grand-père était encore un Vaishya", a ajouté ma mère. Pense aux tortures que subissaient les Dalits à l'époque, en particulier les femmes dalits. En fait, une famille dalit vivait en face de la maison de votre grand-père et ce dernier était ami avec leurs fils puisqu'ils avaient le même âge. Ils jouaient souvent ensemble, mais ma grand-mère n'était pas très contente si elle entendait dire qu'il mangeait ou buvait de l'eau chez eux.

Elle l'obligeait à se laver après avoir joué avec eux. Ce n'est qu'après cela qu'il sera autorisé à entrer dans sa propre maison".

Ainsi, même les personnes qui étaient elles-mêmes victimes de discrimination de la part des castes supérieures, se permettaient librement de discriminer les autres.

Oui", a répondu ma mère. C'est comme ça que ça s'est toujours passé. Tu as toi aussi été confronté à ce genre de situation ? lui ai-je demandé. Pas à ce point", a répondu ma mère. Mais il y a une sorte de profilage instantané qui se produit lorsque des personnes de castes supérieures vous regardent. Ils regardent la couleur de votre peau, vos caractéristiques physiques et vous classent déjà dans une catégorie. Lorsqu'ils entendent votre nom de famille, l'expression de leur visage, aussi subtile soit-elle, vous en dit assez. Mes camarades de classe issus de familles aisées m'ont toujours fait sentir que je n'étais pas comme eux, que je ne pourrais jamais être comme eux".

Je comprends", ai-je acquiescé tristement. Je suis vraiment désolée que tu aies eu à subir tout cela.

Ce n'est pas grave, sourit ma mère. Cela a fait de moi ce que je suis aujourd'hui. Si vous êtes jolie et que vous venez d'une famille qui vous soutient et vous aide à vous épanouir, vous êtes déjà au-dessus de ceux qui n'ont pas ces atouts. C'est une vérité amère. La famille est le soutien le plus solide que l'on puisse avoir. Et les jolis privilèges existent aussi. Je n'avais ni l'un ni l'autre. J'ai donc dû travailler beaucoup plus dur pour me démarquer et me faire un nom. Mais cela m'a aidé à forger mon caractère".

J'ai tout", ai-je marmonné, réalisant que je n'aurais jamais à vivre ce qu'elle avait vécu. Mais je n'ai pas été soulagé pour autant. Au contraire, cela m'a rempli d'un profond sentiment de tristesse. Je ne sais pas quoi dire, maman. Ma vie est tellement différente. Me considérez-vous comme l'un des vôtres ? Ou pensez-vous que je ne pourrai jamais vraiment faire preuve d'empathie parce que je n'ai jamais vécu aucune des choses que vous, votre père, votre grand-père et votre grand-mère ont vécues ? Devrais-je même écrire ce livre ? Je ne sais pas".

Qu'est-ce que tu racontes, idiot ? a répondu ma mère en riant. Nous sommes tous très heureux pour toi ! Je suis heureux d'avoir pu te donner la vie que je voulais. Je ne voudrais pas que vous viviez ce que j'ai vécu. Personne ne souhaite cela pour son enfant".

Il ne s'agit pas d'être heureux pour moi, maman", ai-je répondu. J'ai l'impression de ne pas être assez bonne pour écrire cette histoire. Peut-être n'ai-je pas la profondeur ou la compréhension nécessaire pour plonger dans toutes vos vies... ou pour comprendre toutes les nuances qui ont servi à construire vos personnages. Nous occupons des mondes tellement différents".

Je comprends ce que tu dis", dit ma mère. Tu as peur d'être mal représentée. Vous avez probablement aussi peur d'être partial dans vos comptes parce que vous êtes si proche de nous. Mais je crois, et votre grand-père aussi, que vous êtes la meilleure personne pour écrire ce livre".

Comment ? lui ai-je demandé. Qu'est-ce qui te fait penser cela ?

Ne me demandez pas comment, dit-elle. Nous savons, c'est tout. Tu as toujours été un enfant très sensible. Vous avez un œil aiguisé et un sens critique que même moi je n'ai pas. Vous nous avez tous vus de près pendant deux décennies. Vous en êtes dignes ! Vous êtes digne parce que votre grand-père vous a confié l'histoire de sa vie, et pas quelqu'un d'autre. Vous ne pouvez pas faire marche arrière maintenant".

Je ne reculerai pas", lui ai-je dit. Mais je n'étais pas convaincu de tout ce qu'elle avait dit. Plus que jamais, après avoir écouté toutes leurs histoires, j'ai compris à quel point j'avais toujours été privilégiée. Mes propres problèmes commençaient à me sembler si insignifiants. Je voulais rendre à ce monde beaucoup plus que ce que j'avais reçu.

Mais le temps était compté, alors j'ai décidé de ramener mon attention au point où nous en étions avant ma digression : "Dis-moi, comment mon grand-père a-t-il réagi quand ta tante est revenue après la naissance de sa fille ?

Il n'a pas réagi du tout", a répondu ma mère. Il n'a rien dit. Peut-être a-t-il été touché par l'état d'impuissance de ma cousine. Mais en même temps, il ne pourrait plus jamais être chaleureux avec ma tante. Sa chaleur n'était réservée qu'à ma cousine en pleine croissance. Son directeur, bien sûr, n'a pas réussi dans son entreprise d'électricité. Il est revenu ici aussi, demandant à ta grand-mère de l'argent pour l'opération de mon cousin et ta grand-mère a couru vers ton grand-père pour lui demander de l'aide à chaque fois. Les frais médicaux étaient exorbitants mais ton grand-père en a payé la plus grande partie".

Et pour autant que je sache, il les aide toujours, n'est-ce pas ? Il prend en charge la plupart des frais médicaux et des dépenses quotidiennes".

Oui, a répondu ma mère. Presque trente ans se sont écoulés depuis le mariage de ma tante et c'est encore le cas aujourd'hui. Mais ils ont aussi compris leur erreur et ont fait amende honorable. Ils sont toujours là pour nous lorsque nous avons besoin d'eux. Le mari de ma tante a tout fait pour nous soutenir dans les moments difficiles. Cependant, sa relation avec ma tante n'a jamais été satisfaisante. Elle dit qu'elle est la femme la plus malheureuse de la planète et que sa vie n'a été qu'une vallée de larmes. Elle parle à peine à son mari, bien qu'ils vivent sous le même toit, et chaque fois qu'ils le font, ils finissent par se disputer. Leur maison est délabrée, les quelques membres survivants de cette famille ne sont jamais en paix les uns avec les autres. Et celui qui a été le plus touché par tout cela, c'est mon cousin. Ce n'est pas de sa faute, bien sûr. C'est ainsi que tu aurais grandi si tu avais toujours vu tes parents se battre bec et ongles tous les jours".

Je suis vraiment désolée de tout cela", lui ai-je dit. Elle ne méritait certainement pas une telle vie. Mais pourquoi Grand-mère ne s'est-elle jamais opposée à la mauvaise conduite de sa sœur ?

Elle ne savait pas qui défendre", a répondu ma mère. Elle voulait que sa sœur se marie afin d'alléger le fardeau de votre grand-père.

Pourquoi n'a-t-elle pas pu, avec le même enthousiasme, la persuader de trouver un emploi ? Le mariage n'était pas la seule solution et les femmes avaient un travail à l'époque. Leur belle-mère était elle aussi une femme active, pour autant que je sache. Votre tante était diplômée de Lady Brabourne, n'est-ce pas ?

Non, ma mère est diplômée de Lady Brabourne", rectifie-t-elle. Ma tante est diplômée de Bethune.

Alors pourquoi n'a-t-elle pas cherché de travail ?

Elle avait un travail, mais c'était après son mariage", a répondu ma mère. N'oubliez pas non plus que les choses étaient très différentes à l'époque. Il n'était pas facile pour les femmes de trouver un emploi dans les petites villes. Il était comparativement plus facile de trouver un emploi à Kolkata. Et ma tante avait largement dépassé l'âge idéal pour se marier. Elle avait quelques années de moins que ma mère, qui était mariée depuis plus de dix ans. Deux de leurs autres sœurs s'étaient également mariées il y a plusieurs années et avaient des enfants. Mais elle n'est pas encore mariée. Bientôt, elle s'est sérieusement impliquée avec le manager de mon père. À l'époque, les gens regardaient généralement d'un mauvais œil les relations avant le mariage. Ma mère était très inquiète à son sujet. Elle était sûre que sa sœur n'avait plus aucune chance de se marier. En même temps, elle était aussi très dépendante de votre grand-père. Elle ne savait pas de quel côté se placer".

Je comprends.

Elle a fait beaucoup pour notre famille", dit ma mère en changeant de sujet. Ta grand-mère, je veux dire. Elle avait toutes les qualifications nécessaires, mais elle a sacrifié plusieurs offres d'emploi parce qu'elle devait s'occuper de sa famille. Elle était bien consciente du fait que mon père était extrêmement occupé et, comme la plupart des femmes de son époque, elle pensait que seul un homme qui a une famille stable peut aller de l'avant et donner des ailes à ses rêves. Si elle ne m'avait pas aidé à t'élever, je n'aurais jamais pu construire ma propre carrière. Mais elle l'a fait au prix de sa propre vie et de sa carrière. Quand j'étais jeune, je ne la comprenais pas du tout, mais quand j'ai grandi et surtout après ta naissance, j'ai compris à quel point elle avait joué un rôle important dans notre vie à tous".

Oui, je sais. Elle a toujours été là pour moi aussi. Chaque fois que j'avais besoin d'elle, elle était là, prête à faire tout ce qu'il fallait pour satisfaire mes besoins. Je ne sais pas ce que je ferai sans elle et sans grand-père". La boule dans ma gorge s'est mise à palpiter. Je les vois tous les jours vieillir et s'affaiblir. Et cela me rappelle constamment qu'ils ne seront pas toujours là avec nous. Je ne sais pas ce que sera ma vie après leur départ. Cette maison ne se sentira plus comme chez elle".

Ne pense pas à tout cela, ma chérie, dit ma mère avec amour. Chéris le présent. On ne peut jamais être certain de l'avenir".

Mère, croyez-vous à la vie après la mort ? lui ai-je demandé quelques instants plus tard.

Je ne sais pas vraiment", a répondu ma mère. Qui sait ce qu'il y a dehors ? Mais il y a une chose en laquelle je crois fermement, c'est le karma. Vous récolterez ce que vous aurez semé".

Il y a autre chose que je veux savoir. Oui, que voulez-vous savoir ?

Toutes ces choses... Je veux dire que ces sabotages et ces tromperies, ces querelles de famille, ont eu un impact sur la santé de grand-père, n'est-ce pas ?

Sans aucun doute", a répondu ma mère. Avant la pose de son stimulateur cardiaque, il s'évanouissait souvent en travaillant. Le stress était énorme et il ne pouvait pas le supporter. Lorsqu'il s'est rendu chez le médecin, celui-ci a effectué certains examens et a découvert qu'il souffrait d'une obstruction du faisceau gauche de son cœur. Le médecin lui a suggéré de se faire installer un stimulateur cardiaque, mais il a aussi dit que votre grand-père ne pourrait pas travailler avec de l'électricité à haute tension avec un stimulateur cardiaque à l'intérieur de lui. Votre grand-père a donc repoussé l'échéance pendant des années, jusqu'à ce qu'il soit au bord de l'infarctus et qu'il doive être transporté à l'hôpital.

B.M. Birla immédiatement".

Ensuite, le stimulateur cardiaque a été installé.

Oui, a répondu ma mère, mais il n'a pas écouté les conseils du médecin. Mais il n'a pas écouté les conseils du médecin. Il a continué à travailler avec de l'électricité à haute tension. En fait, le jour même de sa sortie de l'hôpital après la pose du stimulateur cardiaque, il est allé travailler au Boys' Sporting Club, car il y avait une mission importante à accomplir.

Tu es sûr que c'est un humain et pas un cyborg ? Ma mère s'esclaffe.

C'est un être humain, c'est vrai", a-t-elle répondu. Il a juste ce qu'il faut. Ton grand-père a toujours été incroyablement ambitieux. Ses tarifs ont toujours été plus élevés que ceux des autres artistes de la lumière. Il a ainsi perdu plusieurs contrats à cause d'eux, mais il n'a jamais transigé sur le prix, la qualité de son travail ou l'originalité de ses idées. Il m'a dit de ne jamais me contenter de moins que ce que je pensais mériter. Il a ainsi toujours trouvé des personnes plus soucieuses de la qualité et n'a donc jamais manqué de projets. Cela lui a permis d'être à la fois un artiste de qualité et un homme d'affaires prospère".

Je vois. Mais il y a eu d'autres artistes de la lumière qui ont appris le travail qu'il avait commencé et qui ont créé leur propre entreprise, n'est-ce pas ? L'industrie s'est développée assez rapidement. Mais pourquoi est-ce que c'est toujours Grand-père qui a reçu la plupart des contrats, même si plus tard il y a eu plusieurs autres personnes qui ont fait le même genre de travail ?

C'est parce que la plupart des autres artistes et entrepreneurs utilisaient des matières premières moins chères et moins de figurines, ce qui leur permettait de réduire leurs coûts. Ils n'ont jamais atteint leur but. En revanche, le travail de votre grand-père était très artistique et ses idées étaient pertinentes sur le plan social. Il a donc toujours été salué par la critique. En outre, les panneaux que votre grand-père fabriquait étaient basés sur une variété de thèmes qui pouvaient être utilisés n'importe où pour n'importe quelle occasion. D'autre part, les autres entrepreneurs, pour lui faire de l'ombre, ont réalisé d'immenses panneaux pendant la puja, basés principalement sur des thèmes régionaux, ce qui a eu pour effet que les personnes extérieures à notre ville ou à notre État n'ont pas eu besoin de ces panneaux. Leurs thèmes se détacheraient du contexte et la consommation d'énergie serait massive compte tenu de la taille de leurs panneaux".

Alors, détruiraient-ils ces panneaux après les avoir exposés et en créeraient-ils de nouveaux ?

Oui, ils ont dû démonter complètement la plupart de leurs panneaux pour prendre de nouvelles commandes, ce qui leur a fait subir des pertes énormes. Certains d'entre eux ont même dû fermer leur entreprise par manque de fonds. Elles ont également connu d'énormes problèmes de main-d'œuvre car elles n'étaient pas en mesure de verser les salaires en temps voulu. Ton grand-père n'a jamais eu de tels problèmes. Les aides qui effectuent de longues heures de travail pendant la saison des festivals sont payées à l'avance afin que leurs familles ne souffrent pas du fait qu'ils doivent rester loin d'elles pendant des semaines. Il leur a également préparé quatre repas complets par jour et a mis en place une cuisine séparée pour eux pendant la haute saison.

Il s'est occupé de tout, n'est-ce pas ?

Il l'a fait. Il se souciait davantage de ses aides que de lui-même ou de sa famille. Il oubliait souvent ses repas, mais veillait toujours à ce que ses assistants n'aient pas faim. Aujourd'hui, ils sont tous bien établis".

J'aimerais être la moitié de la personne qu'il était", ai-je soupiré. Il faut être prêt à travailler pour cela.

Je sais", ai-je murmuré. Je sais.

Le début des années 2000

SRIDHAR DAS EST FINI", titrait un périodique local.
LA FIN DE L'ÈRE DES LUMIÈRES DE CHANDANNAGAR".
un autre a proclamé.

Je n'ai pas eu à lire les articles. Je savais ce qui y était écrit. Dans une petite ville, la nouvelle se répand vite.

Il y a deux ans, un journaliste m'avait posé une question à laquelle je n'avais pas su répondre de manière satisfaisante et qui n'avait cessé de me tourmenter depuis.

Monsieur, ne pensez-vous pas que la chaleur excessive dégagée par les panneaux et les quantités massives d'électricité qu'ils consomment sont préjudiciables à l'environnement ? Avez-vous des idées respectueuses de l'environnement pour contrer ce genre de choses ?

Je n'ai pas pu lui répondre. Il avait donc laissé cette question de côté dans l'interview publiée. Cependant, cela m'a semblé être une grande défaite. Le journaliste avait soulevé un point valable et je me suis surpris à ne pas y avoir pensé plus tôt. Il y avait plus d'une centaine de comités de puja à Chandannagar qui dépensaient sans compter pour leurs processions. Chaque comité avait droit à quatre ou cinq camions pour présenter ses panneaux lumineux, ce qui, au total, représentait environ cinq cents camions de lumières uniquement pour la procession, sans compter les quatre nuits d'illumination continue des rues. Si la méthode traditionnelle présente des risques aussi importants pour l'environnement, il est certain qu'elle devra bientôt être remplacée par quelque chose d'autre. Plusieurs industries artisanales avaient déjà été fermées pour la même raison. Je ne pouvais pas laisser mourir mon art. Les milliers de personnes qui travaillent dans ce secteur perdraient leur gagne-pain si je ne trouvais pas rapidement une solution de rechange. Cela m'a donné des nuits blanches !

Un an plus tard, un artiste nommé Asim Dey a réalisé des panneaux simples à l'aide de lampes LED. Et les habitants de ma ville ont poussé des cris de joic lorsqu'ils ont vu passer ses panneaux, qui n'ont même pas été pris en compte dans la compétition. Cependant, j'étais curieux et je l'ai appelé le soir même pour en savoir plus sur les lampes LED. Les nouvelles innovations dans le domaine de l'éclairage m'ont toujours fasciné.

Ils consomment beaucoup moins d'énergie", m'avait-il dit. Ils sont extrêmement sûrs. Vous pouvez toucher les lumières des panneaux pendant qu'ils fonctionnent et il ne vous arrivera rien. Ces lampes sont comparativement moins chères et il n'est pas nécessaire d'utiliser du papier cellophane coloré, car elles sont disponibles en différentes couleurs et ne dégagent qu'une chaleur négligeable.

C'est excellent ! lui avais-je dit, sautant presque de joie. C'est exactement ce dont nous avons besoin en ce moment !

Eh bien, tu es la seule à le penser", avait-il répondu tristement, le visage pâle et affligé.

Lorsque je suis rentré à la maison ce soir-là, j'étais de si bonne humeur que ma femme m'a regardé avec méfiance.

Qu'est-ce qui se passe ? m'a-t-elle demandé au cours du dîner. Tu ne vas pas croire ce qui s'est passé aujourd'hui", lui ai-je dit.

Toutes mes angoisses ont enfin pris fin. J'ai enfin trouvé une alternative aux miniatures 6.2, une alternative qui est absolument sans danger pour l'environnement".

Où l'avez-vous trouvé ?

Asim a travaillé avec eux cette année", lui ai-je dit. Ces lumières sont appelées LED. On dirait des étoiles ! Je vais immédiatement passer à la LED".

Ma femme m'a mis en garde au lieu de m'encourager, ce qui m'a surpris.

Pourquoi ? lui ai-je demandé.

Les gens d'ici adorent les miniatures 6.2", dit-elle. Ces lumières sont l'essence même de notre Jagadhatri Puja ! Je ne pense pas qu'ils pourront un jour accepter la LED. En outre, j'ai entendu parler des panneaux d'Asim. Haru et Gopal se sont moqués d'eux plus tôt dans la soirée. Je ne veux pas que les gens se moquent de toi aussi".

C'est parce qu'ils ne savent pas à quel point les miniatures sont nocives", lui ai-je dit. Nous devons le dire à tout le monde.

Elle m'a dit : "Écoute, tu as presque soixante ans et tu as accompli tout ce que tu voulais dans la vie. Vous avez presque soixante ans et vous avez accompli tout ce que vous avez toujours voulu dans la vie. Pourquoi ne pas faire une pause et diversifier vos activités ?

Tu me demandes d'abandonner ? lui ai-je demandé, surpris. Non, je ne te demande pas d'abandonner", a-t-elle répondu, exaspérée. Mais je ne veux pas que tu perdes ta réputation à la fin de ta belle carrière. Si vous ne voulez pas travailler avec des figurines, ne le faites pas. Faites autre chose. Mais ne passez pas aux LED. Je ne veux pas que tu sois la risée de tous". C'est une façon de penser extrêmement égoïste, Sumitra.

Je n'ai pas pu m'empêcher de dire. Tu ne penses qu'à ma réputation. Qu'en est-il des autres ? Qu'en est-il des milliers de personnes qui travaillent dans ce secteur ? Ils perdront tous leur emploi si le Conseil de contrôle de la pollution émet une ordonnance contre l'utilisation des figurines. J'ai peut-être atteint un niveau de vie suffisant pour pouvoir vivre somptueusement même si j'arrête de travailler maintenant, mais qu'en est-il de ces personnes ? C'est leur seule source de revenus".

Elle n'a pas répondu, mais à son expression, j'ai compris qu'elle n'était pas très heureuse.

Quoi que vous disiez, je vais passer aux LED", ai-je déclaré. Et une fois que j'aurai expliqué la raison de ce changement, je suis sûr que les gens comprendront. Et s'ils ne le font pas, ils ne tarderont pas à ne plus voir de lumière du tout pendant les pujas".

J'ai rapidement été invité à Rabindra Bhavan pour participer à la grande cérémonie annuelle de remise des prix organisée par Morton Dairy et pour remettre les prix pour l'éclairage des rues et des cortèges lumineux aux artistes de l'éclairage en herbe qui avaient réussi à se hisser au sommet cette année-là. C'est avec une grande fierté et un grand honneur que je les ai vus toucher mes pieds lorsque je leur ai remis leurs prix bien mérités. Cependant, juste avant l'annonce du nom du gagnant, un groupe d'hommes occupant les premiers rangs a hué le nom d'Asim, riant entre eux, distrayant tout le monde. Le visage découragé d'Asim a immédiatement défilé devant mes yeux et, dans le feu de l'action, je n'ai pas pu m'empêcher de faire un discours ce soir-là pour le défendre, un discours qui a eu des conséquences inimaginables.

Je voudrais féliciter tous les lauréats de ce soir", ai-je commencé. Puissiez-vous continuer à faire de l'excellent travail et à vous efforcer d'immortaliser le nom de notre ville. Mais il y a autre chose que je voudrais mentionner. Il s'agit de mon ami, Asim Dey, qui a présenté les magnifiques panneaux LED cette année à Chandannagar...".

Mon discours a été accueilli par un éclat de rire de la part des entrepreneurs en électricité et des éclairagistes qui occupaient les premiers rangs. Ils pensaient que je faisais une blague aux dépens d'Asim, comme ils l'avaient fait.

Pour ce que j'en sais, j'ai continué. Chaque année, des milliers de visiteurs viennent de loin dans notre ville pour assister à la Jagadhatri Puja. À la fin des années 1900, il n'y avait que cinq ou six artistes de la lumière qui travaillaient à l'illumination et tous les comités de puja de Chandannagar ne participaient pas à la procession ou n'optaient pas pour l'éclairage des rues. De nos jours, vous ne trouverez pas un comité de puja qui ne fasse pas l'une ou l'autre de ces choses. La situation est différente aujourd'hui. Ainsi, dans ce nouveau scénario, il n'est pas prudent d'exposer les multitudes de visiteurs aux risques des miniatures 6.2. Nous avons eu plusieurs accidents chaque année où des personnes ont été électrocutées par les lampadaires parce qu'elles avaient été poussées contre les panneaux par la foule en délire. De nombreuses personnes ont perdu la vie en tentant d'installer les lourds panneaux dans des endroits précaires. En outre, nous devons également penser à l'environnement. La quantité de chaleur dégagée par les miniatures n'est pas du tout sans danger pour l'environnement. C'est pourquoi je pense que tous les artistes de la lumière devraient suivre l'exemple d'Asim et passer aux LED pour un environnement de puja plus sûr et plus sain.

CET HOMME EST-IL FOU ? J'ai entendu quelqu'un crier depuis l'un des premiers rangs.

Il s'en est suivi un véritable pandémonium, où des personnes ont exprimé des opinions contraires, agrémentées de ricanements et de railleries.

Vous pouvez rire maintenant", ai-je ajouté, pris au dépourvu par la tournure soudaine des événements. Mais un jour, c'est le DEL qui régnera à Chandannagar !

Depuis ce jour, ma nouvelle réputation est celle de Sridhar Das, l'électricien autrefois célèbre mais aujourd'hui dément.

Décidée à être le changement pour provoquer le changement, j'ai commencé à travailler avec la DEL et j'ai rapidement remarqué un changement notable dans l'attitude de certains de mes assistants. D'une certaine manière, ils semblaient un peu défiants. Ils ont regardé mes dessins avec une indifférence notable. Je les ai souvent trouvés groupés, chuchotant entre eux. Ils n'étaient pas prêts à abandonner leurs vieilles habitudes et à apprendre quelque chose de nouveau. Chaque fois que je donnais un ordre, ils faisaient souvent semblant de ne pas m'avoir bien entendu. Quand ils me parlaient, ils ne pouvaient pas me regarder dans les yeux. Tout est une question d'argent maintenant. Tant qu'ils recevaient leur salaire à temps, tout allait bien. Beaucoup d'entre eux ont fini par quitter mon emploi et ont rejoint les autres artistes et entrepreneurs qui continuaient à travailler avec les méthodes éprouvées d'illumination des rues.

Mes voisins ont regardé à travers moi. Mes anciens amis ne me saluaient plus dans la rue. Il semblait que les personnes qui, auparavant, s'étaient autoproclamées mes bienfaiteurs et avaient envahi ma maison toute la journée en dévorant des tonnes d'en-cas et des litres de thé, les personnes que je faisais tout pour aider, que ce soit avec de l'argent ou des conseils, et qui n'attendaient rien d'autre en retour que de l'amitié et de l'amour, avaient soudain changé d'avis. Ils ne me reconnaissaient presque plus. Certains de mes frères étaient ravis. Ma mère était froide dans sa tombe. Si elle avait été en vie, je suis sûr qu'elle aurait pris plaisir à écrire elle-même quelques lignes dans les colonnes désobligeantes des journaux. Les seules personnes qui m'ont soutenue tout au long du processus sont mes amis Vikash et Parashuram, ainsi que mes garçons les plus chers, Rustom et Mustafa. Il est amusant de constater que ce n'est que dans les moments de crise que les vraies couleurs se révèlent.

Un jour, je m'étais rendue à la municipalité de Chandannagar pour rencontrer mon cher ami, Amiya, et j'ai dû faire face à un traitement dont je n'aurais jamais imaginé que les bons employés de la municipalité étaient capables. Les personnes qui sautaient de leur siège en me voyant étaient maintenant trop absorbées par leur travail et leur thé pour faire attention à moi. Tous étaient très concentrés sur les dossiers scotchés sur leurs tables et m'ont offert une chaise et une tasse de thé, à contrecœur. Ils étaient trop occupés pour me parler ou répondre à mes questions. Mon ami, le maire, m'a cependant accueilli chaleureusement et s'est montré extrêmement hospitalier, comme toujours.

Un jour, alors que je me rendais à mon usine avec des gâteaux et des en-cas pour mes ouvriers, j'ai vu ma propre personne peinte sur les murs extérieurs de ma maison, réduite à une caricature ridicule avec un crâne chauve, un nez exceptionnellement long et émoussé, et d'autres traits physiques exagérés, portant des chaînes de diodes électroluminescentes à la place des vêtements. À côté, écrite de manière négligente, une rime vicieuse déclarait que j'étais mentalement instable. Mon ami Vikash, ainsi que quelques-uns de mes garçons, ont frotté la peinture tenace toute la matinée. J'ai tout supporté à ce moment-là, mais les larmes que j'ai versées, seule dans ma chambre, cet après-midi-là, auraient suffi à nettoyer tout le mur.

Un jour, Vikash m'a dit en me regardant dans les yeux : "Écoute, tu te donnes à fond pour une procession de LED l'année prochaine. Tu te donnes à fond pour une procession LED l'année prochaine. Faites quelque chose de différent, de révolutionnaire avec les LED. Quelque chose qu'ils n'ont jamais vu auparavant. Je sais que vous pouvez le faire. Vous n'avez pas à vous préoccuper de ce qui se passe à la maison. Nous y parviendrons".

Tout ce que j'ai pu dire, c'est que j'ai vraiment fini, n'est-ce pas ? Il m'a secoué les épaules d'un bon coup de poing et m'a dit : "Non, tu n'as pas fini !

ne sont pas terminées ! Vous ne pourrez jamais l'être. Vous êtes le pionnier, mon ami !

Hah ! Pionnier ! Je soupire, me moquant de moi-même. Ils connaissent les lumières parce que vous leur avez enseigné ce qu'est la lumière.

et ce qu'elles peuvent faire ! poursuit Vikash. Ils ne se seraient pas intéressés à tout cela si tu n'avais pas commencé ce phénomène. Ils seraient restés coincés dans les années 1960 avec leurs lampes à tube et leurs ampoules. Vous voulez maintenant introduire un changement, un changement positif, en pensant à leur sécurité et à l'environnement. Ils ne l'aiment pas parce qu'ils ne savent pas encore ce que c'est. Un prophète n'est jamais honoré dans son propre pays, dit un célèbre dicton. Il faut leur montrer, Sridhar ! Il faut leur ouvrir les yeux sur les merveilles que l'on peut faire avec les LED".

Vous pensez que je peux le faire ? lui ai-je demandé, dubitatif. Qui d'autre peut le faire ?", dit-il en riant. Tu n'as pas posé cette question

avant de faire briller ces lumières sous l'eau, n'est-ce pas ? Tu ne m'as même pas écouté à l'époque ! Vous faisiez ce que vous vouliez faire sans vous soucier de ce que les gens pensaient ou disaient de vous".

C'était différent à l'époque, Vikash", lui ai-je dit. Je n'étais personne à l'époque. Personne ne me prenait au sérieux, ni ce que je faisais. J'en étais encore au stade expérimental, où je pouvais me tromper, faire des erreurs, sans que personne ne s'en soucie vraiment. Mais je ne peux plus le faire. Tout le monde me connaît maintenant. Ils ont tous les yeux rivés sur moi. C'est comme si j'étais toujours sous les feux de la rampe et que tout ce que je faisais faisait l'objet d'un examen minutieux. Il y a des gens qui attendent l'occasion de me prendre à contre-pied pour déverser toute leur amertume".

La tête qui porte la couronne est mal à l'aise, mon ami, dit Vikash. Tu dois l'accepter. Gardez la tête haute et faites ce que vous voulez faire. Ne vous souciez pas de ce que les gens disent ! Si vous pensez être sur la bonne voie, vous restez sur cette voie. Croyez-moi, un jour viendra où ils devront abandonner leurs habitudes pour suivre les vôtres".

J'ai décidé de suivre le conseil de Vikash et de faire quelque chose d'innovant avec les LED. Aussi bizarre que cela puisse paraître, ma ligne de conduite m'a été révélée en partie dans un rêve et en partie par l'un des livres que ma petite-fille adorait lire, un livre de comptines, rempli d'images vives et colorées et d'histoires drôles sous la forme de petits poèmes accrocheurs.

Un soir, en me couchant, j'ai rêvé d'une procession. Je suis resté sur le bord de la route, préoccupé par mes pensées, alors que les camions ornés de panneaux miniatures 6.2 merveilleusement éclairés passaient les uns après les autres devant mes yeux. Je les ai regardés avec tendresse pendant un certain temps, mais les choses ont rapidement commencé à se gâter. Soudain, sorti de nulle part, un énorme clown fait de figurines s'avance vers moi. Alors qu'il était sur le point de me dépasser, le camion s'est arrêté juste devant moi dans un bruit terrible qui m'a fait bourdonner les oreilles. Et le clown qui était resté figé tout ce temps, a lentement et étrangement tourné la tête vers moi...

Les gens autour sont restés muets tandis que les grands yeux jaunes regardaient directement dans les miens, brillant d'une lumière épouvantable. Bientôt, il s'est mis à rire d'une manière étrange, révélant une série de dents de devant exceptionnellement grandes et me faisant frissonner de la tête aux pieds de manière incontrôlable. Les gens qui avaient observé le cortège pendant tout ce temps suivaient maintenant le clown comme s'ils étaient sous l'influence de la magie. Ils se sont aussi moqués de moi, m'ont ridiculisé, ont proféré des remarques malveillantes et des blasphèmes obscènes. Une pluie de voix désincarnées a bientôt bourdonné autour de ma tête comme un essaim de sauterelles et, alors que j'essayais de me boucher les oreilles avec mes doigts et de fermer les yeux, elles se sont abattues sur mon corps comme un flot de balles de fusil de chasse.

Mais ils se sont tous arrêtés et le silence est revenu. J'ai ouvert les yeux, à moitié effrayé, à moitié curieux de voir ce qui avait fait taire toutes ces voix, et j'ai été surpris par la silhouette envoûtante d'une fée aux cheveux argentés qui étincelaient comme des diamants et qui tenait à la main une baguette magique au design étrange. Ce personnage avait quelque chose de différent. Il n'était pas fait de miniatures. Il était composé de lumières d'une qualité stellaire irréprochable, douces, calmes et agréables à l'œil. La fée argentée rayonnait tellement que le clown malveillant s'estompait sous l'aura de sa lumière jusqu'à ce qu'il finisse par disparaître, puis, d'un coup de baguette, elle a fait s'agenouiller tous les gens devant elle, ensorcelés.

Puis elle s'est retournée et s'est inclinée respectueusement devant moi. C'est alors que je me suis réveillé en sursaut.

Je me suis retrouvée sur mon lit, ma petite-fille assise juste à côté de moi, regardant son livre de comptines préféré et en récitant quelques-unes à voix haute en anglais. Je suis une poupée de fée sur l'arbre de Noël. Garçons et filles, venez me voir... Venez me voir, voyez ce que je peux faire ! Si je peux le faire, tu peux le faire aussi".

Quand t'es-tu réveillée ? lui ai-je demandé, un peu surpris. Il y a longtemps", répondit-elle, les yeux grands, sombres et scintillants. Il est presque midi. Tu as dormi toute la journée

matin ! Dida s'est beaucoup inquiétée pour toi". Je lui ai dit que j'étais debout jusqu'à 4 heures du matin la nuit dernière.

Ah, je vois", a-t-elle répondu. C'est pourquoi votre chambre était enfumée quand je suis entrée. Maintenant, je comprends.

Puis elle tourna la page qu'elle était en train de lire et commença à fredonner : "La petite Miss Muffet... assise sur un tuffet... mangeant son lait caillé et son petit-lait...".

Tu lis encore ce livre ? Je l'ai interrompue : "Tu ne crois pas que tu es trop grand pour les comptines ?

Je m'entraîne", répond-elle en écartant de son épaule la chevelure brune et brillante. Je m'entraîne pour ma petite sœur qui se cache en ce moment même dans le ventre de ma mère. Maman m'a dit que je devais lui apprendre toutes ces rimes avant qu'elle n'atteigne l'âge d'un an. Alors, vous voyez ? J'ai une énorme responsabilité".

Tu veux une sœur ? lui ai-je demandé, affectueusement. Et si tu as un frère ?

Umm... alors je suppose que je dois l'accepter", dit-elle en haussant les épaules. Même si j'ai un frère, je serai reconnaissante à Dieu. Au moins, je n'ai pas à être seule, n'est-ce pas ? Et je pense que je peux l'élever pour qu'il devienne un frère moins bruyant, c'est certain. Je lui ferai lire de bons livres. Mon frère sera différent des autres garçons. Je l'appellerai Bonny".

Puis elle reprit sa rime. Une grosse araignée vint s'asseoir à côté d'elle... et fit fuir Mlle Muffet...

Un éclat de rire a suivi.

Pourquoi ris-tu ? lui ai-je demandé, amusé. Miss Muffet est exactement comme moi", dit-elle.

Pourquoi ?

Parce que je suis aussi terrifié par les araignées ! Et regarde, Dadu, elle me ressemble beaucoup aussi ! N'est-ce pas ?

Puis elle a pressé le petit livre de comptines contre mon nez pour que je remarque et reconnaisse la ressemblance entre elle et Little Miss Muffet. C'est alors que les chiffres figurant sur les anciennes pages du livre m'ont intrigué.

N'a-t-elle pas l'air de me ressembler, Dadu ?", s'impatiente-t-elle de savoir. N'est-ce pas ?

En effet ! ai-je répondu avec enthousiasme. Vous vous ressemblez presque comme des jumeaux !

Je n'ai pas remarqué le bonheur sur son visage, car c'est à ce moment-là que j'ai eu une autre idée.

Mais le livre est devenu trop vieux", a-t-elle répondu avec nostalgie quelques instants plus tard. Les pages se détachent presque. Je ne sais pas combien de temps je pourrai le conserver. Pouvez-vous faire quelque chose ?

Hmm... laisse-moi réfléchir... Mon esprit travaillait à un rythme qu'il n'avait jamais connu auparavant. Et si je sortais ces chiffres du livre pour toi, hein ?

C'est impossible !

Rien n'est impossible", lui ai-je dit.

Alors, ce serait formidable, Dadu ! Je n'ai plus à me préoccuper des pages".

Et si je les fais bouger ?

C'est pour ça qu'on t'appelle le magicien ? me demande-t-elle, la voix aiguë d'excitation.

Et si je les fabriquais avec des lumières pour qu'ils brillent même la nuit ?

Je peux les garder dans ma chambre", demande-t-elle. Je ne pense pas que tu puisses, parce que je vais les préparer.

vraiment grand ! Et si je dois faire Miss Muffet, je devrais aussi faire l'araignée. Aimerais-tu garder une grosse araignée lumineuse dans ta chambre ?

Oh non ! Je ne peux pas ! Je mourrais de peur ! Elle m'a serré dans ses bras par peur imaginaire, ses cheveux me chatouillant le cou. Quelle sera la taille de l'araignée ?

Je lui ai répondu qu'il faisait trois fois ta taille et je l'ai regardée haleter d'horreur. Mais ne t'inquiète pas, cela ne te fera aucun mal ! J'y veillerai".

S'il vous plaît, faites-le !

Tu me laisses emprunter ton livre pour un moment, ma petite ? lui ai-je demandé tendrement.

Bien sûr ! Bien sûr ! Elle était très enthousiaste et m'a tendu le livre immédiatement. Tout pour toi, Dadu !

Je n'avais pas terminé. Pas encore.

    Ce n'était pas la fin. Ce n'est qu'un début.

Interlude

Ce sont les meilleurs modèles de lumière que j'aie jamais vus ! Je n'avais jamais rien vu d'aussi beau de toute ma vie. J'ai poussé un cri de joie lorsque les camions sont passés devant moi, n'en croyant pas mes yeux. Il a donné vie aux personnages de mon vieux livre de comptines ! Et il l'a fait d'une manière que je n'aurais jamais pu imaginer. Une bougie de près de deux mètres de haut, constellée de diodes électroluminescentes dorées et argentées, était exposée sur l'un des camions. L'éclat de ses flammes était presque aveuglant, tout comme la vieille comptine "Jack, sois agile, Jack, sois rapide ! Jack, saute par-dessus le chandelier" est diffusé sur la caisse de résonance. Il y avait l'ombre vivante de Jack le sauteur, magnifiquement représentée sur un panneau placé juste derrière la bougie tridimensionnelle.

Puis vint la maison géante de la comptine "Il y avait une vieille femme qui vivait dans une chaussure", avec ces petites fenêtres et ces petites portes qui avaient l'air si réelles lorsque mon grand-père travaillait à sa structure complexe dans l'usine que j'avais rêvé d'y vivre pendant un jour ou deux. Je m'étais détachée de la comptine et j'aimais croire qu'il y avait une cuisine à l'intérieur de la maison avec une jolie petite table, un four, un minuscule réfrigérateur et d'innombrables bocaux de biscuits, de beignets et de paillettes arc-en-ciel. Un endroit parfait pour jouer à la "maison" ! avais-je dit à ma mère. J'aimais aussi imaginer que des lutins y vivaient la nuit, fabriquant en secret des chaussures de toutes les couleurs et de toutes les formes, comme dans le merveilleux conte "Le cordonnier et les lutins".

C'était génial !

Mon grand-père avait représenté des comptines distinctes dans des camions distincts. Il ne s'agit pas seulement de personnages isolés, mais de comptines complètes, avec leurs décors distincts, leurs personnages distincts, qui se déplacent tous et jouent les histoires. Il y avait Miss Muffet, qui mangeait son lait caillé et son petit-lait, et une araignée géante en mouvement qui l'effrayait à en perdre la raison. Il y avait une belle étoile argentée tirée de "Twinkle, Twinkle Little Star", et des rangées de jolies maisons représentées dans les panneaux avec un ciel nocturne d'un bleu éclatant au-dessus d'elles. Et en arrière-plan, les rimes se font entendre haut et fort.

Je me souviens que mon grand-père m'avait emprunté la vieille cassette de comptines que ma mère avait achetée à Music World. Il a ensuite enregistré chacune des pistes sur des cassettes séparées. Chaque camion diffusait un morceau différent et les lumières représentaient l'histoire du morceau. Je les ai trouvés meilleurs que les spectacles son et lumière de Disneyland ! Un spectacle particulier à Disneyland, "The Flights of Fantasy", auquel j'ai moi-même assisté, ne comportait que des lumières focalisées et des personnes déguisées en personnages de contes de fées qui dansaient au son de la musique. Mais ce que faisait grand-père était différent. Il a utilisé à la fois des panneaux et d'énormes structures mécaniques entièrement faites de lumières, comme d'immenses figures fluorescentes et phosphorescentes provenant d'un étrange pays enchanté.

Tu te souviens de ce que tu as fait quand tu as vu l'araignée dans sa fabrique ? me rappelle ma mère.

Oui, oui, j'ai acquiescé. On aurait dit une tarentule géante qui bougeait ses tentacules et je n'ai jamais crié aussi fort en vingt ans comme je l'ai fait la première fois que je l'ai vue. Pas même lorsqu'une véritable araignée s'est posée sur moi".

Il a reçu plusieurs prix cette année-là", se souvient ma mère. C'était la première fois qu'un cortège entièrement composé de lumières LED recevait autant de prix.

Oui, mais il n'a pas reçu les plus convoités.

Non, ces prix ont été décernés aux artistes qui avaient travaillé de manière traditionnelle", a répondu ma mère. La plupart d'entre eux n'avaient pas de thème spécifique, mais étaient des structures gigantesques entièrement décorées de miniatures 6.2, la même histoire".

L'année prochaine, à la même époque, de nombreux éclairagistes étaient passés aux LED. Le LED est tout ce que nous avons".

C'est exactement ce qu'il avait prédit. Qu'un jour, la LED régnerait à Chandannagar. Il a été humilié lorsqu'il a dit cela. On l'appelait l'électricien "dément". Regardez qui est fou maintenant !

C'est alors que mon bruyant frère a annoncé son entrée dans notre paisible foyer en ouvrant la porte d'un coup de pied si violent que les vitres ont tremblé.

J'ai passé une journée horrible à l'école ! se plaint Bonny en laissant tomber son sac avec un bruit sourd sur le sol.

Oh, pourquoi ? lui demande sa mère.

Il faisait trop chaud et j'avais mal à la tête ! Je suis allée dans la chambre de l'infirmière et elle m'a donné des médicaments, mais cela n'a pas fonctionné du tout.

Ma mère lui a dit : "Tu devrais aller prendre une douche immédiatement. Je te donnerai des médicaments dès que tu auras déjeuné et tu pourras te reposer tout l'après-midi.

Il a fait ce qu'on lui demandait, mais il était incroyablement lent et a harcelé ma mère pour qu'elle annule ses cours de maths ce soir-là. Je l'ai regardé avec méfiance. A-t-il vraiment mal à la tête ? Ou s'agissait-il simplement d'une de ses imitations consommées de garçon malade ? Je n'ai pas pu le dire.

Une dernière question, maman, avant de partir", ai-je dit. Je n'ai pas réussi à comprendre une chose. D'où grand-père tirait-il les idées pour ses figurines mécaniques ? Comment a-t-il appris à les fabriquer ?

Tu devrais poser cette question à ton grand-père", a suggéré ma mère.

Lorsque j'ai demandé à mon grand-père, plus tard dans la soirée, d'où lui venaient les idées pour ses figurines mécaniques, sa réponse a été fascinante.

Des jouets", m'a-t-il dit. Des jouets ?

Oui, il acquiesce. Chaque fois que je trouvais un jouet qui me plaisait, je l'achetais au marché et je l'ouvrais avec mes tournevis pour voir comment il fonctionnait. J'ai pris note de toutes les pièces miniatures qui entraient dans la fabrication du jouet et j'ai construit des figurines mécaniques similaires avec des pièces plus grandes. J'ai fabriqué les corps avec de la masonite, j'y ai percé des trous et j'ai fixé les lumières à travers les trous, comme je l'avais fait pour les panneaux au départ, tu te souviens ?

Oui, c'est vrai, j'ai souri. Alors, c'est tout ? Toutes ces merveilleuses idées vous viennent des jouets ?

Oui", a-t-il répondu. Le train mécanique que j'ai fabriqué était basé sur un jeu de train que j'ai vu jouer par le fils d'un de mes amis. J'ai réalisé plusieurs autres figurines mécaniques qui étaient des répliques de jouets. D'ailleurs, il y avait d'autres personnes à Chandannagar qui fabriquaient de telles figures. Kashinath Neogi est l'une de ces personnes qui m'a inspiré. J'avais l'habitude de passer des heures dans son usine et il était toujours très accueillant".

Je crois que j'ai déjà entendu ce nom.

C'est un homme extrêmement qualifié", a répondu mon grand-père. Il a obtenu un diplôme de technicien supérieur à notre époque, ce qui n'était pas très courant à l'époque. Les figures mécaniques qu'il fabriquait étaient extraordinaires. Lorsqu'il travaillait, il ne laissait personne entrer dans son usine, ne tolérait aucune interruption. Mais j'étais une exception. Il m'aimait comme s'il était le sien et m'appelait chaque fois qu'il faisait quelque chose de nouveau. Il m'a demandé mon avis et a accueilli favorablement mes suggestions. Je lui ai alors demandé son avis sur les projets sur lesquels je travaillais. Nous avions une camaraderie extrêmement affectueuse où nous nous aidions mutuellement à grandir en apprenant les uns des autres".

Et aujourd'hui, tout est question de concurrence.

Ce n'est pas que nous n'ayons pas eu de concurrence à notre époque", dit Grand-père. Mais nous avions aussi des amis et des sympathisants incroyablement loyaux.

En parlant de bienfaiteurs, parlez-moi de Londres, Dadu.

Quelqu'un ne t'a pas aidée à exposer tes lumières ? Nandita, répondit-il avec une étincelle dans les yeux. Nandita

Palchoudhuri".

Ce nom m'a rappelé une foule de souvenirs brumeux, très agréables.

Je me souviens d'elle ! m'exclamai-je. Je n'avais que trois ans lorsqu'elle venait à la maison, mais je me souviens parfaitement d'elle.

C'est la femme la plus gentille que j'aie jamais rencontrée", dit Grand-père. Je vais te donner son numéro. Vous devez la contacter".

Été 2001

Le projet en Irlande était mon deuxième projet international après celui en Russie, mais c'était mon premier voyage international. J'étais extrêmement nerveuse et déconcertée à l'idée de devoir interagir avec des étrangers. Je ne connaissais pas l'anglais, et encore moins la langue irlandaise ! J'avais du mal à comprendre l'hindi. Le bengali était la seule langue que je parlais couramment. De plus, j'étais persuadé que mes lumières n'auraient aucune chance d'être remarquées dans un pays étranger. Ils sont certainement habitués à une technologie plus fine et plus sophistiquée, à côté de laquelle mes dérisoires panneaux Ramayana et Diwali, fonctionnant sur de simples rouleaux de bois, paraîtraient risibles.

Je devais exposer douze panneaux dans l'opulente galerie de la Queen's University de Belfast. Nandita m'a accompagné dans ce projet. En fait, c'est elle qui me l'a proposé à un moment où ma vie était plutôt stagnante et où j'en avais assez de faire toujours la même chose. J'avais sauté sur l'occasion d'un projet international.

Nandita était assise à côté de moi dans l'avion, me rassurant constamment. Sridhar Da, tout va bien se passer ! Vous n'avez pas à vous inquiéter. Tout ce qu'ils veulent, c'est voir vos lumières !

Même dans cet avion climatisé, je devais de temps en temps frotter la sueur de mon front. Mes garçons, en revanche, avaient l'air tout à fait à l'aise et un peu trop excités lorsqu'ils inspectaient les magazines en papier glacé, les écouteurs, les télécommandes avec leurs différents boutons, et appelaient les hôtesses de l'air toutes les dix minutes pour demander de l'eau et d'autres choses.

Regardez comme ils s'amusent ! me chuchote Nandita en riant doucement. Toi aussi, tu devrais te détendre un peu.

J'étais tellement nerveuse que j'avais du mal à répondre par un sourire.

Cependant, lorsque nous avons atterri à l'aéroport de Dublin, il s'est passé quelque chose de tout à fait contraire à mes attentes. Un groupe de jeunes étudiants irlandais de la Queen's University se tient en bas des escaliers, de grands plateaux à la main. Au début, je n'imaginais même pas qu'ils étaient là pour nous, mais lorsque j'ai atteint la dernière marche, j'ai été prise au dépourvu lorsqu'ils se sont avancés vers moi avec ces plateaux. Sur ces plateaux, il y avait tout ce dont nous avions besoin - pulls, vestes, chaussettes et chaussures, mouchoirs, petites trousses de toilette et autres, pour chacun d'entre nous.

Qu'est-ce qui se passe ? Je demande à Nandita, déconcertée, tandis que tous mes autres compagnons de voyage me regardent fixement. Pourquoi viennent-ils vers moi ?

C'est parce qu'ils sont là pour vous", dit-elle en riant. Pour vous accueillir avec des cadeaux et des salutations !

Mais je n'ai même pas encore travaillé pour eux !

Cela n'a pas d'importance", a-t-elle répondu. Vous avez fait tout ce chemin depuis l'Inde. C'est ainsi qu'ils veulent exprimer leur gratitude".

Ils ont accueilli chaleureusement notre équipe avec des cadeaux et des bouquets de fleurs et nous ont conduits à leurs camionnettes privées qui allaient nous emmener à l'université. J'ai gardé le sourire tout au long du trajet. Je n'avais aucune idée de ce qu'ils disaient à Nandita. Mais ils avaient tous l'air joyeux et cela m'a remonté le moral aussi, et quand ils riaient, je riais aussi. Je ne m'attendais pas à ce que les Irlandais soient si chaleureux et accueillants, car j'avais toujours pensé que les Blancs nous méprisaient. Mais on m'a prouvé que j'avais tort et cela m'a rendu exceptionnellement heureux.

La galerie de l'université Queen's où j'étais censée exposer mes lumières ne ressemblait en rien à ce que j'avais vu auparavant. Plusieurs types de lumières ont été installés dans l'auditorium. Il y avait plusieurs entrées et sorties, un système de climatisation central et des rangées infinies de sièges étincelants s'étendaient tout autour de moi. Pendant un instant, j'ai été complètement envoûté !

Qu'est-ce qui s'est passé, Sridhar Da ? me demande Nandita. Tu ne te sens pas bien ?

Oui, je le suis", ai-je réussi à répondre. Je n'ai jamais vu un auditorium comme celui-ci !

Elle sourit et acquiesce.

Elle m'a encouragé à dire : "Cet auditorium sera beaucoup plus beau lorsque vous aurez exposé vos panneaux".

J'espère vraiment que ce sera le cas.

Et elle avait raison. En effet, après avoir installé nos panneaux, l'aspect de la galerie s'est complètement transformé et les étudiants étaient tous stupéfaits. J'aurais presque pu pleurer de bonheur en voyant l'expression de stupéfaction sur leurs visages.

Ils n'ont jamais rien vu de tel non plus", a déclaré Nandita, une fois que le programme a commencé.

Une équipe d'étudiants s'est placée en groupe à une certaine distance de mes panneaux et a commencé sa récitation sur la fête indienne de Diwali et les histoires du Ramayana qui ont été recréées et représentées sur mes panneaux.

Une fois le spectacle terminé, on nous a offert des rafraîchissements, du café, des biscuits, des sandwiches, de minuscules bouteilles d'eau minérale comme celles que l'on nous offrait dans l'avion et diverses autres friandises à l'aspect pittoresque dont je ne soupçonnais pas l'existence. Quelques étudiants se sont approchés de moi et m'ont posé des questions. Nandita m'a expliqué toutes les questions en bengali et a traduit mes réponses en anglais pour qu'ils les comprennent. Elle était tout à fait à l'aise dans ce pays étranger et je n'ai pu m'empêcher d'admirer la fluidité et l'assurance avec lesquelles elle parlait avec eux. Ce qui m'a surpris chez les Irlandais, c'est leur curiosité, leur désir inlassable d'en savoir plus sur les aspects techniques de mon travail, leurs questions incessantes sur la manière dont j'avais réussi à faire briller des lumières sous l'eau, et j'ai été étonné de voir à quel point ils pouvaient facilement faire en sorte que des étrangers nerveux comme moi se sentent chez eux grâce à leurs manières chaleureuses et affables. Ils m'ont tous serré la main et ont pris plusieurs photos de mes panneaux. Nombre d'entre eux se sont fait photographier avec moi et ont demandé ma signature sur de petits bouts de papier et de minuscules carnets. Oh, c'était une expérience si délicieuse !

Une semaine plus tard, il s'est passé quelque chose d'amusant et d'inattendu. J'ai dû retourner en Inde de toute urgence en raison d'une affaire inachevée qui exigeait mon attention immédiate. Nandita a dû rester en retrait pour le reste de l'événement, car c'est elle qui en était responsable. Il y avait douze énormes panneaux et tout un tas d'autres appareils électriques qui devaient être ramenés. Je ne pouvais donc demander à aucun de mes trois garçons de m'accompagner en Inde avant la fin de l'événement. J'ai décidé de rentrer chez moi tout seul.

Compte tenu de la brièveté du délai, je n'ai pas pu obtenir de vol direct pour l'Inde. J'ai dû interrompre mon voyage en passant par Heathrow. Et c'est là que je me suis retrouvée dans l'embarras, car je ne parlais pas l'anglais et je ne comprenais pas grand-chose à cette langue. Je n'ai rien compris après avoir atterri à Heathrow. Quelle direction prendre, que faire, à qui s'adresser, quel vol prendre ensuite, comment se rendre à l'avion, je n'en avais absolument aucune idée ! Je me suis demandé pourquoi j'avais eu l'idée de faire une chose pareille. Mais je n'avais pas d'autre choix non plus. Il était impossible pour Nandita de quitter l'événement en cours de route simplement parce que j'avais des affaires à régler. Et même si l'un de mes garçons m'avait accompagnée, cela n'aurait pas été d'une grande aide car aucun d'entre eux ne connaissait l'anglais. Il y aurait eu deux personnes ignorantes qui auraient couru d'un pilier à l'autre dans l'aéroport d'Heathrow au lieu d'une seule.

Cependant, alors que j'avais presque perdu espoir, j'ai remarqué une personne portant un turban à l'un des guichets et je me suis précipité vers elle pour lui demander de l'aide. Dans un hindi approximatif, je lui ai expliqué ma situation et il m'a patiemment expliqué, dans un bengali approximatif, ce que je devais faire. Il m'a indiqué un certain endroit et m'a demandé d'aller m'asseoir devant le tableau d'affichage, de faire attention à mon numéro de vol et au numéro de la porte d'embarquement qui se trouvait à côté, et de prendre cette porte d'embarquement lorsqu'on me le demanderait. Je lui ai obéi au doigt et à l'œil et me suis retrouvé sur le bon vol pour rentrer chez moi. Ce fut une expérience mémorable et je me suis sentie très fière de moi lorsque j'ai finalement atterri à Kolkata.

Automne 2003

L'environnement londonien est très différent de celui de l'Irlande. Lorsque Nandita m'a ensuite proposé le projet du Mayor's Thames Festival à Londres, j'ai sauté sur l'occasion, m'attendant à vivre une expérience similaire à celle que nous avions vécue en Irlande. Mais j'ai trouvé les Londoniens loin d'être amicaux ou hospitaliers et ils n'avaient pas la curiosité vibrante des Irlandais. Londres était plus formelle et moins chaleureuse. Je ne connaissais pas leur langue, mais je pouvais percevoir la différence dans leur attitude. Le contraste était palpable. Pour le festival, nous avons construit un bateau paon illuminé en trois dimensions, composé de 6,2 miniatures. C'était une idée de Nandita qui devait symboliser l'arrivée de la East India Trading Company en Inde. Cette imposante barge mesurait 25 pieds de haut avec une voile massive, près de 12 pieds de large et utilisait 1 56 000 lampes. Il devait traverser Londres en longeant les rives de la Tamise à bord d'un camion à plateau ouvert. Le haut-commissaire britannique de l'époque, Sir Michael Arthur, s'est rendu chez moi à Kalupukur, Chandannagar, pour avoir un aperçu de la péniche-paon qui devait être exposée à Londres deux mois plus tard, tandis que tout le quartier se pressait autour de ma maison pour apercevoir l'Européen. En parlant de priorités, on ne peut pas dire qu'il n'y en ait pas !

Je n'étais pas nerveux cette fois-ci. Ma participation au projet de l'université Queen's m'a ouvert les yeux et m'a permis de me détendre un peu. De plus, cette fois-ci, j'avais l'expérience et la compétence pour me soutenir.

L'une des meilleures choses à Londres, c'est que je m'y suis fait un ami. Un collègue électricien nommé George, âgé d'environ cinquante-cinq ans, à la peau rose et blonde, qui éclatait souvent de rire et avait en permanence un énorme sourire aux lèvres. Il possédait une énorme jeep dans laquelle on pouvait trouver presque tous les types d'instruments et de pièces détachées électriques jamais fabriqués par l'homme ! Toujours prêt à nous aider de quelque manière que ce soit, il était comme l'un de nos propres coéquipiers, si chaleureux et de si bonne humeur que sa seule vue me mettait du baume au cœur.

Le jour où le Festival de la Tamise allait avoir lieu, Nandita regarda le bateau-paon d'un œil critique et exprima son opinion en fronçant les sourcils. Sridhar Da, c'est magnifique ! Mais il y a un défaut majeur que nous avons négligé".

Quoi ? Mon cœur s'est arrêté.

Je crains que la voile ne passe pas sous les ponts. Il est trop grand ! Et il y a trop de ponts sur la route".

Elle avait raison ! Il s'agissait d'un oubli majeur. Et je n'ai eu que quelques heures pour tout arranger.

J'étais tellement tendue que j'avais envie de faire pipi. Je me suis précipité vers les toilettes publiques, en réfléchissant tout au long du chemin, et c'est alors que mes yeux ont aperçu la bouée de sauvetage. Il s'agit d'un instrument qui ressemble à un cric de voiture et qui comporte une longue perche munie d'une poignée que l'on peut tourner dans le sens des aiguilles d'une montre et dans le sens inverse pour augmenter ou diminuer la longueur de la perche. À peine l'avais-je aperçu de loin dans les mains de quelques ouvriers du chantier que je me suis précipité vers Nandita, lui ai montré ce que j'avais vu et lui ai dit que si nous devions sauver la journée, c'est précisément ce qu'il nous fallait, ce cric béni !

Nous devons trouver ce valet", lui ai-je dit. Et nous pourrions avoir besoin de plus d'un.

D'accord, voyons ce que je peux faire !

Bien sûr, nous ne pouvions pas accepter cette proposition, mais George est venu à la rescousse. Il a écouté notre détresse et, au bout d'une demi-heure, il est arrivé sur les lieux, avec deux de ces crics dans sa jeep.

Je me suis immédiatement mis au travail, d'abord en séparant la voile de la barge, puis en la fixant au cric. Puis est venu le dernier coup, qui a encore une fois changé la donne. Faisant appel à mon bon sens, j'ai commencé à considérer mon paon indien comme le cheval de Troie, j'ai placé deux de mes garçons dans le ventre creux du paon, l'un d'eux étant chargé de tenir le cric et l'autre de tourner la poignée dans le sens inverse des aiguilles d'une montre lorsque le camion était sur le point de passer sous un pont, de manière à ce que la voile descende d'environ un mètre cinquante, puis de tourner la poignée dans le sens des aiguilles d'une montre de manière à ce que la voile ressorte une fois que le camion est sorti du pont.

Ce soir-là, les rives de la Tamise sont envahies par les Londoniens. Plusieurs Indiens se trouvaient également dans la foule et ont acclamé jusqu'à l'épuisement ma péniche-paon lorsqu'elle est passée à côté d'eux. Mon travail a été la pièce maîtresse de ce spectacle et a fait parler de lui dans toute la ville. Je n'ai jamais été aussi fière de moi et de mes garçons ! Incapables de contrôler leurs émotions, ils sont tous venus vers moi, m'ont serré dans leurs bras et ont pleuré en voyant, du haut du pont sur lequel nous nous trouvions, nos compatriotes saluer notre travail. Nous n'avons pas compris un mot de ce qui était annoncé. Nous nous sommes contentés de regarder les visages en liesse de notre peuple et de laisser le sublime sentiment de bonheur nous débarrasser de tout le stress et de toute l'anxiété que nous avions ressentis jusqu'à ce moment-là.

Mon bateau-paon a connu un tel succès qu'il a été conservé à Londres pendant deux ans. Il sera à nouveau exposé l'année prochaine lors du festival de la Tamise organisé par le maire, avec quelques modifications. Elle a également été exposée à Blackpool, dans l'auditorium des Winter Gardens, pendant près d'un mois l'année suivante. Et nos noms ont fait la une du journal *The Guardian* . Après mon retour de Londres, ma maison est devenue un repaire de journalistes et de médias. Presque tous les grands journaux nationaux, *The Telegraph*, *The Times of India*, *The Statesman*, etc. ont affiché mon nom dans leurs titres. Mes interviews ont été diffusées sur les différentes chaînes d'information et plusieurs documentaires m'ont été consacrés. Les célébrités qui se rendent à Chandannagar pendant les pujas seraient presque

Je n'hésite pas à passer chez moi pour discuter.

Aujourd'hui, mes journées se déroulent différemment. J'ai été invité à la plupart des grandes manifestations culturelles et foires organisées à Chandannagar et dans ses environs, soit en tant qu'invité principal, soit en tant que juge. Des entreprises prestigieuses et des organisateurs de Kolkata m'ont demandé de juger les éclairages de rue des différents comités de puja pendant la Durga Puja. J'ai été inondé de nouveaux projets provenant de grandes villes métropolitaines comme Mumbai, Delhi et Chennai. Mes lumières ont de nouveau été envoyées à l'étranger, à Los Angeles, et contrairement aux méthodes traditionnelles que l'on m'avait demandé d'utiliser pour mes projets à Londres et en Irlande, les habitants de Los Angeles ont préféré les LED modernes et respectueuses de l'environnement. Je n'ai pas pu accompagner Nandita cette fois-ci, car j'avais un certain nombre de projets importants à mener à bien dans le pays. En outre, les médecins m'avaient interdit d'entreprendre ce long vol de 23 heures, car on m'avait récemment diagnostiqué un blocage du cœur. Mes garçons se sont bien amusés et n'ont pas cessé de se vanter de leur expérience à leur retour.

Parmi les choses que j'ai le plus aimées à Londres, il y a les rues. Ils étaient absolument impeccables ! La ponctualité des gens m'a étonné. La façon dont ils ont pris soin de l'environnement et maintenu la propreté de leur environnement est digne d'éloges. J'ai même vu un jour le maire de Londres, Ken Livingstone, balayer la rue devant sa maison. Les pauvres de Londres n'ont jamais demandé l'aumône. Certains d'entre eux étaient des personnes très talentueuses qui se tenaient sur les trottoirs ou à l'extérieur d'un monument, peignant des tableaux brillants ou jouant de merveilleuses mélodies sur leur violon ou leur orgue à bouche. Ils disposaient généralement d'une boîte de contribution à proximité de laquelle les gens déposaient des billets et des pièces de monnaie de leur propre chef. En fait, le terme "artiste" serait plus approprié, car ils gagnent leur vie grâce à leur art, ce qui est exactement ce que j'ai fait aussi.

Mon vieil ami, George, me manque toujours. Quinze ans se sont écoulés depuis notre rencontre et nous n'avons pas gardé le contact. C'était l'un des hommes de bonne humeur que j'ai rencontrés dans ma vie. Nous ne comprenions pas la langue de l'autre, mais nous avons voyagé dans les rues immaculées de Londres, mangé dans différents restaurants, fumé des cigares et travaillé ensemble avec une telle camaraderie. Nous avions une drôle de façon de parler à l'aide de signes et de gestes. Lorsque je voulais manger, je frottais mes mains sur mon ventre et indiquais un restaurant. Il m'emmenait immédiatement dans ce restaurant et nous examinions ensemble les plats. Il me faisait des suggestions, m'indiquait différents plats qu'il pensait que je pourrais aimer, j'y réfléchissais une minute et je choisissais l'un de ses plats. Il le commandait pour moi et nous le mangions ensemble, parfois à l'intérieur du restaurant, parfois à l'extérieur dans sa jeep. Nous nous sommes beaucoup amusés ensemble. C'est lui qui m'a permis de me sentir chez moi à Londres.

Le jour de notre départ, George m'a offert un paquet de cigarettes, une marque que j'avais appris à aimer et dont il savait qu'elle ne serait pas facilement disponible en Inde. Je me souviens encore de la façon dont je chérissais ce paquet de cigarettes, n'en consommant pas plus d'une ou deux par semaine et fumant chaque cigarette très lentement pour la savourer. Cela m'a rappelé le jour où j'ai été autorisée pour la première fois à manger un œuf entier, l'excitation, le frisson et la façon dont j'ai savouré chaque bouchée. Je ne savais pas à l'époque que je n'aurais plus jamais à me languir des œufs. De même, j'ai eu plusieurs paquets de cigarettes Dunhill plus tard dans ma vie, mais je me souviendrai toujours du jour où George me les a présentées à l'intérieur d'une minuscule boutique dans l'une des nombreuses rues de Londres.

La péniche-paon du festival de la Tamise a été l'un de mes projets les plus réussis et les plus célèbres, qui m'a valu une renommée mondiale. Londres occupera donc toujours une place particulière dans mon cœur.

Interlude

Nandita Palchoudhuri était pour moi l'incarnation humaine du mot "sophistication". Je l'avais rencontrée pour la première fois alors que j'avais à peine trois ans et l'une des principales raisons pour lesquelles je me souvenais encore d'elle était qu'elle m'avait ramené une boîte de chocolats de Londres, les barres de Toblerone étant celles que je chérissais le plus.

Elle a été et est toujours une entrepreneuse culturelle qui organise des expositions et donne des conseils au niveau international dans le domaine de l'art populaire indien, de l'artisanat et des pratiques de performance. Grande et mince, avec de longs cheveux noirs et raides, des yeux sombres et profonds et une peau sombre, elle est peut-être la femme la plus digne et la plus élégante que j'aie jamais rencontrée, ses connaissances et son intellect dépassant ceux de toutes les personnes que j'ai connues.

Je ne savais pas comment établir le contact avec elle après presque dix-sept ans. Je savais qu'elle était toujours très occupée, qu'elle voyageait constamment à l'étranger. Se souviendrait-elle de moi ? Aurait-elle du temps à me consacrer ? Mes mains tremblent alors que je lui envoie un message WhatsApp.

Les deux tiques grises ont fait battre mon cœur. Elle a bien reçu mon message. Il ne me restait plus qu'à attendre sa réponse. Contrairement à mes attentes, les tiques sont devenues bleues dans la minute qui a suivi, et sa réponse a été rapide :

Samragngi, je suis la personne la plus heureuse aujourd'hui ! Je vous invite à venir à Kolkata. Rencontrons-nous, déjeunons ensemble et je vous aiderai dans la mesure du possible. J'ai le plus grand respect pour votre grand-père et votre famille. Toi, je le sais puisque tu n'as pas su parler ! Et maintenant, vous écrivez un livre ! Sa réponse était si réconfortante que j'ai failli faire une petite gigue dans ma chambre, de bonheur ! Cependant, mon université n'ouvrira ses portes que dans un mois, ce qui signifie que je ne me rendrai pas à Kolkata de sitôt. J'ai donc dû lui parler au téléphone. Je lui ai expliqué ma situation. Elle a semblé d'accord, promettant de m'appeler le lendemain.

le matin.

Comment allez-vous, madame ? lui ai-je demandé lorsque nous avons enfin établi le contact. Cela fait si longtemps !

Je vais bien, ma chérie ! Comment allez-vous ?", répond-elle joyeusement.

Je vais très bien ! Mais j'espère que cela vous convient de parler maintenant ?

Absolument, dit-elle. Alors, comment voulez-vous que cette conversation se déroule ? Voulez-vous me poser des questions ? Ou voulez-vous un avis global ?

J'ai quelques questions à vous poser", ai-je dit. Mais j'aimerais savoir tout ce que tu as à me dire sur ton expérience avec grand-père.

D'accord, commençons.

J'ai posé ma première question. Comment as-tu connu grand-père ?

Mon travail consiste à utiliser les techniques traditionnelles de manière contemporaine", m'a-t-elle expliqué. Lorsque j'ai envisagé de faire quelque chose à l'étranger avec les lumières de Chandannagar, j'avais quelques idées en tête. Mais je ne savais pas qui les ferait. J'ai commencé à me renseigner à Kolkata, et les membres des différents comités de puja de Kolkata m'ont dit que le travail d'illumination maximal avait été réalisé par un certain Sridhar Das. L'un d'eux m'a donné le numéro de téléphone de ton grand-père et j'ai essayé de l'appeler, mais ton grand-père n'a jamais décroché le téléphone. Je me suis donc rendu directement à Chandannagar. Je l'ai rencontré et lui ai parlé de mon idée. Et ce qui était fantastique, c'est que même si l'atmosphère de Chandannagar était très peu dynamique et peu professionnelle, il était rafraîchissant et différent".

En quoi était-il différent ? Je voulais savoir.

Lorsque je l'ai rencontré pour la première fois, je m'attendais à ce qu'il me dise qu'il était très occupé", dit-elle en riant. Je pensais qu'il n'aurait pas de temps à me consacrer et qu'il trouverait probablement mes projets et mes suggestions scandaleux, étant donné la célébrité qu'il était. Parce que le type d'idée que j'avais était complètement différent de ce qui se faisait à Chandannagar à l'époque".

Vous voulez dire vos idées pour le projet Irlande ?

Oui, pour le projet Irlande", confirme-t-elle, "je voulais organiser une exposition de contes basée sur quatre ou cinq événements du Ramayana, qui devait se dérouler dans une immense galerie".

La galerie de l'université Queen's ? Je vérifie à nouveau. Absolument", a-t-elle déclaré. Vous connaissez les lumières que j'utilisais souvent

Cette fois-ci, je voulais faire des lumières l'attraction principale de l'événement, quelque chose que les gens viendraient voir par eux-mêmes. J'ai donc fait en sorte que les lumières ne soient plus utilisées comme une simple décoration, mais qu'elles deviennent l'attraction principale. Il s'agissait d'une exposition lumineuse où les gens viendraient écouter une histoire racontée par les lumières de votre grand-père".

D'accord.

Lorsque j'ai parlé de cette idée à Sridhar Da, il a été tellement réceptif que ses yeux se sont illuminés et qu'il a fumé sa cigarette encore plus vite", dit-elle en riant. Il était tellement excité et heureux ! C'était tout le contraire de ce à quoi je m'attendais. Il a répondu : "Bien sûr, je vais le faire ! Dites-moi comment vous voulez que je procède. Je ferai tout ce que vous me demanderez." C'était comme si je lui donnais de l'oxygène pour respirer !

J'ai répondu en riant.

Vous savez, il s'ennuyait beaucoup à l'époque", explique-t-elle. Il n'y avait rien de nouveau à faire pour lui. Ses employés, Sujit et tous les autres, étaient à la tête de l'entreprise avec Rustom, Mustafa et tous les autres. Ils ont été extrêmement efficaces. Il n'a eu qu'à superviser leur travail et à leur donner des idées. Vous vous souvenez de ces types ?

Oui, bien sûr ! Je me souviens de chacun d'entre eux".

Ils savaient tous ce qu'il fallait faire. Il avait fait d'eux des experts. Ton grand-père n'avait pas grand-chose à faire, si ce n'est obtenir les contrats, leur donner des idées et les conseiller sur les questions techniques. Lorsque je l'ai approché, il s'est montré à la hauteur, comme je ne l'aurais jamais imaginé, pour réaliser tous les dessins et tout le reste. Nous devions également tenir compte du fait que l'ensemble de la structure resterait dans la mer pendant deux mois et que les simples miniatures ne pourraient probablement pas résister à l'influence de l'eau salée pendant si longtemps".

Oui.

J'ai donc dû beaucoup planifier et réfléchir, mais je n'ai pu le faire que parce que Sridhar Da était toujours prêt à écouter et à approuver toutes les idées folles qui me venaient à l'esprit. Il s'est montré très réceptif. Et en plus d'être réceptif, il proposait des idées nouvelles par rapport à ce que je lui avais dit. Il était vraiment dans son élément en faisant de nouvelles choses !

Oui, il a toujours aimé expérimenter de nouvelles idées. Vous savez, l'une des choses les plus drôles qui se sont produites en tant que

Dès que nous avons atterri à Belfast, les travailleurs ont remarqué à quel point la ville était peu peuplée et je me souviens que l'un d'entre eux a demandé : "Y a-t-il *un bandh ici aujourd'hui ?". La façon dont il a dit cela m'a fait rire"*, dit-elle en se souvenant du bon vieux temps. *Cependant, le programme a connu un grand succès et a été diffusé à la télévision, dans les journaux et les visiteurs ont écrit d'excellentes critiques sur le spectacle de lumière.*

Il s'agit donc des panneaux du Ramayana ?

Pas seulement des panneaux sur le Ramayana, mais aussi des panneaux sur Diwali, sur les différents pétards et sur l'origine de Diwali. "Nous nous sommes penchés sur la question suivante : "Qu'est-ce que Diwali en Inde ? Comment et pourquoi Diwali est célébré. De plus, les panneaux étaient libres, ils n'étaient pas collés aux murs. Vous pouvez déplacer les panneaux à votre convenance".

Et la péniche du paon ?

Il a été placé sur un camion à plate-forme et a traversé le centre de Londres", explique-t-elle. Nous avons réalisé l'ensemble du projet à Chandannagar et le haut-commissaire britannique est même venu le voir.

Grand-père m'en a parlé.

La barge que nous avons créée à Londres a également été transportée à Blackpool. Blackpool est en fait l'endroit où les miniatures 6.2 et tous les autres types de lampes ont vu le jour, mais ils travaillaient avec des lampes fixes. Chandannagar a pris une longueur d'avance en animant les lampes. C'est pourquoi votre grand-père est appelé le pionnier. Il est le premier à avoir eu l'idée des lumières mobiles et à avoir enseigné au monde comment elles pouvaient être utilisées pour des motifs et des thèmes élaborés. Cependant, Blackpool n'a pas été en mesure de faire beaucoup de progrès dans ce domaine. La barge a été transportée à Blackpool pour marquer le 125e anniversaire des lumières de Blackpool. Elle a été exposée dans l'auditorium des Winter Gardens".

Grand-père a donc travaillé à Londres, Belfast et Blackpool. Et Durham", ajoute-t-elle.

Qu'a-t-il fait à Durham ?

Il y a un énorme pont du XVIIe siècle à Durham, connu sous le nom de Elvet Bridge", m'a-t-elle dit. Nous y avons travaillé pour le festival Enlightenment. Votre grand-père a décoré les deux énormes portes situées à chaque extrémité de ce pont".

Et que s'est-il passé à Los Angeles ?

Il s'agissait d'une énorme figure en trois dimensions de la poupée Bula Di", m'a-t-elle dit. Elle faisait partie de mon projet avec l'UCLA, à l'époque des campagnes de sensibilisation au VIH. Bula Di était une poupée qui apparaissait dans des publicités télévisées et radiophoniques pour éduquer la population du Bengale occidental sur la transmission et la prévention du VIH. Sridhar Da a réalisé une figure tridimensionnelle de Bula Di et l'a décorée avec des lumières LED.

Quelle a été votre expérience de travail avec mon grand-père ? J'ai posé ma dernière question.

C'est l'homme le plus intéressant, le plus innovant et le plus intelligent que j'aie jamais rencontré", a-t-elle déclaré. Il aurait dû être scientifique ! Une fois, à Londres, lorsque le camion a été chargé avec la barge du paon, nous avons découvert que la voile de la barge était trop haute. Et comme Londres est pleine de ponts, la hauteur de la voile devait être très basse pour passer sous le pont. Quand je lui en ai parlé, en quelques heures, il a fait en sorte que la voile descende sous le pont et remonte quand le pont est traversé".

Oui, j'en ai entendu parler.

Puis il y a eu cet homme, cet électricien britannique qui s'est lié d'amitié avec Sridhar Da. Je ne me souviens pas de son nom. Ils avaient l'habitude de monter ensemble dans sa jeep, en fumant leurs cigarettes en toute complicité. Ils ne comprenaient pas la langue de l'autre, mais ils n'avaient pas besoin de traduction non plus. Ils étaient presque comme des frères perdus depuis longtemps !

Je ne pensais pas que parler à Nandita ma'am serait si facile et sans effort. Elle avait tellement de choses à dire et tellement de choses dont elle se souvenait encore que je n'ai pratiquement pas eu à poser de questions. À la fin de la conversation, je l'ai invitée chez nous, ce qu'elle a accepté volontiers, tout en exprimant sa déception de ne pas nous avoir rendu visite plus tôt. J'aurais dû aller à Chandannagar il y a des mois", soupire-t-elle. J'aurais pu manger les mangues de votre verger ! À l'époque, je n'ai jamais eu à me languir des mangues. Votre grand-père m'en envoyait des tonnes".

Un mois plus tard

Qu'est-ce que tu fais ? me demande mon père alors que je suis assis sur le canapé du salon et que je regarde l'écran de mon ordinateur portable. Il venait de rentrer d'une de ses tournées d'affaires.

Je réfléchis à la manière de commencer l'histoire de grand-père", répondis-je sans lever les yeux. Je ne sais pas par où commencer.

Ah, le livre ? Ta mère m'en a parlé. Je suis très heureux que vous le fassiez".

J'ai levé les yeux vers lui et j'ai souri. Tu t'es bien amusé ?

Vous savez que je ne peux pas m'amuser sans vous tous. En fait, c'était très mouvementé. Tu as l'air beaucoup plus heureux qu'avant. Oui, je suis plus heureux, papa", ai-je souri. J'ai enfin trouvé

un but".

Si vous avez besoin d'aide, dit-il, je suis là. Je suis là.

Si vous avez des informations sur Grand-père qui vous semblent intéressantes, dites-le moi. Cela nous aiderait beaucoup".

Il réfléchit un moment et répond. Eh bien, il y a plusieurs choses. Mais je crains qu'il ne s'agisse pas de ses luttes ou de ses réussites. Pensez-vous que cela vous aidera ?".

De quoi s'agit-il ? demandai-je avec curiosité.

Il s'agit de certains traits de caractère particuliers que j'ai remarqués chez lui", a-t-il déclaré. Certaines choses qu'il a faites et dont je n'ai jamais pu comprendre la raison.

Sont-ils bons ou mauvais ?

Excentrique", a-t-il déclaré en un mot. On ne peut jamais épingler cet homme.

Qu'est-ce que tu veux dire ?

Je vais te donner un exemple simple", dit mon père, assis à côté de moi sur le canapé, toujours en costume-cravate.

Attendez une seconde", l'ai-je arrêté en cherchant mon téléphone. Laissez-moi d'abord allumer mon enregistreur.

Cela va être bizarre.

Absolument pas. C'est ainsi que j'ai interrogé tout le monde". J'ai l'impression d'être un professeur d'université maintenant", dit papa en riant. Maintenant, commençons", ai-je dit avec enthousiasme.

J'avais beaucoup entendu parler de ton grand-père avant de le rencontrer", dit mon père. Tout le monde le connaissait et parlait de lui en termes élogieux. Naturellement, je m'étais fait une opinion sur la base de ce que les gens disaient. Mais quand je l'ai vu pour la première fois, j'ai été choqué".

Pourquoi ?

Parce qu'il n'avait pas l'air d'être une personne si renommée que cela", a répondu mon père. J'avais imaginé tout cela très différemment dans ma tête et j'étais nerveux à l'idée de le rencontrer. Mais lorsque je l'ai enfin fait, j'ai été aussi surprise que soulagée. Il portait une chemise boutonnée très ancienne et très simple, ainsi qu'un pantalon ample et usé qui, j'en étais certain, datait de plus de dix ans. Il avait cette apparence insouciante d'un artiste affamé qui ne correspondait pas à l'image d'un homme prospère. Je ne l'ai jamais vu porter quoi que ce soit de formel, à moins qu'il ne doive assister à un événement important. Et même pour ces événements, il avait ce blazer bleu royal qu'il portait partout. Si vous regardez ses anciennes photos, vous le verrez porter le même blazer à chaque événement".

Eh bien, il est toujours comme ça, n'est-ce pas ?

Oui, mais il reste à la maison maintenant", a-t-il répondu. Tu peux porter n'importe quoi à la maison, personne ne s'y opposera. Mais lorsque je l'ai rencontré pour la première fois, il était extrêmement occupé, toujours en mouvement. Il était à peine rentré. Et c'est ainsi qu'il s'habillait toujours, où qu'il aille".

Aujourd'hui encore, il porte la même chemise bleue en coton à chaque interview", ai-je ajouté. Et lorsqu'un journaliste rentre chez lui, il s'assoit dans son bureau, au milieu de toutes ses récompenses, avec cette vieille chemise bleue décolorée et un **lungi** *en dessous. Je lui ai dit à plusieurs reprises de porter quelque chose de bien, au moins un pantalon. Mais il dit que cela ne sert à rien parce que seule sa moitié supérieure sera visible au-dessus de la table et qu'il se sent plus à l'aise pour répondre aux questions dans son* **lungi***".*

Mon père s'est mis à rire de façon incontrôlable. Je connais cette fameuse chemise bleue. Son frère, Ganesh Kaka, lui en a fait cadeau pour son soixante-dixième anniversaire.

Oui, cela fait tellement d'années, mais il ne veut pas s'en séparer. À l'époque, il conduisait également un très vieux scooter Bajaj que l'on pouvait entendre approcher à cinq kilomètres de distance", ajoute mon père en riant. C'était une légende dans la région. En d'autres termes, si vous ne le connaissiez pas et que vous le rencontriez par hasard dans la rue, vous ne croiriez jamais qu'il est un tel personnage. Il avait l'air si ordinaire et terre-à-terre". J'ai acquiescé.

Pourtant, il avait une très forte personnalité et je l'ai immédiatement ressentie lorsque j'ai enfin eu l'occasion de lui parler", a déclaré mon père. Il avait l'air d'une personne très directe, sans état d'âme. Il n'aimait pas les gens qui tournaient autour du pot et n'avait aucun problème à dire ce qu'il pensait. Une chose que j'ai toujours admirée chez lui, c'est qu'il n'a jamais essayé d'être ce qu'il n'était pas".

C'est exact.

Vous savez, un jour, il a surpris un jeune garçon en train de voler une boîte de lampes dans son magasin. Sais-tu ce que ton grand-père a fait ?

Tu as dit qu'il était excentrique", lui dis-je en me grattant la tête avec le bout de mon crayon. Maman a dit qu'il était indifférent à tous ceux qui essayaient de lui faire du mal. Elle a dit qu'il l'avait à peine reconnu. Donc, je pense que peut-être... il l'a juste ignoré et a continué ce qu'il faisait".

Non, il s'est approché de lui et lui a pris la main", dit mon père. Et il lui a dit de ne pas vendre ces lampes, mais de les louer à des gens, parce qu'ainsi il pourrait gagner plus d'argent avec les lampes, et sur une plus longue période de temps. Il lui a ensuite donné quelques lampes supplémentaires, celles qui traînaient dans son usine".

Quoi ? Le choc était évident sur mon visage.

Oui", dit mon père en riant. Pouvez-vous le croire ? Il ne s'est pas contenté de laisser le voleur s'enfuir, il l'a aussi conseillé sur la manière de tirer profit de ce qu'il avait volé".

C'est hilarant !

Chaque fois que quelqu'un venait lui demander de l'aide, il lui achetait de la nourriture, des produits d'épicerie et tout ce dont il avait besoin, en plus de lui donner de l'argent. Une fois, pendant la saison des pujas, il est rentré chez lui en fin d'après-midi et venait de s'asseoir pour déjeuner après une matinée très épuisante. Il a à peine touché à son assiette qu'un vieil homme vient frapper à la porte pour demander de la nourriture. Devinez ce qu'il a fait ?

Il a offert sa part de nourriture au vieil homme. Je crois que j'ai déjà entendu cela de la bouche de grand-mère".

Exactement, dit mon père, les gens venaient souvent lui demander de l'aide. Certains avaient des parents malades, d'autres voulaient de l'argent pour l'éducation de leurs enfants, d'autres encore appartenaient tout simplement à des réseaux de racket. Ton grand-père était très généreux avec ceux qui venaient dire qu'ils avaient besoin d'argent pour l'éducation de leurs enfants. C'est l'un de ses points faibles. Peut-être parce qu'il a réalisé l'importance d'une éducation formelle plus tard dans sa vie. Si votre grand-père avait reçu une éducation formelle, il aurait certainement fait d'importantes découvertes scientifiques à l'heure actuelle".

C'est vrai", me suis-je dit.

Ceux qui venaient lui demander de l'argent pour des membres de leur famille malades, il les poursuivait ou envoyait l'un de ses hommes pour vérifier s'il s'agissait bien d'un membre de la famille malade. Et plus souvent qu'autrement, dans de telles situations, ses garçons étaient abandonnés au milieu des rues par ces hommes. Mais s'ils trouvaient vraiment une personne malade, votre grand-père faisait tout ce qu'il pouvait pour la soigner correctement et lui acheter les médicaments prescrits".

C'est très gentil de sa part.

Ton grand-père était très sélectif quant aux personnes à qui il faisait l'aumône", a répondu mon père. La plupart du temps, il leur offrait de la nourriture, des vêtements, des médicaments et essayait de répondre à leurs besoins. Mais lorsqu'il rencontre des personnes valides, il leur propose de travailler pour lui. Il s'est occupé séparément de leur nourriture et de leur logement, et les a soutenus en cas de crise dans leur famille. L'industrie compte aujourd'hui de nombreuses personnes de ce type. Ils ont tous appris le travail et sont aujourd'hui très performants".

Oui, je crois que j'en connais quelques-uns aussi.

Il y a quelque chose d'amusant dont je viens de me souvenir", dit mon père en souriant un peu. Tu vois les arbres debdaru plantés de chaque côté de la rue à l'extérieur ?

Ceux qui sont plantés le long de la rue jusqu'à Jhapantala ? Oui, ils ont été plantés par votre grand-père avec l'accord du maire. Quatre-vingts beaux arbres debdaru, dont quarante plantés de part et d'autre de la rue. Ils étaient censés améliorer l'aspect de la rue et maintenir l'air pur dans la région. Il y a donc eu un jour un voisin indiscipliné qui a exprimé sa désapprobation et a coupé un arbre planté près de sa maison. Lorsque votre grand-père est allé demander pourquoi il avait fait cela, l'homme s'est mal comporté et a remis en question son autorité. Ton grand-père est allé directement voir le maire, a déposé une plainte contre lui, puis, avec ses garçons, il s'est rendu chez ce voisin, a claqué l'avis du maire sur sa table et a planté un autre arbre, plus grand, sur le terrain.

même endroit".

Je n'ai pas pu m'empêcher de rire à gorge déployée sur le canapé. Ma mère, qui était sortie chercher une tasse de thé à mon père dans la cuisine, m'a dit : "Qu'est-ce qui vous fait rire tous les deux ?

a demandé à savoir.

Papa m'a parlé de l'excentricité de grand-père", lui ai-je dit, toujours en riant.

Quel genre de manies ?

Je lui ai raconté brièvement les incidents que mon père venait de me narrer.

Oh, il y en a beaucoup d'autres ! dit ma mère en s'installant sur l'une des chaises. Savais-tu qu'un jour, ton grand-père, suite à un pari qu'il avait fait avec ses amis, a passé toute une nuit seul dans un cimetière ?

Non, je n'en avais aucune idée ! m'exclamai-je. Et quelle a été sa réaction le lendemain matin ?

Rien", a répondu ma mère. Absolument rien ! Il n'a pas eu peur du tout. Il n'a pas vu de fantômes. Il allait très bien. Il est rentré chez lui le lendemain matin avec des idées novatrices pour ses projets et a dit qu'il avait vraiment apprécié le calme et la tranquillité. Puis il a commencé à dormir seul sur la terrasse tous les soirs".

J'ai senti un frisson me parcourir l'échine. J'avais entendu parler d'un brahmadaitya, *l'esprit d'un brahmane assassiné, qui hantait le grand pommier de la propriété de notre voisin. Nous entendions souvent des bruits de pas depuis la terrasse la nuit et Grand-mère disait souvent que c'était en fait le* brahmadaitya *qui marchait. De nombreuses personnes du quartier ont déclaré l'avoir vu. Un homme de Chowdhury Bagan s'est même évanoui parce que, apparemment, l'esprit ennuyé lui avait posé des questions croustillantes alors qu'il passait devant l'arbre. Quand j'étais enfant, je ne pouvais même pas rêver d'aller sur la terrasse toute seule tard le soir, et encore moins d'y dormir la nuit. Mais en grandissant, j'ai commencé à croire de moins en moins à cette histoire. Cependant, une partie de moi, un résidu de mon enfance peut-être, appréhendait l'évocation de ce bois-pommier.*

J'ai demandé s'il avait déjà vu le brahmadaitya.

Non, répond ma mère. Il a plutôt vu une énorme civette et lui a lancé un oreiller. Mais cela n'empêche pas la civette de lui rendre visite tous les soirs. Je pense qu'il a fini par le nourrir".

Je me suis esclaffé. Il est unique en son genre, sérieusement. Quand j'étais jeune, poursuit ma mère, mon père m'achetait à peine de nouveaux vêtements avant la puja. Ma mère n'avait que quelques saris qu'elle portait. Chaque fois qu'elle devait sortir, je devais passer chez l'une de mes tantes pour lui emprunter des saris et des ornements. Elle portait leurs vêtements et leurs bijoux, qu'elle les aime ou non".

Pourquoi n'a-t-il pas acheté ses affaires ?

Il a toujours réinvesti son argent dans les affaires", a répondu ma mère. Ou il investissait dans de petits terrains. À l'époque, les terrains étaient comparativement moins chers. Il n'aimait pas les dépenses inutiles".

C'était une décision très sage et économique de sa part", a interrompu mon père.

Ne parlez pas d'économie alors que vous gâtez vos enfants avec des objets inutiles tous les deux jours", m'a dit ma mère.

Mon père et moi avons échangé un regard.

Je ne pense pas que je gâte mes enfants", dit mon père. J'essaie simplement de faire de mon mieux pour être un bon père. Il peut arriver que j'aille trop loin. Mais tout ce que je veux, c'est qu'ils se sentent heureux et aimés. Et vous m'avez tous beaucoup manqué ces derniers jours".

Alors, qu'est-ce que tu as ramené pour moi ? me taquine ma mère. Tu as ramené deux boîtes de chocolat pour ton fils. Un nouveau sac pour votre fille. Et votre femme ?

Mon père a répondu en toussant. Puis il a dit, avec une lueur de malice dans les yeux : "Regardez dans l'autre réfrigérateur".

Ma mère l'a regardé d'un air dubitatif, mais il y avait une pointe de plaisir dans son sourire qui montrait clairement qu'elle était secrètement impressionnée. Elle se dirigea d'un air satisfait vers le réfrigérateur, ouvrit l'une des portes et poussa un petit cri de joie.

Des cubes aux amandes et des petits pains à la crème !", se réjouit-elle en tenant la boîte rose vif de Flury's dans ses mains comme une récompense. J'ai cherché des petits pains à la crème partout. Je croyais qu'ils ne les fabriquaient plus. Comment les avez-vous trouvés ?

Cherchez et vous trouverez", a répondu mon père avec fierté. Ce n'est pas seulement un bon père, c'est aussi un bon partenaire de vie".

Je lui ai dit.

Je voyais l'enfant dans ma mère qui mordait impatiemment dans le cube d'amandes et le savourait les yeux fermés. Merci, chéri", a-t-elle dit en avalant sa bouchée de gâteau.

Cela va la préoccuper pendant un moment", ai-je chuchoté à mon père. S'il vous plaît, continuez ce que vous étiez en train de dire.

Je ne me souviens plus de ce que j'ai dit", dit mon père en se caressant le menton, un peu gêné. Oh oui... je me souviens !

Très bien ! Continue, je t'écoute".

Je reconnais que je ne suis pas un très bon investisseur", a-t-il commencé. Mais cela ne m'empêche pas d'apprécier votre grand-père et de vouloir lui ressembler. En fait, ce que j'admirais le plus chez lui, c'est qu'il ne gaspillait pas son argent pour sauver les apparences ou faire étalage de sa richesse. Il a tout investi en pensant à l'avenir, pour nous, pour toi et Bonny".

Oui, il n'a jamais été extravagant. C'est vrai. Vivre simplement et penser haut, tel était son mantra.

J'ai toujours voulu être comme lui".

Ton grand-père croyait fermement à une vie simple et à une pensée élevée", a ajouté ma mère en terminant son cube aux amandes. Mais en même temps, il était conscient du fait que d'importants dignitaires nous rendaient souvent visite. C'est pourquoi il a construit cette maison et acheté une voiture d'occasion alors qu'il n'en avait pas les moyens. Comme il a emprunté beaucoup d'argent, il savait comment évaluer l'argent. Il ne l'a jamais dépensé pour des choses inutiles. Néanmoins, il était très généreux et entretenait une famille nombreuse".

J'ai acquiescé.

Ton grand-père n'était pas seulement un artiste", ajoute papa. Il avait aussi un sens aigu des affaires.

Il l'a fait, c'est certain", a déclaré ma mère.

Si tu y regardes de plus près", dit mon père en se tournant vers ma mère, "tu verras que ton père n'a jamais gardé d'argent oisif, qu'il le réinvestissait continuellement dans l'entreprise ou qu'il l'investissait au lieu de le gaspiller en vêtements, en voitures et en luxe". Il était aussi incroyablement clairvoyant. Il a fait en sorte d'assurer non seulement son avenir, mais aussi le nôtre. Aujourd'hui encore, il donne des conseils financiers avisés. Nous devrions lui reconnaître ce mérite".

Mon père m'aurait volontiers chassé de la maison et t'aurait adopté comme fils unique s'il t'avait rencontré à la fin des années 1980", commente ma mère en cassant un petit pain à la crème en deux. Quoi qu'il en soit, je dois maintenant aider Bonny à préparer son sac pour l'école de demain. Poursuivez votre discussion".

Papa, tu te souviens d'autre chose ? C'est tout ce dont je me souviens pour l'instant", a répondu papa,

debout. Mais je vous préviendrai dès que je me souviendrai de quelque chose d'intéressant. Je vais prendre une douche. La journée a été mouvementée. Trois vols d'affilée".

Bien sûr, et merci beaucoup, papa ! J'ai exprimé ma gratitude. C'est l'une des meilleures discussions que j'ai eues au sujet de grand-père. C'est exactement ce dont j'avais besoin".

De rien", me sourit-il chaleureusement. Faites-moi savoir si vous avez besoin de mon aide pour quoi que ce soit d'autre.

Samragngi Roy

Réflexions de mon grand-père

Alors que la lumière de mes yeux s'affaiblit et que la myriade de souvenirs des soixante-seize dernières années vient soudain frapper à ma porte, je ne sais pas comment les accueillir. Dois-je les laisser entrer ? Ou est-ce que je ne réponds pas à la porte ? J'ai eu peur de me décider. Mais vous étiez là, à me regarder avec impatience. Vos joues sont dépourvues de couleur. Et ton sourire n'est plus aussi éclatant qu'avant. Tu m'as dit : "Je ne me sens pas bien ces derniers temps". Cela a brisé mon cœur en mille morceaux, et c'est à ce moment-là que j'ai su que la décision ne m'appartenait pas. J'ai ouvert la porte, j'ai laissé entrer les souvenirs. Je ferais n'importe quoi pour t'aider à guérir.

C'est parce qu'en te regardant, je ne voyais pas une femme de dix-neuf ans. J'ai vu mon petit ange, enveloppé dans une serviette orange, se tortiller dans mes bras, une heure à peine après son accouchement. Tes grands yeux sombres, ornés de cils épais, étaient les plus beaux que j'aie jamais vus. Elles semblaient illuminer toute la chambre d'hôpital ! Ton faible cri était presque inaudible et pourtant si agréable à mes oreilles, comme le carillon d'une cloche. Cela a touché une corde sensible dans mon cœur. C'était un sentiment si étrange. Tu étais si frêle et si délicate ! Si parfait et pourtant sans défense. Je ne savais pas qu'une larme s'était échappée du coin de l'œil et avait giclé ostensiblement sur le bout de ton petit nez. C'est alors que j'ai réalisé avec douleur que je n'avais jamais ressenti pour ma propre fille ce que j'ai ressenti pour toi en ce matin froid et bleu de février.

C'est à ce moment-là que j'ai su que tu étais à moi, que je devais te protéger, t'élever, te chérir et être fière de toi. Et si je n'avais pas pu être un bon père ? Je pourrais encore être un bon grand-père !

Sumitra ! Quelle belle petite fille elle est ! Je me souviens avoir appelé ta grand-mère peu après. Elle est si belle ! De si grands yeux ! Et elle a tellement de cheveux sur la tête que vous ne me croirez pas tant que vous ne l'aurez pas vue de vos propres yeux !

Tout ça, c'est bien", dit la voix anxieuse de ta grand-mère dans mon vieux téléphone portable. Mais qu'en est-il de notre fille ? L'avez-vous vue ? Est-ce qu'elle va bien ?

Qu'est-ce que vous dites ? Je ne vous entends pas !

Et Mini ? ", a-t-elle crié. Notre Mini va-t-elle bien ? Je ne sais pas vraiment. Je dois aller vérifier".

Vous n'avez pas demandé des nouvelles de votre fille ? Quel genre de personne bizarre êtes-vous ?

Ah ! Ne vous inquiétez pas, elle doit aller bien ! Qu'est-ce qui peut bien aller de travers ? Pourquoi paniquez-vous tout le temps ?

S'il vous plaît, allez voir Mini et appelez-moi immédiatement.

Les souvenirs ont refusé de s'installer, ils persistent autour de moi. Leurs voix ont une qualité inhabituelle, elles me noient dans une stupeur somnolente. Et alors que je cède à l'accalmie, le passé reprend vie. Plusieurs images, plusieurs vues, sons et émotions défilent devant moi comme des balles rapides, projetant des ombres en technicolor.

Des œufs à la coque pour le déjeuner ! Un pour chacun ! Je me vois pleurer à chaudes larmes. C'est probablement le souvenir le plus ancien que j'ai.

Je vois Vikash qui passe son bras autour de mon épaule. Je vois son visage, son sourire, ses yeux clairs et pétillants. Tu peux le faire, Sridhar ! Je l'entends dire. Je peux sentir le parfum de son huile capillaire, la fraîcheur de ses vêtements et la façon dont mon cœur bondissait chaque fois qu'il me prenait dans ses bras. Les images défilent les unes après les autres de manière incontrôlée. Je le vois adolescent, jeune homme, mari, père, ami très cher, homme d'âge mûr au seuil de la mort et enfin je vois une vieille photo de lui accrochée au mur, avec un cordon de fleurs suspendu à son cadre. Elle me frappe de plein fouet. Mon meilleur ami, qui m'avait promis de ne jamais lâcher ma main, avait soudain cessé d'être. Il m'a fallu plusieurs années pour m'en rendre compte et je n'ai plus jamais été la même depuis. Cela m'a rapproché de la vérité, à savoir qu'un jour, je devrai moi aussi partager le même sort. Moi aussi, je serai enfermé dans le cadre d'une image, de quelques vieilles photographies, de journaux, de documentaires et de récompenses. Lorsque j'ai réussi pour la première fois avec les lumières sous-marines,

Je me souviens d'être rentrée à la maison, heureuse et rayonnante. Ma mère m'a regardé du coin de l'œil. Elle n'a pas prononcé un mot d'encouragement. Au lieu de cela, elle s'est plainte que mon frère aîné n'avait pas encore reçu son salaire de l'usine et que le ménage n'avait plus de provisions. J'ai déposé tout mon argent durement gagné à ses pieds, m'attendant à voir un sourire illuminer son visage, m'attendant à ce qu'elle soit fière de moi, m'attendant à ce que ses mains douces me caressent affectueusement la tête. Je voulais lui dire : "Regarde, maman, c'est moi qui l'ai fait ! Elle a simplement mis l'argent de côté et s'est assise dans la cuisine, pétrissant la pâte, tandis que je voyais ma petite attente s'enflammer.

C'est une chose que je n'ai jamais réussi à comprendre. Pourquoi ma mère était-elle si froide avec moi ? Comment a-t-elle pu traiter un fils avec autant d'indifférence alors qu'elle prodiguait un amour et une affection débordants à tous les autres ? Est-ce parce que je n'ai pas travaillé dans l'usine de jute ? Était-ce parce que j'avais épousé Sumitra contre son gré ? Mais c'était bien plus tard. Quelle est la cause exacte de son grief ? Le souvenir de son visage, de ses yeux froids et durs, de ses lèvres immobiles et de son implacable indifférence fait frémir mes vieux nerfs. Elle était la seule personne que j'avais essayé d'impressionner. Et j'ai échoué, à chaque fois. J'essaie de fermer mon esprit aux souvenirs étrangement troublants de ma mère, mais ils restent là, à me fixer. Je peux sentir leurs yeux froids s'enfoncer dans ma tête comme des glaçons aiguisés comme des rasoirs. Maintenant qu'elle n'est plus là non plus, ne pourrai-je jamais tourner la page ? Ai-je, sans le savoir, traité ma fille de la même manière ?

J'ai vécu soixante-seize années riches en événements. Toutes ces années n'ont pas été identiques. Ils sont arrivés avec leur lot de hauts et de bas, chargés de peines et de joies, de triomphes et d'échecs. Mais ce que j'ai appris très jeune, c'est que rien n'est gratuit dans la vie, et surtout pas les bonnes choses ! Tout doit être payé un jour ou l'autre par l'une ou l'autre chose. Tout a un prix. Et le sacrifice est souvent la seule monnaie d'échange acceptable.

Mes luttes sont terminées, mon petit. J'ai payé mon prix. Mes jours sont comptés, la lumière dans mes yeux s'éteindra bientôt, mon corps se flétrira et deviendra poussière, mais ta vie ne fait que commencer. Vous avez plusieurs montagnes à gravir, plusieurs océans à traverser, plusieurs étapes à franchir et des obstacles à surmonter. Vous ne réussirez pas toujours, mais vous devez veiller à ne jamais abandonner. Il y aura de bons et de mauvais jours, des jours de soleil et des jours de pluie, et des nuits qui apporteront une obscurité impénétrable. Il y aura des phases où tout ira mal, où même vos proches refuseront de vous soutenir, où votre complice le plus fiable vous dénoncera, et c'est à ce moment-là que vous aurez envie d'abandonner. Mais ne le faites pas. N'abandonnez pas. Attendez. Tenez bon encore un peu. Des jours meilleurs se profilent à l'horizon. Levez-vous et continuez à marcher. Vous y arriverez bientôt.

Quand tu m'as demandé ce matin : "Grand-père, maintenant que tu as atteint tous tes objectifs, comment te sens-tu ? j'ai hésité à te dire la vérité. J'avais peur de m'effondrer et de te rendre à nouveau triste. La vérité, ma chère, n'est pas facile à formuler, ni même à accepter. S'il est une chose qui domine mes pensées en ce moment, c'est bien la peur obsédante de la mort. La mort, l'ultime vérité, la seule réalité que nous pouvons ignorer mais jamais éviter. Chaque jour, à chaque respiration, je me vois me rapprocher de cette réalité. Et chaque nuit, lorsque je ferme les yeux pour m'endormir, je ferme les yeux sur la peur de ne plus jamais me réveiller. La mort dans le sommeil serait probablement la façon la plus facile et la plus indolore de mourir, mais l'idée même de ne jamais ouvrir les yeux pour te revoir est insupportable.

Je ne veux pas te quitter. C'est grâce à toi que je suis encore en vie. C'est toi qui m'as poussé à m'améliorer chaque jour. Quand j'étais jeune, mon travail était tout

J'ai vécu pour. C'est ce qui m'a donné un but. Mais depuis que je suis à la retraite, c'est toi qui me donnes de l'espoir et une raison de continuer.

Tu es vraiment un magicien, Dadu ! J'entends encore ta voix stridente quand tu pleurais de bonheur après le succès de mon cortège de comptines.

Ta grand-mère me dit souvent que tu es probablement ma mère, réincarnée en ma petite-fille. Elle me dit que ma mère est revenue dans ce monde pour payer son dû. Je ne l'ai jamais crue, car je n'ai jamais cru au concept de vie après la mort.

D'un petit nouveau-né, je t'ai vu grandir. Tu as toujours été très différente, unique. Tout ce qui vous intéresse, ce sont vos livres d'histoires, votre frère et les médailles que vous gagnez chaque année à l'école. Je me souviens qu'il y a des années, vous vous êtes tenue au milieu de mon bureau et, les mains sur les hanches, vous avez déclaré : "Un jour, mes prix seront plus nombreux que les vôtres".

Et quand je t'ai demandé ce que tu voulais faire quand tu serais grand, tu y as réfléchi très longtemps et tu as dit : "Je veux être agriculteur". Je veux avoir ma propre petite ferme ! Comme les enfants de Willow Farm !

Quoi ? avais-je demandé.

Les enfants de Willow Farm ! Ce sont mes meilleurs amis ! Est-ce qu'ils font partie du livre que tu as lu ?

Oui, avais-tu répondu, les yeux grands et brillants. Mais ils sont vrais ! Ils sont tous réels pour moi".

Je te vois encore danser sur le petit terrain que j'ai acheté par la suite et que j'ai transformé en une minuscule ferme pour ton bien. J'y ai installé une balançoire, un toboggan et une balançoire à bascule, car tu aimais fréquenter les parcs de Strand Road. Je vous vois vous allonger sous les manguiers et poser pour des photos. Je vous vois en train d'arroser les plantes, de soigner les fleurs, de vous tremper dans les arroseurs. Je vous vois attendre que les citrons poussent et que les tomates rougissent. Je te vois te balancer de plus en plus haut, glisser sur le toboggan du tunnel et te balancer sur toute la longueur de la balançoire, sans crainte. J'entends ta petite voix qui était si douce à mes oreilles, ton petit rire qui ressemblait toujours à un carillon de cloches. Je te vois passer du stade de bébé à celui d'adulte. Maintenant que j'ai laissé entrer les souvenirs, ils ne veulent plus partir. Je veux vivre pour vous voir vivre vos rêves. Je veux vivre pour te voir devenir écrivain et publier de nombreux livres. Je veux vivre jusqu'à ce que je sois arrière-grand-père, avec mes arrière-petits-enfants assis sur mes genoux, jouant avec mes lauriers. Je veux que vos récompenses soient plus nombreuses que les miennes et que votre nom brille comme l'étoile la plus brillante du ciel.

Mais tout cela semble impossible. Je n'ai pas le moindre doute sur tes capacités, mais je ne suis plus sûr de moi.

Une année de plus", c'est ce que je me dis chaque jour. Je ne veux pas penser au moment où je devrais dire "Encore un jour", car cela me terrifie.

On dit que la nouveauté d'être une célébrité finit par s'estomper. Est-ce pour cela que toutes mes réussites ne signifient plus rien pour moi ? Tous les jours que j'ai passés à être une célébrité, les nuits que j'ai passées à travailler dans mon usine pendant que ta grand-mère dormait seule, reviennent pour me ridiculiser. J'aurais aimé passer plus de temps avec toi quand tu étais enfant. J'aurais aimé passer plus de temps avec ma famille quand j'étais jeune.

J'aurais aimé être un père plus affectueux et plus reconnaissant, un mari plus attentionné qui exprimait plus souvent son amour à sa femme. J'aurais aimé pouvoir trouver un équilibre entre ma vie personnelle et ma vie professionnelle. Mais c'est le prix à payer. C'est la vie que j'ai sacrifiée. Aujourd'hui, je ne peux m'empêcher de me demander de temps en temps si cela en valait la peine. Ai-je payé un prix trop élevé ? Je pense avoir une réponse, une réponse que je n'ai pas le courage d'admettre.

Je n'ai jamais cru à la vie après la mort. Mais en vieillissant, je ne peux m'empêcher de l'espérer. Ce qui me fait le plus peur, c'est que je ne sais pas où je vais. Est-ce un endroit où l'on se sent bien ? Est-ce un endroit où je peux recommencer ma vie ? Est-ce que j'y retrouverai tous mes amis qui m'ont quitté ? S'il existe un tel endroit, j'aimerais vraiment en faire partie. Mais seulement après avoir été nettoyé de tous mes souvenirs terrestres, car il m'est impossible de vivre heureux sans toi, sans ma famille.

Toute ma vie, je n'ai prié que pour une chose : quitter le monde avant mes proches. Et maintenant que mon heure est venue et que mes jours sont comptés, je ne veux pas partir. Je veux revivre ma vie, non pas comme un homme occupé qui n'a pas de temps à perdre, mais comme un homme simple qui peut chérir les petites choses que la vie a à offrir. Mais cela va à l'encontre des lois de la nature.

Merci d'avoir été mon espoir, de m'avoir aimée comme personne ne l'a jamais fait, de m'avoir fait me sentir comme une étoile même lorsque ma lumière faiblissait, de m'avoir fait me sentir comme un "magicien". Merci d'avoir usurpé toutes mes interviews et d'avoir voulu dessiner tous mes nouveaux modèles, de m'avoir accompagnée à toutes les cérémonies de remise des prix. Merci de m'avoir donné un aperçu de ce qu'est une vie simple. C'est en vous que j'ai pu connaître toutes les petites joies de la vie que j'avais manquées dans ma jeunesse. C'est en vous que j'ai vu grandir ma fille. C'est pour toi que je veux m'accrocher à la vie sans fin.

Nous ne pouvons pas avoir le meilleur des deux mondes. Et même si j'ai raté la plupart des joies simples de la vie, je sais que lorsque je serai parti, on se souviendra de moi. L'industrie que j'ai lancée avec trois boîtes de conserve vides et un tas de papier cellophane continuera à générer des moyens de subsistance et à nourrir des milliers de familles. Ils viennent toujours me voir, les plus jeunes, ceux qui rêvent de devenir grands dans l'industrie un jour. Ils touchent mes pieds et demandent ma bénédiction avant toutes leurs entreprises importantes. Et à chaque fois, j'ai les larmes aux yeux en voyant les rêves qui brillent dans les leurs et je leur souhaite bonne chance du fond du cœur. Mes successeurs perpétueront mon héritage. Chandannagar occupera toujours une place dans les pages de l'histoire et l'éclairage automatique ne sera jamais démodé. Ma maison restera toujours un point de repère et mon nom ne tombera jamais dans l'anonymat. Je vivrai aussi longtemps que cette industrie vivra et ils se souviendront toujours de moi. Et qu'a-t-elle été, si elle n'a pas été une vie digne d'être vécue ?

J'aimerais penser que lorsque je mourrai, je serai encore en vie. Il est vivant dans toutes les mains qui ont cloué des plaques de cuivre sur des rouleaux, tordu les fils d'une DEL ou enveloppé un morceau de cellophane sur une figurine. Il est présent dans chaque panneau de procession et dans chaque figure mécanique rayonnante qui traverse les rues de Chandannagar. Vivante en vous et vivante dans vos mots s'ils parviennent un jour à être imprimés. Vivant dans tous mes lauriers et certificats. Vivant dans tous les journaux qui ont porté mon nom.

Une mémoire vivante. Vivant dans l'art.

Épilogue

Les habitants de ma ville ont l'habitude de s'habiller magnifiquement pendant la Jagadhatri Puja. Ils abandonnent leurs T-shirts habituels, leurs jeans déchirés et leurs vêtements décontractés pour s'offrir des tenues et des accessoires traditionnels et ethniques. Tout, depuis les mèches de leurs cheveux jusqu'aux ongles de leurs pieds, brille et scintille comme les lumières éblouissantes qui festonnent les rues et animent les moindres recoins de ma ville bien-aimée. Au milieu de l'afflux incessant de touristes et de visiteurs, des annonces familières d'arrivée et de départ à la gare, des rues grouillantes de monde, des enfants courant à toute allure dans leurs nouvelles tenues, des vendeurs étalant leurs marchandises colorées sur les trottoirs, à travers l'explosion de ballons et de barbes à papa, de masques de dessins animés et de bulles de savon, le son des sifflets en plastique et des fusils jouets, le rythme du *dhaak*, l'odeur des fleurs et de l'encens, je me suis promené dans les rues.

C'était Nabami, le quatrième et dernier jour de la puja, et j'étais vêtu d'un T-shirt ample et d'un jean. Je ne voulais pas avoir l'air bizarre, mais chaque fois que je portais des vêtements voyants ou du maquillage et des accessoires, je me sentais tellement consciente de mon apparence que je ne parvenais pas à absorber l'essence de la puja. Comme cela n'arrive qu'une fois par an, pendant quatre jours qui semblent passer en un clin d'œil, je n'étais pas prête à le laisser passer cette fois-ci.

Hey, Sammy !" j'ai entendu une voix familière m'appeler.

Je me suis retourné et j'ai vu un tas de visages familiers, qui me souriaient tous de manière éclatante.

J'ai été surpris. Ils m'ont demandé : "Comment ça va ?

Cela fait deux ans que nous avons quitté l'école et vous n'avez jamais pris la peine de rester en contact", se plaint l'un d'eux.

J'ai changé de téléphone et j'ai perdu tous mes contacts", ai-je expliqué.

Non ! Vous n'y arriverez pas cette fois-ci", a dit un autre. Nous ne sommes pas stupides !

Et tu n'es même pas sur Facebook ou Instagram", a ajouté un autre. Qu'est-ce qui te prend ?

Il n'y a pas de problème, répondis-je.

Elles étaient toutes habillées, magnifiques dans leurs somptueux kurtas et sarees de créateurs. À côté d'eux, je ne pouvais pas m'empêcher de me sentir un peu mal habillée. Mais ce n'était pas grave. Je me sentais bien dans ma peau et c'est tout ce qui comptait.

Pourquoi ne pas vous joindre à nous ? Allons faire un tour de pandal ensemble".

En fait, j'ai des projets pour ce soir", ai-je répondu, me rappelant que je devais parler de certaines choses à mon grand-père. Mais fixons une date et retrouvons-nous après la puja, d'accord ?

Même si je souffrais d'anxiété sociale, j'étais très douée pour la masquer. Je pouvais très bien parler aux autres lorsque c'était nécessaire.

Bien sûr ! Tu me donnes ton numéro, je t'ajoute à notre groupe WhatsApp et nous fixons une date", dit mon ami. Je ne savais pas si je voulais faire partie d'un groupe. J'aimais un environnement WhatsApp calme où je n'étais pas inondé de notifications.

Cependant, mes anciens amis étaient exceptionnellement gentils avec moi et je n'avais aucune raison de me comporter comme un crétin et de refuser de communiquer mon numéro de téléphone. Je me suis dit que cela ne me ferait pas de mal de rester en contact avec une poignée de personnes, et qu'une rencontre avec mes anciens amis d'école ne serait pas trop stressante. Je leur ai donc donné mon numéro. À ce moment-là, la seule chose qui me préoccupait était la puja. L'horloge tournait et bientôt le soleil enflammerait le ciel de l'est, les idoles seraient chargées dans les camions, les lampadaires seraient démontés, les étals le long des rues seraient emportés et la ville, maintenant toute embrasée par les lumières de la fête, étirerait ses membres fatigués, se retournerait et s'endormirait. Bientôt, tout sera terminé. Je pouvais sentir l'urgence. C'était déconcertant. Je leur ai donc rapidement dit au revoir et j'ai continué à marcher.

En marchant, je me suis rendu compte que j'avais changé. J'avais commencé à interviewer mon grand-père pour me distraire, mais cela a fini par faire des merveilles pour ma santé mentale, me tirant de l'obscurité dans laquelle j'avais involontairement plongé. C'est ce que j'espérais depuis le début, mais je n'étais pas sûre que ce soit faisable. Ce n'est que plus tard que j'ai réalisé à quel point le temps passé avec mon grand-père avait changé le cours de ma vie.

J'étais donc là, dans les rues animées, en train de m'exprimer sans complexe. Les lumières qui m'entouraient étaient hypnotiques. Bien qu'aucun de ces panneaux n'ait été fabriqué par mon grand-père, je pouvais voir son empreinte sur chacun d'entre eux. La procession de Chandannagar Jagadhatri Puja, avec son grand déploiement de lumières, est considérée comme la deuxième plus longue procession au monde après le carnaval de Rio de Janeiro. Je me suis demandé ce qui se serait passé si mon grand-père avait abandonné. Je me suis demandé ce qui se serait passé s'il avait pris le travail à l'usine à la place, ou si, découragé par toutes les critiques et les obstacles, il avait arrêté de travailler. La Jagadhatri Puja serait-elle à moitié aussi glorieuse et célébrée qu'elle l'est actuellement ? C'est peu probable.

Mon grand-père avait fermé les yeux sur tous ceux qui tentaient de l'humilier, fait la sourde oreille à toutes les critiques et ignoré les personnes qui cherchaient à lui nuire. Il est resté concentré, a eu confiance en ses propres capacités et a toujours essayé de trouver quelque chose de plus grand et de meilleur, quelque chose de nouveau. Et c'est ce qui l'a mené si loin.

Abandonner, c'est facile", avait-il dit dans une de ses interviews. Rebondir après la plus grande chute demande un véritable courage. Recommencez à zéro, même si tout est contre vous. Ce n'est que lorsque nous sommes capables de mettre de côté toutes nos inhibitions et nos inconvénients et d'accepter la vérité que les bonnes choses ne sont jamais faciles que nous pouvons accomplir quelque chose de valable dans la vie".

De petits carrousels et des grandes roues ont été installés le long de certaines rues et la file d'attente des enfants et des jeunes enfants était interminable. Les responsables des stands de chaat, bhelpuri, jhalmuri et fuchkas ont toujours eu fort à faire. L'odeur des samosas et des jalebis nous mettait l'eau à la bouche, mais j'étais plus attirée par les glaces et les sucettes glacées, même si l'air était glacial et que j'avais mal à la gorge.

Avant de rentrer chez moi ce soir-là, j'ai visité une dernière fois le pandal de puja ostentatoire situé à côté de ma maison. En franchissant l'entrée, j'ai pu entendre les *dhaakis* qui jouaient encore de leur *dhaak* et cela m'a rendu extrêmement nostalgique. Cela m'a rappelé comment j'étais une Kumari lorsque j'étais enfant. Toute fillette âgée de cinq à dix ans pouvait être choisie comme Kumari et représenter Maa Jagadhatri sur terre pendant une journée. Pendant quatre années consécutives, de l'âge de cinq ans à l'âge de neuf ans, chaque matin de Nabami, je m'asseyais aux pieds de l'idole, parée d'un saree et de guirlandes, et j'étais vénérée aux côtés de la déesse. Les *dhaakis* jouaient de leurs *dhaaks*, le prêtre chantait ses mantras, les participants à la puja me touchaient les pieds, demandaient ma bénédiction et déposaient leurs offrandes devant moi, ce qui me donnait le sentiment d'être important et honoré. Mais plus tard, j'ai été dégoûtée d'apprendre que dans la plupart des mandaps, être une Kumari était réservé aux enfants savarna et, dans de nombreux cas, aux brahmanes. Enfant, je ne savais rien de tout cela, c'est pourquoi mon excitation à l'égard de la puja était d'un tout autre ordre. En outre, à l'époque, mon grand-père était encore en activité, il illuminait les rues chaque année, gagnait plusieurs prix, des célébrités rendaient souvent visite à notre maison, prenaient des photos avec moi, mais plus que tout cela, c'est la Kumari Puja que j'attendais avec impatience chaque année. Je me sentais proche de la déesse, comme si elle et moi ne faisions qu'un.

J'étais maintenant à l'intérieur du pandal. Il y avait beaucoup de monde. Et elle était là, Maa Jagadhatri, haute de près de 25 pieds, assise sur son féroce lion aux yeux bleus, resplendissante dans son magnifique saree Banarasi rouge et ses lourds bijoux en or. Une dernière fois, j'ai regardé ses grands yeux hypnotiques, puis j'ai joint les mains, fermé les yeux et incliné la tête en signe de prière. Elle savait déjà ce que je voulais. Elle l'a toujours fait.

Puis je suis rentré chez moi à pied.

Hé, regardez ! C'est la maison de Sridhar Das". J'ai entendu quelqu'un dans la rue dire que c'était la maison de Sridhar Das, alors que j'ouvrais la porte d'entrée. Ils se sont tous retournés pour me regarder avec curiosité. Je leur ai souri, ils m'ont rendu mon sourire et je suis entré.

Ce n'était pas inhabituel, mais chaque fois que quelqu'un disait cela en passant devant notre maison, cela me faisait sourire. Qui aurait pu imaginer que le garçon qui a abandonné l'école à l'âge de quatorze ans deviendrait un jour un grand nom ? Albert Einstein avait dit un jour de façon célèbre : "Le véritable signe de l'intelligence n'est pas la connaissance, mais l'imagination". Mon grand-père n'avait pas de connaissances au départ. Tout ce qu'il possédait, c'était de l'imagination et la volonté de la soutenir par un travail acharné. L'imagination lui a montré le chemin, l'action opportune lui a permis de saisir toutes les opportunités et la connaissance l'a poursuivi de son propre chef. Il doit y avoir un certain nombre de personnes comme mon grand-père qui ont contribué à la société à leur manière mais qui n'ont jamais été reconnues. Néanmoins, comme l'a écrit Longfellow, ils ont tous laissé leurs "empreintes sur les sables du temps".

Le soleil s'est levé le lendemain matin et c'était un jour tout neuf. Un tout nouveau départ. J'étais heureux d'être en vie. C'était Dashami, le jour de l'immersion. Je me suis levée tôt et j'étais déterminée à être productive. Quittant la chaleur de mon lit, je suis allée me laver le visage. Lorsque je me suis regardée dans le miroir, je n'ai pu m'empêcher de remarquer avec un peu d'autosatisfaction que la couleur était revenue sur mes joues. Et un sentiment soudain de plaisir chaleureux m'a frappé comme une vague et m'a laissé une sensation de légèreté et de bonheur. Je ne voulais pas le déranger. Le nuage sombre de la morosité s'est-il enfin dissipé ?

Le café était prêt, mon ordinateur portable était chargé, le temps était incroyable. J'ai regardé par la fenêtre et j'ai vu deux petits chiots qui jouaient au milieu de la rue sans se soucier de rien. Les structures de bambou plantées le long des rues ont été démontées pour la procession. Le soleil était encore caché derrière quelques nuages, mais le ciel était strié de rouge et d'orange. Les oiseaux matinaux gazouillaient et pépiaient pour accueillir le nouveau jour. Et j'étais là, assis près de la fenêtre dans mon confortable fauteuil inclinable, à les regarder tous avec le désir de saisir la journée, le désir de profiter au maximum de ma vie, comme le faisait mon grand-père.

Pourquoi ai-je été déprimé ? Je n'avais pas de réponse à cette question. Peut-être écrirai-je un jour sur tout cela. Mais ce jour n'était pas aujourd'hui. Chaque récit n'a pas besoin d'une résolution parfaite.

Tout en sirotant ma tasse de café, je ne pouvais m'empêcher d'être un peu fière de moi. Je me suis souvenu des ténèbres dans lesquelles mon grand-père avait récemment plongé en même temps que moi, la phase où il ne se souvenait plus des petites choses, où il ne pouvait pas exprimer clairement ce qu'il avait à l'esprit et où il dormait dans sa chambre noire toute la journée. Et quand je le regarde maintenant, je vois une toute nouvelle personne. Je vois une personne qui peut à nouveau se tenir debout, une personne qui est sortie seule, à vélo, pour rencontrer l'un de ses vieux amis, et qui est rentrée saine et sauve un peu avant 22 heures, l'air confiant et imperturbable.

Le fait de revoir mon grand-père en bonne santé et en pleine forme m'a redonné goût à la vie. Et le fait de connaître son histoire m'a changé en tant que personne. Cela m'a donné une nouvelle perspective sur la vie. Je ne voulais pas laisser la vie m'échapper. Il m'avait dit un jour que l'on n'obtient jamais exactement ce que l'on désire. Nous obtenons ce que nous méritons. Et ce que nous méritons dépend de ce que nous pensons mériter. Alors, rêvez toujours plus grand, soyez prêts à vous dépasser et ne vous arrêtez pas tant que vous n'avez pas atteint votre objectif".

Lorsque je lui ai demandé pourquoi il ne prenait jamais de mesures contre ses ennemis, il m'a répondu : "Pardonnez et oubliez". Entretenir de la rancune est malsain. Elle consomme votre créativité et vous empêche de laisser libre cours à votre imagination. En outre, nous avons tous un temps très court sur cette planète et vivre chaque jour est un miracle. Pardonnez-leur. Vous ne savez jamais ce que l'instant suivant vous réserve, à vous comme à eux. Chaque individu mène son propre combat. Vivre et laisser vivre".

J'ai allumé mon téléphone et j'ai été surprise de voir la notification WhatsApp qui disait "122 nouveaux messages". J'ai ouvert WhatsApp et j'ai réalisé que j'avais été ajoutée à un nouveau groupe par les amis que j'avais rencontrés hier soir, un groupe qui comptait quarante-huit membres. J'ai ouvert le groupe et j'ai été stupéfaite par le nombre de personnes qui parlaient de moi. Ils attendaient tous que je fasse sentir ma présence dans le groupe et que je réponde à leurs questions sur mes allées et venues, sur mon parcours, sur l'université de Jadavpur et sur le fait que je sois toujours célibataire. Le sourire aux lèvres, j'ai essayé de répondre à toutes leurs questions curieuses et, pour la première fois, je me suis sentie étrangement heureuse de reprendre contact avec eux.

Et puis j'ai entendu la voix de mon grand-père dans le salon.

Je peux avoir du thé ? demande-t-il.

J'ai entendu ma mère lui verser une tasse.

Tu as l'air très frais aujourd'hui", dit-elle joyeusement. Et tu t'es réveillé très tôt !

Oui, a-t-il répondu. Je ne voulais pas manquer le lever du soleil. C'est tellement calme et paisible le matin".

Je ne savais pas si je pourrais rendre justice à son histoire. Je n'étais pas encore sûre d'être la bonne personne pour faire cela. Je n'avais pas encore réussi à trouver le début parfait pour le livre. Ni la fin parfaite. Mais la réalité est loin d'être parfaite et la vie n'a jamais suivi un récit bien structuré. C'est le désordre et le chaos qui nous apprennent à vivre. J'ai avalé le reste de mon café et j'ai ouvert mon ordinateur portable.

Tu n'as pas besoin d'être parfait", m'a dit quelque chose au fond de moi. Fais-le, c'est tout.

Et puis j'ai tapé la première ligne de ce livre.